李查德作品

LEE CHILD

過去式

PAST TENSE

LEE CHILD

李查德——著

簡秀如——譯

他們都愛浪人神探！

無比精妙！李查德將各種敘述巧妙地交織在一起，
使懸念變得棘手（汽車旅館的情節精采無比），
並提供了一種強而有力又令人滿意的結局。
粉絲們會渴望知道這個經典角色的身世來源與相關知識，
而李查德的精練文筆則繼續寫下了更高的標竿。

——**出版家週刊**

憑藉一貫的簡潔和敏銳眼光，
李查德又創造了一次激動人心的李奇公路旅行，
本書將令粉絲和新讀者十足滿意！

——**圖書館雜誌**

「最傑出的懸念大師」所營造的驚悚之作！
傑克．李奇的家族秘密在此展現！

——**娛樂週刊**

李查德是一個永遠不應被視為理所當然的作家！

——**紐約時報**

李查德毫不留情……

道德的指南針正是為李奇而生：

他的規則決定了他的方向……

你需要的人正是傑克．李奇！

——**《大西洋》雜誌**

「浪人神探」系列又一傑作！

作者繼續為這部崇高的驚悚系列樹立閃耀的金牌！

——**《書單》雜誌**

謹以此書紀念

約翰・雷金納・格蘭特，一九二四～二〇一六

諾曼・史蒂芬・席蘭，一九二五～二〇一七

奧黛莉・格蘭特，一九二六～二〇一七

1

傑克．李奇在緬因州沿岸的一座小鎮追上了最後一絲夏日豔陽，接下來，就像在上方天空飛翔的鳥兒，他要展開漫長的南向遷徙。但是他心想，不要一路沿著海岸而下。他不要跟那些黃鸝、鶇鳥、燕雀、鶯鳥，以及有著暗紅色喉嚨的蜂鳥一樣。他決定走對角線的路徑，由南到西，從國內右上方的角落到左下方，或許穿越雪城、辛辛那提、聖路易、奧克拉荷馬市、阿布奎基，然後一路抵達聖地牙哥。對於李奇這種陸軍出身的人來說，那地方的海軍人口或許太多了一些，不過除此之外，倒不失為一個開始過冬的好地點。

這會是一趟漫長又艱難的公路旅行，而他有好些年不曾這麼做了。

他很期待這趟旅程。

他沒能走太遠。

他往內陸走了一哩左右，來到一條郡道，伸出了大拇指。他是一名個頭高大的男子，穿著鞋的身高超過六呎五吋，體型壯碩，全都是骨骼和肌肉。他的相貌並不特別出眾，從來不曾打扮得稱頭，通常顯得有點邋遢，是個不太吸引人的傢伙。這時一如往常，大多數的司機把車慢下來，看了他一眼，然後便繼續往前開。過了四十分鐘才有第一部車準備給他一個機會。那是一部出廠一年的速霸陸旅行車，開車的是一名精瘦的中年男子，身上穿著斜紋棉布格子長褲和挺括的卡其襯衫。是老婆替他打扮的，李奇心想。他的手上戴著婚戒。不過在那些好布料的底下是一副工人的體格，脖頸粗壯，指關節粗大泛紅。看起來似乎有點意外又勉為其難地當上某一門生意的老闆，李奇心想，是那種一開始只是挖樁孔，最後開了一家園籬公司的人。

結果他的猜測八九不離十。從初步的交談得知，他一開始兩手空空，只有他父親的舊木工鎚，最後經營一家營造公司，負責四十名工人的生計，還有一大群客戶的希望和夢想。他說完故事時，用一種無奈的表情作結尾，部分是出自北方佬的謙虛，部分則是真心感到不解。彷彿是在說，怎麼會發生**那種事**呢？注意細節，李奇心想。這是一個腦筋非常清楚的人，有著滿腹的見解、妙計、座右銘以及鋼鐵般的信念，其中的一條是在夏季接近尾聲時，最好別走一號和I－95公路，事實上要盡快離開緬因州，也就是說動作要快以及走鄉間小路，上二號公路，往西直走進入新罕布夏州。到柏林以南的某個地方，他知道那裡有一堆偏僻小路，可以讓他們比走其他任何路都更快抵達波士頓。那就是他要前往的地點，去開會討論大理石檯面的事。李奇很開心。以波士頓當起點沒什麼不好，一點也沒有。從那裡可以直接前往雪城，在那之後就能經由洛契斯特、水牛城和克利夫蘭，輕鬆抵達辛辛那提。或許甚至路過俄亥俄州的亞克朗。李奇去過更糟的地方，大多是在他的服役期間。

他們沒能抵達波士頓。

那傢伙的手機接到一通電話，這時他們已經在上述的新罕布夏州鄉間小路往南開了五十多分鐘。情況和先前說的一模一樣，李奇必須承認那傢伙的盤算沒話說。路上沒有任何交通流量，沒有堵塞，沒有延誤。他們一路暢行，開到時速六十哩，輕而易舉，直到電話響起。手機連接到車上的音響，導航螢幕顯示出一個姓名，上面還有一張大頭貼照片幫助辨識，這時出現的是一名臉色紅潤的男子，頭戴工地安全帽，手上拿了一個板夾，看起來像是工地的工頭。開車的傢伙碰了某個按鈕，車內便充斥著手機的嘶嘶聲，像環場音效從所有的擴音器傳出來。

開車的傢伙對著A柱開口說：「最好是有好消息。」

結果不是。是關於一名市政建築部門的督察員，還有某個門廳裡頭壁爐上方的金屬煙道襯管。絕緣工程做得沒問題，完全符合法規，只不過無法眼見為憑，除非拆掉砌石部分。而到了這個節骨眼，那已經蓋到三層樓高，將近完工了，石匠都排定了下週開始的新工程。不然的話，就是在煙囪另一側的餐廳裡，拆掉特製的胡桃木裝潢，或是拆開樓上衣櫃裡的木工活兒。那是花梨木，做工更複雜。可是那名督察員的態度很硬，堅持要親眼看個究竟。

開車的傢伙瞥了李奇一眼，然後說：「是哪個督察員？」

電話那頭的人說：「新來的那個。」

「他知道他在感恩節會收到火雞嗎？」

「我跟他說我們都是坐同一條船上的。」

開車的傢伙又瞥了李奇一眼，彷彿是在尋求許可，或是表達歉意，又或是兩者皆有。然後他又轉臉朝前，並且說：「你有塞錢給他嗎？」

「五百元，他不收。」

然後手機訊號斷了，聲音變得混亂，像是機器人在泳池溺水，然後整個掛了。螢幕顯示搜尋中。

車子繼續往前開。

李奇說：「怎麼會有人想在門廳裝設壁爐呢？」

開車的傢伙說：「感覺很氣派。」

「我想在歷史上，那是作為驅逐的用途，具有防禦性。像是在山洞的洞口燃起一堆篝火，用意是要嚇阻掠食者。」

「我要回頭了，」那傢伙說。「真抱歉。」

他減緩車速，靠邊停在碎石子上。小路上只有他們，沒有其他車輛的蹤影。螢幕顯示依然在搜尋訊號中。

「我要在這裡放你下車，」那傢伙說。「這樣可以嗎？」

「沒問題，」李奇說。「你載我一程了，非常感謝你。」

「不客氣。」

「那個花梨木衣櫃是誰的？」

「男主人的。」

「在裡面切割一個開口，帶督察員去看。然後給那名客戶五個基本常識的理由，說明他為何應該安裝一只嵌牆式保險櫃，因為他是那種想要嵌牆式保險櫃的人，或許他自己還搞不清楚。但是會想在門廳裝設壁爐的人，也會想在臥室衣櫃裡安裝嵌牆式保險櫃，這點無庸置疑，那是人類的天性。你會大賺一筆，而且可以跟他收取花時間去切割那個洞口的費用。」

「你也是幹這一行的嗎？」

「我以前是軍警。」

那傢伙說：「嗯哼。」

李奇打開車門，下了車，然後再次帶上車門，走到夠遠的距離外，給那傢伙空間迴轉速霸陸，從碎石子路肩到碎石子路肩，橫跨整條路的寬度，然後朝他開來的方向往回走。那傢伙完成這些動作之後，做了一個簡短的手勢，李奇認為那是帶著同情的「祝你好運」揮別。然後他就在遠處變得越來越渺小。李奇轉身繼續走，往他要去的南方前進。無論在什麼地方，只要有機會，他都喜歡保持動力。他走的這條路是雙線道，路面夠寬，維護得很好，偶有蜿蜒起伏，但是對現代的汽車來說不成問題，速霸陸都能跑到時速六十哩。不過路上還是沒有任何車輛的蹤跡，一點也沒有，雙向都沒有來車，完全悄然無聲。只有樹林間傳出一聲風的嘆息，還有柏油路面發出滋滋作聲的熱氣。

李奇繼續往前走。

過了兩哩之後，他走的這條路略微向左彎，一條相同大小和模樣的新路往右邊岔出去。這算不上是轉彎，比較像是同等的選擇，一個典型的雙叉路口。把車子往左拐，或是向右拐，隨你做主。無論走哪一條，穿越樹叢的道路都看不到盡頭，有些地方的綠蔭如此濃密，以至於形成了綠色隧道。

那裡有個路標。

向左傾斜的箭頭標示著朴次茅斯，向右傾斜的箭頭標示的是拉科尼亞。不過右手邊的選項是以較小的字體書寫的，箭頭也比較小，彷彿拉科尼亞不如朴次茅斯來得重要。那不過是一條次要道路，儘管路面是同等大小。

新罕布夏州，拉科尼亞。

一個李奇知道的地名。他在各種古老的家族文件上見過這名字，而且也不時聽到有人提起。那是他亡父的出生地，也是他長大的地方，直到十七歲那年，他逃家去加入海軍陸戰隊。這就是模糊的家族故事，沒有詳述逃家的原因，但是他不曾回去，一次也沒有。李奇起碼過了十五年之後才出生，在那時，拉科尼亞已經是沉寂多年的枝微末節，和達科塔州領地一樣遙遠，而據說早期家族裡有人曾在那裡居住工作過。他們家裡沒人去過這兩個地方，沒人回去探訪，祖父母很早就過世了，也難得有人提起。他們顯然也沒有任何叔伯阿姨堂表兄弟姊妹，或是其他的遠房親戚。這在統計學上來說不太可能發生，而且很可能是家人發生過某種嫌隙。但是除了他父親之外，沒人知道任何真相，而且也沒人真的試過從他的口中問出些什麼。在海軍陸戰隊家庭裡，有些事情是絕口不提的。多年後，李奇擔任陸軍上尉的哥哥，喬被派駐到北方，提到他或許會設法找出他們老家的農場，但是後來就沒下文了。李奇自己可能也不時說過類似的話，但是他也從來不曾去過那裡。

往左或往右，看他決定。

朴次茅斯比較好。那裡有公路、往來車輛和公車，而且直通波士頓。聖地牙哥在招手，東北方就要變冷了。

但是多花一天又如何？

他往右走，挑了通往拉科尼亞的那條岔路。

在相同的午後時分，將近三十哩遠的地方，有一輛老舊的本田喜美在另一條小路上往南前進。開車的是一名二十五歲的男子，名叫矮仔．弗萊克。坐在他旁邊副駕駛座的是一位二十五歲的女子，名叫派蒂．山德斯壯。他們是男女朋友，兩人都是在加拿大新布蘭茲維省的一座偏遠小鎮，聖雷歐納德出生長大。那裡鳥不生蛋，記憶中最大的新聞就是在十年前，一輛運載一千兩百萬隻蜜蜂的卡車在彎道翻覆了。當地報紙自豪地報導說，那是新布蘭茲維省有史以來首次發生這類車禍事件。派蒂在一家鋸木廠工作，她的祖父來自明尼蘇達州，半世紀前偷跑到北方，以免遭到徵召前往越南。矮仔是馬鈴薯農夫，家族是土生土長的加拿大人。他倒也沒有特別矮，或許小時候一度是如此，不過現在他認為自己算是一般人眼中的中等體型吧。

他們想要從聖雷歐納德一路不停地開到紐約市，就一般標準來看，這會是一趟很拚的行程，但是他們認為這麼做有很大的好處。他們帶了貨要去紐約賣，省下一晚的住宿費可以達到最大的獲利。他們規劃好路線，繞行西邊走鄉間小路，避開從海灘度假回家的人潮。派蒂的粗短手指指著地圖，目光來回梭巡前方，尋找轉彎和標誌。他們在紙上估算時間，算出這是可行的行動方針。

只不過他們比原先打算的更晚出發，有一小部分是因為整體來說欠缺條理，但主要是那部本田車的老電池不喜歡從愛德華王子島的方向吹來，那股冷冽的乍起秋風。這一耽擱害他們陷入了美國邊境的排隊車潮，這時本田車又開始過熱，需要沿途呵護，長時間保持在每小時五十哩以下的速度。

他們都累了。

而且又餓又渴，需要上廁所，行程又落後，來不及了。他們也滿心沮喪，本田再度過熱，指針飆到紅區，引擎蓋底下傳出刺耳噪音。或許機油過低，這很難說。這兩年半以來，儀表板上所有的指示燈一直都是亮著的。

矮仔問：「前面有什麼？」

派蒂說：「什麼也沒有。」

她的指尖擺在一條蜿蜒的紅線上，上頭標示著三個數字，以南北向穿越一片淺綠的參差色塊。那是森林地帶，和窗外的景色相吻合。兩旁樹木叢生，沉靜又陰暗，夏末的濃密樹葉壓得枝椏低沉沉的。地圖上有分散各處的細小紅色蛛網線條，像是老太太腿上的血管。那些應該都是通往某處的鄉間小路，不過都不是什麼大地方。不會大到有黑手，可以換個潤滑油或給水箱加水之類的。最有機會的是往前大約三十分鐘的路程，在往東南的方向，那裡有一座小鎮，鎮名印製得不算太小，而且是半粗體，這表示那裡起碼會有一座加油站。那地方叫做拉科尼亞。

她說：「我們可以再走二十哩嗎？」

現在所有的指針都指向紅區到底了。

「或許吧，」矮仔說。「假如我們靠兩條腿走完最後十九哩的話。」

他減慢車速，稍微踩著油門讓車往前滑動，這樣可以減少引擎裡面產生新熱氣。不過通過散熱葉片的氣流也會跟著減少，因此原有的熱氣就無法那麼快散去。所以在短時間內，溫度指針不斷攀升。派蒂在心中估算他們的車速，指尖在地圖摩挲著並速前進。接下來在右手邊會出現一處蛛網脈絡。那是一條狹窄小路，蜿蜒穿越綠色區塊，前往一吋遠的某處。她那扇有縫隙的車窗沒有風呼呼地吹進來，所以她能聽見引擎發出的噪音。重擊、碰撞、摩擦，越來越糟了。

這時她看到右前方有一條狹窄小路的入口。裡面一片陰暗，兩側樹木在小路上方延展交錯。入口處有一根凍漲的柱子，上面釘著一塊指示牌，牌上鎖著花稍的塑膠字體，一個箭頭指向隧道裡。那些字母拼寫出**汽車旅館**。

「要去嗎？」她問。

他們的車作出回答。溫度指針飆到底了，矮仔的脛骨感受到熱氣，整個引擎室像在烘烤。他有那麼一秒鐘在心裡納悶著，假如他們繼續開下去會怎樣。他聽人家說過汽車引擎爆炸融化的事，那當然只是打個比方說說而已，不會真的融成一攤金屬，或是真的發生爆炸。

它只會靜悄悄地拋錨，或是縮缸，慢慢地滑行到停下來為止。

但是在一個前不巴村、後不著店的地方，沒有車輛往來，也沒有手機訊號。

「沒得選了，」他說，然後踩了煞車轉向後，開進了綠色隧道。他們開到近處，看見板子上的塑膠字體漆成金色，筆觸纖細又穩定，像是一種保證，表示這家汽車旅館是個高級的地方。另外有一塊相同的指示牌，正面朝著從另一個方向過來的駕駛。

「好嗎？」矮仔問。

隧道裡的空氣感覺冰冷，比主要幹道上起碼低個十度。去年秋天的落葉和冬天的淤泥在路肩濕黏地混在一起。

「好嗎？」矮仔又問了一遍。

他們開過橫跨路面的一條纜線。那是一條粗厚的橡膠製品，比園藝水管小不了多少。作用就像是在加油站的那種裝置一樣，到加油機亭按鈴，叫服務員出來幫你。

派蒂沒回答。

矮仔說：「這能有多糟呢？都標示在地圖上了。」

「有標示的是這條小路。」

「指示牌看起來不錯啊。」

「我同意，」派蒂說。「是不錯。」

他們繼續往前開。

2

樹林讓空氣變得涼爽又清新，所以李奇樂於以每小時四哩的穩定速度前進，就他的雙腿長度來說，每分鐘剛好跨出八十八步，這也正好是許多好音樂的節奏，所以時間過得輕鬆愉快。他走了三十分鐘，兩哩路，在腦子裡播放了七首經典樂曲之後，這時他聽到背後傳來真正的聲音。他轉身看見一輛老舊的小貨車，歪歪扭扭地朝他的方向開過來，彷彿每只輪胎都想朝不同的方向跑出去。

李奇伸出大拇指。

貨車停下來。一名蓄著白色長髯的老人從內側靠過來，搖下副駕駛座的車窗。

他說：「我要去拉科尼亞。」

「我也是。」李奇說。

「那麼好吧。」

李奇上了車，把車窗搖上去。老傢伙開車上路，搖搖晃晃地回復車速。

他說：「我想這時候你會告訴我，我需要新輪胎了。」

「是有這可能性。」李奇說。

「但是到了這把年紀，我會盡量避免大型花費支出。幹嘛投資未來呢？我還有多少日子好活？」

「這種論調繞圈打轉得比你的輪胎還厲害。」

「事實上，輪框已經變形了，我出過一場車禍。」

「什麼時候的事？」

「將近二十三年前。」

「所以現在對你來說，這是正常的了。」

「這讓我保持清醒。」

「你怎麼知道要把方向盤往哪邊轉？」

「習慣就好，像開船一樣。你去拉科尼亞做什麼？」

「我是路過，」李奇說。「我父親在那裡出生，我想看看那地方。」

「你姓什麼？」

「李奇。」

老人搖搖頭。

他說：「我從沒聽說拉科尼亞有姓李奇的人。」

先前的那個雙叉路口原來是為了一座湖，寬到足以讓南北向的駕駛挑選一側道路，看是要走右岸或左岸。李奇和老傢伙沿著右岸扭擺抖動，車子跑起來很辛苦，但視覺上卻很迷人，因為景色美不勝收，而且再過不到一小時，太陽就要西下了。然後拉科尼亞就在眼前。這地方比李奇預期的還要大，人口大約一萬五到兩萬人，是郡政府所在地，感覺興旺又繁榮。鎮上有磚造建築和整潔的舊式街道，低懸的紅日讓這一切看起來像是老電影裡的畫面。

扭動的小貨車在市中心的一個轉角搖搖晃晃地停下來。老人說：「這就是拉科尼亞。」

李奇說：「它改變了多少？」

「在這裡嘛，不太多。」

「我從小到大都以為這地方要小得多。」

「大部分人記憶中的都比較大。」

李奇感謝他載了一程，下了車，看著小貨車嘎吱地離開，每個輪胎都堅持另外三個跑錯了方向。然後他轉身離開，隨意走了幾個街區，大概了解一下周邊環境，尤其是兩個特定目的地在隔天開始辦公的時間，還有兩個當天晚上的立即需求，第一個是吃飯的地方，第二個是睡覺的地點。

這兩種地方都有，都是古老市中心的風格。健康料理，店面不超過兩張桌子的寬度。鎮上沒有旅館，但是有許多小旅社和附早餐的民宿。他在一家空間狹小的小酒館吃飯，因為裡面有位女服務生隔著窗玻璃對他微笑。但是在她端來他的餐點之後，出現了片刻的尷尬情況。他點了某種沙拉，裡頭有烤牛肉，是他覺得菜單上最營養的選擇。不過餐點上桌後，份量只有一丁點。他點了第二份，而且要大盤一點。起初女服務生誤會了，以為第一份有什麼問題，或是份量不足，或兩者皆是。然後她懂了，他飢腸轆轆，想吃兩份餐點。她問他是否還有其他需要，他要了一個大一點的杯子裝咖啡。

吃過了飯，他走回去先前看到的住宿地點，就在市政廳附近的一條小巷子裡。小旅社有空房，假期結束了。他加價住進了旅社老闆口中的套房，不過他會說那是一間有一張沙發椅以及太多花朵圖案和羽毛枕頭的客房。他把十來個枕頭推下床，將長褲放在床墊底下壓平。接著他沖了一個長長的熱水澡，爬進床單下，然後睡著了。

結果穿越樹林的隧道超過兩哩長。派蒂．山德斯壯用手指在地圖上沿著曲線前進。本田車行駛的柏油路面灰撲撲又坑坑疤疤，有幾處的完成面被逕流的水沖刷得一乾二淨，留下撞球檯大小的淺坑洞。有些裸露出肋形混凝土，有些鋪著碎石子，還有一些塞滿了腐葉土壤，裡頭的爛泥從春天以來就沒乾過，因為上方的綠葉遮蔭濃密，延綿不斷，只有一處二十來碼的空隙，沒有任何的樹木。那裡有一道亮粉紅色的開闊天空。或許那裡有不同土壤之間的狹窄縫隙，或許是堅岩忽然出現地底陡崖，或者是缺乏地下水或太多地下水的水力異相。接著那一小片天空被他們拋在後頭，他們又進了隧道。矮仔．弗萊克開得很慢，以避免震動並且呵護引擎。他在想是否應該打開車頭燈。

接著綠蔭天蓬再次變得稀疏，感覺有可能逐漸豁然開朗，彷彿前方有一大片林間空地，像是他們即將抵達某個地方。他們看到前方的道路穿出樹林，筆直地穿越幾英畝的平坦草地，像一條細長的灰色緞帶忽然裸露暴露在最後一絲天光之中。它的終點站是三座結實的木造建物，一棟挨著一棟地沿著一個大幅度右彎的弧線矗立，從第一棟到最後一棟相距五十碼左右。三棟全都漆成暗紅色，加上亮白色鑲邊。這些建物坐落在綠草地上，看起來像是典型的新英格蘭建築。

最靠近的那棟是一家汽車旅館，看起來有如兒童讀本裡的插圖，學習你的ＡＢＣ，Ｍ是Motel（汽車旅館）。那是一棟低矮的長形建築，屋身是暗紅色木板，人字形屋頂上鋪著灰色的瀝青屋瓦，第一扇窗戶裡有個寫著辦公室的紅色霓虹燈標誌，然後是儲藏室的百葉窗板門。接下來就是重複的格局，一扇裝設了暖通空調架的大窗戶，底下有兩把塑膠草坪椅，然後是一扇有編號的門。接下來是另一個裝設相同鐵架的大窗戶，相同的椅子，另一扇有編號的門。以此類推，直到建築的尾端。這裡一共有十二間客房，全部排成一列，但是所有客房前面都沒有停放車輛，看來是沒人入住。

「好嗎？」矮仔說。

派蒂沒回答。他停了車。在遠處的右手邊，他們看到第二棟建築的左右寬度較短，不過高度較高，前後的距離也較深，像是某種倉棚，但不是豢養動物用的。通往大門的混凝土坡道極為乾淨，直白地說，就是沒有排泄物的痕跡。那像是某種工作室，前面有九部四輪摩托車。它們像是一般的摩托車，不過有四個粗輪胎，而不是兩個光頭胎。這些車排成三排，每排三輛，位置分毫不差。

「或許那些是本田的，」派蒂說。「或許這些人知道怎麼修車。」

那排建築的第三棟是一幢普通的房屋，構造簡單但面積龐大，有一道迴廊，上面擺放著搖椅。

矮仔讓車往前滑動，然後又停了下來。柏油路就要到盡頭了，距離汽車旅館的空蕩停車場還有十碼。他就要開到地主維護的路面了。他的馬鈴薯農夫專家目光告訴他，那是由同等的碎石、爛泥、枯萎雜草和活的雜草組合而成。他看到至少有五種他不希望自己的地上會長的物種。

柏油路的盡頭感覺像是一道門檻，一個決定。

「好嗎？」他又問了一遍。

「這地方空蕩蕩的，」派蒂說。「沒有客人，這不是很奇怪嗎？」

「假期結束了。」

「像是關掉開關嗎？」

「他們總是抱怨這個。」

「在一個鳥不生蛋的地方。」

「那是一個短假期，大家就是出來放鬆一下而已。」

派蒂沉默了好一會兒。

然後她說：「我想看起來還可以。」

矮仔說：「我想呢，不住這裡就沒別的了。」

她從左到右打量這棟汽車旅館建物，簡單的格局，堅固的屋頂，厚實的木板，最近上的漆。它做了必要的整修，但是不見絲毫浮誇。這是一棟實在的建築物，跟加拿大的沒兩樣。

她說：「我們去看看吧。」

他們顛簸地開下柏油路，沿著凹凸不平的地面嘎吱作響前進，在辦公室外面停了車。矮仔想了一下，把引擎關掉，這樣比讓它保持怠速還安全，以免發生金屬融化和大爆炸。萬一它無法再次發動的話，那也沒辦法，它已經儘可能接近目的地了。必要的話，他們可以要求入住一號房。他們有一只大皮箱，裝滿了打算出售的物品。箱子可以留在車上，除此之外，他們沒有多少行李。

他們下了車，走進辦公室裡。有一名男子坐在接待櫃台後方，大約是矮仔和派蒂的年紀，二十多歲，可能比他們大個一、兩歲。他有一頭金色短髮，梳理得整整齊齊，皮膚曬得黝黑，藍眼睛，雪白牙齒，臉上已經擺出了笑容。但是他看起來有點不知所措。起初矮仔以為這就像他在加拿大的夏天常看到的那樣，好人家的小孩被送到鄉下去幹些愚蠢的活計，以便豐富閱歷，增廣見聞，或是找尋自我之類的。但是這傢伙要幹這個的話，年紀起碼大了五歲以上。打完招呼後，他流露出一種所有者的神態。他當然嘴上說歡迎，不過是來到我家，像是他擁有這個地方。

或許他真的是。

派蒂告訴他，他們要一間房，而且不知道照顧四輪摩托車的人是否能看一下他們的車。萬一不行的話，如果能給他們一個好的修車技工的電話，他們也會很感激。希望他們用不著拖吊車。

那傢伙微笑地問：「你們的車怎麼啦？」

他的口音像是電影裡的年輕人，在華爾街工作，穿西裝打領帶，自信滿滿。或許喝香檳，而且認為貪婪沒什麼不好。不是馬鈴薯農夫最喜歡的那種人。

派蒂說：「車子過熱，而且引擎蓋底下發出奇怪的碰撞雜音。」

那傢伙展現另一種不同的微笑，這次是有如宇宙小王子一般，謙虛但指揮若定的露齒而笑。然後他說：「那麼我想我們是該去看一下。聽起來是冷卻劑不夠，或是機油不足。這兩種都能輕易解決，除非有滲漏問題。那就要看需要哪部分的零件了。或許我們可以調整一下。不行的話，如同妳說的，我們認識一些不錯的黑手。無論如何，除非等它冷卻下來，否則也沒辦法處理。今晚就把車停在你們的房門外，我們明天一早再去檢察看看。」

「幾點呢？」派蒂問。她心想他們已經耽擱很久了，但是又想著不要對別人的好意挑三揀四。

那傢伙說：「我們這裡的人都和太陽一樣早起。」

她說：「房錢要多少？」

「過了勞動節，在賞楓遊客還沒來之前，算五十元就好。」

「好吧。」她說，雖然不是很滿意，但是她又想到別人的好意，還有矮仔說過的，不住這裡就沒別的了。

「給你們十號房吧，」那傢伙說。「那是我們目前為止第一間重新整修的房間。事實上，我們剛完工而已。你們會是第一組入住的房客，希望你們給我們這份榮幸。」

3

李奇在凌晨三點零一分醒來。就是老樣子：冷不防地立刻醒來，像是開啟開關。他沒動，甚至沒有四肢繃緊。他只是躺在那裡，盯著一片黑暗，側耳聆聽，百分之百集中注意力。這不是後天習得的反應，是一種原始的本能，經由演化深深烙印在他的大腦後部。有一次，他到了南加州，在一個宜人的夜晚開著窗戶，沉沉入睡，然後他冷不防地立刻醒來，像是開啟開關。因為他在睡夢中聞到一絲淡淡的煙味，不是點燃的香菸或建築失火，而是四十哩外的山坡在燃燒。一種原始的氣味，像是野火席捲一片古老的大草原，誰的先人跑得掉，就要看誰最快醒來，最早開始逃跑。數百個世代以降，不斷重複這樣的過程。

但是空氣中沒有煙，在這個凌晨的三點零一分並沒有，在這個特定的旅館房裡也沒有。所以是什麼吵醒了他？不是視覺、觸覺或味覺，因為他一個人躺在床上，雙眼緊閉，窗簾拉緊，嘴裡也沒東西。那麼是聲音了，他聽到了什麼聲音。

他等著重複的過程。他認為這是一種演化的弱點，成品還不夠完美，依然是一種兩個步驟的過程。第一次喚醒你，第二次告訴你那是什麼。當然了，最好是能在第一次就完成兩個步驟。

他什麼也沒聽見。蜥蜴腦的聲音所剩不多了。那不太可能是古老掠食者的輕聲步伐或嘶聲。最近一座會傳出小樹枝遭到陰森的踩踏並發出響亮斷裂聲的森林，位在小鎮邊緣之外的遠方。其他沒有太多的東西能驚嚇到原始皮質層，在聲音的王國中沒有。較新的聲音是在其他的部分進行處理，在大腦的前部，對於現代威脅的刮擦喀噠聲高度警戒，但存在的年限太短，不足以把一個人從深層及滿足的睡眠中喚醒。

所以是什麼喚醒了他？另一種唯一真正古老的聲音是求救的呼喊。一聲尖叫，或是哀求。不是現代的大叫，或是吶喊或格格笑聲。是某種非常原始的東西。一個部落，遭遇攻擊，在最外緣的地方。一種模糊的提早示警。

他沒再聽見什麼，沒有重複的過程。他下了床，在門口傾聽。什麼也沒有。他拿了一只羽毛枕頭，遮住貓眼。沒有反應，沒人朝貓眼裡頭開槍。他向外窺探，什麼也沒看見，只有空蕩蕩的明亮走廊。

他掀起窗簾，察看窗外。外面什麼也沒有，街道上空蕩蕩，一片漆黑，悄無聲息。他回到床上，把枕頭拍打成形，然後又睡著了。

派蒂．山德斯壯也在三點零一分醒來。她睡了四小時，然後某種下意識的躁動不安突破重圍，將她喚醒。她感覺不太舒服。在內心深處，不像她覺得該有的那樣。有部分是因為她還在為了延誤的事煩心。最好的狀況是他們會在明天的下半天抵達紐約市。那不是買賣的最佳時間點，再加上多花了五十元住這房間，還有那部車是個未知數。它可能會花掉一大筆錢，萬一需要換零件的話，或是需要調整一些什麼東西。汽車很方便，直到它們出了問題。即便如此，當他們離開辦公室時，引擎還能發動。汽車旅館的那傢伙似乎不太擔心這件事，他做出了安慰的表情。他沒有跟他們一起進房間，這點也不錯。她最討厭別人蹭進來，告訴她電燈開關和浴室在哪裡，打量她的東西，表現得諂媚奉迎，想要討小費。

這傢伙都不會這樣。

不過她依然覺得不舒服，不知道是為什麼。房間很舒適，最近才整修過，就像那傢伙說的那樣，到處都翻新了。壁板是新的，還有天花板、鑲邊、粉刷，以及地毯都是。沒有什麼太新奇的部分，更別提浮誇了。它看起來就像是把原先的傳統樣式換湯不換藥地更新，不過呈現現代風格的簡單、標準、平穩又實在。冷氣又冷又安靜，有一台平面電視，窗戶是高檔貨，雙層厚玻璃以導熱泡棉密封，裡頭的夾縫安裝了電動捲簾。你不必拉鍊條來關上它，按個按鈕就好了。這真是不惜重金。唯一的問題是窗戶本身不能打開，她會擔心失火了怎麼辦。一般來說，她喜歡房間裡能透進一點夜晚的空氣。不過整體來說，這是一個像樣的地方，比她看過的大部分地方都還要好，或許甚至值得五十元。

但是她感覺不舒服。房裡沒電話，也沒有手機訊號。過了半小時，他們走回去辦公室，要求使用汽車旅館的電話訂外送熱食。或許來點披薩吧。櫃台的那傢伙帶著同情的微笑，說他很抱歉，但是這裡太偏遠，沒有外送服務。沒有人會過來。他說大部分的客人會開車去餐館或餐廳。矮仔看起來好像要生氣了，彷彿那傢伙說的是，大多數客人擁有跑得動的車。或許這和那個同情的微笑有關。然後那傢伙說，不過呢，嘿，我們在主屋裡的冷凍庫有披薩，你們何不過來一塊兒吃？

那是詭異的一餐，在一間陰暗的老住宅裡，和矮仔、那傢伙以及另外三個跟他一樣的人一起吃。他們有著相同的年紀、相同外表，在他們之間還有某種相同波長的連結，彷彿他們是一起出任務。他們之間有種不安的氛圍。聊過之後，她作出了結論，他們都是同一個全新投機事業的極端投資客。是這家汽車旅館吧，她推測。她猜想他們買下了它，設法經營成功。無論如何，他們都非常有禮貌，態度親切又健談。接待櫃台的那傢伙說他叫馬克，另外幾個是羅伯、史蒂芬和彼得。他們都對聖雷歐納德的生活提出聰明的問題，問起這趟南下的辛苦車程。矮仔看起來又要生氣了。他認為他們是在說他笨，開一部爛車出門。不過那個說他照顧四輪摩托車的傢伙，名叫彼得的，說他自己也會這麼做，單純是就統計上來說。那部車已經跑了很多年，為什麼要假設它現在會跑不動呢？根據機率來看，它會繼續跑下去。它一直以來都是如此。

然後他們道晚安，走回十號房，上床睡覺。只不過她在四小時之後不安地驚醒。她感覺不舒服，而且不知道原因。或許她知道，或許她只是不想承認而已。或許問題就出在這裡。事實是，在內心深處，她猜想自己可能在生矮仔的氣。這一趟旅程，他們的秘密計畫裡最重要的一部分，他卻開了一部爛車出門。他有夠蠢的，比他自己的馬鈴薯還要笨。他就不能先花點錢檢查一下嗎？拿優惠券去潤滑油保養廠，要得了多少錢？不到他們付汽車旅館的五十元吧，那是肯定的。還有矮仔糾纏不休地要她同意，這是令人心裡發毛的人經營的一家令人心裡發毛的汽車旅館。這在她的心裡引發矛盾，因為她真正的感覺是一群彬彬有禮的年輕人，像是穿著閃亮盔甲的騎士，要拯救她脫離困境。而那一切都是由於一個馬鈴薯農夫太過愚蠢，沒有在展開一趟上千哩的旅程之前，先檢查他的車。而且對了，他們是要前往國外。喔，還有喔，後車廂裡載了很貴重的東西。

真蠢。她需要透透氣。她下了床，踩著光腳丫走向房門。她轉動把手，另一隻手撐在門框上保持平衡，這樣她才能不出聲地輕輕打開門。因為她要矮仔繼續睡，她不想在這個時候去應付他，她很生氣。

但是門卡住了，一動也不動。她檢查門從裡面已經解鎖了，她往兩個方向轉動門把，但是依然文風不動。門卡住了，或許門把在安裝之後就沒有適當調整，或許只是在夏日熱氣中膨脹了。

真蠢，有夠蠢。現在是她用得著矮仔的時候。他強壯得有如消防栓，是拋擲上百磅的馬鈴薯袋練出來的。但是她要叫醒他來幫忙嗎？要的話才怪。她躡手躡腳回到床上，在他的身旁躺下，盯著簡單、標準、平穩又實在的天花板。

李奇在早上八點鐘再度醒來。豔陽的明亮光束從窗簾邊緣透進來。空氣中有灰塵，輕輕地飄浮。街道傳來模糊的聲響。汽車等著，然後開走。大概是街尾有交通燈號。偶爾有喇叭尖銳作響，彷彿前頭有人別開視線，沒看到綠燈亮。

他沖了澡，然後從床墊底下取出長褲，穿好衣服，走出去找早餐。他在附近找到咖啡和鬆糕，讓他能撐過一段較長的勘察期，最後找到一個他認為可能會有美味食物的地方，隱藏在某種偽復古風格的重重包裝底下。他覺得要比他更聰明的人才有辦法破解其中所有的密碼。店裡的基本概念似乎是把以前伐木工人可能用餐的地點，以現代的觀點呈現，並且把以前伐木工人可能會吃的食物，詮釋成菜單上的每一道油炸餐點。就李奇的經驗來說，伐木工人和其他辛勤工作的人吃的都一樣，也就是各式各樣的東西。但是他對油炸食物並沒有意識形態上的異議，尤其是在超大份量方面，所以他就配合演出。他走進去，坐下來，腳步敏捷，希望看起來像是他有三十分鐘，然後就要去砍樹了。

食物很美味，咖啡也不停續杯，所以他逗留了不止三十分鐘，望著窗外，估算著忙碌喧嚷的時間，直到穿著正式服裝的人們都順利去上班了。這時他才站起來，留下小費，付了帳，然後走到他前一天晚上探查過的兩個街區之外，朝著他認為他應該開始的地方走去，也就是市政廳的檔案部門。它位在一棟磚造的多用途政府建築物裡，從年份及造型看起來，李奇認為這裡面曾經設置過法庭。或許現在還是。建築外面有一份線條密密麻麻的樓層平面圖，上面標示著檔案室的編號。

他要找的那間檔案室結果是許多小房間的其中一個，位在一個夾層的大走廊上，就像是高級旅館的那種迴廊。只不過這些門有一半是玻璃，用一種老式風格的凹槽鑲嵌進去，上面以金色字體標示部門的名稱，就檔案部來說是太過華麗了。門裡是一個空蕩蕩的房間，擺了四張塑膠椅和一個齊腰高度的查詢櫃台，就像是任何公部門辦公室的迷你版。檯面上以螺釘鎖著一只電鈴，一條長電線延伸到旁邊的一道縫隙，還有一個手寫的告示板寫著**需要服務請按鈴**。這個訊息經過仔細書寫，並且用很多層透明膠帶保護著，膠帶撕得很長，有些在角落部分捲曲了起來，髒兮兮的，彷彿有無聊或緊張的手指拉扯過。

李奇按下服務鈴。一分鐘後，一名女子從後牆的那扇門走出來，一面走一面回頭張望，在李奇看來似乎帶點遺憾，彷彿她是離開一個更大也更刺激的空間。她或許有三十歲，高瘦整潔，身穿灰毛衣及灰裙。她走到櫃台，但是回頭看了門一眼。要不是她的男友在等她，不然就是她討厭這份工作，或許兩者都有。但是她盡力而為，表現出溫馨又親切的態度。不盡然像是在商店裡，顧客永遠是對的，比較像是地位平等，彷彿她和顧客就要一起度過一段好時光，解開一些古老小鎮的謎題。她的眼中有足夠的亮光，李奇認為她至少有部分是真心誠意。或許她終究不討厭她的工作。

他說：「我要請教妳關於一件房地產的舊紀錄。」

「是發生所有權糾紛嗎？」那名女子問。「這樣的話，你應該請你的律師來查詢，那樣會比較快。」

「不是發生糾紛，」他說。「我父親在這裡出生，如此而已。那是好多年前的事，他已經過世了，我路過這裡，心想我要過來探訪一下，看看他從小到大住的房子。」
「地址呢？」
「我不知道。」
「你記得大概在哪裡嗎？」
「我從沒去過那裡。」
「你沒去過？」
「沒有。」
「或許是因為你父親小時候就搬走了。」
「他一直住到十七歲才離家，加入了海軍陸戰隊。」
「那麼或許是因為你的祖父母在你父親成家之前就搬走了，他來不及回來探訪。」
「在我的印象中，我的祖父母下半輩子都住在這裡。」
「但是你從沒見過他們？」
「我們是海軍陸戰隊家庭，總是派駐各地。」
「我很抱歉。」
「那不是妳的錯。」
「不過感謝你們為國奉獻。」
「奉獻的人不是我。我父親是海軍陸戰隊隊員，我不是。我是希望我們可以查一下他的資料，或許是在出生登記之類的，找出他父母的全名，這樣才能找到他們的正確地址，或許有房地產稅紀錄之類的，讓我可以過去看一下。」
「你不知道你祖父母的姓名？」

「我想他們是叫詹姆士和伊莉莎白・李奇。」

「那是我的名字。」

「妳也叫李奇？」

「不是，是伊莉莎白。伊莉莎白・卡斯托。」

「很高興認識妳。」李奇說。

「彼此彼此。」她說。

「我是傑克・李奇，我父親叫做史丹・李奇。」

「史丹是多久以前離家從軍？」

「他要是還活著，應該九十歲了，所以那是七十多年前的事了。」

「那麼我們從八十年前開始，比較保險，」那名女子說。「那個時候，史丹・李奇大約十歲，和他父母詹姆士和伊莉莎白・李奇住在家裡，在拉科尼亞的某個地方。這樣的概述正確嗎？」

「那可能是我的自傳第一章。」

「我很確定現在電腦可以追溯到超過八十年以前，」她說。「不過年代那麼久遠的房地產稅紀錄，恐怕可能只是一份名單而已。」

她轉動一把鑰匙，打開檯面的一個蓋子。底下是鍵盤和螢幕。這是為了在沒人照看的時候防止失竊。她按下一個按鈕，然後轉過頭去。

「啟動中。」她說。

他以前聽過這些字眼，在談論到科技的時候，不過對他來說，這些字眼聽起來像是軍事用語，彷彿步兵連在一般前進之前緊密排列。

她點擊又捲動，然後捲動再點擊。

「有了，」她說。「八十年前只有索引，加上檔案編號。假如你要詳細資料，你要去查儲存的實體文件。恐怕那通常要花很長一段時間。」

「要多久？」

「有時候要三個月。」

「索引裡面有姓名和地址嗎？」

「有。」

「我們只要這些就夠了。」

「我想是的。假如你想做的只有看看那棟房子。」

「我只打算這麼做。」

「你不好奇嗎？」

「關於哪方面？」

「他們的一生。他們是誰，做了什麼。」

「這份好奇不值得花三個月的時間。」

「好吧，那麼我們需要的就只有姓名和地址了。」

「假如房子還在的話，」他說。「或許有人把它拆了。八十年忽然間聽起來像是長的一段時間。」

「這裡的改變很緩慢。」她說。

她又點擊了一下，然後捲動畫面，起初很快，依照字母排列飛快往下看，然後慢慢地盯著螢幕看，李奇認為應該是在察看R字頭的部分。然後再度往上，一樣慢慢地，一樣用心看。接著又飛快地往下再往上，彷彿想要改變什麼。

她說：「八十年前，沒有叫李奇的人在拉科尼亞擁有過房地產。」

4

派蒂．山德斯壯在早上八點也醒了，比她想起床的時間還要晚，但是她終於累積了足夠的倦意，又多睡了幾乎五個鐘頭。她感覺到身旁的床位是空的。她翻過身，看見房門是開著的。矮仔在外面的停車場，她正在和汽車旅館那夥人的其中一個說話。或許是彼得吧，她心想。那個照看四輪摩托車的傢伙。他們站在本田車旁邊，引擎蓋打開，陽光亮晃晃的。

她溜下床，彎腰偷偷跑進浴室裡，這樣彼得或是哪個站在本田車旁邊的人才不會看到。她沖了澡，穿上同一套衣服，因為她沒有多帶衣服來替換。她走出浴室。她餓了。房門還是開著的。陽光依然亮晃晃的。現在剩下矮仔自己在那裡，另一個人走掉了。

她走了出去，說：「早安。」

「車子發不動，」矮仔說。「那傢伙亂搞一通，現在它掛了。昨天晚上還好好的。」

「其實並不好。」

「昨天晚上還發得動，現在不行了。那傢伙一定是亂搞一通。」

「他做了什麼事？」

「他東弄西弄，他有一支扳手和一支鉗子，我想他把它搞得更糟了。」

「是彼得嗎，那個負責四輪摩托車的傢伙？」

「他是那麼說的。假如是真的話，祝他們好運囉。或許這就是他們會需要九部四輪摩托車的原因，要確保他們總是有一台跑得動。」
「車子昨晚發得動是因為天氣很熱，現在變冷了，這樣會有差。」
「現在妳是黑手囉？」
「那你是嗎？」
「我想那傢伙搞壞了什麼東西。」
「我想他是盡力想幫我們，我們要心存感激。」
「感激他弄壞我們的車？」
「它本來就壞了。」
「昨晚還發得動，一轉鑰匙就發動。」
她說：「你開房門時有問題嗎？」
他說：「哪時候？」
「你今天早上出來的時候。」
「哪種問題？」
「我昨晚想透透氣，但是門打不開，卡住了。」
「我沒有這問題，」矮仔說。「門一推就開了。」
他們看到在五十碼外，彼得從倉棚走出來，手上提著一只棕色帆布袋。看起來很重，是工具吧，派蒂心想。要來修他們的車。
她說：「矮仔．弗萊克，現在你給我聽好。這些人在設法幫我們的忙，所以我要你表現出感激的模樣。最低的限度是，我不希望你給他們任何理由在完成之前停止幫忙。我的話說得夠清楚了嗎？」

「天哪，」他說。「妳搞得好像這全是我的錯。」

「是啊，差不多。」她說，然後她閉上嘴，等著彼得提一袋工具走過來。他帶著興高采烈的笑容，哐噹作響地走向他們，彷彿他等不及要拍掉手上的灰塵，立刻動手處理。

她說：「非常謝謝你的幫忙。」

他說：「不客氣。」

「希望不會太複雜。」

「現在它整個死透了，這通常是電路的問題，或許是線路燒掉了。」

「你會修嗎？」

「我們可以在配件裡做接線，繞過壞掉的部分就行了。你們遲早會想要把它好好整修一下，這玩意兒早晚會搖晃鬆脫。」

「接線要花多久時間？」

「我們要先找出是哪裡燒壞了。」

「昨天晚上引擎發得動，」矮仔說。「然後我們運轉了兩分鐘，再把它關掉。一整晚上氣溫越來越冷，怎麼可能會有東西燒壞呢？」

彼得什麼也沒說。

「他只是提出疑問，」派蒂說。「免得把力氣白白浪費在找出是哪裡燒壞。我們已經占用你們太多時間了，你們肯幫忙真的很好心。」

「沒關係，」彼得說。「這是一個合理的問題。當引擎停止運作，水箱風扇和水幫浦也停了下來。所以不會有強制冷卻，也沒有循環。最熱的水被動地升高到汽缸蓋，在第一個小時，表面溫度能變得更糟。或許有線路碰到了金屬。」

他低頭鑽進引擎蓋底下，敲敲打打了一會兒。他的手指沿著電路撫摸，檢查線路，拉扯這個，輕敲那個。他看著電瓶，用一支扳手檢查夾頭是否緊緊拴在電瓶柱上。

他往後退開並且說：「再試一次。」

矮仔把屁股挪進駕駛座，雙腳踩在地面上。他轉身面對正前方，把手放在鑰匙上。他抬眼看，彼得點頭。矮仔轉動鑰匙。

文風不動，毫無動靜，連咔嗒一下、呼呼轉動或引擎噗噗作響都沒有。鑰匙有沒有轉動都沒差。沒動靜，整個死透了。前所未見地死透透。

伊莉莎白．卡斯托從螢幕前抬起頭來，神情有點茫然，彷彿在思索幾種可能的方案，以及在各種不同情況下的後續步驟，李奇猜想，首先是怪他白痴，把城鎮搞錯了，這一來下一個步驟就是擺脫他，毫無疑問會保持客氣，但也毫無疑問會動作迅速。

她說：「他們可能是租房子住，大部分的人都是。房東繳納稅金。我們必須在別的地方找出他們。他們是農夫嗎？」

「我不這麼認為，」李奇說。「我不記得聽過任何故事提到在寒冷的清晨出去餵雞，然後在雪地裡走二十哩路去上學，來回都要上坡。農夫都會告訴你這類的事情，對吧？但是我從來沒聽過。」

「那麼我就不確定你應該從哪裡開始了。」

「從頭開始是個好主意。出生登記處。」

「那是在郡政廳，不是市政廳。那是另外一棟建築，離這裡滿遠的。或許你應該從人口普查紀錄開始。你父親應該會在兩份紀錄裡出現，在他兩歲和十二歲左右。」

「紀錄在哪裡？」

「也在郡政廳，不過是不同的辦公室，比較近一些。」

「他們有多少辦公室？」

「不少。」

她把他需要的那個地址給了他，再加上逐步路線說明，告訴他怎麼過去那裡。他道別之後，開始步行出發。他經過昨天晚上住的那家小旅社，還有一個他認為他會回來吃午餐的地方。他往南走，再往東前進，穿越市中心的街區，有時走破舊的紅磚人行道上，應該有八十年的歷史了，甚至是一百年。那些店面都整齊乾淨，有很多家是賣鍋具、烘焙器具、餐具，還有其他各式各樣的器具，都和料理及用餐相關。有幾家是鞋店，幾家是包袋專賣店。

他在找的那地方結果是一棟現代建築物，寬廣低矮地蓋在想必是兩塊標準大小的空地上。如果是蓋在科技校園裡，周遭環繞著電腦實驗室，看起來會好得多。這根本就是那種建築，他心想。他領悟到在他的心裡，原本指望會看到架上堆著用繩子捆起的腐朽紙張，上面有褪色墨水的手寫字跡。他很確定這些都還存在，但是不在那裡，全都收起來了，要花三個月才拿得到，而且要先在電腦上複製、分類並且編入索引。它不是隨著一陣灰塵和一台推車出現，而是點一下滑鼠，從印表機呼呼地跑出來。

現代的世界。

他走進去，走到有可能在時尚的博物館或高檔的牙醫診所看到的櫃台前。櫃台後方有一名男子，看起來好像他被派到那裡當作一種處罰。李奇說哈囉。那傢伙抬起頭來，但是沒回答。李奇對他說，他想看兩份舊的人口普查紀錄。
「哪裡的？」那傢伙說，彷彿這不關他的事。
「這裡。」李奇說。
那傢伙一臉茫然。
「拉科尼亞，」李奇說。「新罕布夏州，美國，北美洲，地球，太陽系，銀河，宇宙。」
「幹嘛要兩份？」
「為什麼不行？」
「哪個年份？」
李奇告訴他，第一份是他父親兩歲那年，第二份是十年後，他父親十二歲那年。
那傢伙問：「你是郡內居民嗎？」
「你問這幹嘛？」
「補助。這玩意兒不是免費的，但是本地居民有這權利。」
「我在這裡待了好一陣子了，」李奇說。「至少和我近來居住的其他地方一樣久。」
「你找這資料的原因是什麼？」
「這重要嗎？」
「我們要勾選答案。」
「家族歷史。」李奇說。
「現在我需要你的姓名。」那傢伙說。
「為什麼？」
「我們要達到目標數字。我們要記下姓名，否則他們會認為我們把數字灌水。」

「你可能一整天都在亂編姓名。」

「我們要看證件。」

「為什麼？這玩意兒不是算公眾領域嗎？」

「歡迎來到真實的世界。」那傢伙說。

李奇給他看了護照。

那傢伙說：「你在柏林出生。」

「沒錯。」李奇說。

「也不是新罕布夏州的柏林。」

「有問題嗎？你認為我是外國間諜，被派來這裡擾亂九十年前已經發生的事？」

那傢伙在一張表格的空格裡寫下**李奇**。

「二號隔間，李奇先生。」他說著，往對牆的那扇門指過去。

李奇走進去，進入一個安靜無聲的方形空間，燈光昏暗，豎立的隔板將長形楓木工作檯分隔成個別的工作區。每個工作區裡都有一張靜悄悄的花呢座椅，檯面上有一台平面螢幕電腦，一枝削尖的鉛筆，還有一本薄薄的便條紙，最上方印著郡名，像是飯店品牌名稱。地板上鋪著厚地毯，牆壁是布面包覆，木工製品都是高檔貨。李奇心想這一整個空間想必花了上百萬美元。

他在二號隔間坐下，面前的螢幕活了過來。它亮起藍光，一整片的單調色彩，除了右上角有兩個小圖示，像是信封上的郵票。他不常使用電腦，但是試過一、兩次，而且他看過別人使用很多次了。現在就算廉價的旅館在櫃台也會使用電腦。有好多回，他等著服務人員點擊、捲動和輸入。那種在櫃台啪地放下兩張紙鈔，立刻換到一把銅製大鑰匙的日子已經不復見了。

他移動滑鼠，把箭頭移到上面的那些圖示。他知道那是檔案，或者檔案資料夾。你要在上面點擊，然後它們就會開啟。他從來不確定是要點一下還是兩下，他看過兩種方法都有人做。他通常的習慣是點兩下，彷彿心存懷疑之類的。或許這有幫助，而且似乎從沒造成傷害。像是槍擊某人的頭部，多扣一下扳機總是無害。

他把箭頭的中心點放在左邊的圖示上，點了兩下，然後螢幕刷新成灰色，像是艦艇上的甲板。中間有一個黑白影像，市政府報告的封面，像是一張乾淨鮮明的影印紙，以政府風格字體印製著拘謹又老派的字樣。R．P．拉蒙，人口普查室秘書，W．M．史都華，主任。中間印著：美國第十五次人口普查，新罕布夏州拉科尼亞自治市之摘錄報告書。底部寫著：華盛頓特區出版品管理處販售，定價一元。

李奇看到第二頁的最上方從螢幕底部露出來，他要捲動才行，顯然是如此。他想最好是使用滑鼠表面的那個小轉輪去執行。在大約是它的兩個肩胛骨中間位置，用他的食指指腹去滾動。真方便，憑直覺行事。他略過簡介，內容大多是敘述自第十四次人口普查以來，在調查法方面各種不同的進步。這算不上是吹噓，比較像是怪咖之間在聊的事，即使是在當年。假如你熱愛計算人數，你就需要知道的那種事。

接下來是名單，列出姓名和舊職業，九十年前的世界似乎浮現在眼前。當時有鈕扣製造商、製帽業者、手套製造工人、松脂農夫、勞工、汽車工程師、列車駕駛、紡絲工人，還有製錫廠工人。有一個個別章節的標題是童工從事之非一般職業。大部分都樂觀地分類為學徒，或是助手，有鐵匠、砌磚工、火車頭司機、鑄勺工、澆鑄工、冶煉工等的小學徒。

裡頭沒有人叫李奇。在新罕布夏州的拉科尼亞，史丹兩歲的那年。

他捲動回到最上面，再看一遍，這次特別注意未成年兒童的那一欄。或許當時發生一場可怕的意外，孤兒寶寶史丹被沒有親戚關係但好心的鄰人收養了。或許他們註記了他的出生名字，當作紀念。

沒有任何未成年小孩被分開註記為史丹．李奇。沒有這個人，在新罕布夏州的拉科尼亞，他應該是兩歲的那年。

李奇在螢幕的左上角發現了這地方，有三個紅、橘、綠色的小按鈕，像是側躺的小小交通號誌燈。他在紅色上面點了兩下，檔案收起來了。他開啟右手邊的圖示，找到第十六次的人口普查，不同的秘書，不同的主任，但是重大進步自從上次以來都一樣。然後出現了名單，現在只相距了八十年，不是九十年，其中的差異幾乎看不出來，只是有更多工廠的工作，較少農地上的活兒。

但是依然沒有任何李奇。沒有這個人，在新罕布夏州的拉科尼亞，他應該是十二歲的那年。

他在紅色按鈕點了兩下，檔案收起來了。

5

矮仔再次試著轉動鑰匙，不過依然沒有動靜。只有非常輕微的一聲喀噠，那是鑰匙在轉向柱的鎖孔裡頭發生的聲音。很少有人聽過這種輕輕的喀噠聲，因為它通常立刻被淹沒在汽車的轟隆發動聲裡。這和開槍前的扳機喀噠聲是相同的道理。

但那天早上的情況並非如此。本田車感覺死透了。像一條生病的老狗，在夜裡走了。整個情況完全不同，一點回應也沒有。好像失去了某種動力。

派蒂說：「我認為我們最好打電話找修車技工。」

彼得望向她的肩頭後方。她回頭，看到另外三個人朝他們走過來，有從住宅過來的，也有從倉棚走來，而且一如往常，由主要的那個人帶頭。馬克，那個昨天晚上替他們辦理入住的人。那個邀請他們共進晚餐的人。那個面帶微笑的人。他的後面跟著史蒂芬，然後是羅伯。他們走過來，馬克說：「今天早上還行嗎？」

彼得說：「不太妙。」

「怎麼啦？」

「看不出來。整個死透透了。我猜是有東西燒壞了。」

「我們應該打給修車技工，」派蒂說。「我們不想再佔用你們的時間了。」

「昨天晚上還發得動，」矮仔說。「鑰匙一轉就動。」

馬克微笑著說：「是沒錯。」

「現在它掛了。我是說啦，我了解這部車，我開了很長一段時間了。它的狀況有時好，有時不太妙，但是從來沒掛掉。」

馬克沉默了好一會兒。

然後他又微笑了，說：「我不確定你的言下之意是什麼。」

「或許在裡頭敲敲打打讓情況更糟了。」

「你認為彼得把它弄壞了嗎？」

「總是出了什麼問題，在昨天晚上和現在之間。我就這意思而已。或許是彼得，或許不是。這已經不重要了。因為重點是，你們在裡頭敲敲打打，這和你們要為它負責的意思是差不多的。因為這是汽車旅館，我確定有旅店主人法，保管顧客的財物，那一類的議題。」

馬克又沉默了。

「他不是那個意思，」派蒂說。「他只是沮喪而已。」

馬克只是搖搖頭，沒有其他動作，彷彿他是在甩掉最微不足道的小事。他看著矮仔，並且說：「壓力不容易應付，我同意。我想我們都知道這點。但是同樣地，我想我們也都知道，現在最聰明的做法是，在我們共同的往來上建立起最低限度的禮貌，你們說對吧？一點尊重，或許還有一點謙虛。或許一點責任方面的承擔。你的車本來就沒有好好保養，對吧？」

矮仔沒回答。

「時間一分一秒在走，」馬克說。「中午很快就要到了，也就是說昨晚就要變成今晚了。在汽車旅館業來說，到時候你又要欠我們五十元，而我從派蒂的表情看得出來，你們不想付這錢，或者付不起。所以快點回答對你們的幫助大過對我的好處。不過要快要慢，那就看你們的選擇了。」

派蒂說：「好吧，我們的車是沒有好好保養。」

「嘿。」矮仔說。

「本來就是啊，」她說。「我敢說這是你自從買車以來，第一次掀開引擎蓋。」

「這車不是我買的，是別人送的。」

「是誰送的？」

「我叔叔。」

「那麼我敢說這是自從這輛車出廠之後，第一次掀開引擎蓋。」

矮仔沒說話。

馬克看著他，然後說：「派蒂從第三者的角度來看事情，也就是說這具有相當程度的客觀性。所以我確定她正確無誤。我敢說事情就是這麼簡單。你是個大忙人，誰有那個時間呢？有些事情就會疏忽了。」

「我想是吧。」矮仔說。

「但是你要大聲說出口，我們要聽到這話從你的嘴裡吐出來，用你自己的說法。」

「什麼？」

「所以我們才能有個好的開始。」

「開始什麼？」

「我們要建立起友好的關係，弗萊克先生。」

「為什麼？」

「嗯，比方說，昨天晚上，我們給你晚飯吃。還有呢，再比方說，從現在起大約一個小時之後，你會要我們給你早餐吃，因為不然你還有什麼選擇呢？我們要求的回報只是你有所得，也要有所付出。」

「付出什麼？」

「對於你身處的困境負起你的那一份責任。」

「原因呢？」

「我想呢，這就像是在開始一場賭局之前，先在桌上放一些籌碼。這會像是在我們友好關係裡的感情賭金。我們對你們敞開心房，請你們過來吃飯，現在我們要你們回報這份人情。」

「我們不想吃早餐。」

「連咖啡也不要嗎？」

「我們可以去接浴室水龍頭的水來喝，假如你們不反對的話。」

「你會要求我們給你們午餐吃。自尊心可以讓你省略一餐，但沒辦法撐過兩餐。」

「載我們進城去就好了，我們會找拖吊車來拖走我們的車。」

「我們又沒說要載你們。」

「那就替我們打電話叫修車技工。」

「我們會的，」馬克說。「在你開口之後立刻打。」

「你是要我公開認罪嗎？」

「你有什麼要招認的嗎？」

「我想我是能做得好一點，」矮仔說。「有人告訴我，日本車撐得住，你可以跳過一年沒關係。然後我想在某些年裡，我就是記不得我在哪一年要幹嘛了。所以總地來說，我想我錯過了好幾年，其實不應該這樣的。」

「只有好幾年嗎？」

「或許從頭到尾都是。就像你說的，我沒有那個時間。」

「這在短期是好辦法。」

「這是最簡單的方法。」

「但是長期就不行了。」

「我想是吧。」矮仔說。

「事實上是一個錯誤。」

「我想是吧。」

「這就是我們要你大聲說出口的部分，弗萊克先生。我們要聽你說，你犯了一個愚蠢的錯誤，為大家帶來許多麻煩。我們要聽你說，你對此深感抱歉，尤其是對派蒂，我們認為她的忠誠令人感動。你交了一個好女孩，弗萊克先生。」

「我想是吧。」

「我們要聽你親口說。」

「關於派蒂？」

「關於那個錯誤。」

沒有回應。

馬克說：「不久前，你要求我們承擔責任。但是搞砸的是你自己。我們沒有弄壞你的車，我們沒有把一部好機器當破銅爛鐵一樣對待，然後連踢踢輪胎看有沒有氣都沒有，就上路趕赴一趟重要的長途旅程。做這些事情的人是你，弗萊克先生，不是我們。我們只是要澄清這點而已。」

沒有回應。

豔陽高照，派蒂的頭頂曬得熱烘烘的。

她說：「你就說了吧，矮仔，這又不是世界末日。」

矮仔說：「好吧，我犯了一個愚蠢的錯，給大家帶來這麼多麻煩。我向所有相關人士道歉。」

「謝謝你，」馬克說。「現在我們去打電話找修車技工。」

李奇沿著他的來時路往回走，經過賣包袋、鞋子及廚具的店家，經過他挑選的午餐餐館，經過他過夜的地方，回去市政廳裡頭的檔案部門。那個齊腰高度的櫃台又沒人顧。他按下服務鈴。過了一下子，伊莉莎白．卡斯托進來了。

「喔，」她說。「又是你。」

「哈囉。」他說。

「運氣如何？」

「不太好，」他說。「兩份人口普查紀錄裡都沒有他們。」

「你確定是鎮名對嗎？甚至是州別。其他地方可能也有拉科尼亞。新墨西哥州（New Mexico）、紐約州（New York）或新澤西州（New Jersey）。有很多N開頭的州。」

「一共八個，」李奇說。「包括新（New）、北（North）、內華達州（Nevada）和內布拉斯加州（Nebraska）。」

「那麼你看到的可能不是新罕布夏州，而是其他新什麼的。以前的手寫字跡可能很奇怪。」

「我看到打字的紀錄，」李奇說。「大部分是海軍陸戰隊文書紀錄，他們通常會如實紀錄。而且我聽過他親口說，講了十幾次。我母親會取笑他某件事，最常見的是缺少浪漫的表示。然後他會說，所以咧，我可是正統的新罕布夏北方佬。」

伊莉莎白．卡斯托說：「嗯哼。」

然後她說：「我想每份人口普查都會少了一些人。有各種怪誕的理由。他們一直在設法改善方法。你應該和這裡的一個傢伙談談，他是人口普查迷。」

「那是新流行的玩意兒嗎？」

「可能不是喔，」她帶點尖銳的口吻說。「我確定這是一種認真追求的目標，擁有值得尊敬的悠久歷史。」

「我很抱歉。」

「為什麼？」

「我認為我冒犯了妳。」

「怎麼會呢？我又不是人口普查迷。」

「比方說，假如那位人口普查迷是妳的男友的話。」

「才不是呢。」她說，憤慨地倒抽了一口氣，彷彿這念頭荒謬至極。

「他叫什麼名字？」

「卡特。」她說。

「我要去哪裡找他？」

「現在幾點？」她說，忽然到處找起了手機，而它不在手邊。李奇注意到越來越少人戴手錶了。手機無所不能。

「快要十一點了，」他說。「還有四分鐘，再加幾秒。」

「當真？」

「為什麼不行？我把它當作一個認真的問題。」

「再加幾秒？」

「妳認為這樣太準確了嗎？」

「大部分的人會說還有五分鐘，或者大概十一點。」

「我也會這麼說，假如妳是問我現在大概幾點鐘。但是妳沒有。妳問我幾點了，句號。現在還有三分多鐘了。」

「你沒看手錶。」

「我沒戴錶，」他說。「跟妳一樣。」

「那麼你怎麼知道現在幾點？」

「我不知道。」

「真的嗎？」

「現在距離早上十一點還有兩分鐘，然後或許再加五十秒。」

「等等。」她說。她從後牆上的那扇門走出去。過了好一會兒，她拿著手機回來了。

她把手機放在櫃台上，螢幕是暗的。

她說：「現在幾點？」

「等一下。」他說。

然後他說：「三、二、一。現在是整點，剛好十一點鐘。」

她按下手機按鈕。

螢幕亮起了。

上面顯示十點五十九分。

「很接近。」她說。

時間跳到十一點。

「你是怎麼辦到的？」她說。

「我不知道，」他又說了一遍。「我要去哪裡找妳的朋友卡特，那位人口普查迷？」

「我沒說他是我的朋友。」

「同事囉？」

「完全不同部門。在後面的辦公室。如同他們說的，不是面對顧客生態的一環。」

「那麼我要怎麼見到他？」

「所以我才問你時間。他會在十一點一刻休息喝咖啡。每天都如此，跟發條裝置一樣規律。」

「他聽起來像個可靠的人。」

「他花整整三十分鐘，在紅綠燈對面的那地方。如果太陽露臉的話，他會坐在庭園裡。可能會，也可能不會，從這裡看不出來。」

「卡特叫什麼名字？」李奇問，想到咖啡師在喊顧客的名字。他想那裡一定擠滿了休息三十分鐘的辦公室職員，看起來全都長得差不多。

「卡特是他的名字。」伊莉莎白・卡斯托說。

「那他姓什麼？」

「克林頓，」她說。「再回來告訴我事情進行得如何。別放棄，家人很重要。會有其他的方法可以查清楚的。」

6

派蒂和矮仔單獨在十號房裡，一起坐在凌亂的床上。馬克最後還是邀請他們過去吃早餐。他轉身要走，然後又轉回來，臉上帶著一個寬恕的露齒笑容，一副大家都是朋友，我們就別傻了的模樣。派蒂本來想答應，但是矮仔說不用了。他們回到房裡，用漱口杯喝了微溫的水，站在浴室洗手台前面。

派蒂說：「當你不得不要求他們給我們午餐吃的時候，你的感覺只會更差而已。你應該早就把整件事拋在腦後了。現在它會在你的心裡逐漸累積。」

矮仔說：「妳要承認這很怪。」

「什麼很怪？」

「剛發生的這一切。」

「剛發生了什麼？」

「妳看到的，妳也在場啊。」

「用你自己的說法說來讓我聽聽。」

「要我親口說嗎？妳聽起來跟他一樣。妳看到發生的那一切。他開始拿一些奇怪的宿怨來攻擊我。」

「我看到的是彼得自願拿他的時間來幫我們。他一早就開始忙了，我都還沒起床耶。然後我看到的是你對他很不客氣，說他把事情搞得更糟了。」

「我同意昨天車子跑得不太順，但是現在它根本不動了。不然會是怎樣？他顯然幹了什麼好事。」

「你的車子本來就有不少毛病，或許昨晚發動它是壓垮駱駝的最後一根稻草。」

「那真的很怪，他逼我做的那些事。」

「他逼你說出實話而已，矮仔。我們現在應該已經抵達紐約市了，做完了買賣，現在我們可能開去那種中古車行，他們什麼車都收。我們可能換到一輛更棒的車，神氣活現地開完剩下的路程。」

「我很抱歉，」矮仔說。「我是說真的。」

「或許那個技工可以修好它。」

「或許我們應該把它丟在這裡，就這樣走掉，以免我們又要付五十元的房錢。」

「你這話是什麼意思，就這樣走掉？」

「靠我們的兩條腿走啊。我們可以走回大馬路上，搭便車離開。妳說前方二十哩有小鎮，他們可能有公車。」

「穿越樹林的小徑有兩哩多長，你要拉著行李箱。那箱子比你的人還要大。我們不能把它留在這裡。而且這附近只有偏僻小路，沒有車輛來往。那是我們計畫走的路線，記得嗎？我們可能一整天都在等著搭便車。尤其又帶了一個大皮箱。這種東西會令人望之卻步，他們不會停車的。或許他們的後車廂已經滿了。」

「好吧，或許技工會把它修好。或者至少他可以用他的卡車載我們進城，還有那只大皮箱。然後我們再繼續想辦法。」

「再多付五十元確實會讓荷包大失血。」

「這還不是最糟的，」矮仔說。「五十元還是小事，我們可能在這裡住上一個禮拜。而且和技工的花費相比，那些傢伙會收取到府服務的費用，妳相信嗎？這基本上就像是你因為還活著就有人付錢給你。我告訴妳，這和種馬鈴薯不一樣。順帶一提，技工會吃馬鈴薯，他們愛死了。炸薯條、薯餅、起司培根焗烤馬鈴薯。要是我要他們因為想到我替他們種馬鈴薯，就要付錢給我呢？」

派蒂忽然起身，床鋪彈動了起來。她說：「我要出去透透氣。」

她走到門邊，轉動門把，用力一拉。文風不動，門又卡住了。她察看門鎖。

她說：「昨天晚上也是這樣。」

矮仔下了床，走過來。

他轉動門把。

門開了。

他說：「或許妳轉動門把的方式錯了。」

她說：「轉動門把能有幾種方式呢？」

他把門關上，往後退開。

她走上前，再試一次。她和先前一樣抓握，一樣轉動，一樣用力拉。

門打開了。

她說：「這就怪了。」

拉科尼亞的市中心陽光普照，太陽略微低懸在天空，像是時序剛進入秋季，不過氣溫依然暖和如夏。李奇在十一點十分抵達紅綠燈對面的咖啡店，比原定時間提早五分鐘。他在庭園角落的一張小鐵桌旁坐下，在那裡可以看到從市政廳大門過來的人行道。他不確定他期待看到卡特．克林頓是怎樣的人，雖然他有好幾條線索。一、伊莉莎白．卡斯托認為把這傢伙想成是她男友太荒謬了。二、她滿心不願地說明他甚至不是她的普通朋友。三、這傢伙被放逐到後面的辦公室。四、他不能和民眾接觸。五、他對人口普查方法學很熱中。

這些跡象不太妙。

庭園也有一道側門，通往停車場。人們來來去去。李奇點了一杯普通的黑咖啡，用外帶杯裝，不是因為他打算匆忙離開，而是他不喜歡內用杯的造型，大小和重量跟夜壺差不多。在他看來，那根本不適合拿來裝咖啡，但是其他人想必很滿意，因為庭園裡人很多。裡面很快就只剩三個空位了。其中一個不可避免地就在李奇的對面。這是他的人生寫照，人們覺得他難以親近。

第一個從市政廳方向進來的是一名年約四十的女子，活躍，能幹，可能負責某個大部門。她跟幾位顧客打招呼，同事之間的一般禮貌，然後她把她的背包扔在一個空座位上，不是李奇對面的那個，接著走到櫃台去點她要的東西。李奇看著人行道。他看到遠處有一名男子從市政廳出來，開始沿著街區走過來。即便距離這麼遠，他還是能清楚看到他的個頭挺拔，衣著講究。他穿著一襲精緻的西裝，襯衫是白色的，領帶打得端正。他有一頭金髮，剪得短短的，但是有點東翹西翹，像是他已經盡力打理了。他曬得黝黑，看起來精壯結實，充滿精神和活力。他的風度翩翩，在舊磚牆的陪襯下，他看起來像是電影場景裡的大明星。

只不過他跛著腳走路。非常輕微，是左腳。

去櫃台點餐的女子回來了，手上端著一個杯子和一只餐盤，在她剛才佔的位子坐了下來。這時剩下兩個座位，另一名女子立刻在其中一個坐了下來，可能是另一名部門主管，因為她和另外一群人打招呼。庭園裡只剩下李奇正對面的那個空座位了。

然後那位像電影明星的傢伙走進來。近距離看到本人之後，他和李奇在遠處看到的一模一樣，而且也很帥氣，是粗獷的那一型。像是念大學的牛仔。既高且瘦，又能幹。可能三十五歲吧。李奇跟自己打賭，這傢伙是軍人出身。他的一切在在流露出這種氣質。在一瞬間，他替這傢伙打造了想像中的完整自傳。從一所西部大學的儲備軍官訓練團到在伊拉克或阿富汗受傷，以及在沃特里德軍醫院待了一段時間。然後除役，在新罕布夏州接了一份新工作，或許是行政職務，或許是需要他去跟市政府爭辯的工作。他拿著一杯外帶咖啡，和一只稍微透出奶油漬的紙袋。他掃視庭院，找到了唯一的空位。他朝那個位子走去。

兩位部門主管都高聲招呼：「嘿，卡特。」

那傢伙也回應她們的招呼，帶著一個可能殺死她們倆的微笑，然後繼續往前走。他在李奇的對面坐下來。

李奇說：「你叫卡特嗎？」

那傢伙說：「是的，我是。」

「卡特．克林頓？」

「很高興認識你。請教你是？」

他聽起來好奇的成分多過惱怒。他說話的口吻像是有教養的人。

李奇說：「有位叫做伊莉莎白．卡斯托的女士建議我找你談。她是市政廳檔案部門的人。我叫傑克．李奇，有個關於從前的人口普查問題。」

「這是法律問題嗎？」

「是個人私事。」

「你確定？」

「唯一的問題是，我今天或明天要上得了巴士。」

「我是市檢察官，」克林頓說。「我也是人口普查迷。出於道德的理由，我需要絕對確定你認為你在和哪一個說話。」

「人口普查迷，」李奇說。「我想要的只有背景資料。」

「多久以前？」

李奇告訴他，首先是他父親兩歲的那年，然後是他十二歲那年。

克林頓說：「那個問題是什麼？」

所以李奇把來龍去脈告訴他，關於家族文件、海軍陸戰隊文書和他們的打字機、二號隔間的電腦螢幕，以及李奇家的明顯缺席。

「有意思。」克林頓說。

「怎麼說？」

克林頓停頓了一下。

他說：「你也是海軍陸戰隊嗎？」

「陸軍。」李奇說。

「那可不尋常，不是嗎？我是說，海軍陸戰隊隊員的兒子加入陸軍。」

「在我們家裡不算什麼，我哥哥也是一樣。」

「這答案要分成三部分來說，」克林頓說。「第一部分是，各式各樣的錯誤都有可能發生。但是一連發生兩次，就統計上來說不太可能。這種機率有多少？所以我們往下看。答案的第二或第三部分都無法真正影響到一個假設的人的假設祖先。因此你要接受我是假設性地說。一般而言，也就是說在大多數人的大部分時候，廣泛的大多數，無關個人，許多例外，那些好的部分，好嗎？所以別覺得受到冒犯。」

「好，」李奇說。「我不會的。」

「把焦點放在你父親十二歲那年的普查，不要管之前的那個了。後來的那個比較好。那時候，我們有七年的經濟大蕭條和羅斯福新政，普查非常重要。因為更多人等於更多聯邦收入。你可以確定州及市政府在那一年像瘋了似地，設法不要漏掉任何人。但是即便如此，他們還是有所遺漏。第二部分的答案是，遺漏比例最高的是房屋承租戶、多戶式住宅或人滿為患的宿舍之住戶、失業人口、低教育程度及收入者，以及接受公共救助的那些人。換句話說，就是那些社會邊緣人。」

「你覺得人們不喜歡聽到自己的祖父母是如此嗎？」

「他們喜歡這個勝過第三部分的答案。」

「也就是？」

「他們的祖父母在逃避法律責任。」

「有意思。」李奇說。

「是會有這種情況，」克林頓說。「顯然沒有哪個遭到聯邦通緝的人會填寫人口普查表格。其他人則認為保持低調對未來有幫助。」

李奇沒說話。

克林頓說：「你在軍隊裡擔任哪種職務？」

「軍警，」李奇說。「你呢？」

「是什麼讓你認為我加入過陸軍？」

「你的年紀、外表、態度和舉止，你有種果斷能力的氣質，還有你的跛行。」

「你注意到了。」

「我受過訓練，我是警察。我猜你的小腿是義肢，幾乎無法察覺，所以是很好的那種。而就目前來說，陸軍擁有的是最好的。」

「我從來不曾服役，」克林頓說。「我沒辦法。」

「為什麼不行？」

「我生來帶著一種罕見疾病，它有個又長又複雜的名稱。這表示我沒有脛骨，其他一切都正常。」

「所以你一輩子都在練習。」

「我沒有要尋求同情。」

「你不會得到一絲同情。不過即便如此，你表現得不錯。你的走路姿態近乎完美。」

「謝謝，」克林頓說。「跟我談談當警察的心得。」

「這是一份好工作，在你還能保住它的時候。」

「你看到犯罪對家庭的影響。」

「有時候。」

「你父親在十七歲加入海軍陸戰隊，」克林頓說。「其中必有原因。」

派蒂．山德斯壯和矮仔．弗萊克在房間外面，坐在窗戶下的塑膠草坪椅上。他們看著穿過樹林的小徑入口，等著修車技工到來。他沒來。矮仔站起來，試著再次發動本田車。有時候把東西關掉一段時間就好了。他有一台電視機就像那樣。大約三次裡頭會有一次，打開來是沒聲音的。你就要把它關掉，再試一次。

他轉動鑰匙，沒有動靜。開、關、開、關，靜悄悄地，一點變化也沒有。他回到草坪椅上。派蒂站起來，從前座置物箱取出所有的地圖。她拿著地圖，回到她的椅子上，放在膝頭攤開。她找到他們現在的地點，在那一吋長的蛛網脈絡尾端，就在淺綠色塊狀的中間。森林地帶。看起來平均有五哩寬，從最上方到底部可能有七哩長。蛛網脈絡的頂點不在這個空間的正中央，距離東邊界線兩哩，但是離西邊界線有三哩。南北距離差不多相等。一條淺色的線圍繞著綠色塊狀，彷彿那是同一片產業。或許這家汽車旅館擁有那片森林。在那之外沒有什麼了，除了他們開下來的那條雙線道路。那條路向東邊及南邊蜿蜒而去，通往一座以半粗體標示鎮名的小鎮。新罕布夏州，拉科尼亞。不只二十哩，是將近三十哩遠。她昨天的猜測太樂觀了。

她說：「或許最好的辦法就是像你說的那樣，我們應該別管那輛車了，搭拖吊車進城。拉科尼亞靠近I-93號公路，我們可以搭便車去四葉型交流道，或者甚至搭計程車。假如我們可以抵達納舒厄或曼徹斯特，我們就能去波士頓，然後搭廉價巴士去紐約。」

「關於車子的事，我很抱歉，」矮仔說。「我是說真的。」

「反正做都做了，再說也沒用。」

「或許技工能修好它，可能很簡單。我搞不懂它怎麼會死得這麼透。或許是接線鬆脫，就這麼簡單。我以前有個收音機，連指示燈都不亮。我用力打了又打，然後我看到插頭從牆上的插座脫落了。和這種死透的感覺是一樣的。」

他們聽見泥土地上傳來腳步聲。史蒂芬繞過角落，朝他們走來。他經過十二號房、十一號房，然後停下腳步。

「過來吃午餐吧，」他說。「別把馬克的話放在心上。他是不開心，就這樣而已。他真心想幫你們，但是幫不了。他以為彼得一下子就會修好，所以他很沮喪。他喜歡大家都能一切順利。」

矮仔說：「修車技工哪時候會來？」

「恐怕我們還沒有機會打給他，」史蒂芬說。「電話一整個早上都不通。」

7

李奇離開待在庭園的克林頓，走回到市政廳。他在檔案部門按下服務鈴，一分鐘後，伊莉莎白·卡斯托從那扇門走出來。

他說：「妳告訴我要回報進度。」

她說：「你找到卡特了嗎？」

「他似乎人不錯，我不懂妳怎麼會不想跟他約會。」

「你說什麼？」

「當我納悶他是不是妳的男友時，妳一臉的懷疑。」

「懷疑他會想跟我約會。他是拉科尼亞最有身價的單身漢。他想約誰都不成問題。我確定他根本不知道我是誰。他跟你說了什麼？」

「我的祖父母要不是很窮，要不就是小偷，或者是很窮的小偷。」

「我敢說他們不是的。」

李奇沒說什麼。

她說：「雖然我知道這兩種都是常見的原因。」

「這兩種都有可能，」他說。「我們不需要小心翼翼地說話。」

「或許他們也沒有登記投票。他們會有駕照嗎？」

「假如他們很窮就不會有，或者他們是竊賊。反正不會是用他們的真實姓名。」

「你父親一定會有出生證明，他一定登記在某處的文件上。」

通往走廊的那扇門開啟了，卡特．克林頓和那套西裝、臉上的微笑以及那頭亂髮走進來。他看到李奇的時候說：「又見面了，」一點也不意外，彷彿他預期會見到他。然後他轉身朝櫃台走去，伸出了手，並且說：「妳一定是卡斯托小姐。」

「伊莉莎白。」她說。

「我是卡特．克林頓，很高興認識妳。謝謝妳請這位先生過來找我，他的狀況很有意思。」

「因為他父親在連續兩次的普查中都不曾出現過。」

「沒錯。」

「這感覺是故意的。」

「只要我們確定我們找對了城鎮。」

「不會錯的，」李奇說。「我看過十幾次的書面紀錄。新罕布夏州，拉科尼亞。」

「有意思，」克林頓說。接著他注視伊莉莎白．卡斯托的雙眼，並且說：「我們應該找時間共進午餐，我喜歡妳從這兩次普查中看出端倪的方式。我想要進一步討論。」

她沒回答。

「總之呢，有新的進展就隨時通知我吧。」他說。

她說：「我們在想他一定有出生證明。」

「想必是如此，」他說。「他是哪時候出生的？」

李奇停頓了一下。

他說：「這話聽起來會很奇怪，我是說就整件事的來龍去脈來說。」

「為什麼？」

「有時候他不太確定。」

「這話是什麼意思？」

「有時他說是六月，有時說是七月。」

「他有解釋原因嗎？」

「他說他記不清了，因為生日對他來說不重要。他不懂為什麼要為了距離死亡更近一年而接受祝賀。」

「這話真冷酷。」

「他是海軍陸戰隊隊員。」

「文件上是怎麼寫的？」

「七月。」

克林頓沒說話。

李奇說：「怎麼？」

「沒什麼。」

「我已經和卡斯托小姐達成協議，不需要小心翼翼地說話。」

「一個出生日期不確定的孩子，這是家庭失能的典型表徵。」

「假設性地說。」李奇說。

「反正呢，出生紀錄是依照日期排序。假如你不確定的話，可能要花點時間。最好是找到另一種途徑。」

「比方說？」

「警方的逮捕紀錄，或許吧。我無意顯得冷漠無感，單純是就比例來說。撇開其他不談，能刪減掉這個可能性也是好的。我和你一樣，不希望他們是在逃避執法單位的追捕。我想要一個比這個更有意思的原因，而且不用花太多時間就能查明。因為現在我們的警察部門大概連一千年前的紀錄都已經電腦化了。他們砸了大錢。是花國土安全部門的錢，不是我們的，不過還是很驚人。他們還打造了一座首位警長的雕像。」

「我該去找誰？」

「我會先打聲招呼，櫃台會有人接待你。」

「他們會配合嗎？」

「我是那個決定市政廳是否要挺他們的人，我是說在他們做錯事的時候，所以他們會全力配合。但是等到午餐過後再說吧，這樣你會得到更多的時間。」

派蒂．山德斯壯和矮仔．弗萊克去主屋吃午餐。那是尷尬的一餐。矮仔時而僵硬不自然，時而顯得難為情。彼得很安靜。不知道是生氣還是失望，派蒂看不出來。羅伯和史蒂芬沒有多說什麼。只有馬克認真在說話。他開朗又快活，而且聊個沒完，態度非常友善，彷彿今天早上的那些事從沒發生過。他似乎決心要為他們的問題找出解決辦法。他為了電話的事一再向他們道歉，他讓他們聽故障的話筒，彷彿想分擔他的包袱。他說他不放心，其他人會擔心他們，不管是在家鄉或是在他們的目的地。他們錯過約會了嗎？是否需要打電話聯絡誰？

派蒂說：「沒人知道我們出門了。」

「真的嗎？」

「他們會設法勸退我們。」

「勸退什麼？」

「那裡很無聊，矮仔和我想要不一樣的生活。」

「你們打算去哪裡？」

「佛羅里達，」她說。「我們想在那裡創業。」

「關於哪方面？」

「和海面有關的。水上運動，或許吧。像是出租風帆衝浪板。」

「你們會需要資金，」馬克說。「要買風帆衝浪板。」

派蒂別開視線，心裡想著那只皮箱。

矮仔問：「電話會故障多久？」

馬克回問他：「現在怎樣，我是千里眼嗎？」

「我是說，通常的情況，就一般來說。」

「他們通常會在半天內修好。而且修車技工是一位好朋友，我們會請他把我們排在優先處理。你在晚餐前就能上路了。」

「萬一花的時間超過半天呢？」

「那就只能這樣了，我想。我也控制不了。」

「說真的，最好的辦法是載我們進城。對我們最好，對你們也是。我們就不會再打擾你們了。」

「但是你的車還是會在這裡。」

「我們會找拖吊車過來。」

「會嗎？」

「我們一看到有拖吊場就會。」

「我們能信任你們嗎？」

「我保證我會好好處理這件事。」

「好吧，但是你不得不承認，到目前為止，你還沒有百分之百證明你有好好處理事情的能力。」

「我保證我們會找拖吊車過來。」

「不過要是沒有呢？我們還要做生意。我們會為了要處理掉你們的車而陷入困境。這可能不好處理，因為嚴格地說，車不是我們的，要怎麼處理掉。少了所有權，我們沒辦法多做什麼。我們不能捐出去，甚至不能當破銅爛鐵賣掉。毫無疑問地，我們要花費時間和金錢去想辦法處理。但是非這麼做不可。我們不能把它永遠留在這裡，讓這地方變得髒亂。這不是針對個人。像我們做這種生意，形象和外觀魅力就是一切。它需要吸引顧客上門，不是把人嚇跑。在重要的位置停了一部生鏽的破車會傳遞出錯誤的訊息。我無意冒犯，相信你們能理解。」

「你們可以和我們一起去拖吊場，」矮仔說。「你們可以先開車載我們過去，親眼看著我們安排拖吊，像是證人一樣。」

馬克點頭，低著頭，現在他自己有點不好意思了。

「好答案，」他說。「事實是，在這個時候，說到開車進城，我們自己有點難為情。這地方的投資數字龐大，我們三個都把車賣了。我們留著彼得的車，大家共用，因為它正好最破舊，因此也是最沒價值的一部車。它今天早上發不動，就跟你們的一樣。或許是空氣中有什麼問題。不過實際上就目前來說，恐怕我們大家都困在這裡了。」

李奇在他稍早挑選的地方用餐。那裡提供高檔但常見的餐點，空間舒適，而且鋪設了桌巾。他點了一個漢堡，一堆配料堆得老高，搭配一片杏桃派，而且從頭到尾只喝黑咖啡。然後他前往警局。他在克林頓描述的位置找到了警局，公共大廳是挑高設計，鋪設瓷磚，感覺很正式。一位民眾服務台職員守在桃花心木櫃台的後面。李奇向她表明身分，說卡特・克林頓答應先打個電話過來，安排找人跟他談。她顯然已得到通知說他會過來。

她請他先坐一下，但他只是站在那裡等著。結果他沒等太久。兩名警探推開了對開門走進來。他們是一男一女，兩人看起來都是經驗豐富的專業人士。起初李奇以為他們不是要來跟他談的人，他預期的是一名檔案管理員，不過他們直接朝他走來。當他們抵達後，那名男子說：「李奇先生嗎？我是警探長吉姆・蕭，很高興認識你。」

警探長。很高興。克林頓說過，他們會全力配合。他沒在開玩笑。蕭是個大塊頭，五十多歲，或許五呎十吋高，有一張布滿皺紋的愛爾蘭臉孔和一頭驚人的紅髮。在波士頓方圓一百哩以內，任何人都會一眼就認出他是警察。他活脫脫就是個警察的範本。

「我也很高興認識你。」李奇說。

「我是布蘭達・阿莫斯警探，」那名女子說。「很高興能幫忙，有需要儘管開口。」

她操著一口南方口音，聲調拖得長長的，但是不再甜膩，由於過度使用而變得粗啞。她比蕭年輕十歲，大約五呎六吋高，而且身材苗條。她有一頭金髮，高顴骨，還有一雙惺忪的綠色眼睛，像是在說別惹我。

「長官，謝謝妳，」他說。「不過說真的，這不是什麼大事。我不知道克林頓先生究竟是怎麼告訴你們，但是我需要的只是一些古老的歷史。而且可能根本也不存在。那是八十年前的事了，連懸案都稱不上。」
蕭說：「克林頓先生提到你是軍警。」
「很久以前的事了。」
「這讓你獲得十分鐘使用電腦的時間。只要花這些時間就夠了。」
他們帶他往回經過大腿高度的桃花心木門，走進一個開放的區域，裡頭都是便衣警察坐在兩兩相對的辦公桌前。桌面上擺放了電話、平面螢幕、鍵盤，還有金屬網籃收納的文件。這裡和任何地方的辦公室都一樣，只不過多了一種汙濁及沉重的無趣氛圍，明白顯示出這是警察辦公的地方。他們在一個角落轉彎，走進一道走廊，兩側都是辦公室。他們在左手邊的第三間停下來。那是阿莫斯的辦公室，她請李奇進去，蕭和他們道別，繼續往前走，彷彿所有的客套禮數都已經做完，所以他的任務完成了。阿莫斯跟著李奇走進去，關上門。辦公室的外部結構顯得老舊又傳統，但是裡面的一切都時髦又新穎。辦公桌、座椅、文件櫃、電腦，一應俱全。
阿莫斯說：「我能幫你什麼忙嗎？」
他說：「我要找姓李奇的，從一九二〇到一九四〇年代的警方紀錄舊資料。」
「是你的親戚嗎？」
「我的祖父母和我父親。克林頓認為他們逃避人口普查，因為遭到聯邦通緝。」
「這是市政部門，我們無法取得聯邦紀錄。」
「他們可能從小案子開始，大部分的人都是這樣。」
阿莫斯把鍵盤拉近，開始敲敲打打。她問：「有任何替代的拼法嗎？」
他說：「我想是沒有。」

「名字呢？」

「詹姆士、伊莉莎白，以及史丹。」

「吉姆、吉米、傑米、莉茲、莉琪、貝絲？」

「我不知道他們怎麼稱呼彼此，我從沒見過他們。」

「史丹是史丹利的簡稱嗎？」

「我從沒見過那個名字，向來就是史丹而已。」

「有任何大家都知道的別名嗎？」

「就我所知是沒有。」

她又輸入更多資訊，然後點擊，接著等待。

她沒開口。

他說：「我猜妳也是軍警。」

「你是從哪裡看出來的？」

「首先是妳的口音，那是美國陸軍的腔調。大部分是南方腔，但是參雜了一點其他的。還有，大部分平民警察會問我們做了什麼，以及我們是怎麼做的，因為他們有職業上的好奇心，但是妳沒有。最可能的原因是妳已經知道了。」

「我認罪。」

「妳除役多久了？」

「六年，」她說。「你呢？」

「比那更久。」

「什麼單位？」

「大部分是在一一〇特調組。」

「不錯喔，」她說。「當時的指揮官是誰？」

「是我。」他說。

「現在你退下來了，投入族譜調查。」

「我看到一個路標，」他說。「如此而已。我開始希望我沒看到了。」

她的視線回到螢幕上。

「我們查到一筆了，」她說。「在七十五年前。」

8

布蘭達．阿莫斯點擊了兩次，然後輸入一組密碼。接著她又點了一下，傾身向前，大聲唸出來。她說：「一九四三年九月末的一個夜晚，有人發現一名年輕人昏迷不醒地躺在拉科尼亞市中心某條街的人行道上。他慘遭毆打。經過指認得知，他是一名二十歲的本地人，警局眾所周知的大嘴巴和惡霸，但是沒人敢動他，因為他是一名本地富商之子。因此我猜想，警局內部應該會私下慶祝一番，但是顯然為了外在觀感而必須展開調查。他們不得不做個樣子。這裡寫的是，隔天他們挨家挨戶查訪，沒指望能得到多少消息。不過事實上他們得到不少。有一位老太太透過望遠鏡看到整起事件經過。被害人和另外兩名年輕人吵了起來，他顯然期望自己會贏，不過最後的結果是他被修理了一頓。」

李奇說：「那位老太太三更半夜拿望遠鏡做什麼？」

「這裡寫著她是賞鳥迷，對夜間的遷徙和持續飛行有興趣。她說她能在夜空的襯托下看出鳥兒的形體。」

李奇沒說話。

阿莫斯說：「她認出兩個少年的其中一個是當地賞鳥社團的成員之一。」

李奇說：「我父親是賞鳥迷。」

阿莫斯點頭。「老婦人認出他是她所認識的本地少年，名叫史丹·李奇，當時才十六歲。」

「她確定嗎？我認為一九四三年九月份，他才十五歲。」

「她似乎很確定那個姓名，我想她是有可能搞錯年紀。她從雜貨店樓上的公寓窗口看出去，直接俯瞰往東邊一大片夜空延展而去的那條街道。她看到史丹·李奇和一名年紀跟他差不多，但身分不明的朋友在一起。他們背對市中心，朝她的方向走過來。他們經過路燈灑落的一團光圈，所以她才能肯定自己沒認錯人。接著她看到那名二十歲的人從另一個方向朝他們走來，他也經過了一團光圈。三名年輕人面對面站在兩盞路燈之間的幽暗處，這真可惜，因為光線不足，她看不清究竟發生了什麼事。她說那就像是觀看皮影戲，他們的肢體動作因此更加明顯。兩名少年依然面向她的方向，那個較大的男孩背對著她。他似乎在要求什麼，然後威脅著。兩名少年的其中一個跑掉了，可能是因為膽小或害怕。另一名少年待在原地，然後忽然間他揍了大男孩的臉。」

李奇點頭。他個人會說這叫做先下手為強。出其不意向來是好的，聰明人不會等到把三數完。

阿莫斯說：「老婦人作證說那名少年不斷毆打大男孩，直到大男孩倒地，少年還是一再踢著他的頭部和肋骨，然後大男孩掙扎著爬起來，企圖跑走，不過少年追上他，將他絆倒，就在下一團光圈裡。那裡顯然相當明亮，所以老婦人可以清楚看見少年又朝大男孩猛踢了好一陣子。然後他收手了，和剛開始時一樣突然。他帶著他的膽小朋友，兩人一起走開，好像什麼也沒發生。老婦人同時在一張紙上寫了註記，再加上一張圖表，然後隔天在警官上門時，老婦人把這些統統交出去。」

「出色的證人，」李奇說。「我敢說地方檢察官會愛死她了。接下來呢？」

阿莫斯往下捲動，閱讀著。

「接下來什麼也沒有，」她說。「案子沒有下文。」

「為什麼沒有？」

「人力有限。二戰徵兵在兩年前開始，警局只靠最精簡的人力維持運作。」

「那名二十歲的男孩怎麼沒有受徵召呢？」

「老爸有錢。」

「我不懂，」李奇說。「他們會需要多少人力？他們有目擊證人。要逮捕一名十五歲的少年並不難，又不需要出動一支特種部隊。」

「他們的手上沒有襲擊者的身分，而且也沒有人力去追查。」

「妳說那名老婦人在賞鳥社團認識他。」

「打架的是那位不知名的朋友，史丹．李奇是逃跑的那一個。」

他們給派蒂和矮仔一杯咖啡，然後放他們回去他們的十號房。馬克看著他們離開，直到他們在距離倉棚一半的路上，看起來像是不會回來了。這時他轉過身說：「好吧，把電話線插回去。」

史蒂芬照做了，然後馬克說：「現在給我看那扇門的問題。」

「問題不在門本身，」羅伯說。「是我們的反應時間。」

他們穿越一道內部走廊，打開了後廳的門。相較之下，門內的空間算小，不過依然稱得上寬敞。裡面漆成全黑色，窗戶以木板封住。四面牆上都是平面螢幕電視。房間中央有一張旋轉椅，周圍有四張低矮的工作檯團團圍住，上面擺放著鍵盤和搖桿，像是指揮中心。派蒂和矮仔出現在螢幕上，即時畫面，現在經過倉棚了。他們遠離一區隱藏的監視器，朝另一區走去。那些鏡頭有的是緊縮的正面，有些較廣角，畫面中那對漫步的男女在遠處顯得渺小。

羅伯跨過一張工作檯，坐在椅子上。他按了一下滑鼠，螢幕變換成昏暗的夜視鏡頭。他說：「這是今天凌晨三點鐘的錄影畫面。」

由於夜視增強效果，畫面變得不穩又模糊。不過那顯然是十號房裡的加大雙人床，而且顯然有兩個人睡在床上。那是煙霧偵測器裡的攝影機，寬到可以稱之為魚眼鏡頭。

「只不過她沒在睡，」羅伯說。「後來我算出她睡了大約四小時，然後便醒了。但是她一動也不動，毫無動靜，沒有表現出絲毫跡象。老實說，那時候我有點懶散，比較鬆懈，因為那四個小時以來還滿無聊的。再加上就我所知，當時她已經睡著了，不過她其實是躺在那裡想事情。肯定是想到一些令她生氣的事，因為呢，你們看。」

在螢幕上，景象保持相同，然後快速地改變了，沒有絲毫警訊。派蒂忽然把棉被掀在一旁，下了床，冷靜、俐落、果斷、惱怒。

羅伯說：「等到我坐起來，手指接近開鎖按鈕，她已經試圖開門一次了。我想她是要出去透氣。我必須作出決定。我決定讓它維持上鎖，因為這樣感覺比較有一致性。我就這樣讓它鎖著，直到彼得過去那裡修車。那時候我才解鎖，因為我想他們之中會有人想出來和他聊。」

「好的。」馬克說。

羅伯又按了一下滑鼠，畫面變成從不同角度拍的白天鏡頭。拍她和矮仔並肩坐在十號房的凌亂床鋪上。

「這是在我們吃早餐時發生的。」羅伯說。

「當時是我當班，」史蒂芬說。「你看發生了什麼事。」

羅伯按下播放鍵，聲音出現了。矮仔的注意力從他自己的缺點轉移到不斷碎唸修車技工收取到府服務的費用。他在說：「這基本上就像是你因為還活著就有人付錢給你。我告訴妳，這和種馬鈴薯不一樣。」

羅伯暫停影片。

史蒂芬問：「接下來發生什麼事？」

馬克說：「我真心希望派蒂指出，這兩種生意就經濟概念來說大不相同。」

彼得說：「我真心希望派蒂朝他臉上揍一拳，叫他閉嘴。」

「都不是，」史蒂芬說。「她又生氣了。」

羅伯再次按下播放鍵。派蒂忽然起身，床鋪彈動了起來。她說：「我要出去透透氣。」

史蒂芬說：「她真的很突兀又神經質。只要一點一秒鐘就能從零衝到六十，我數過影格。我無法及時按下按鈕，然後我看到矮仔要去試試看，所以我就解鎖了。我想假如他打得開，但是她不行，她會比較偏向責怪她自己，而不是那扇門。」

「有辦法補救這點嗎？」馬克問。

「有備無患，我想我們需要更專注一些。」

「我想我們必須這麼做，我們不想太快嚇到他們。」

「我們要多久才能作出最後決定？」

馬克停頓了好一陣子。

然後他說：「如果你要的話，現在就作最後的決定。」

「真的嗎？」

「為什麼要等？我想我們看夠了，他們就和我們期望的一樣好。他們來自偏遠地區，而且沒人知道他們出門了。我想我們已經準備就緒。」

「我投贊成票。」史蒂芬說。

「我也是。」羅伯說。

「我加一，」彼得說。「他們再適合不過了。」

羅伯按回到即時動態，他們看到矮仔和派蒂在窗戶底下的棧道，坐在他們的草坪椅上，享受午後太陽的暗淡光芒。

「全數通過，」馬克說。「我為人人，人人為我。發電郵吧。」

畫面又變了，換成網頁郵件頁面，上面寫滿了外文字母的翻譯。羅伯輸入了幾個字。

「可以嗎？」他問。

「發出去。」

他寄出了。

郵件內容寫著：十號房有人住了。

9

李奇說：「我還是不明白。賞鳥女士指認出史丹，而無庸置疑的是，他們可以從史丹身上追到那位神秘友人的身分。只要再多採取一個步驟。去他家訪查一趟，最多五分鐘。這不會造成人力上的問題，找個人去買甜甜圈的路上就能順道完成了。」

阿莫斯說：「史丹．李奇被列為管轄權之外的居民。這就有一大堆的文書工作要處理了。當年他們只有打字機。再加上他們一定想到他很可能守口如瓶，無論他們對他施加多少壓力，反正也不可能強力施壓，因為他們有可能是別人的地盤上，或許有當地人臨時代理，或許還有律師或家長。再加上他們肯定想到那個神秘的友人已經消失無蹤，這時早就離開州境了。再者，他們反正也沒為受害者掬一把同情的淚水。難怪最簡單的決定就是放手。」

「史丹．李奇是什麼管轄權之外的居民？」

「拉科尼亞警局。」

「據說他是在這裡出生長大的。」

「或許他是在這裡出生，在醫院裡，但是或許他不在鎮上長大，而是在農場之類的。」

「我從來沒這印象。」

「那麼在鄰近的村莊。距離近到足以和一位住在市中心雜貨店樓上的女士參加同一個賞鳥社團。他可能把拉科尼亞登記為出生地，因為那是醫院的所在地。他可能也會說他在拉科尼亞長大，就像泛稱這一整個地區。比方有人會說芝加哥，即使很多郊區基本上來說根本不在芝加哥裡面。波士頓也一樣。」

「拉科尼亞地鐵區。」李奇說。

「當時的建物都比較分散，小製造廠和工廠到處林立。幾十名工人住在四併住宅，或許是單間的校舍。或許是教堂。這全都被視為拉科尼亞，無論郵政服務是怎麼認定的。」

「試試李奇就好，」他說。「不要加名字，或許我在這地區有堂兄弟姊妹。我可以找到某個地址。」

阿莫斯再次把鍵盤拉近一些，開始輸入這個姓氏，然後點了一下。李奇看到她的雙眼反射出螢幕的畫面改變。

「又找到一筆，」她說。「比第一筆晚了七十多年，你們想必是一個守法的家族。」她又點了一下，然後大聲唸出：「大約一年半以前，一輛巡邏車據報前往郡政廳，因為有位民眾正在製造騷動，大吼大叫，表現出威脅的舉止。警方讓他冷靜下來，他道歉，事情就到此為止。他說他的名字叫馬克．李奇，是轄區外的居民。」

「年紀呢？」

「當時二十六歲。」

「他可能是我的遠房侄子，搬了許多次的家。他發火的原因是？」

「他聲稱一份建築許可遲遲沒有下來。他說他在鎮外的某個地方整修一間汽車旅館。」

曬了三十分鐘的太陽之後，派蒂進去上洗手間。在她回去的途中，她在床鋪對面的梳妝台停下腳步。她照著鏡子，然後擤了鼻子。她把衛生紙揉成一團，拋向垃圾桶。她沒投進，彎腰撿起來丟進去。她可是加拿大人。

她看到在地毯和牆壁之間的縫隙有一根用過的棉花棒。不是她的，她不用棉花棒。它就在梳妝台底下的座椅空間後方，椅腿再進去一些的陰暗處。這毫無疑問是有瑕疵的房務整理，但是可以理解，或許甚至是無可避免的。或許是吸塵器的輪子把它往那個藏匿處壓得更深了。

只不過呢。

她高聲喊著：「矮仔，過來看一下這個。」

矮仔從椅子上站起來，走進了房裡。

他沒關門。

派蒂用手指著。

矮仔說：「那是清耳朵用的，或是擦乾耳朵，或是兩種都有。那個有兩頭，我在藥房看過。」

「它怎麼會在那裡？」

「有人把它丟垃圾桶時沒丟準。或許它從桶緣彈出來，滾到看不見的地方。這種事常發生，女傭根本不在乎。」

她說：「回去坐你的草坪椅吧，矮仔。」

他就回去了。

過了好一會兒，她加入了他。

他說：「我又做了什麼事？」

她說：「是你沒做什麼事。」

「我沒做什麼事？」

「你沒動腦筋想，」她說。「馬克告訴我們，這是他們到目前為止第一間重新整修的房間。他說事實上，他們才剛裝修完畢。他要我們給他們這個榮幸，當這房間的第一組房客。所以裡面怎麼會有一根用過的棉花棒呢？」

矮仔點頭，緩慢但肯定。他說：「關於他們的車的那個說法也很怪。彼得肯定是某種搞破壞的人，他們什麼時候才會明白？」

「他們為什麼要對這房間的事說謊？」

「或許他們沒有。或許是油漆工使用了棉花棒。在最後一刻修補木板上的污漬。也是會有這種事。或許是在他們搬家具進門時，這在所難免。」

「現在你認為他們沒問題囉？」

「沒有喔，在車子的方面不是。假如他們的車今天早上發不動，他們早就該打電話找修車技工了吧？」

「電話線路不通。」

「或許那時候沒有。或許不是今天一大早就發生的事。我們可以順便一起。我們可以分攤到府服務的費用。這樣會合理得多。」

「矮仔，別去想到府服務的費用了，好嗎？這個更重要。他們表現得很奇怪。」

「我一開始就跟妳說過了啊。」

「我以為你只是不喜歡他們。」

「那是有原因的。」

「我們要怎麼辦呢？」

矮仔四下張望。他先是望向樹叢間的小徑入口，然後看著吊掛的本田車置物空間，他們放在那裡的皮箱沉甸甸地把彈簧往下壓。

「我不知道，」他說。「或許我們可以用四輪摩托車來拖我們的車，或許鑰匙就插在車上，或是掛在倉棚裡的掛鉤上。」

「我們不能去偷四輪摩托車。」

「那不是偷，只是借。我們把車拖到兩哩外的馬路上，然後再把四輪摩托車開回來。」

「然後要怎麼辦？我們有的就只是一輛不會動的車停在路旁。」

「或許會有拖吊車經過，或許我們可以有便車就搭，別管那部車了。郡裡遲早會派人過來，把它當廢棄物處理。」

「我們有拖車繩嗎？」

「或許倉棚裡頭有。」

「我不認為四輪摩托車夠有力。」

「我們可以開兩台，就像拖船把遠洋班輪拉到港口。」

「這太瘋狂了。」派蒂說。

「好吧，或許我們可以用一台四輪摩托車去拖皮箱。」

「你是說一路拖著走？」

「我想那種車的後面有平台。」

「太小了。」

「那麼我們可以讓它平衡在汽缸和把手上。」

「假如我們把車丟在這裡，他們會不高興。」

「誰管他。」

「你知道要怎麼駕駛四輪摩托車嗎？」

「不會有多困難啦。反正我們可以慢慢走，而且我們不會摔下來，像普通的摩托車那樣。」

「是有這可能吧，」派蒂說。「我想。」

「我們等到晚餐過後吧，」矮仔說。「或許電話已經通了，技工會出現，一切都會順利進行。萬一沒有的話，我們等天黑後去倉棚看一下，好嗎？」

派蒂沒回答。他們待在原地，懶洋洋地躺坐在草坪椅，讓低垂的太陽照在他們的臉上。他們沒關門。

五十碼之外，在後廳的指揮中心裡，馬克問：「是誰漏掉了棉花棒？」

「我們都有責任，」彼得說。「我們都檢查過房間，是我們一起驗收的。」

「那麼我們都犯了一個重大錯誤。現在他們感到不安，這樣實在太快了，我們需要把步調調整得更好。」

「他認為那是油漆工的，而她終究會相信他。她不想擔心，她想要開心。她會說服她自己的，他們都會冷靜下來。」

「你認為會這樣嗎？」

「我們幹嘛對房間的事說謊？沒有任何可能的理由。」

馬克說：「開一台四輪摩托車過來給我。」

10

李奇走回到有人口普查掃描檔案和百萬小隔間的豪華郡政廳，看到同一個不友善的傢伙在櫃台值班。李奇再度要求察看兩份人口普查檔案，第一份是史丹兩歲時，第二份是在他十二歲那年。不過這次是要在拉科尼亞的法律規定城市界線以外的其他郡內範圍。

那傢伙說：「我們不能這麼做。」

「為什麼不行？」

「你是要察看一個甜甜圈的形狀。中間有個洞，也就是拉科尼亞，這部分你已經看過了。我說得沒錯吧？」

「你猜對了。」

「摘錄報告不是這樣做的。沒有甜甜圈的形狀。你可以找一個區域，或是大一點的區域，或是一個更大的區域。可能是市、郡，以及州。但是大一點的區域總是會把小一點的區域再次涵蓋在裡面。然後更大的區域會把這兩者都再次涵蓋在內。這樣很合乎邏輯，如果你認真思考的話。中間不會有洞。市包含在郡裡面，郡包含在州裡面。」

「明白，」李奇說。「感謝你的說明。我就查整個郡的好了。」

「你還是郡內居民嗎？」

「今天早上你就同意過我是了，現在我又出現了，顯然沒有帶著我的細軟離開鎮上。我會說我的居民身分比以往更加確定。」

「第四間。」那傢伙說。

派蒂和矮仔聽到遠處有引擎發動的聲音，像是摩托車一樣震耳欲聾。於是他們站起來，走到角落看個究竟。他們看到彼得騎著四輪摩托車到住宅去。現在只有八輛整齊地停在那裡。

「鑰匙一轉就發動，」矮仔說。「希望全部都像這樣。」

「噪音太大了，」派蒂失望地說。「我們不能這麼做，他們會知道的。」

彼得把車子停在遠處的住宅。他關掉引擎，四周又靜了下來。他下了車，走進屋裡。派蒂和矮仔回去他們的草坪椅。

矮仔說：「這片土地在這附近還滿平坦的。」

「這對我們有幫助嗎？」

「我們可以把四輪摩托車推著走，不要發動引擎，皮箱平穩地放在上頭。我們可以把它當成家具推車使用。」

「我們推得動嗎？」

「那種車不會太重的。你經常都看到別人在推摩托車。我們甚至不用讓它保持垂直，而且我們有兩個人。我打賭我們可以輕而易舉地做到。」

「兩哩過去再兩哩回來？這樣要把皮箱留在路邊，然後我們回來這裡。然後我們還要再走兩哩路。一共是六哩路，其中有四哩是我們推著四輪摩托車。這要花很長一段時間。」

「我想大約是三小時。」矮仔說。

「那要看我們能推多快，現在還不知道呢。」

「好吧，就說四小時好了。我們應該算好時間，在黎明時分結束。或許我們會看到有農夫要去市集，那裡一定偶爾會有車經過，所以我們應該在半夜開始。這樣很好，因為他們會在睡覺。」

「是有這可能吧，」派蒂說。「我想。」

他們聽到遠處的四輪摩托車再度發動，先是在五十碼以外，然後越來越近。聽起來像是經過了倉棚，然後直接朝他們的方向過來。

他們站起來。

引擎的聲音更大了，摩托車在轉角處轟隆作響，馬克騎在車上頭，四下塵土飛揚，車子後面的置物架上綁了一個瓦楞紙箱。馬克踩煞車停下來，把車打到空檔，然後關掉馬達。他露出他的那種宇宙之王的笑容。

「好消息，」他說。「電話通了，修車技工明天一早就會過來。今天太晚了，沒辦法去接他，但是他知道問題出在哪兒，他以前見過這種狀況。顯然在加熱器軟管穿過儀表板後面的附近有一塊晶片，當管線裡的水溫過高時，晶片就燒壞了。他會從報廢車回收場找一塊替換晶片帶過來。他要收五塊錢，加上五十元的工資。」

「那太好了。」矮仔說。

派蒂沒說什麼。

馬克說：「而且恐怕我要再收五十元的房錢。」

這時出現了一陣沉默。

馬克說：「兩位，我很想跟你們說不用收了，但是銀行不會放過我。我只能說這是在商言商，我們要認真看待這回事。而且從你們的觀點來看，這也不算太糟。一百元住旅館，五十幾元修車，你們一共花不到兩百元就能離開這裡了。原本有可能會糟糕許多。」

「過來看看這個。」派蒂說。

馬克從四輪摩托車下來，派蒂帶著他們走進房裡。她指著梳妝台底下的那個空間。

馬克說：「妳要我看什麼？」

「你會看到的。」

他四下張望。

他看到了。

他說：「喔，天哪。」

他彎下腰，手上拿著棉花棒站起來。

「我要誠心地道歉，」他說。「這真是不可原諒。」

「你為什麼跟我們說，我們是這房間的第一組客人？」

「什麼？」

「你說得一副煞有介事。」

「你們是這個房間的第一組客人，絕對沒錯。這和那個完全無關。」

「是油漆工人留下來的嗎？」

「不是。」

「那麼是誰？」派蒂問。

「銀行要我們加強行銷宣傳。我們雇用了一名攝影師，替新的宣傳冊子拍幾張照片。他從波士頓帶了一位模特兒過來，我們讓她在這裡化妝，因為這是最好的房間，我想我們是想讓她留下深刻印象，她長得很漂亮。我以為在她使用過後，我們打掃乾淨了，但我們顯然沒有徹底清理乾淨。我要再次誠摯地致上我的歉意。」

「我也是，」派蒂說。「我想吧，為了我一下子就作出結論。那些照片拍出來的效果如何？」

「她打扮成登山客，穿著超大的靴子和超短的短褲，是在溫暖天氣的登山客，因為她的上衣也不太大。汽車旅館在她的背後，看起來很漂亮。」

派蒂把她辛苦攢的五十元給了他。

她說：「我們有欠你吃飯錢嗎？」

「沒有，」馬克說。「我們起碼能請你們吃幾餐飯。」

「你確定嗎？」

「當然了。那只是整理房務的錢。銀行不會看到那些數字。」他把五十元和棉花棒放進他的長褲口袋裡。他說：「而且說到這方面，我有東西要給你們。」

他帶頭走出去，又回到停車場，走向四輪摩托車，來到置物架上面綁著的紙箱旁。

他說：「我們很歡迎你們今晚過來吃晚餐，當然了，還有明天的早餐。不過假如你們比較想單獨用餐，就你們兩個，我們也同樣能夠理解。我們替你們整理了一些吃的東西。你們可以到主屋來加入我們，或是自行取用箱子裡的食物。不管怎樣都不要有壓力。」

他解開繩索，把箱子抱在懷裡。他半轉身，將箱子送到矮仔伸出的手上。

「謝謝你。」派蒂說。

馬克只是微笑著，然後上了四輪摩托車，發動它的驚人引擎。他在鋪著碎石子的停車場轉了一大圈，在角落消失蹤影，回到主屋去。

四號隔間和二號隔間一樣，只不過地點不同，其他都是分毫不差。裡面有一樣的花呢座椅，一個平面螢幕，一枝削尖的鉛筆，一本便條紙，最上方印著郡名，像是飯店品牌名稱。平面螢幕已經亮起藍色畫面，右上角已經出現兩個圖示，像是信封上的郵票，和之前一樣。李奇在第一個圖示上點了兩下，看到同樣的艦艇灰背景，以及印製著相同的政府字體的封面，上面寫著和他先前看到的一樣內容，除了中間那一行，這次寫的是全郡之摘錄報告書。

他用滑鼠肩胛骨中間的滾輪往下捲動。上面是同樣的簡介，長篇大論地寫著關於調查法方面的進步。他跳過這一整段，直接察看姓名清單。他採取某種節奏，以指尖輕輕滑動滾輪，利用某種靈活的內建動量，捲動A字頭的部分，然後是B字頭，再來是C字頭。接著快速捲動成一片模糊，然後讓清單緩緩放慢，最後停在一小段Q字頭的部分。有一家姓奎德（Quaid），一戶姓奎爾（Quail），還有一戶夸托波姆（Quattlebaum），兩戶昆恩（Queen）。

他繼續滑到R字頭部分。

結果出現了，幾乎在最上面。詹姆士．李奇，男性，白人，二十六歲，製錫廠領班；他的妻子是伊莉莎白．李奇，女性，白人，二十四歲，床單女工；他們當時的獨生子是史丹．李奇，男性，白人，兩歲。

他在四月舉行人口普查時是兩歲，所以他到了秋天是三歲，換言之，在一九四三年九月份的晚上，他應該是十六歲，不是十五歲。那名賞鳥老婦人沒記錯。

李奇說：「嗯哼。」

他繼續看下去。他們的地址有街道及號碼，位在一個叫做雷恩鎮的地方。他們的家是租賃的，月租四十三元。他們沒有收音機，也不在農場工作。他們在詹姆士二十二歲、伊莉莎白二十歲的那年結婚兩人都會讀和寫，而且都沒有任何印第安部落的關聯。

李奇在文件最上方那個小小的紅色交通燈號點了兩下，螢幕又回到了一片藍，加上兩張郵票。他在第二張上面點了兩下，十年後的人口普查檔案便開啟了。他往下捲動，快速掠過大部分的字母，在來到Q字頭部分時再度停了下來。奎德家還在，奎爾家和兩戶昆恩也是，但是夸托波姆家不在了。

李奇家還在。詹姆士、伊莉莎白和史丹，在那年四月份分別是三十六、三十四和十二歲。他們顯然沒再生小孩，史丹沒有手足。詹姆士換了工作，在郡道分級工班當工人，而伊莉莎白一直沒工作。他們的地址相同，但是房租調降到三十六元。七年的經濟大蕭條造成傷害，無論是工人或房東。詹姆士和伊莉莎白依然是在具有讀寫能力之列，史丹每天去上學。這家人擁有了一部收音機。

李奇拿起削尖的鉛筆，在印著郡名的便條紙最上面那頁寫下了地址，然後把那一頁撕下來，塞進了長褲的後口袋。

馬克把四輪摩托車騎回倉棚停好，然後走到主屋。他一進門，電話便響了。他拿起話筒，報上姓名，然後有個聲音告訴他：「這裡有個傢伙，叫李奇的，在查他的家族歷史。一個大塊頭，滿兇悍的，不接受別人的拒絕。到目前為止，他察看了四份不同的人口普查資料。我認為他是在找一個舊地址，或許他是親戚。我想你應該要知道。」

馬克沒回答，掛斷了電話。

11

李奇走回去市政廳，在上班時間結束之前半小時抵達。他上去檔案部門，按了服務鈴。一分鐘後，伊莉莎白．卡斯托走進來。

「我找到了，」他說。「他們住在城外，所以第一次才沒搜尋到。」

「所以沒有聯邦通緝令。」

「結果他們是相對守法的公民。」

「他們住在哪裡？」

「一個叫雷恩鎮的地方。」

「我不確定那是在哪裡。」

「真可惜，因為我特地過來問妳。」

「我不確定我聽過那地名。」

「不可能太遠，因為他的賞鳥社團就在這個鎮上。」

她掏出手機，手指張開滑動一番。她把手機給他看，上面是放大的地圖。她又張開手指滑動一下，然後一些小地方便躍然眼前。接著她移動那個放大的影像，繞著拉科尼亞的邊界打轉，檢視附近的偏僻地區。

沒有雷恩鎮。

「試試看遠一點的地方。」他說。

「一個小孩能跑多遠去參加賞鳥社團呢？」

「或許他有腳踏車。或許雷恩鎮很無聊。警方告訴我，那裡有各式各樣的小地區，每個區塊都有幾十戶人家，除此之外就沒什麼了。或許那就是類似這樣的地方。」

「那裡肯定還是有野鳥啊，或許比鎮上還多，假如那裡很寧靜的話。」

「警方說還有各種的小製造廠和工廠。或許當地的空氣煙霧瀰漫。」

「好，等一下。」她說。

她重新開始操作手機，這次是輸入和點擊，而不是滑來滑去。或許是使用搜尋引擎，或許是上當地歷史網站。

「有了，」她說。「那是一家小製錫廠，廠主是一個叫雷恩的男子。他建造工人宿舍，把那地方取名為雷恩鎮。後來工廠在一九五〇年代關閉了，那個鎮也沒了，彷彿原先就不曾存在似的。每個人都離開了，那個地名也就在地圖上消失了。」

「它在哪裡？」

「應該是這裡的西北邊。」她說。她又輕觸開啟手機上的地圖，手指在上頭張開、縮回和移動。

「大約是這裡，可能吧。」她說。

地圖上沒有地名，只有一片灰色塊狀，還有一條路。

「縮小。」他說。

她照做了，灰色塊狀縮減成一個小點，在拉科尼亞的西北邊，大約八哩遠，鐘面十點和十一點之間的位置。那裡有許多類似的小點，像是環繞太陽的諸多行星，由於地心引力、磁力，或是某些其他的強烈吸引力，把它們聚集在一起。正如布蘭達．阿莫斯警探的預測，事實上，雷恩鎮曾經是拉科尼亞的一部分，不管郵政服務怎麼說。經過那裡的那條路並沒有往哪個特定的地方延伸而去。它只是朝西北方蜿蜒前進，可能十哩或更遠，然後穿越一片樹林大約十哩，接著繼續向前。一條鄉間小路，就像他和那個開速霸陸的傢伙行駛的那條路。他能想像得出來。

他說：「我猜那裡不會有公車。」

「你可以租車，」她說。「鎮上有地方可以租。」

「我沒有駕照。」

「我不認為計程車會想跑那麼遠。」

八哩路，他心想。

「我用走的，」他說。「但不是現在，等我到了那裡，很快就會天黑了。明天吧，或許。妳今晚想去吃晚餐嗎？」

「什麼？」

「晚餐，」他說。「一天之中的第三餐，通常是在晚上吃。可以是有功能性的，或者是社交作用，有時是兩者兼具。」

「我不行，」她說。「今晚我要和卡特．克林頓共進晚餐。」

矮仔把那個紙箱拖進房裡，放在櫃子上的電視機前面。然後他到派蒂的身旁，肩並肩坐在草坪椅上，享受最後的午後陽光。她沒說話。她在思考。她經常是如此。他認得那種跡象。他猜想她是在消化她剛接收到的資訊，檢視內容，用不同方法解釋，直到她心滿意足。應該花不了多少時間，他心想。當然了。他已經不再覺得有什麼大問題。棉花棒的事有個簡單的解釋，而且電話線也通了。修車技工明天一大早就過來，損失總額不到兩百元。這絕對是拖累，但不算是災難。

派蒂說：「我們不要過去主屋吃晚餐吧。我認為他有點在暗示說，他們不希望我們過去。」

「他說他們歡迎我們。」

「那只是客套話。」

「我認為他是說真的。不過他也從我們的觀點來看這件事。」

「現在他是你一輩子的好兄弟了？」

「我不知道，」矮仔說。「大部分的時候，我覺得他是一個詭異的混球，需要好好教訓他一番。他把問題解釋清楚，找到解決方法。這表示他是認真對待這件事，或許我們倆都沒錯，在一開始的時候。他們怪裡怪氣，不過也盡力在幫我們。我想他們是有可能兩者皆是。」

「不管怎樣，就我們倆單獨吃晚餐吧。」

「沒問題。我受夠了回答他們的問題，像是在接受拷問。」

「我就說啊，」派蒂說。「他們是在說客套話，要表現出興趣才算有禮貌。」

他們站起來，走進房裡。他們沒關門。他們把紙箱搬到床上。派蒂用拇指指甲劃破膠帶，矮仔翻開紙箱折蓋。裡面有各種物品，塞得緊密又仔細。內容物包括營養穀片棒和各式能量棒、瓶裝水、袋裝杏桃乾，還有紅色小盒的葡萄乾。所有的東西都以重複十二次的特定模式擺放，像是十二份一模一樣的餐點，全部整齊排好。每份有一瓶水，還有分成十二等分的其他東西。

箱子裡還有兩支手電筒，垂直擺放著，塞在其他食物之間。

「真奇怪。」派蒂說。

「我想這地方是給登山客住的，」矮仔說。「就像他們和汽車旅館拍的那張照片一樣。不然他們幹嘛把她打扮成那樣？我敢說他們把這些東西當午餐餐盒送人，或是販售。這是登山客會隨身攜帶的東西。」

「是嗎？」

「這個精簡又富含高能量，口袋就放得下了。再加上水。」

「手電筒是做什麼用的呢？」

「我想是為了預防你在外面待到太晚，必須摸黑吃東西。」

「提燈會好一點吧。」

「或許登山客偏好手電筒，我敢說顧客會反應意見。我認為這是他們的庫存補給品。」

「他說吃的東西。」

「這可能是均衡的飲食，或許相當健康。我敢說登山客會擔心那一類的事。」

「他說他們會整理一些吃的東西，這不是他們整理的，是事先包裝好。就像你說的，從他們的儲藏室置物架拿下來的。」

「我們還是可以去主屋吃飯。」

「我跟你說過了，我不去。他們不希望我們出席。」

「那麼我們就只好吃這玩意兒。」

「他幹嘛說得那麼浮誇呢？他大可以說他帶了一些他賣給登山客當午餐的應急口糧過來，這樣我就很滿意了，又不是說我們不付錢。」

「沒錯，」矮仔說。「他們怪裡怪氣的，不過也算肯幫忙了。或者是恰恰相反。」

李奇在拉科尼亞的一家油膩膩又沒鋪桌巾的小吃店，一個人吃晚餐。他不想冒險去比較高檔的餐館，以免卡特・克林頓和伊莉莎白・卡斯托也挑了同一個地點。他們會覺得有義務起碼過來打聲招呼。他不想要打擾他們的夜晚。吃完後，他花了一小時在街頭隨意晃蕩，尋找一間樓上有公寓窗戶的雜貨店，店面朝東正對著長長的街道。他找到一個極有可能的地點。他背對市中心往前走，前方一片死寂。那間公寓現在是律師事務所，店面改賣長褲和毛衣。他背對櫥窗站在那裡，沿著街道看過去。他看見東邊有一大片夜空，下面是柏油路面的拱曲在兩道排水溝之間拱起，左右兩側是路緣和人行道，相距甚寬的路燈在各處亮起。

他沿著那名二十歲年輕人的前進方向而行，在三十碼外停下腳步。如果距離再近一些的話，他覺得那名老婦人就不會用到望遠鏡，她會相信自己的肉眼所見。他轉身仰望她的窗口。現在他是那個少年。他想像那名大男孩在他們的面前，要求著什麼，然後口出威脅。基本上來說，沒什麼大不了，起碼對李奇而言是如此。他在十六歲時，個頭比大部分的二十歲男孩還要高大。他從十三歲起就是這種大塊頭了。生物學向來都善待他。他又快又狠，知道所有的招數，有些還是他發明的。他在海軍陸戰隊成長，不是在新罕布夏州的雷恩鎮。而且相較之下，史丹算是中等體型，在某些方面甚至可說是短小精悍。穿上皮鞋的身高或許有六呎一吋。吃完一頓四道菜色的大餐之後，體重或許有一百九十磅。

李奇低頭看著人行道的鋪磚，想像他父親在這裡的足跡。他慢慢後退，然後轉身狂奔。

派蒂和矮仔在外面吃飯，就在窗戶底下的草坪椅上。他們拿了一號餐和二號餐，箱子裡剩下十份。然後他們乖乖地喝了瓶裝水。接著外面變冷了，他們挪到房間裡。但是派蒂說：「門不要關。」

矮仔說：「為什麼？」

「我需要透氣，昨晚我覺得好像要窒息了。」

「開窗啊。」

「窗戶不能開。」

「門可能會被風吹動。」

「用你的鞋子卡住。」

「有人會進來。」

「比方說誰？」派蒂說。

「路過的人。」

「在這種地方？」

「或是他們其中一個。」

「我會醒來，然後我會把你叫醒。」

「妳保證？」

「相信我就對了。」

矮仔踢掉鞋子，把一隻鞋塞在房門外側和邊框之間，另一隻塞在房門內側，擋住輕輕吹送的夜晚微風。這是馬鈴薯農夫的工程學，他知道，不過看起來可能奏效。

12

史蒂芬呼喚羅伯，羅伯呼喚彼得，彼得呼喚馬克。他們各自在不同的房間裡。他們聚集在後廳，盯著螢幕。

「那是一雙鞋，」史蒂芬說。「以免你們心裡納悶。」

「他們幹嘛這麼做？」馬克問。「他們有說嗎？」

「她想要透氣，這是慣性行為，她之前提過。我認為這沒問題。」

馬克點頭。「我告訴她一個關於超級模特兒化妝的故事，我想她相信了。我跟她說明天早上，有位修車技工會開車過來救援。我甚至捏造了關於加熱器軟管的術語，我認為她全都相信了。我想她現在冷靜了下來，房門怎樣都沒關係了。」

「我們需要盡快把門上鎖。」

「但不是今晚，不要自找麻煩。他們現在很鬆懈，沒什麼好擔心的。」

李奇偏好時間許可的話就上路，所以他找了一個新地方過夜，和前一天晚上只隔一條街。那是一棟狹窄的磚造建築，鑲邊最近才漆成淺色，裡面提供一張舒適的床和早餐。他的房間在頂樓，要從一道陡峭又曲折的樓梯走到盡頭，再穿越一扇矮門。他沖了一個長長的熱水澡，然後在身體依然溫暖又潮濕時便墜入夢鄉。

直到凌晨三點零一分。

他再度冷不防地立刻醒來，像是開啟開關。完全相同的過程。不是視覺、觸覺或味覺，那麼是聲音了。這次他立刻下床，把長褲從床墊底下拉出來，快速著裝，繫好鞋帶。然後他穿過那扇矮門走出去，沿著曲折的樓梯往下走，來到大街上。

夜晚的空氣冰冷，那份安靜既絕對又脆弱，周遭盡是磚牆、玻璃、狹窄空間，以及電線裡的嗡鳴電力。他站著不動。一分鐘後，他聽見人行道傳來短暫的腳步刮擦聲。在前方略偏左邊。或許在三十碼外。沒有往哪裡走，只是在原地拖曳著腳步。或許有兩個人。眼前沒有異狀。

他等待著。

又過了一分鐘，他聽見一聲悶聲叫喊。一個女子的聲音。或許是喜悅，或許是狂喜，又或者並不是。或許是激憤或生氣，很難分辨清楚。但絕對是悶住的聲音，是以某種特殊的方式抑制住了。那是緊掩雙唇的聲音。眼前沒有異狀。

他往左移動，看到在包袋專賣店和鞋店之間有一道間隙，行人可以從那裡進入分隔兩棟建築物的窄巷。巷子的兩側都有門，通往商店樓上的無電梯公寓。兩個人站在其中一道門的旁邊。那是一名男子和一名女子，兩人緊緊扭抱在一起，像是站著角力。門上的刺眼燈泡略微照亮他們的身影。那名男子很年輕，差不多就是一個大男孩，但是個頭大又壯。那名女子的年紀略大一些，擁有一頭金髮，穿著高跟鞋和黑絲襪，還有一件黑色短版外套，拉扯得都縐了。

是好或壞？

很難分辨。

他不想破壞任何人的夜晚。

他看著。

然後那名女子扭動地別開臉，並且說：「不要。」那是又低又喘的快速語氣，像是啐了一口，有如跟狗說話一樣堅定。但是在李奇聽起來，裡頭包含了羞恥、困窘和嫌惡的感覺。她往那傢伙的胸口推一把，想要逃開。那傢伙不放手。

李奇說：「嘿。」

兩人都轉頭面向李奇。

他說：「把你的手從她的身上拿開，小子。」

男孩說：「這不關你的事。」

「現在是我的事了，你吵醒了我。」

「滾開啦。」

「我聽到她說不要，所以退開。」

那小子半轉過身來。他穿了一件運動衫，上面繡著知名大學的名稱。他是個頭大又壯的男孩。或許有六呎三吋高，二百二十磅重。可能是運動員，渾身散發出年輕又蠢蠢欲動的氣息。他的眼中有種神情，認為自己是個厲害的角色。

李奇看著那名女子，說：「小姐，妳沒事吧？」

她問：「你是警察嗎？」

「我以前是，在軍隊裡。現在我只是個路過的傢伙。」

她沒回答。她年近三十了，李奇心想。她看起來像個好人，但是有股哀傷。

「妳還好嗎？」他又問了一遍。

她推開那男孩，隔了一碼站著。她沒說話，但是看著李奇，彷彿不希望他離開。

他說：「昨晚也發生這種事嗎？」

她點頭。

「同一個地方？」

她又點頭。

「同樣在這個時間？」

「是在我下班回家的時候。」

「妳住這裡嗎？」

「直到我有能力搬走。」

李奇看著她的高跟鞋、頭髮、絲襪，然後說：「妳在雞尾酒吧工作。」

「在曼徹斯特。」

「這傢伙跟蹤妳回家。」

她點頭。

「連續兩個晚上？」李奇說。

她又點頭。

男孩說：「是她找上我的，老兄。所以快滾啦，事情該怎樣就會怎樣。」

「這不是真的，」女子說。「我沒有要你過來。」

「妳巴著我不放。」

「我是客套而已，在雞尾酒吧工作就是這樣啊。」

李奇看著那男孩。

「聽起來向是典型的誤解，」他說。「但是不難解決。你要做的就是用最大的誠意道歉，然後走開，永遠不要回來。」

「不會回來的是她，至少回不去酒吧。我爸可是那裡的大股東，她別想保住飯碗了。」

李奇看著那名女子，然後說：「昨天晚上發生了什麼事？」

「是我讓他得手的，」她說。「他同意只有一次，所以我就忍過去了。但是現在他又回來要了。」

「如果妳希望的話，我會和他討論這件事，」李奇說。「假如妳願意的話，現在可以進去了。而且不要再去想它了。」

「妳敢進去試試看，」男孩說。「除非我跟進去。」

女子的視線從他身上望向李奇，然後轉回來，接著又望過去，彷彿在作抉擇，或是在賽馬場賭到剩下最後的二十元。她作出決定。她從包包裡掏出鑰匙，打開門鎖，走進去，然後帶上門。

穿運動衣的男孩先是盯著那扇門，然後看著李奇。後者的頭往巷口一偏，並且說：「快跑吧，小子。」

男孩又注視了一分鐘，顯然在用力思考，然後他走了。他走出了巷子，轉彎走出視線之外。往右轉。所以他是右撇子。他會想要安排好偷襲，所以李奇會迎面走向一記猛力出擊的右鉤拳。這大致上也界定出地點，約莫是轉角三呎處，李奇心想。和包袋專賣店的櫥窗邊緣切齊，因為考慮到右鉤拳的樞軸點。基本的幾何學，空間確定了。

但是時間還沒確定。速度是由李奇控制的。那小子會期待一種正常的接近，不會差太多。或許有點緊張和急切，或許有點小心和警覺，不過大致上是正常的。他一瞥見李奇走到轉角就出拳。任何一種正常的走路速度都會被他狠狠地打個正著。那小子不笨，可能是運動員，或許手眼協調還不賴。

所以絕對不能採取正常或平均的速度。

李奇在距離轉角還差六步的地方停下來，然後等著，繼續等，接著又跨出一步，緩慢地滑步擦過砂礫和塵土。然後他停頓了一下，等待著，再跨出一步，緩慢滑步，陰森森的。接著又是一陣長長的等待，然後緩慢跨出一步。他想像那小子在轉角，渾身緊繃，豎起拳頭，保持姿勢。繼續保持著。保持了太久，渾身太緊繃，開始變得痙攣又顫抖。

李奇又跨出一步，漫長又緩慢。現在他距離轉角六呎遠。他等待著。繼續等待。然後他猛地往前衝，速度飛快，伸出左手，手掌攤平，手指張開，像一只棒球手套。他衝出轉角，看見那小子突然活了過來，速度的變化把他搞迷糊了，他陷入慢動作的等待，以致於他的得意右鉤拳現在像是搖晃無力的啞炮般出手，李奇輕而易舉便以左手掌接住，像是打擊到二壘的無力平飛球。那小子的拳頭很大，但是李奇張開的手更大，所以他把它箝緊，擠壓，力道不足以壓碎骨頭，但是大到足以讓那小子專心閉緊了嘴，以免發出嗚咽或尖叫，他顯然無法承受這種事，因為他是個厲害的角色。

這時李奇擠壓得更用力，主要是當作某種智力測驗，而這小子考不及格。他用空著的那隻手抓住李奇的手腕，這招大錯特錯，沒有效果。通常最好是直接對付問題的來源，用你空著的那隻手去攻擊擠壓者的頭部，或是用拇指去挖他的眼珠，或是用其他方法取得他的注意力。但是這小子沒有，錯失良機。這時李奇在擠壓之外多了扭轉，像是在轉動門把。那小子的手肘鎖死了，於是壓低肩膀來抵消承受的壓力，但是李奇繼續扭轉，直到那小子整個人歪得太嚴重，不得不放開李奇的手腕，整隻手臂打直以求平衡。

李奇說：「要我揍你嗎？」

沒回答。

「這不是個困難的問題，」李奇說。「回答要或不要就可以了。」

到了這時候，那小子在原地踩著腳步，想找出一個可以忍受的姿勢，深呼吸又喘著氣。不過還是沒有尖叫聲。他說：「好吧，當然了，我搞錯她的意思了。我很抱歉，老兄，現在我不會去煩她了。」

「那麼她的工作呢？」

「我是開玩笑的，天哪。」

「那麼下一位新來的女服務生呢，運氣不佳，需要保住差事？」

那小子沒回答。

李奇箝得更緊了，然後說：「要我揍你嗎？」

那小子說：「不要。」

「說不要就是不要，懂嗎？你的名校現在應該會教這個吧。只是某種假設，我猜，從你的觀點來看，直到現在。」

「別這樣啦，老兄。」

「要我揍你嗎？」

「不要。」

李奇往他的臉上一揍，是一記右直拳，使出最大的力道，擠壓扭轉，像是一列貨運火車。那小子立刻昏了過去。他整個人癱了下去，由地心引力接手。李奇保持左手定住不動，那小子的全身重量都落在他自己鎖死的手肘上。李奇等待著。有兩種情況之一會發生。要不是那小子的韌帶力量和彈性會帶他往前滾，要不就不會。

結果並沒有。小子的手肘斷了，他的手臂內外翻轉。李奇放手讓他跌落。他落在包袋專賣店門外的磚地上，一隻手臂正常，另一隻手臂奇形怪狀，像是卍字飾。他在呼吸。有點小泡泡，是從他喉嚨裡的鮮血冒出來的。他的鼻子整個打爆了，或許顴骨也是。他掉了一些牙齒，大部分是在上排。他牙醫的小孩上大學不愁學費了。

李奇離開，回去他的住宿處，爬上曲折樓梯，穿過那扇矮門進房間。他又沖了一次澡，回到床上，渾身又是溫暖潮濕。他把枕頭拍打成形，再次進入夢鄉。

在這個時刻，派蒂·山德斯壯醒了。凌晨三點一刻。又是某種下意識的躁動不安突破重圍，浮上檯面。那些手電筒是做什麼的？為什麼有兩支？為什麼不是一支，或者十二支？

房間裡頭涼爽宜人。她能嗅到夜晚的空氣，豐潤得有如絲絨一般。為什麼要把兩支手電筒和十二份餐點打包在一起呢？為什麼要打包這些東西？手電筒和食物有什麼關係？它們並不是自然的搭配。沒有人會說，你想要搭配手電筒一起吃嗎？還有矮仔的說法簡直是胡說八道。誰會摸黑吃午餐。而這就是如此而已。這是午餐，給打從波士頓過來，想體驗一個禮拜粗獷生活的有錢人吃的。沒有哪個付了勞動節假期或賞楓時節房價的人會接受燕麥棒當晚餐。或是早餐。當然只有拿來當午餐，當作是男人該有的戶外活動一部分。所以為什麼有手電筒？午餐是在一天的中午吃的，通常來說都會有太陽。除非那些有錢人是探勘洞穴的業餘愛好者。這樣的話，他們當然會有自己的手電筒。昂貴的專業用具，可能是綁在頭上的那種。

手電筒為什麼會裝在一箱食物裡，好像它們不知怎地是不可或缺的一部分，就像銀製餐具或餐巾一樣？

為什麼要打包這個呢？

或許這只是後來想到才塞進去的。她閉上眼睛，想像他們打開箱子的場景。她用自己的指甲劃破膠帶，矮仔翻開紙箱折蓋。她當時的印象是什麼呢？

箱子裡還有兩支手電筒，垂直擺放著，塞在其他食物之間。

是塞進去的。

所以不是整套組裝打包的，而是後來添加進去。

為什麼呢？

兩支手電筒給兩個人用。

他們每人得到一支手電筒和六份維生口糧。

為什麼呢？

我們替你們整理了一些吃的東西。你們可以到主屋來加入我們，或是自行取用箱子裡的食物。這樣很虛偽，他們說的話不是出自真心。

他們還有哪些也不是真心的呢？

她掀開被子，下了床。她放輕腳步走到電視櫃，紙箱就放在電視螢幕前。她掀起折蓋，伸手進去摸索。第一支手電筒橫躺在空著的位置，那裡原本放著先前那兩份餐點。她把手電筒拿出來。它又大又重，摸起來冰涼又堅硬。她將它抵在掌心上，按下開關。她略微轉動手掌，讓一絲銀色光線流瀉而出，在她的皮膚映照出粉紅色澤。手電筒是知名品牌。感覺像是以航太等級的堅固鋁塊打造的機器製品。上面有一堆小小的ＬＥＤ燈泡，像是昆蟲的眼睛。

她回頭看盒子裡，另一支手電筒還在原本的位置，塞在九、十、十一及十二號午餐餐點的十字交叉點。旁邊有些燕麥棒已經擠成碎片，其中一盒葡萄乾也壓扁了。那當然是後來加上去的。她看著自己劃破的膠帶，一共兩層，一層是批發商貼的，一層是他們黏的。他們在多加了手電筒之後，重新封箱。

他們還有哪些也不是真心的呢？

她輕踩腳步走向房門，用腳趾頭把矮仔變形的鞋子推到一旁，然後打開一道縫隙，寬到讓她足以溜出去。她把手從手電筒的鏡面挪開，它照射出明亮的白色光束。她踩著小碎步走向本田，光腳走在石頭上。她打開副駕駛座的車門。引擎蓋開關就在她的脛骨位置。她看過上百萬遍了。那是一個黑色的寬拉柄。她拉了一下，引擎蓋咚地一聲彈開一吋，在寂靜的夜裡聽起來像是公路上發生撞車。

她關掉手電筒，等待著。沒人過來。主屋的窗戶都沒有亮燈。她又打開手電筒。她繞到引擎蓋的前面。她輕輕扳動搭扣，把引擎蓋抬起來。她把那根彎曲的鐵桿插進洞口，撐住引擎蓋。她在鋸木廠工作，對機械不陌生。她左右移動，低著頭，直到她能看到她想看到的。

關鍵性的考驗。

他知道問題出在哪兒。她以前見過這種狀況。顯然在穿過儀表板後面的加熱器軟管附近有一塊晶片。

她傾身向前，指間夾著手電筒，像是在做醫學探測。她把光線照向不同的角度。

13

派蒂．山德斯壯輕易就辨識出儀表板的背面。那是一塊光禿禿的面板，在強化鞏固之下擠壓出波浪紋，灰撲撲又髒兮兮，有部分覆蓋著一層單薄又剝落的隔音材料。有各種的電線和管線穿過這裡，大部分是電路相關，她心想。加熱器的熱水會使用厚軟管，或許直徑有一吋左右，厚實且經過強化。那照例是黑色的，她心想，鎖在引擎缸體上的一個接頭上，熱水就是從那裡來的。另外顯然會有一條一模一樣的黑色軟管，以供回水使用。由於水泵的緣故，不斷地循環著。彼得說過，它在引擎停止之後就會停下來。

她伸長了脖頸，移動手電筒光束。

她找到兩條軟管連接到引擎缸體上。沒有其他的管線了。她以手電筒光束沿管線照著。它們在引擎室的低處延伸，穿過隔板，在很低的地方進入乘客座艙。就在中央置物盒的正後方，和排檔桿一起。加熱器就在它的正上方。

加熱器軟管穿過儀表板後面。

才沒有，派蒂心想。她又檢查了一遍。它們根本不在任何接近儀表板後面的地方。它們平行穿越擱腳處的底部。更往下的位置。那附近根本什麼也沒有。只有粗厚的金屬組件，全都布滿灰塵。沒有電線，沒有任何脆弱的零件，沒有溫度過高而燒壞的東西。而且絕對沒有可能裝載電路板的黑盒子。

她往後退開，站挺了起來。她看著主屋，一片寂靜。倉棚在月光下顯得鬼影幢幢。那九輛四輪摩托車整齊劃一地停好。她關掉手電筒光束，踩著小碎步回去房裡。她走到床邊，把矮仔推醒。他驚慌地坐了起來，四下張望，想找出路過的人或其他的闖入者。

他沒看到有人。

他說：「怎麼了？」

她說：「加熱器軟管沒有穿過儀表板後面。」

他又說了一遍：「什麼？」

「在車子裡，」她說。「它們是從很低的地方穿過去，大約和排檔桿的底部平行。」

「妳怎麼知道？」

「我看過了，」她說。「用一支他們給的手電筒。」

「哪時候？」

「剛才而已。」

「為什麼？」

「我醒了，有些事情不對勁。」

「所以妳把中控台拆了？」

「沒有，我察看引擎蓋的底下。從另一面來看。我能看到連結的部分，那邊附近沒有電路晶片。」

「好吧，或許修車技工搞錯了，」矮仔說。「或許他想的是不同年份的車。我們的是相當早期的車款。或許加拿大的本田有所不同。」

「或許那個技工根本不存在，或許他們從沒打電話找人。」

「他們為什麼沒打？」

「或許他們想把我們留下來。」

「什麼？」

「不然你要怎麼解釋這一切？」

「他們幹嘛要這樣？說真的。妳是說，像是入住率之類的？因為銀行的緣故？他們要賺我們的五十元？」

「我不知道為什麼。」

「這還真是做生意的好方法。我們可以上貓途鷹網站。」

「只不過我們哪裡也去不了。這裡沒WiFi，也沒手機訊號，房裡又沒電話。」

「他們不能違反對方意志，把人關在這裡。總是有人會惦記著他們。」

「我們等於告訴他們，沒人知道我們出門了。」

「我們也等於告訴他們，我們破產了，」矮仔說。「他們能指望我們付五十元多久？」

「兩天，」派蒂說。「早餐、午餐和晚餐，每人六餐。」

「那也太誇張了，然後呢？然後他們會打電話給修車技工嗎？」

「我們必須離開這裡。我們要照你先前說的利用四輪摩托車。所以穿好衣服，我們要走了。」

「現在？」

「這一刻。」

「現在是半夜耶。」

「就像你說的。他們現在在睡覺，我們要現在出發。」

「因為修車技工在電話裡頭說得不對？」

「假如真的有修車技工的話。還有因為這一切。」

矮仔說：「他們幹嘛要給我們手電筒？」

派蒂說：「我也不知道。」

「這就像是他們知道我們可能會想要摸黑離開。」

「他們怎麼會知道？」

矮仔下了床。他說：「我們應該帶點食物。我們不能指望在午餐之前可以抵達任何地方，那樣算最早了。我們肯定會錯過早餐。」

他們在幾乎是摸黑的情況下，單腳輪流跳著換好衣服，唯一的光線是從房門外透進來的月光。他們摸索著將東西打包好，把行李拿到外面，放在車旁邊。

「妳確定要這麼做嗎？」矮仔說。「想改變心意永遠不嫌遲喔。」

「我想離開，」派蒂說。「這裡有點不對勁。」

他們沒走泥土小徑，而是踩著草皮走到倉棚，因為他們覺得這樣會更安靜。他們小心翼翼地經過最後一段碎石子鋪面，走到擺放成完美正方形的四輪摩托車之中，最靠近他們的那個角落，來到彼得開出去給馬克使用的那輛四輪摩托車旁。車上的引擎還帶著餘溫。矮仔就是想要這一輛，因為他看過要如何把變速箱排到空檔，而且他知道跑起來沒問題，不過最主要是因為這輛最靠近。誰會想要多推幾碼呢？他可不要。他把排檔桿打到空檔，扶著把手往後推。起先力道不足又偏斜，但是即便如此，摩托車還是乖乖地往後滑動。當矮仔推得越來越順，車子的速度也越來越快了。

「這樣不算太壞。」他說。

他拉著車停了下來，換個新姿勢，然後繼續往前推，緊湊地轉個彎，完美俐落地操作，像是從停車位倒車，轉彎，然後開走。派蒂在另一邊出手幫忙，兩人一起推車，加快了速度，沿著小徑的中央往汽車旅館的方向前進，一路上沒發出什麼聲音，除了他們的鞋踩在泥地上的刮擦聲，以及石子在摩托車的軟橡膠輪胎底下發出一連串緊密的嘎吱及爆裂聲。他們繼續推，氣喘吁吁，繞過十二號房的轉角，往本田車前進，推過了兩間房的距離，來到十號房門外。他們把四輪摩托車停在汽車的後面。矮仔打開後車廂。

「等等。」派蒂說。

她走回到轉角，望著主屋。沒有燈光，沒有動靜。她回到本田車旁，然後說：「可以了。」

矮仔轉身直接面對掀開的後車廂，張開雙臂彎腰向前，手指扭動著伸到皮箱底下，抓住兩側，把前面抬高，往前拖，直到它以某個角度擱在後車廂邊緣。他抓住提把，用力拉，想讓皮箱在邊緣上輕鬆保持平衡。這樣他就有時間變換姿勢，調整抓握的方式，準備來個挺舉，然後朝四輪摩托車拉過去。

但是提把從皮箱上斷裂了。

矮仔踉蹌地到退一步。

他說：「該死。」

「反正這證明了我們不能抬著它走，」派蒂說。「遲早會發生這種事。」

「我們要怎麼把它搬上巴士？」

「我們勢必要買條繩子。我們可以把它纏繞幾次，做成一個新提把。所以我們會需要加油站或五金行，要買繩子。我們一看到就去買。」

矮仔又往前走，彎下腰，把手指伸到箱子底下。他發出哼唧聲，用力抬起，喘著氣，轉身把它放在四輪摩托車上，縱向橫放，上面的箱角擱在把手上，底部的邊緣陷入坐墊裡。他稍微推了一下，讓它保持平衡。最後皮箱擺放得四平八穩，比他想的還要好。整體來說，他很滿意。

他關上本田車的後車廂，然後把他們的過夜包放在摩托車的車尾架。接著他們各就各位，矮仔在左邊，派蒂在右邊，兩人各伸出一隻手抓緊從皮箱兩側角落探出來的短把手，另一隻手放在一旁，一邊推，一邊設法抓著手電筒。他們因此有了兩道代用的車頭光束，而且這樣駕駛更容易。這也表示他們可以讓皮箱平穩地擺放在兩人之間，矮仔的右前臂和派蒂的左前臂扶著上側箱緣，他的右臀部和她的左臀部頂著下側箱緣，假定他們倆都以彎腰的方式走路。他們顯然必須這麼做，因為載重量讓推動這整部車比先前更困難了。起步需要使出全力，兩人都像有線電視台的大力士節目一樣使勁拉，接下來要繼續勤勁也需要幾乎同樣的力氣，雖然在他們顛簸地離開碎石停車場，來到柏油路面，上了穿越樹林的道路起點之後，變得輕鬆了一點。

還有兩哩多的路要走。他們進入綠色隧道。這裡的空氣涼爽，聞起來有腐爛樹葉和潮濕泥土的氣息。他們喘著氣，步履艱難地前進。基於嘗試和錯誤之後，他們學會了最好是在他們的容忍範圍內，盡量保持高速前進，讓這種動力能帶他們穿越路面的長形淺坑洞。這意味著要一直用力推，但是好過當前輪陷入坑洞之後，他們要重新來過。他們保持不斷前進，幾乎是推著重量跑，很快地連一點樂趣也沒了，只有咬牙繼續努力。

「我需要休息。」派蒂說。

他們讓摩托車滑行到停下來。他們把皮箱左推右挪，完美保持平衡。然後他們走開，拱著背，雙手交握壓低到脊椎末端。他們氣喘吁吁，鬆動脖頸。

矮仔說：「還有多遠？」

派蒂回頭看，然後往前看。

「大概還有一哩半要走。」她說。

「我們到目前為止走多久了？」

「可能有二十分鐘。」

「該死，這樣太慢了。」

「你說過要四小時，我們差不多按照時間表在進行。」

他們又就定位，強迫這輛摩托車動起來。像是山頂上的雪橇隊，每一步都前進得越來越吃力。他們推到一定的速度，然後保持下去，前臂頂著抖動的皮箱，偏著頭，深呼吸，再度抬眼檢視他們的方向。他們又走了半哩路，然後再次休息。接著又是半哩。一整個小時過去了。

「回程會比較容易，」派蒂說。「少了皮箱的重量。」

他們經過沒有樹木生長的那一段路，看到一長條的天空，滿是星星。

「快到了。」派蒂說。

然後她又說：「等等。」她將把手往後拉，雙腳往前伸長，腳跟抵住地面，像是小孩子要把自製推車停下來。

矮仔說：「怎麼了？」

「有一條纜線，像是在加油站那種，讓你拉鈴用的。它橫跨路面，或許會在主屋裡響起。」

矮仔把四輪摩托車拉到靜止不動。他記得。那和園藝水管一樣，是粗厚的橡膠製品。他使用手電筒探照搜尋。他們什麼也沒看見。他們繼續往前走，速度減半，這使得他們在行經坑洞時非常痛苦，一道光束照著遠方，另一道在近處掃過。

過了一百碼之後，他們看到了。

粗厚的橡膠製品，橫跨路面。

他們在距離四呎處停了下來。

派蒂說：「這是怎麼運作的？」

「我猜想在裡面有兩條金屬線，不知如何地保持分開。但是當有輪子經過，它們就會貼在一起，然後就會鈴響了。像是按鍵開關。」

「所以我們不能讓車輪輾過。」

「沒錯。」

問題來了。矮仔抬不起四輪摩托車。無論頭尾都不行。或許能抬高一吋撐一下，但是沒辦法把它抬到跨越纜線，然後再放下來。

「還有多遠？」他說。

「大約三百碼。」

「我來抬皮箱。」

「等等。」她又說。

她蹲下去，把手指伸到粗厚纜線的底下。她把它往上拉。它輕易就拉起來了，一吋，一呎，拉到她想要的高度。她測試左右兩側，又拉又扯地讓它同等鬆弛。

「準備囉。」她說。

她抬著頭，張開雙臂，攤開手掌心，輕輕地把它拉高。矮仔彎腰把四輪摩托車從底下推過去。她一直拉著，直到他完全通過為止。他覺得自己像在一場嬉皮婚禮上表演舞蹈儀式。

「好了。」矮仔說。

她像在鞠躬似地，把纜線輕輕放回去。然後他們活力充沛地繼續推。安全了，這是最後一段路，剩下沒多遠了。他們的手電筒光線跳動搖晃，起先照亮的只有樹木和中間的小徑，不過接下來有一種不同的空間在前方逐漸逼近。那條雙線道路。他們轉進來的那條路，感覺好像是一千年前的事了。那時矮仔說好嗎，而派蒂沒回答。

現在她說：「我們要找個地方把皮箱藏起來，但是不要離馬路太遠。這樣當我們有車搭的時候，可以輕鬆裝載上車。」

他們讓摩托車減緩速度，停在小徑入口加寬後，和馬路會合的地方。這裡看起來沒有多少藏匿的地點。兩側都長滿了樹幹，最後一段路肩長著濃密的灌木叢，然而在設置那些凍漲柱子的附近稍微稀疏了些。或許是在多年前，地面曾經移動的緣故。或許灌木叢長回來的速度比較慢。或許在哪一處的灌木叢後面有個皮箱大小的坑洞。

派蒂過去察看。最後她覺得右手邊的坑洞比左手邊的好。他們氣喘吁吁地把四輪摩托車推得盡可能靠近。矮仔張開雙臂，把皮箱從車上抬下來，然後他發出哼唧聲，用力抬起，喘著氣，轉身把它扔進坑洞裡。它刮擦壓斷較低的枝椏，最後相當隱密地擱在那裡。派蒂在馬路上走了一小段，把手電筒當成駛近的車頭燈，說她看不太到什麼。絕對沒有什麼會讓人停下來察看的。只有一個黑影，在很下面，位在柱子基座的後面。那有可能是鹿的屍骸。她很滿意。

接著她的聲音變了，她說：「矮仔，過來這裡。」

他過去了。他們一起站在郡道的柏油路面，往回看他過來的方向，沿著她的手電筒光束，搖晃照在以凍脹柱子為中心的一大片地方，那個黑影在它後面的低處。你其實不會真的看見，除非你知道它在那裡。他也很滿意。

他說：「妳是要我看什麼？」

「想一下啊，矮仔，」她說。「當我們轉進這條小路時，我們看到了什麼？」

他思考著，用心去想。他往左側跨了兩步，更靠近馬路的中線，就在本田車的輪子走過的地方。他稍微蹲低一些，接近駕駛座的高度。他看到了什麼？他看到一根凍漲的柱子，上面釘著一塊指示牌，牌上鎖著花稍的塑膠字體。還有一個箭頭指向隧道裡。那些字母拼寫出汽車旅館。

他比較他的記憶和眼前的場景。

他注視著，然後他看到了。現在沒了指示牌。沒有字母、沒有單字，也沒有箭頭。現在柱子還在，但是上面什麼也沒有。小路的兩側都一樣。

「這可怪了。」他說。

「你認為是嗎？」

「所以這究竟是不是汽車旅館？我覺得應該是啊。他們收了我們的錢耶。」

「我們必須離開這裡。」

「沒錯，一有車來，我們就走。」

「在我們把四輪摩托車推回倉棚之後。」

「我們又沒欠他們的，」矮仔說。「我們啥也不欠他們，再也沒有了。尤其要是他們現在跟我們搞這套奇怪的把戲，關於汽車旅館指示牌的這檔事。我們應該把四輪摩托車丟在這裡，讓他們自己來牽回去。」

「他們太陽一出來就起床，」派蒂說。「假如少了一輛車，他們會立刻知道。不過要是它回到適當的位置，他們可能有好幾個小時都不會想到我們。他們會以為我們在房間裡面，自己吃早餐。他們不會有理由過來，直到上午晚一點的時候。」

「這是賭注。」

「這可以替我們爭取到很多時間。他們一發現我們不見了，就會立刻過來找我們。我們需要儘可能延後那個時刻。到那時我們會跑得遠遠的。我們絕對不能還在這裡伸出我們的大拇指等便車。我想我們應該盡量替自己爭取最多的時間。」

矮仔沒說話。他看著漆黑又安靜的道路，先是看著一頭，然後又看向另一頭。

「我知道回去感覺很奇怪，」派蒂說。「現在我們已經來到這裡了。不過反正也沒車過來，現在還沒有。等待接近天亮，我們會比較有機會。」

矮仔又沉默了好一陣子。

然後他說：「好吧，我們把四輪摩托車推回去倉棚。」

「要盡量快一點，」派蒂說。「現在的關鍵在速度。」

他們把過夜行李從車尾架解開，藏在皮箱旁，然後他們小心地推著四輪摩托車，在柏油路面轉了一個大圈。戶外的空氣聞起來比較甜美。他們讓四輪摩托車轉向面對小徑。他們各就各位，然後出發。同樣兩哩多的路程再走一遍，方向相反。不過派蒂說得沒錯。少了皮箱的重量，現在推起來輕鬆多了。他們在纜線下面又跳了一次嬉皮舞，然後他們順利前進，保持快走的速度，感覺像是根本不費什麼力氣。他們沒有停，也沒有休息。

14

他們花了三十分鐘出頭就推了兩哩多的路。在小徑通過樹林之後，他們讓車滑行到停下來為止。車子在他們的前面繼續跑，在月光下成了灰色的鬼魅暗影，越過平坦的兩英畝地，前往遠處呈弧線排列的建築物。汽車旅館漆黑又安靜。倉棚漆黑又安靜。主屋漆黑又安靜。派蒂的錶顯示現在是清晨五點三十分。距離第一道晨光起碼還有一小時。

一切都沒問題。

他們繼續推，儘可能保持安靜，只有輪胎嘶嘶作響，以及鞋底在最後一段柏油路面發出啪噠聲。然後他們顛簸推上了汽車旅館停車場，他們的行進聲更響亮了，有嘎吱的腳步聲和啪嗒的碎石聲，經過辦公室，經過一號房，二號房，一直來到發不動的本田車，再繼續往前，經過十二號房的轉角，直行前往倉棚。他們能看到八個幽魂般的形影，整齊停放，第九格是空的，像是微笑時露出少掉一顆牙。矮仔指了一下，朝派蒂豎起大拇指。她說得沒錯。等他們在天亮後往窗外看了第一眼，就會引發警訊。

他們在最後一段抄近路，跨越草地，在停車區的碎石子上非常緩慢地前進。把車停回原地很容易，問題是要對齊往內推，車頭先進去，慢慢推到和其他的車一樣整齊劃一，然後離開。大功告成。完美無瑕。無從察覺。他們踮著腳尖走過碎石地，踩著草地離開，回到小路上。他們在那裡站了一會兒，喘口氣。前面還有同樣兩哩多的路。全部再來一遍。不過這次什麼也不用推。這次他們會往前走，簡單明瞭。永遠離開這裡。

他們的後面有扇門打開了。在主屋那邊，相當遠。一個遙遠的聲音傳來：「嘿，兩位，是你們嗎？」

是馬克。

他們站著不動。

「兩位？」

一道手電筒光束落在他們前方，照出了他們的身影，也就是說光線是從他們的背後照過來的。

「兩位？」馬克又喊了一聲。

他們轉身。

馬克穿過黑暗，朝他們走來。他穿戴整齊，他的一天已經開始了。他壓低了手電筒，矮仔和派蒂也是，三道光束都表現得彬彬有禮，設法照明卻不令人目眩。

他們等待著。

馬克走過來了。

他說：「這真是最驚人的巧合。」

除了手電筒，他還帶了一張空白的紙和一枝鉛筆。

派蒂說：「是嗎？」

「真抱歉，我應該先問的。一切都還好嗎？」

「我們很好。」

「只是出來散步嗎？」

「為什麼這是巧合？」

「因為就是現在，修車技工正在電話線上等著。他五點開始工作，為忙碌的一天做準備。今天早上他醒來時，忽然浮現一個念頭。他記得我們提過，你們是從加拿大開車下來的。他領悟到當時直覺假設你們是美國人要回家。然後今天早上，他領悟到同樣有可能是相反的情況，你們是過來玩的加拿大人。這樣的話，你們會有一部加拿大規格的車。所以說你們會有強制性冬季配備，也就是不同的加熱器，沒有冷氣。這麼一來，他的診斷就錯了。那是美規的問題。在加拿大，那是馬達啟動繼電器燒壞了。他需要知道要去報廢車回收場找哪個零件。他現在就要出發了，他剛要我去抄寫在你們的擋風玻璃下的證件號碼。」

他高舉手上的紙和筆，彷彿是要佐證他的話。

然後他說：「不過顯然對所有相關的人來說，假如你們可以過來親自回答他的問題，那樣會快很多。」

他把雙掌合攏又拉開，做出切割的動作，以手勢表示相關的距離。他首先比劃出要走到本田車還有一大段路，加上甚至更長的回程距離，對照的是從他們站著的地方走到主屋的電話旁，只要一小段單程路途。一個巨大的差異，無懈可擊的邏輯。矮仔看著派蒂，她看著他。各種疑問浮上心頭。

馬克說：「我們可以煮一壺咖啡。我們可以要求對方在把需要的零件弄到手之後，回電話給我們。然後當他坐上卡車，要過來找你們的路上，再打一次。我要你們聽聽當事人的說法。我覺得在這時候，一點安心的保證是必要的。我覺得我們起碼能做到這點，你們已經浪費夠多時間了。」

他伸出手，做個你們先請的禮貌手勢。

派蒂和矮仔朝主屋走去，馬克和他們同行。三支手電筒的光束都沿著同一個方向跳躍反射。最後馬克加快速度，在廚房門邊等著，帶領他們走進去。他打開燈，指著前面的內部走廊，也就是在前一天的午餐時，他們示範操作那部故障電話的地點。現在話筒連著捲線，橫放在椅子的坐墊上。等候接聽，老式的做法。

馬克說：「他的名字叫卡羅，或許同音不同字。他來自馬其頓。」

他朝電話伸出手，做出請自便的禮貌手勢。

派蒂拿起話筒，把它放在耳邊。她聽見一種空蕩的雜音，某處的手機通訊正在盡力而為。

她說：「卡羅嗎？」

一個聲音說：「是馬克嗎？」

「不是，我叫派蒂．山德斯壯。那部本田是我和我男友的。」

「喔，天哪，我無意要馬克吵醒你們。這真是太失禮了。」

那聲音有種口音，聽起來像是無論它來自何處，都應該要有一個像馬其頓那樣的名字。是東歐吧，她心想。或是中歐。在希臘和俄國之間的某個地方。那種人應該要每天刮兩次鬍子，卻沒這麼做。像是電影裡頭邪惡的壞蛋。只不過他的聲音很友善，語氣輕快，樂於助人，而且充滿關懷。也充滿活力，一大早就如此。

她說：「我們反正已經醒了。」

「是嗎？」

「事實上，我們在散步。」

「為什麼？」

「我想是有什麼把我們吵醒了吧。」

「聽妳的聲音，我猜妳來自加拿大。」

「我們的車也是。」

「對了，」那聲音說。「我作了一個假設，因此差點出了錯。我是在舊南斯拉夫軍中學會這一行的。就像每個地方的軍隊一樣，他們教我們假設事情會讓你和我出糗。恐怕這次出糗的只有我。我道歉。不過我們確定一下吧。你們是否曾經有理由換過加熱器軟管呢？」

「我知道那些管線在很下面的位置。」派蒂說。

「好，那肯定是加拿大規格，幸好我知道了。我會去找馬達啟動繼電器，然後我有些帳單要付，我會開上公路一陣子。或許我會走運遇上一團撞爛的廢鐵。不然的話，我會早一點到你們那裡。就說最少兩小時，最多四小時吧。」

「你確定嗎？」

「小姐，我拍胸脯保證，」那聲音說道，帶著他的口音。「我保證我會讓你們順利上路。」

然後電話線斷了，派蒂掛斷電話。

馬克說：「咖啡煮好了。」

派蒂說：「他會在從現在算起的兩小時到四小時之間來到這裡。」

「太好了。」

矮仔說：「真的嗎？」

「他保證。」她說。

他們聽見外面的小徑有車子的聲音。石子嘎吱作響，還有引擎的敲擊聲。他們看向窗外，看見彼得在一輛老舊破爛的小貨車裡。他的車越來越靠近，減速停下來。他在停車。

矮仔說：「那是誰的貨車？」

「是他的，」馬克說。「他昨天深夜又試了一次。或許白天的溫度對電池有幫助。他發動了，現在他在路上來回地開，充電兼吹散蜘蛛網。或許你們是被那個吵醒的。他可以載你們回房間，假如你們要的話。比走路好一些，我們起碼能做到這點。我敢說你們都累了。」

他們說不想添麻煩，但是彼得不肯接受別人的拒絕。他的貨車是多人座，所以矮仔坐前座，派蒂坐後座。彼得把車停在本田車旁邊。十號房的門是關著的，派蒂覺得很奇怪。她很確定他們沒關門。或許是風吹的，畢竟矮仔的鞋回到了他的腳上。雖然她不記得有風。她有大半個夜晚都在外頭，記得空氣凝滯又沉悶。

他們下了貨車。彼得看著他們走向門口。派蒂轉動門把，把門打開。她先進去，然後她又直接倒退走出來。她指著坐在貨車裡的彼得，高聲喊著：「你別走。」

然後她讓到一旁。矮仔探頭看房裡。地板的中央放著他們的行李。又回來了。他們的皮箱和兩只過夜包。整齊收拾，精準擺放，彷彿是行李員把它們留在那裡。現在他們的皮箱綁了繩子。上面有複雜的繩結，中間還有加粗的繩索。像一個湊合使用的提把。

派蒂說：「這是在搞什麼？」

彼得從貨車裡下來。

「我們誠心道歉，」他說。「我們對這件事感到非常、非常抱歉，也為了兩位捲入其中感到非常、非常的不好意思。」

「其中什麼？」

「恐怕每年的那個時節到了。大學開學了，到處都是大學生。他們的兄弟會為他們設下挑戰。他們一天到晚偷走我們的汽車旅館指示牌。後來他們開始了新把戲，像是某種入會儀式。他們必須趁汽車旅館的房客暫時出門時，偷走房裡的每一件東西。這很蠢，不過情況就是這樣。我們以為這種事在兩年前就結束了，不過現在似乎又回來了。我在大馬路邊的灌木叢發現你們的東西。這是唯一可能的解釋。他們一定是趁你們去散步時，闖了進來。我們為這場不便致歉。如果有任何東西損壞了，請讓我們知道。我們會去警局報案。我是說，好吧，每個人都喜歡玩到瘋，不過這種事簡直荒唐。」

派蒂沒說話。

矮仔沒開口。

彼得回到小貨車上，把車開走了。派蒂和矮仔站著不動一會兒，然後他們進了房裡。他們繞過行李堆，並肩坐在床上。他們沒關門。

李奇的民宿早餐部分是在一間漂亮的房間用餐。那裡比街面矮半個樓層，但是和一座小後院等高，那裡和房間一樣美。早上七點四十五分，李奇在一張室內的桌子坐了下來，準備喝咖啡了。裡面只有他一個人，旅遊季結束了。他沖完澡，換好衣服，感覺不錯，看起來也體面，一切都沒問題，除了指關節有一道傷痕。那是前一天晚上那小子造成的。毫無疑問是他的牙齒。不是什麼嚴重的傷口，只是一條短短的乾涸血漬，但是形狀很顯眼。李奇當了十三年的警察，不當警察的時間更久，因此他會用兩種角度去看事情。結論就是無論在什麼地方，他都喜歡避免混淆。他點好餐，接著站起來，走到院子裡。他蹲下，右手握拳，然後在花床磚牆上又敲又刮，讓那個齒痕成了許多傷口其中的一個。然後他走回餐桌，把餐巾一角放在水杯裡浸一下，揩拭指關節上的砂礫。

十五分鐘後，布蘭達．阿莫斯警探走進餐廳。她在她的筆記本上寫字。她的身旁站著一名穿制服的男子。他的舉止姿態顯示出他是在跟她介紹環境。所以他是民宿的經理，或是老闆。李奇一半靠嘴型、一半靠聽力地分辨出他在說：「這位先生是目前這裡的唯一房客。」

阿莫斯照例從記事本上抬眼看了一下，然後移開視線，接著她又往回看。這是典型的慢動作恍然大悟，像是出自某種舊電視節目的表演。她注視著，眨了眨眼。

她對穿制服的那名男子說：「我現在去找他談。」

「要我端咖啡過來嗎？」

「好的，麻煩你，」李奇對他高聲地說。「拿一壺兩人份的。」

那傢伙在片刻延遲後，有禮貌地點了點頭，替警探端咖啡是一回事，替顧客端咖啡又是另一回事了。在他的階級之下。不過就另一方面來看，顧客永遠是對的。他離開房裡，阿莫斯走過來。她坐在李奇這一桌，挑了一個在他對面的空座位。

她說：「事實上，我今天早上已經喝過咖啡了。」

「又不是一天只能喝一杯，」他說。「沒有法律規定說妳要停下來。」

「而且事實上，我想今天Dunkin'的咖啡摻了迷幻藥。」

「怎麼說？」

「或者事實上，這是有史以來最大的似曾相識場景。」

「好吧，這又怎麼說？」

「妳知道似曾相識的意思嗎？」

「就是說已經看過了，那是一句法文。我母親是法國人，她喜歡美國人使用法文片語。這帶給她某種參與感。」

「妳為什麼要告訴我妳母親的事？」

「你為什麼要問我迷幻藥的事？」

「我們昨天做了什麼事？」

「做什麼事？」他說。

「我們挖出了七十五年前的舊案子：有人發現一名年輕人昏迷不醒地躺在拉科尼亞市中心某條街的人行道上。經過指認得知，他是一名二十歲的本地人，警局眾所周知的大嘴巴和惡霸，但是沒人敢動他，因為他是一名本地富商之子。記得嗎？」

「當然了。」李奇說。

「當我今天早上去上班時，發生了什麼事？」

「我哪會知道。」

「他們告訴我，剛才有人發現一名年輕人昏迷不醒地躺在拉科尼亞市中心某條街的人行道上。經過指認得知，他是一名二十歲的本地人，警局眾所周知的大嘴巴和惡霸，但是沒人敢動他，因為他是一名本地富商之子。」

「妳是說真的嗎？」

「然後我走進對街的旅館，你就在這裡。」

「我想這似乎是一場巧合。」

「你這麼認為嗎？」

「不算是。顯然這種犯罪事件一天到晚發生。」

「相隔七十五年叫做一天到晚？」

「我確定在這期間有許多類似的事件。那些有錢的惡霸遲早會挨揍。妳可以隨機挑選任何舊案子，很有可能就是相同的情況。而且我當然在這裡，因為是我問妳那個非隨機挑選而且有問題的舊案子。所以與其說巧合，這其實是數學上的必然性。尤其是因為妳知道我不住這裡，所以除了旅館，我還會在哪裡呢？」

「就在犯罪現場的街道正對面。」

「妳是在挨家挨戶找目擊證人嗎？」

「我們就是在這麼做。」

「有誰看到什麼嗎？」

「你有嗎？」

「我不是賞鳥迷，」李奇說。「真可惜。遷徙已經開始了。我父親會大感興奮。」

「你是否聽到任何動靜呢？」

「什麼時候？」

「那孩子在七點時依然昏迷不醒。假設他的攻擊者是人類，而不是一輛十八輪大卡車的話，那應該是不會早於五點吧。」

「五點時我在睡覺，」李奇說。「啥也沒聽見。」

「一點也沒有？」

「前天晚上有什麼把我吵醒。不過那是三點鐘，而且在不同的旅館。」

「結果是什麼？」

「它把我吵醒，但是沒有再出現。我搞不清楚。」

「那小子的手臂也骨折了。」阿莫斯說。

「是有可能這樣。」李奇說。

一名女服務生端了兩壺咖啡和兩只乾淨的杯子過來。李奇倒了咖啡，但阿莫斯沒有。她闔上記事本。他問她：「局裡是怎麼看這場調查的？」

她說：「我們沒有太多期望。」

「沒人掬一把同情的淚水嗎？」

「這很複雜。」

「那小子是個蠢貨、惡霸和掠奪者，不管什麼都能弄到最好的，包括受害者和律師。」

「在我聽起來一點也不複雜。」

「我們擔心接下來會發生的事。」

「你認為他會召集人馬？」

「問題是他父親已經找了人手。」

「那個本地的有錢人？是誰啊？」

「我稍微解釋一下。他其實是波士頓人，但是現居曼徹斯特。」

「他有哪種類型的人手？」

「他替無法冒險留下文件紀錄的客戶作財務安排。換句話說，他替那種需要洗錢的人負責洗錢。我想像他可以借到他想要的各種人手。而且我們認為他會這麼做。這些傢伙有某種文化。有人攻擊他的家人。一定要殺雞儆猴。這傢伙不能表現懦弱。所以我們知道他的人馬遲早會在鎮上出現，到處打聽。我們不希望這裡有麻煩。所以才說很複雜。」

李奇又倒了一杯咖啡。

阿莫斯看著。

她說：「你是怎麼弄傷手的？」

「我捶院子裡的牆。」

「這種說法還真怪。」

「真的不能怪那道牆。」

「聽起來是故意的。」

他微笑了。「我像是那種會故意捶牆的人嗎？」

「什麼時候的事？」

「大約二十分鐘前。」

「你是彎腰去看花嗎？」

「我對花朵的喜好和一般人差不多。」

她的手機發出叮咚聲，於是她讀取訊息。

她說：「那小子醒了，但是對他的攻擊者完全沒印象。」

「是有可能這樣。」李奇又說一次。

「他在撒謊。他知道，但是不告訴我們。他是想跟他父親說。」

「因為他們有某種文化。」

「不管是誰幹的，希望對方知道接下來會遇到什麼情況。」

「我確定不管是誰幹的，對方都會離開鎮上。就像七十五年前。再次出現似曾相識的情況。」

「你今天打算做什麼？」

「我想應該可以說，我要離開鎮上。」

「你要去哪裡？」

「我要去雷恩鎮，」李奇說。「假如我找得到的話。」

他在小鎮邊緣的一個舊加油站買了一份紙本地圖，顯示的內容和伊莉莎白・卡斯托的手機一樣模糊。某些路線朝某些方向延伸，彷彿有其目的似的。還有某些目的地呈現灰色，彷彿一度開發過，但是全都不再有名字了，無法分辨它們的不同。他不太確定設製造錫廠會需要哪些地理條件。事實上，他根本不太確定造錫廠是做什麼用的。是把錫從礦石裡提煉出來嗎？還是用錫來製造錫罐、哨子和玩具呢？無論是哪一種，他猜想那都會需要高溫。各種的火焰和熔爐。或許有蒸汽引擎，要驅動皮帶和工具。這表示要用卡車把木材或煤炭運進來。還有水源是不可或缺的，如果要製造蒸汽的話。他再次察看地圖，尋找道路、河流和小溪，全部在一個灰色階的地方匯集。根據伊莉莎白．卡斯托的歷史研究指出，位置是拉科尼亞的西北方。

有兩種可能性。一個是在八哩外，另一個是十哩。兩個地方都有道路從主要幹道岔出來，到這裡為止，而且看不出有任何明顯的現代原因。兩個地方都有水源，看起來像是兩條寬闊的支流，流向同一條大河裡。溪流和道路交錯形成小小的三角形，兩者都是製圖者在可能的範圍內盡量印製得細小，也都落在灰色階的圓點內。小製造廠和工廠，二十幾名工人住在四併住宅，或許是一座單一空間的校舍，或許是教堂，如同阿莫斯所說。兩個地方都符合標準。只不過在十哩的那地方，進出的便道略微向北彎，遠離拉科尼亞。而在八哩外的那地方，進出的道路略微向南彎，往拉科尼亞的方向延伸，彷彿是小鎮的一部分，不是背道而行。李奇想像一個男孩騎一輛腳踏車，迫切地嘎吱踩著離開家裡，掛在脖頸上的望遠鏡彈跳著。從十哩遠的地方，他會因為走錯方向而白費了前面幾哩路，然後他會尷尬地和大家反方向，來個緊急右轉。如果是從八哩外的那地方，他會從一開始就走對方向，在彎道加速，然後筆直往市中心前進。所以男孩才會說他住在拉科尼亞？

這是好事。八哩而不是十哩，來回走一趟能省下一個小時，還有四分之一的力氣。他把地圖摺起來，塞進口袋裡。他開始往前走。

他沒能走太遠。

15

馬克、彼得、羅伯和史蒂芬聚在後廳，觀看著螢幕。所有的畫面都顯示派蒂和矮仔還在床上。不同的角度，不同的距離，有些是遠鏡，有些是特寫。

他們的房門還是沒關。

「不過這次沒有鞋子，」史蒂芬說。「他還是穿在腳上。」

「我們應該採用自動關閉裝置。」羅伯說。

「我們怎麼會知道呢？」彼得說。「一般人會關門。」

「放輕鬆，」馬克說。「他們哪兒也去不了。現在不行。把那只皮箱搬回來傷透他們的心。反正呢，現在他們再次相信那名技工了。」

「我們很快就會需要把那扇門關上。我們要開始給他們暖身一下。他們的情緒狀態很重要，現在步調是關鍵。」

「那就想點辦法。」

彼得轉身回去看螢幕。

李奇離開小鎮邊緣的那座舊加油站之後，走了一哩路，繞過長長的新英格蘭彎道，穿越童話場景般的樹林深處。這時他聽見後方有輪胎在柏油路面行駛的聲音。他聽到車子減緩到與步行同速。他聽見車子在十碼外保持速度。

他停下腳步轉身。

他看見一部深色轎車，中等大小，外觀乾淨，但是配備簡陋。原本可能是鍍鉻的地方現在噴了漆，普通的輪轂，鼠灰色內裝。後車廂蓋上有一支彈跳的天線。這是一部便衣警車，裡頭坐著拉科尼亞警察局的警探長，吉姆．蕭。前一天和布蘭達．阿莫斯出現在警局大廳，紅髮的愛爾蘭傢伙。他值勤時看起來充滿活力與自信。車上只有他一個人。他搖下車窗。李奇走過去，但是在六呎外停下了腳步。

他說：「我能為你效勞嗎？」

蕭說：「布蘭達告訴我，你往這個方向走。」

「你要載我一程嗎？」

「如果我這麼做的話，會把你載回鎮上。」

「怎麼說呢？」

「挨家挨戶查訪的結果發現巷子裡住了一名女子，在曼徹斯特的一家雞尾酒吧上班，而那小子的父親替擁有那家店一半股份的人做事。我們提出很多尖銳的問題，她終於把那天晚上發生的事如實告訴我們。從頭到尾，一字不漏。她說明一切，除了那位救星的外形描述。她聲稱她太緊張，腦袋一片空白。」

「是有可能這樣吧，我猜。」李奇說。

「她在說謊。她怎麼可能老實說？她在保護那個幫助她的人。但是我們有其他證據。她毫髮無傷，相信我。那小子看起來像是被貨運列車輾過，所以我們找的人不是小個子，我們要找一個大塊頭。可能是右撇子。可能今天早上醒來時，指關節帶著傷。一定留有某種痕跡。出手那麼重會留下傷口，相信我。」

「我的手在牆上擦傷。」李奇說。

「布蘭達告訴我了。」

「就是那種小意外。」

「一個比我更聰明的人可能會開始把線索拼湊在一起。雞尾酒吧的那名女子在半夜回家，在可預測的時間內，因為夜裡沒有交通流量。所以那小子在那裡等她，她大喊救命，吵醒了某個傢伙，半徑距離不會太遠。這時他下床去察看，最後把這小子拉走，揍了他一頓。」

「你告訴我，她已經把這些都說出來了。一字不漏。你不需要把線索拼湊在一起。」

「有趣的部分是那個不太遠的半徑距離。那個傢伙的距離要多近，聲音才會清楚傳遞，讓他有辦法那麼快抵達現場呢？我們認為應該相當近。那名女子說她沒有喊得太大聲。當時那小子企圖用手遮住她的嘴。那絕對不是放聲尖叫。所以那個在睡覺的傢伙想必就在附近。他幾乎是立刻就到了現場。我們想呢，最多距離一個街區吧。」

「我很確定這牽涉到許多變數，」李奇說。「或許這要看那些人的聽力有多好，還有多快能著裝完畢。或許這兩者之間有關聯。你可以主持一系列的試驗。你可以找大學參與。你可以投稿到犯罪學期刊。」

蕭說：「依據常識判斷，一名女子的低聲求救只有透過街邊的窗口才聽得見。在一個街區的半徑範圍內。挨家挨戶查訪的清單顯示，昨晚只有六個這類的房間有人住。現在有很多公寓都是辦公室了，晚上空無一人。不過我們還是有六個人要查訪。然後我們發現了什麼呢？」

「我無從得知。」

「我們立刻排除了其中五個人。兩位是女性，三名男子則是考量到年紀、疾病和體格單薄。其中一名男性九十歲了，兩名年過六十，沒人有辦法去揍那小子。根據現況看來是不可能的。」

「五點鐘的時候，我在睡覺。」李奇說。

「布蘭達告訴我了。因為你曾經是軍警，我們相信你。也因為那小子是人渣，我們反正不在乎，而且根本懶得指出五點鐘已經不是重點了。雞尾酒吧的女子在三點鐘到家，她告訴布蘭達，前天晚上也發生同樣的事情。你對布蘭達說，你在前天晚上醒過來，在三點鐘的時候。但是我們不在乎。只不過布蘭達也告訴我，她跟你說過，那個人渣的父親一定會有動作。」

「她是說過。」

「這就是我的重點。你應該謹慎思考。好吧，或許那小子真的是喝茫了，或許他真的不記得攻擊他的人。但是你不能指望那個。假如我們在沒有目擊證人作證之下能查得出來，他們也可以。他們會出來找一個手上有傷的大塊頭。你不能在他們的法庭上爭辯說你是在牆面擦傷指關節。不是因為他們沒有牆壁，而是因為他們沒有法庭。他們有其他的方法。他們會不計一切派人來處理這件事。我們不希望這裡有麻煩。」

「那小子打給他父親了沒？」

「他先打給律師。當然了，律師會打給他父親。現在他們已經得知這件事三十分鐘了。他們正亂成一團，拋棄式手機不只在一州響個不停，就在這個時刻，相信我。假設他們還沒作出任何決定。但是不會太久。他們很快就會抵達了。他們最好是沒在這裡找到你。你最好是去看那個舊址一眼，然後繼續往前走。你最好是不要再回來了。」

「因為你不想要麻煩？」

「你要嗎？」

「不要，」李奇說。「一般來說，我認為麻煩能閃則閃。你幾乎可以說這是一種原則。」

「所以我們的看法相同囉？」

「我們的大方向相同，或許重點不同。」

「我不是在開玩笑，」蕭說。「我不想要麻煩。」

「放輕鬆，」李奇說。「我會繼續往前走，我一直都是如此。假如我先找到雷恩鎮的話。」

「別跟我談條件，別告訴我你要先做什麼事。我是認真的。我不希望我的鎮上有麻煩。」

「雷恩鎮又不是你的。假如你不相信我，去問人口普查檔案室的那小子。他會跟你解釋清楚。」

「這是整個拉科尼亞對上波士頓來的人。他們明天會來到這裡，到處打探消息。是否有誰見過一個手上有傷的大塊頭？」

李奇說：「明天。」

「他們不會善罷甘休。」

「不過直到明天之前，在郡道上走路依然算是合法的活動。」

「這就是談條件的問題。明天你依然會繼續走，你可能會永遠走下去。他們可能會派十個人來鎮上，而你會終於發現，你永遠不會知道自己是否能找到雷恩鎮。現在那些老地方只不過是地上的坑洞而已。誰分得出來在一百年前，哪個是哪個呢？所以幫我一個大忙吧，好嗎？隨便去找個地上的老坑洞，把它當作雷恩鎮，然後快離開，繼續往前走，最好是走一直線，最好是往東邊、北邊或西邊。」

李奇點頭，然後轉身繼續走，揮了揮手，但是沒回頭。他聽到後面傳來警車用力轉向的嘶嘶聲和嘎吱作響，然後是輪胎離去的聲音，往鎮上的方向回去。他繼續保持穩定的速度，每小時四哩，在涼爽的早晨輕而易舉。道路全都有遮蔭。在經過一處左彎時，他察看地圖，道路通往一個灰色階的地方，但是沒有水源。它就在它應該在的地方。他的路線正確。這份地圖不錯。他還有大約六哩路要走。

他繼續走。

天亮了很久，派蒂和矮仔依然在床上。他們盯著行李好幾個小時，彷彿被催眠了。那場浩浩蕩蕩、千辛萬苦完成的旅程，驟然出現變化莫測的逆轉結局，這實在令人難以接受。這有如他們推著沉沉重擔走了兩哩多的事，從來就沒發生過。但是這確實發生過，好幾個小時就這樣白費了。沒有任何結果，沒有任何進展。令人難以接受的殘酷事實。

派蒂說：「你認為那個大學生的故事是真的嗎？」

「妳是瘋了不成？」矮仔說。「妳明知道是我們自己把它搬過去的。」

「我不是說這一次。我是指大學生是否幹過這種事。」

「我不知道，」矮仔說。「我沒那種經驗。不過我猜這可能是真的。就某種合乎邏輯的道理來說。因為彼得不知道我們把自己的東西搬到那邊去。他只知道他在灌木叢裡發現了行李。他要怎麼解釋這件事？這一定讓他想起了過去的某件事，他以為那種事又重新上演了。其實沒有，不過這可以說是證明了原本的那件事想必是真的，不然他怎麼會想起來呢？」

「這是鬼打牆的說法。」

「是嗎？」

「但是反正無所謂了，重要的是他的說法，還有他說的話很詭異。」

「是嗎？」

「他說學生一天到晚偷走他們的汽車旅館指示牌。」

「或許他們的確是。或許這就是指示牌現在不見了的原因。」

「但是一天到晚的意思是一再發生，年復一年。」

「我想是吧。」

「就像你說你在下面的那十英畝地一天到晚都在淹水。」

「這個嘛，的確是。就像妳說的，一再發生，年復一年。」

「沒錯。一天到晚的意思是你在說一段期間的經歷。不過他說他們認為偷行李的事在兩年前已經結束了。知道某件事結束的意思是指你肯定先吃過那種苦頭。就說至少有一年吧，包含兩學期的一個完整週期。我確定學生在不同的時間會做不同的瘋狂事。」

「好吧，」矮仔說。「就說最少三年好了。一年吃盡這種苦頭，兩年沒有。」

「只不過他們在其他時候所說的話，都讓人覺得這是一個全新的開始，就像這可能是他們的第一季。這樣說起來根本兜不攏。」

矮仔沉默了好一會兒。

然後他說：「可是妳跟修車技工說過話了。」

「是的，」派蒂說。「我說過。」

「再說一遍給我聽。」

「他聽起來充滿朝氣，毫無睡意，而且反應靈敏，聲音顯得友善但客氣有禮。他感覺很在行，但是不囂張。他是移民，或許是那種屈就工作的人，我是說和他原本的國家相比。

他提到一些關於南斯拉夫軍隊的事，或許他曾經是裝甲師的士官長，現在駕駛拖吊車，諸如此類的，但是他會就現況盡力而為。這會是你見過最閃亮的拖吊車。他會努力掙回自己的地位，會成為一流的故事。」

「妳從他的聲音聽出了這麼多？」

「這是我的感覺。他問了機械方面的問題，他知道該怎麼處理我們的情況。他擔心馬克是否吵醒了我們，也表示歉意。」

「最糟的情況是？」矮仔問，像是他們之間的老習慣了。

「他有可能是那種能言善道的傢伙，根本沒在留意，直到眼看約定的時間就要到了。我打從心底認為，他是為了昨天沒有弄清楚而道歉。」

「聽起來有道理。」矮仔說。

「我們很快就會知道了，」派蒂說。「他保證最多四小時。」

又走了一哩之後，樹林來到盡頭，景色豁然開朗，眼前是一大片放牧馬匹和乳牛的牧場。李奇繼續往前走，注意著距離，心裡想著一個男孩騎著腳踏車。這感覺像是一段漫長的路程。但或許並不是，時代不同了。在過去，步行五哩或騎腳踏車二十哩算是例行公事。對一個有嗜好的男孩來說，八哩路不算什麼。或者精確地說是九哩，如果是騎到市中心的街道。那就是在一九四三年九月末的某個晚上，有人看到他的地方。在那裡做什麼呢？賞鳥婦人沒有提到掛在他脖子上的望遠鏡。李奇覺得她會注意到的。他去那裡是另有目的，就理論上，對一個十六歲的孩子來說，這目的可能有千百種。只不過一九四三年是局勢嚴峻的一年。戰爭已經持續了快兩年，所有的物資都要經過分配，要不就是短缺。每個人都陰鬱又憂慮，而且長時間地工作。很難想像會發生什麼令人目眩的刺激活動，好到足以讓一個十六歲的孩子在這種艱難時刻的秋日夜晚，跑了九哩路來到一個死氣沉沉的新罕布夏小城鎮中心。

而且也沒提到腳踏車。或許他先停好了車。或許他是走回去取車，和他的朋友同行。或許他的朋友也停好了腳踏車。然後他們去和那個大男孩碰面。

李奇繼續走。在前方的左手邊，他看到了他的大目標地區。他仔細觀察了一下，從中間的距離看到遠方的地平線。雷恩鎮就在那裡的某處。可能吧。他察看地圖。他想走的那條路在前方約一哩處略往左彎。在那之前的不遠處有一條較細的支線。同樣的基本方向，但是較短也較狹窄。比農場小路大不了多少。那可能有用處，也可能沒有。最好的情況是，那可能通往一間屹立不搖的老農舍，而且正好由二百多年以來的同一個家族繼續居住，還有一名老農夫坐在廚房爐灶邊的輪椅上，膝上蓋條毯子，準備滔滔不絕地談起住在往北一哩處的老鄰居。

抱最好的希望，做最壞的打算，這是李奇的座右銘。

他繼續走，接著轉進了那條狹窄的小路。他很快便看見小路並未通往屹立的老農舍，而是一幢迷人夾層建築，和他的年紀差不多大，因此那是在雷恩鎮消失之後許久才建造的，所以沒有幫助。沒有老頭兒帶著回憶坐在那裡，除非那房子是汰舊換新的產物。這是有可能的，很多房子都是如此。或許他們拆掉了那幢屹立的舊建物，或許那房子在現代已經不宜人居了。又或者它遭到祝融吞噬，或許是線路不良的緣故，可能是原有的線路以絲布包覆絕緣。但是他們全都及時逃出，建造了新房屋，也就是說那個膝上蓋著毯子的老農夫不再坐在廚房裡的輪椅上，而是在起居室的塑膠搖椅上。不過那會是同一個人，有著相同的故事，也依然樂意開口。

抱最好的希望。

他繼續走。那幢房屋的設計和諧，細心維護，甚至是照顧有加，看起來像是每次都提早一年重新粉刷。地基周圍種滿了適合的植物，修剪整齊。它有一座車棚，替一輛乾淨的家用小貨車遮擋住微弱的上午陽光。屋外有白色柵欄，沿著房子繞一圈，圍住了四分之一英畝的整齊土地，像是郊區的花園。

柵欄後面有一群狗。

一共有六隻，還沒開始吠叫。全都安靜無聲，全都髒兮兮的。沒有大型犬，也沒有迷你狗。可能有一百種不同的品種，全都混在一起。牠們跑過來，站在柵欄門裡頭。他勢必要從牠們之間走過去。他不怕狗。他相信某種程度的互信能解決大部分的問題。他沒打算要咬牠們，為什麼要假定牠們會打算咬他呢？

他打開柵門，狗兒在他身邊嗅聞。牠們跟著他沿著小徑走。他找到前門，按了電鈴。他退後一步，在陽光底下等著，狗群聚在他的膝旁。過了漫長的一分鐘，前門開了，紗門後出現一名男子。他的體格精瘦，臉上有種明智的表情，而且頂著一頭斑白短髮。他穿著一條在農具用品店買的牛仔褲，還有一件灰色素面恤衫。他的年紀大到看電影能買優待票，但是距離拄著拐杖的日子還很遠。他的膝旁也聚集了一群狗。另外六隻。或許是上一代，有些的毛色已經花白了。

李奇看著對方在心裡測試不同的招呼選項，彷彿想要找出一個適合這個特別狀況的方式，也就是有奇怪的路人沉默又神奇地出現在他位於荒郊野外的家門口。但是他顯然找不出來，因為到最後他只說了一句：「有事嗎？」

李奇說：「先生，很抱歉打擾你。我只是路過而已，不過我有一個問題，是關於在這裡以北的一處地產，而我的資料不太齊全，不知道是否能從你這裡得到一些補充資訊。」

對方說：「你是推銷員嗎？」

「不是的，先生，我不是。」

「賣保險的？」

「不是的，先生。」

「某種律師？」

「我無罪。」

「政府派來的？」

「沒有，先生，也不是那樣。」

「假如你是的話，我相信你有義務告訴我。」

「了解，但我不是。」

「好吧。」對方說。

他打開紗門，和李奇握手。

「布魯斯．瓊斯。」他說。

「傑克．李奇。」

瓊斯又關上紗門。

或許是把老狗關在家裡，小狗放出去。

他說：「什麼地產？」

「在下一條左側岔路和溪流交會的那地方，」李奇說，並指出他認為大約是往西北的直線方向。他說：「或許離這裡一、兩哩路。一個小工業村落的遺址。或許在地面上沒有留下什麼，或許除了遺址地基就沒什麼好看的了。」

「我的地上沒有像那樣的地方。」

「你在這裡住多久了？」

「你的問題倒是接二連三，先生。你應該先表明你想幹嘛。」

「我父親在那裡長大，我想去看看，如此而已。」

「那麼很抱歉，我幫不了你。這聽起來像是你要湊巧才會發現的地方。我從沒聽過有人提起。那裡廢棄多久了？」

「起碼六十年了，」李奇說。「或許還要更久。」

「我不知道現在那是誰的地，在溪邊的那一帶。或許那裡有遺址，或許沒有。假如那裡在六十年前是圈地放牧的話，現在早就雜草蔓生了。那塊地有多大？」

「好幾英畝吧，我想。」

「那麼現在可能已經長滿雜樹林了。」

「好吧，」李奇說。「很高興能知道這些，我會再去查一下。謝謝你撥空說明。」

瓊斯點點頭，臉上帶著和先前相同的明智表情。李奇轉身離開，從前廊往下走了兩步，後面跟著六條有耐心的狗。這時他聽見背後的門改變方向，再度打開了，傳出一種防風條的緊繃聲音，而且這次紗門也打開了。他轉身看見瓊斯傾斜露出一側的肩膀，從門框邊緣探頭看，彷彿這樣能把他看得更清楚一些，同時用腿擋住那群狗。

他喊著：「你是說工業區嗎？」

「規模不大。」李奇說。

「那會不會和汙染有關呢？」

「有可能。那是一家小型製錫廠，可能會排放出定量的廢棄物。」

「你最好進來。」瓊斯說。

紗門在他面前嘎吱地完全打開，然後在他後面砰地用力關上。在他的有限經驗中，這是新英格蘭夏天永遠少不了的聲音。狗兒的爪子在地板上咔嗒作響，六隻都和他一起進來了。他走進別人家中特有的氣味裡。裡面和外面一樣乾淨又細心維護。瓊斯帶他走到開放式廚房和餐廳旁的一處凹室。十二隻狗圍著他們團團轉。那裡沒有起居室，沒有塑膠搖椅，沒有膝上蓋著毯子的老頭兒。凹室是作為家庭辦公區的用途。這裡空間不小，但是現在這幢房屋已經經歷了兩個世代，而看起來像是其中的每位成員都保存了他們看到的每一張紙。首先瓊斯打開了一個滑軌檔案抽屜，裡面有幾個厚厚地鼓起的檔案夾懸掛在彎垂的金屬桿之間。他翻找其中一個，但顯然沒找到他要的東西，因為他轉過臉，把一疊檔案儲物盒推搡去，直到找出他要的那一個，裡面裝滿了厚厚地鼓起的檔案資料夾，和現有的那些一樣。他快速翻閱第一個，然後翻閱第二個。

翻到一半時，他停住了。

他說：「在這裡。」

他抽出一張褪色的紙張。李奇從他的手中接過來。那是一份影印的新聞稿，日期是八年前。那顯然是數篇連續報導中的一篇，熱切地詳述某項議題，並且佐以一些先前得知的清楚假設。不過讀起來輕鬆易懂，因為這項議題是雷恩鎮。

裡面提到一點過往的歷史，包括製造廠在歷史記載上首次出現，以及它在多年後的生產全盛期，並且暗示似乎大家都認同那是一幅可怕的場景，有濃密黑煙、熊熊烈火和沸騰金屬，像是一座微型煉獄，早期詩人但丁會引以為傲的畫面。只不過下一個句子加上了括號，勉強地道歉說在稍早的版本，那張用來說明相同地點的圖片其實不是雷恩鎮，而是麻薩諸塞州一座工業城的圖庫照片，時間比新聞稿所說的還要早十年。不過他們挑選這張照片絕對無意欺騙，而只是基於一種單純表達心情的念頭，由於這種悲劇主題有此需要，這並非字面上的意思，因為大部分的歷史確實都太常報導，通常造成了傷害。

道歉之後，敘述言歸正傳談起當年，內容涉及政治及法律，也有相當程度的混亂。顯然當時還沒有確切的證據顯示，雷恩鎮的古老礦物逕流在緩慢分解之餘，對任何人的地下水造成損害。但是這當然很快就會遭到證實。一些世界頂尖的科學家正在進行研究，只是時間遲早的問題，因此最重要的是準備就緒。在這部分有好消息。老馬可思．雷恩的一長串繼承人和受讓人終於解決了紛爭，現在確定排除了合理懷疑，公司的剩餘股份和其他近乎毫無價值的資產綁在一起，全部歸入六十年前一場大魚吃小魚的交易風暴裡。當時的剩餘股份基本上落入了一家位在科羅拉多州的大型採礦公司手中。這場突破具有重大意義，因為悲慘的雷恩鎮生態災難終於有了一個可確認的擁有者。訴訟案已擬定，準備提出了。

新聞稿在最後呼籲所有相關民眾參加一場會議。下面是作者的筆名，還有電子郵件地址。

李奇把紙張交還給瓊斯。

他說：「你在當時是怎麼看這起事件？」

「我們的水源沒問題，」瓊斯說。「從來就沒有。我記得一開始我想這傢伙八成是律師，想搭順風車。我想他是鎖定一家大公司，要搞集體訴訟。或許那家公司會為了打發他而和解。地下水出問題對公關宣傳絕對沒好處。律師能拿到三分之一。但是我再也沒聽人提起這件事。我想它就這樣無疾而終了。我猜他從沒拿到證據。他反正也不可能拿到，因為水源根本沒問題。」

「你說一開始你以為他是律師。」

「後來有人告訴我，他只是個瘋老頭，住在從這裡往北大約五哩的地方。然後我認識了他，他似乎相當無害。他不是要弄錢，他是要對方知道他們做錯了。像是公開懺悔，那樣對他來說似乎意義重大。」

「你沒去參加會議嗎？」

「我向來對開會沒興趣。」

「真可惜。」李奇說。

「為什麼？」

「新聞稿沒寫到關於雷恩鎮某一項極為重要的事實。」

「是什麼？」

「它的位置。」

「我以為你知道。你提到岔路和河流。」

「那是我的最佳揣測而已。再加上現在你告訴我，那裡看起來會是一大片原始的樹林而已，乍看似乎會囊括大約三分之二的地面。我不想花一整天的時間。」

「去看你父親長大的地方？有些人會花上一整天。」

「你父親在哪裡長大的？」

「就在這裡。」

「這是一個好地方，我看得出來。但是我們剛同意，雷恩鎮是地上雜草蔓生的一個坑洞。差異性在這裡。」

「那或許有情感價值。人們喜歡知道他們來自哪裡。」

「現在我比較想知道，一個想打造製造廠的人會需要什麼。他會需要道路和水源。他還會需要別的嗎？」

「我哪知道？」

「你知道該怎麼利用土地。」

「我想河流和道路的交會處聽起來很合理。找一片邊緣筆直的樹林。鄰人會想要安全的放牧。他們會在種子吹進來，長出幼苗之前，把搖搖欲墜的建築物以欄杆隔開。雜樹林會長成和圍籬一樣的形狀。通常是相反的情況。」

「謝謝你。」李奇說。

「祝你好運。」瓊斯說。

紗門在他面前嘎吱地打開，在他的背後重重地甩上。

他走開了。十二隻狗全都跟著他走到柵門。

16

派蒂和矮仔離開了他們的草坪椅。派蒂看著眼前的景象，先是故障的本田車停在碎石停車場上，然後是兩英畝的平坦土地，接著是遠處帶狀的陰暗樹林，動也不動地，像是一堵牆。

她看著手上的錶。

她說：「為什麼當有人說二到四小時，結果總是比較接近四小時，而不是兩小時呢？」

「帕金森氏症，」矮仔說。「你有多少時間，行動就有多慢。」

「是定律，」派蒂說。「不是疾病。那是當你抖個不停。」

「我以為那是在你戒酒的時候。」

「原因還真多。」

「他還有多少時間？」

派蒂又看了她的錶，然後在腦子裡計算一下。

「三十三分鐘。」她說。

「或許他沒想要那麼精準。」

「他說最少兩個小時，最多四小時。在我聽起來夠精準了。然後他說，我保證我會讓你們順利上路，我拍胸脯保證，用他的那種口音。」

矮仔看著小徑從樹林裡探出來的那個陰暗空間。

他說：「跟我說他告訴妳的機械問題。」

「最好的部分是他說他必須付帳單。他說他會開上公路。或許他會走運遇上一團撞爛的廢鐵。他說話的方式聽起來很專業。那是技工才會說的那種話。不然還有誰會說撞爛的廢鐵很幸運呢？」

「他聽起來很實在。」矮仔說。

「我認為他很實在，」派蒂說。「我想他就快來了。」

他們看著小徑。太陽升得更高了，把前排的樹木照得亮晃晃的。結實的樹幹緊密地排列著，後面還有更多的樹叢，灌木及刺藤夾雜其中，掉落的枯枝以瘋狂的角度支撐著。

矮仔說：「現在他還剩多久？」

派蒂看了看手錶。

「二十四分鐘。」她說。

矮仔沒說什麼。

「他答應的。」她說。

他們看著小徑。

然後他來了。

他們還沒看到就先感覺到了。空氣中有種逐漸增強的低音從遠處傳來，像是某種顫動，電影裡的緊張時刻，彷彿有大量的空氣被震開了。接著它分解成巨大柴油引擎的重錘撼動、厚實輪胎的亞音速振動以及驚人的重量。然後他們看見它從樹林裡開了出來。一輛拖吊車，車體龐大，工業用大小，堅固耐用，是可以上公路拖吊貨櫃車的那種。它是鮮紅色的，引擎怒吼著，低檔輾壓前進。

派蒂站起來，揮著手。

拖吊車顛簸地駛離柏油路面，進入停車場。她說過那會是你見過最閃亮的拖吊車，單純是從那傢伙的聲音所作的推測，而她的猜測正確無誤。它閃亮耀眼得有如嘉年華花車。車身的紅漆上蠟打亮，還有漆成金色的細條紋和側線。鍍鉻的箱蓋和拉桿全都擦拭得亮到令人睜不開眼。那傢伙的名字以銅版體驕傲地漆在車體側面，足足有一呎高。上面寫著佧羅，不是卡羅。

「哇，」矮仔說。「有夠厲害。」

「看起來的確是。」派蒂說。

「我們終於能離開這裡了。」

「假如他能修好的話。」

「不管怎樣，我們都能離開。他不會把我們丟在這裡就走，好嗎？他要不是修好我們的車，要不就是載我們一程。不管那個混蛋怎麼說。同意嗎？」

「同意。」派蒂說。

拖吊車在本田車後面停下來，維持轟隆的怠速。在高處的車門打開了，一名男子下了一階爬梯，然後直接往下跳到地面上。他是中等的體型，身材瘦而結實，腳步輕快，渾身上下充滿幹勁。他剃了光頭，看起來像是戰犯審判的照片，像是一名面無表情的中尉，站在一名戴著黑色貝雷帽的叛逃上校後面。不過他面帶微笑，眼中閃爍著光芒。

「山德斯壯小姐嗎？」他說。「弗萊克先生？」

派蒂說：「叫我們派蒂和矮仔就可以了。」

他說：「我是佧羅。」

她說：「謝謝你過來。」

他從口袋掏出一項物品。那是一個髒兮兮的黑色盒子，約莫一副撲克牌大小，裡面冒出一些截斷的電線頭。他說：「我們走運遇上一團撞爛的廢鐵。在廢車場裡面挖到的。和你的同一個型號，甚至顏色也一樣。六個月前被一輛砂石車從後頭撞上，不過前面的部分還是好的。」

接著他露出鼓勵的微笑，趕他們走回他們的房間。

「進去房裡打包你們的東西吧，」他說。「這要不了兩分鐘就好了。」

「我們已經打包好了，」派蒂說。「隨時可以離開。」

「真的嗎？」

「我們今天一大早就打包好，或者該說是昨天深夜裡。我們想要準備就緒。」

「你們住得不開心嗎？」

「我們等不及想離開，我們現在應該到了別的地方才是。只是這樣而已。除此之外，這是一個好地方。你的朋友們一直都對我們很好。」

「沒有喔，我是新來的，他們還不算我的朋友。我想他們上次找的那傢伙跟他們是朋友，但是我想他們鬧翻了。所以他們開始找上我。這也不錯，我需要生意。我想好好努力一番。」

矮仔說：「我可不想替他們做事。」

「為什麼不想？」

「我認為他們怪裡怪氣的。」

佧羅微笑了。

「他們在我的客戶名單上，」他說。「那張名單越長，我就能多幾個月不必餓肚子。」

「我還是不會這麼做，」矮仔說。

「這裡有九輛四輪摩托車和五部車。保證有活兒可做。為了這個，我可以忍受一點怪裡怪氣。」

「五部車？」

「現在是這樣，再加上一台乘坐式割草機。」

「他們告訴我們只有一部車，」矮仔說。「我們親眼看見。」

「哪一部？」

「一部舊的小貨車。」

「那是他們在這塊地上開的破車。除了那個之外，他們還有賓士休旅車，每人一部。」

「你在開玩笑吧。」

「頂級配備。」

「車子在哪裡？」

「在倉棚裡。」

矮仔沒說話。

派蒂說：「我有個問題。」

佧羅說：「說吧。」

「他們來這裡多久了？」

「這是他們的第一季。」

她說：「麻煩你修好我們的車。」

「這就是我來這裡的目的。」佧羅說。

他打開本田車的引擎蓋，動作靈巧熟練。他俯身向前，把新的黑盒子拿到下面去，彷彿在測試大小。接著他後退一點，瞇起了眼，彷彿想要看得更清楚。他抽身退開，站挺了起來。

他說：「其實你們的繼電器是好的。」

派蒂說：「那車子怎麼發不動？」

「一定是有其他問題。」

佧羅把那個有截斷電線的黑盒子放回口袋裡。他拖著腳步繞過保險桿，從另一個角度接近。

「再轉動鑰匙一次，」他說。「我想聽聽它死得有多透。」

矮仔坐上駕駛座，轉動鑰匙，開，關，開，關，喀噠，喀噠，喀噠。佧羅說：「好，我知道了。」

他拖著腳步繞了一百八十度，走到另一頭的保險桿，然後他又彎下腰，就在電瓶以螺栓固定在一個簡單框架的地方。他把臉埋進去，轉動脖頸，這樣他才能看清楚底下。他把手伸下去，憑指尖觸摸感覺。然後他往後退開，挺直腰桿，動也不動地站了一會兒。他看了一下樹林，然後往另一邊看了一眼，那是十二號房的角落。他往外走，直到他能看見角落之外的景象，看到倉棚，還有主屋。他走回來，揮手要派蒂和矮仔走上他們的棧道，朝他們的房門走過去，一面走，一面不停地回頭看，彷彿在察看他們是否安全地走出了某種虛擬的視線。

他低聲地說：「這些人之中，是否有哪個替你們修過車？」

「彼得有。」矮仔說。

「為什麼？」

「他說他照料四輪摩托車，所以我們請他看一下。」

「他沒有照料四輪摩托車。」

「他把它弄壞了嗎？」

佧羅左右張望。

「他切斷了從電瓶出來的主要正極電源。」

「怎麼會這樣？是意外嗎？」

「不可能是意外，」佧羅說。「那是純銅纜線，比你的手指還粗。你會需要一把帶剪線刃的大鉗子。這要一點力氣，你會知道自己正在剪線。這會是蓄意破壞。」

「彼得有一把鉗子，我在昨天早上看到的。」

「這就像是完全切斷電瓶的電源，哪裡都沒有電活動了。這部車癱瘓了，你的車就是這種症狀。」

「我想看看。」矮仔說。

「我也是。」派蒂說。

佧羅說：「看看底下。」

他們輪流察看，在引擎室上方俯身彎腰，低著頭，轉動脖頸。他們看到一條硬挺的黑色電線，顯然剪成了兩半，兩端移位，切面閃閃發亮，和新硬幣沒兩樣。他們走回到佧羅站著的地方。他說：「我很抱歉，不過我不知道要跟你們說什麼。我跟這些傢伙不太熟，我必須假設這是他們認為的惡作劇。不過這把戲真是太蠢了。修理要花不少錢，那種纜線幾乎是固定的，就像配管一樣。你要挪開其他一堆組件才有辦法接近它。」

「別修了，」派蒂說。「根本不用去管它。現在讓我們離開這裡就是了，立刻載我們走。」

「為什麼？」

「這不是惡作劇。他們把我們留在這裡，他們不會讓我們離開的。我們就像囚犯一樣。」

「這聽起來很奇怪。」

「不過是真的。他們一直都在欺騙我們，跟我們說的每件事都是謊話。」

「比方說什麼呢？」

「他們說我們是這間房的第一組客人，但我不認為我們是。」

「那真的怪透了。」

「為什麼？」

「一個月前，這間房住了人。我確定這點，因為我拿輪胎來給九號房的客人。」

「他們說你是他們的好朋友。」

「這是我第二次和他們碰面。」

「他們暗示說他們在這裡至少待了三年。」

「才不是這樣，他們在一年半之前才出現。當時為了建築許可發生一場大爭吵。」

「他們昨天說電話線路不通，但是我敢說根本沒有。他們只是想把我們留在這裡。」

「可是他們為什麼要這麼做呢？是為了錢嗎？」

「我們想過這點，」矮仔說。「我們正準備逃跑，任何人遲早都會逃跑。然後他們會怎麼做？」

「這真的太奇怪了。」佧羅說。

他站在那裡，猶豫不決。

「拜託載我們一程，」派蒂說。「求求你。我們非離開這裡不可。我們會付你五十元。」

「那麼你們的車呢？」

「車就留在這裡吧，反正我們本來就想把它賣掉。」

「那不值多少錢。」

「沒錯。我們不在乎車子的下場，但是我們非走不可。我們一定要離開。現在，就在這一刻。你是我們唯一的希望。我們被關在這裡了。」

她注視著他。他緩緩地點頭，然後再一次地主導全局。他往後退，伸長脖子越過雙肩左右張望。他看了一眼他的大型拖吊車，還有停車場的大小，評估打量，然後他朝房間裡面瞥了一眼，看著擺放整齊的行李。

「好，」他說。「來安排越獄行動吧。」

「謝謝你。」派蒂說。

「不過首先我要問一個不好意思的問題。」

「問什麼？」

「你們的房錢付了沒？假如我幫著你們開溜，我會惹上麻煩。這裡有旅店主人法。」

「我們昨晚付過了，」矮仔說。「可以住到今天中午。」

「好，」佧羅說。「所以我們來思考一下。我們應該小心為上，我們要預設最糟的情況。我們不知道他們對這件事會作何反應。所以假如他們沒看到我們行動會比較好。同意嗎？」

「這樣好太多了。」派蒂說。

「所以你們先別出來，我去把拖吊車掉頭，讓它面對正確的方向。然後你們抓起行李，跳上車，我們就離開。到那時候就沒有什麼能阻止我們了，就算是賓士車也會彈開。可以嗎？」

「我們隨時都能走人。」矮仔說。

佧羅在門口探頭，看著行李。

「那個可不小，」他說。「你抬得動嗎？要我回來幫你嗎？」

「我抬得動。」

「你抬抬看，一點延誤就會搞砸這件事。」

派蒂先進去。她拎起過夜背袋，一手一個，然後站到一邊去，矮仔才能去抬那口大皮箱。他把兩隻手緊握住那個新的繩索提把，然後用力一拽，皮箱離地大約六吋的距離。佧羅站在門口看，彷彿是在評判。

他說：「你抬著那個能跑多快？」

「別擔心，」矮仔說。「我不會搞砸的。」

佧羅看著他，然後看著派蒂。她的雙手各拎著一個小背包，他的雙手抬著一只大皮箱，兩個人肩並肩地站在床鋪和冷氣之間的空間。他說：「好吧，在這裡等。千萬不要出來，直到我把車掉頭為止。然後派蒂先出來，把小背包扔進駕駛室，隨後爬上車。接著矮仔出來，把皮箱抬上去，派蒂彎腰把它拉進來，然後矮仔爬上車。這樣合理嗎？」

「聽起來不錯。」矮仔說。

「好，」佧羅說。「準備好囉。」

他往房門靠過去，抓住門把，在他們面前關上門。他們透過窗戶看著他匆忙走過泥地，沿著爬梯進了駕駛室。他們聽見引擎怒吼，看到拖吊車抖動著打檔啟動，然後緩緩開走，從右到左，離開視線之外。

他們等著。

它沒回來。

他們繼續等。

什麼也沒有。

沒有聲音，沒有動靜。窗外什麼也沒有，除了和先前一樣的景象。本田車、停車場、草地、整片樹林。

矮仔說：「或許他有事耽擱了一下子。或許那些混蛋出來了，開始跟他說話。」

「他離開了不止一下子。」派蒂說。她把背袋放下，走向窗口。她伸長脖子往外瞧。

「什麼也看不到。」她說。

矮仔把皮箱放下來，和她一起站在窗口。他說：「我可以去轉角看看。」

「他們可能會看到你，他們或許都站在一塊兒聊天。不然他們還會做什麼呢？把拖吊車掉頭要花多久的時間？」

「我會小心點。」矮仔說。

他走到門邊，轉動門把，然後一拉。但是門卡住了，文風不動。他察看一下，從裡面正確解鎖，然後往兩個方向試了試門把。沒有用。派蒂看著他。他拉得更用力一些。他把一隻粗厚的手掌平貼在牆面上，用力一拉。

一動也不動。

「他們把我們鎖起來了。」派蒂說。

「怎麼可能？」

「他們一定是在主屋裡有個按鈕，像遙控那樣。我認為他們一直以來都在玩這把戲。」

「這真的是瘋透了。」

「這裡有哪件事不是呢？」

他們注視窗外。本田車、停車場、草地、整片樹林。然後就沒別的了。

這時窗戶的電動捲簾在他們面前落下，整個房間陷入一片黑暗。

17

佧羅走進後廳，其他人聚在一起，吶喊叫囂，拍打他的背部。史蒂芬忽然閃開，啪嗒敲打著鍵盤，螢幕上的影片高速倒轉，三個抖動的形體到處奔走，所有舉動都是快速地倒轉。他換上電視播音的語氣說：「各位，我們來看動作重播，然後問問這個男主角，擊中大滿貫的感覺是什麼。」

他換成正常速度的前進動作，螢幕上顯示出佧羅帶著鼓勵的微笑，趕派蒂和矮仔回他們的房間。「進去房裡打包你們的東西吧，這要不了兩分鐘就好了。」

「不過這是揮棒落空，」真正的佧羅說，用他自己的電視播送聲音，像是遠從巴爾幹半島傳來的刺耳訊號。「第一次的打數是三振出局。」

螢幕上的派蒂說：「我們已經打包好了。」

在後廳的佧羅說：「從那時起，我就是隨機應變，一路說一路編了。我想遲早會有狀況發生，我知道我需要做的就是把他們騙進房裡，然後關上門。最後算我幸運。」

其他人又吶喊叫囂了起來，但是馬克說：「這和運氣無關，這是技藝精湛的演出。我們應該永遠保存這段影片，把它牢記在心。這就像是聽到大師演奏小提琴。你以前幹過這種事對吧，佧羅？」

後廳安靜無聲。

螢幕上的影片繼續在播放，三個人影聚在本田車和棧道之間，低聲交談著。

馬克說：「你和我們保持疏遠，假裝不是我們的朋友，這純粹就是注定會和他們之間產生一種更緊密的連結。他們落入了這個圈套。這是他們自作自受。他們幾乎變得親密了。

這時你乘勝追擊，在他們注意到某些前後不一的部分，證實了他們最深的恐懼。然後你又加碼，緩慢地同意幫助他們逃脫。這真是情緒操控的傑作，完美打造的雲霄飛車。他們整個早上都在擔心，然後忽然間充滿強烈的希望，逐漸加強成狂喜的感受，兩人站在那裡，手上提著行李，等待出發，現在他們忽然被徹底的挫折打敗了。」

史蒂芬點擊即時動態。派蒂和矮仔坐在床上，四周一片漆黑，兩人一動也不動。

「這樣成效比較好，」佧羅說。「我保證。他們能感受到自己的情緒會比較好。這會在他們的腦袋裡發酵，讓他們之後會變得比較好玩，我拍胸脯保證。」

接著他說：「那就再見囉，」然後走出了門。

李奇看到那個左轉彎就要到了，就在前方一百碼。它和主要幹道形成一個斜角，略微向左側彎曲前行，彷彿不甚情願似的。然後它往前穿越蘋果園。他往那個方向前進。在半路上，他必須走上草地路肩，讓一部大型拖吊車呼嘯而過。它十分龐大，顏色鮮紅，一塵不染，車身布滿金色細條紋。它撼動了他腳底下的路面，他目送它離去。然後他繼續往前走，在路口轉彎。

那條岔路比主要幹道狹窄，但是夠寬也夠堅硬，足供那種很久以前用來拖運木材、煤炭或錫的早期卡車行駛。在道路兩側的果園裡，蘋果樹上的纍纍果實壓得枝椏低沉沉的。他聞得到那種氣味散布在空氣裡，還有乾燥草地的熱氣。他聽得到昆蟲的嗡鳴，頭頂上方有隻雀鷹乘著上升熱氣流飛翔。

在不情願地轉彎離開拉科尼亞半哩之後，那條路又轉了個彎，彷彿下定決心地往西而行。在那之後，它筆直朝遠方而去，經過更多蘋果園，前往一個閃亮的小點，李奇心想那可能是停在路邊的車。再過去好像是一片不同綠色的樹林。他繼續走。當他更靠近之後，看見那個點的確是一輛汽車。它會發亮是由於陽光的照耀，不是因為車身上的漆。那看起來像是一團破爛的舊鐵塊。最後他看清楚了那是一部速霸陸，有點像是那個載了他一程，而且碰上督察員找麻煩的承包商開的車，同一個廠牌，只是車齡多了二十年，像是老祖先。它車頭朝前地停在攔住柏油路盡頭的木柵欄前面。柵欄外又是一英畝的蘋果園，然後又有一道柵欄，再過去是樹葉更大的野生林木。

速霸陸的裡頭有個人。

他坐在方向盤前面。李奇能看見藍色丹寧外套的衣領，還有一束灰白馬尾。那人動也不動地，只是透過擋風玻璃注視著前方。

李奇沿著副駕駛座這一側走到車子前方，背對著車上的人，臀部倚著柵欄。下一道柵欄距離一百碼，在那之外的樹木看起來像是一般的新英格蘭品種，長得茂密但任意分散、枝幹扭曲又彼此競相生長。這可能是種子吹落之後產生的結果。

還有，柵欄顯得筆直。

充滿希望。

他聽見後面傳來車門開啟的聲音，有個聲音說：「你是那個跟布魯斯．瓊斯談話的人。」

李奇轉身，並且說：「我有嗎？」

從速霸陸下來的是個纖弱的男子，或許有七十歲了，個頭高但形容枯槁，在外套底下的肩膀看起來像衣架。

他說：「他給你看了我寫的新聞稿。」

「那是你寫的？」

「就是我本人。他打電話給我。他認為我應該對於你有興趣的這件事感到興趣。我的確是，所以出來找你。」

「你怎麼知道要上哪裡去找？」

「你在找雷恩鎮。」那人說。

「我找到了嗎？」

「在正前方。」

「那片樹林嗎？」

「中間林木稀疏，你能看得相當清楚。」

「你確定我不會中毒？」

「錫是有可能具危險性。每立方公尺空氣含有超過一百毫克的錫，對生命及健康會造成立即傷害。當錫和某些特定的碳氫化合物結合，組成有機錫化合物時，結果會更糟。這類的化合物有些比氰化物更致命。我擔心的就是這個。」

「那件事到頭來的發展呢？」

「化學檢驗沒有顯示出該有的結果。」

「就算有頂尖的科學家投入研究？」

「最後科羅拉多的公司禁止我擅闖我堅決主張屬於他們的那片土地。他們祭出禁制令來把我趕走，我不能越過這道柵欄之外。」

「真可惜，」李奇說。「你本來可以帶我到處看看。」

「你叫什麼名字？」

「李奇。」

那人說了一個地址，一條街道名稱和一個號碼。和李奇在四號隔間裡的螢幕上所看到的，他父親兩歲那年的人口普查資料裡頭一模一樣。

「那是在一樓，」那人說。「那裡還殘留著一些地磚，在廚房裡。至少八年前還在。」

「你沒有回去過？」

「你不能和市政廳鬥。」

「誰會知道呢？」李奇說。「就這一次。」

那人沒回答。

他向前看，眺望二百碼的果園，望向第二道柵欄，以及那些樹林之外。

他說：「假如雷恩鎮在那裡，路怎麼會到這裡就沒了？」

「以前是一路通到底的，」那人說。「嚴格來說，蘋果農夫只是非法占用這部分的土地。約莫四十年前的一個寒冬凍壞了柏油路面，隔年冬天把地基也凍裂了，所以到了春天，農夫借來一台推土機，多種了一些蘋果樹。然後到了夏天，郡裡派人來修復僅存的部分。到了秋天，農夫圍起這道柵欄，從那時起就一直都是這樣了。但是如果想賣掉這塊就有困難了，所有權調查的結果會很難看。」

「好吧，」李奇說。「或許我們晚點見囉。」

他撐著柵欄，把腿跨過去，然後踩進了果園裡。

「等等，」那人說。「我跟你一起去。」

「你確定嗎？」

「誰會知道呢？」

「不自由毋寧死，」李奇說。「我看到你的車牌上寫著這句話。」

那人踩著柵欄底部的橫木，之後便採用和李奇類似的方式跨過去。他們一起走著，經過與視線齊高、閃閃發亮的綠蘋果。那些果實都比棒球還大，有些的大小勝過壘球。他們偶爾在不平的地面上絆了一下，或許四十年前，那些地方的冬日秘密整地進行得有點太倉卒。經過了一百碼之後，他們抵達第二道柵欄。在他們面前的樹木種類不同，長得沒那麼端正或規矩，也沒有成熟果實的甜美氣味，基本上就是叢生的雜木林。它們比較稀疏，也沒那麼健康，因為生長在舊路面重新開始的地方，沒有挖土機或人工種植的幫忙。所以他們應該是可以直接走進去。不必用到大砍刀，或者至少不需要太多推擠。綁馬尾的那人同意。經過了八年，他看著這片林子，不過這依然是最佳的選項。

「我們要多久才會看到任何蹤跡？」李奇問。

「現在，」那人說。「低頭看，你正走在那條舊路上。它並未遭到破壞，除了大自然和氣候之外。」

這樣也夠了。他們翻過柵欄，從細瘦的樹幹和稀疏的灌木叢之間擠著穿過去，踩踏著六十年來遭受雨水和樹根破壞的地面，鵝卵石突起、翻覆，滾落一旁。不久後，他們便置身內環，像是甜甜圈中間的那個圓洞，周遭的樹木都細瘦無比，因為這裡的土地十分貧瘠。那條路往前延伸，朝李奇聽得見水聲的方向蜿蜒而去。是那條溪流。或許製造廠就在那下面，蓋在它的旁邊，甚至是橫跨其上。

綁馬尾的那人開始指點說明。首先在左前方是一處長方形地基，約莫停放單輛汽車的車庫大小。是教堂，那人說。背對其他一切，彷彿要遠離誘惑和邪惡。接下來在右手邊是同樣的狀況，一小片石造地基，只有幾吋高，大部分都是青苔以及植物覆蓋，平整地圍住一片提早茂密生長的區塊，因為那原本是一個爬行空間，沒有鵝卵石、石板或任何一種的石子，只有踩踏扎實的土壤，下過幾場雨之後巴不得馬上開始生長。這是教室，那人說。比你預期的還要好，所有的孩子都能讀能寫，有些甚至還會思考。當時的老師受到敬重。

「你當過老師嗎？」李奇說。

「有一陣子，」那人說。「在早年的時候。」

製造廠就在道路和溪流交會的地方。它有一半蓋在地面上，一半則是突出水面。那一切剩下的只有呈現複雜矩形的斑駁地基，由布滿青苔的石塊組成，有一半長滿了潮濕的河岸植物。其中一塊地基依然完整，約莫是煙囪大小。另一個結實的地基是房間大小。或許是為了支撐沉重的機械設備。大釜、坩堝，還有長柄勺。那人指給李奇看地板裡面的排水管，通往底下的溪流。

工人宿舍位於對街，是兩幢排成一排的建築物，現在只剩地基了。兩間都有中廳和樓梯，左右兩側各有上下兩間公寓。兩幢四併住宅，一共八間住所。新罕布夏州，雷恩鎮。人口可能不到三十人。

那人說：「李奇家的地址是在一樓右側盡頭的那間公寓。最靠近製造廠，傳統上是工頭住的地方。或許是你的祖父吧。」

「他有一段時間是在從事郡道分級，但是住家地址沒變。」

「製造廠在經濟大蕭條的後期關閉了幾年，沒必要把他趕出去。這又不是說他們解雇了他，需要用到這房子。工廠閒置在那裡，直到二次大戰，它才又復工。」

李奇抬頭看著天空。這裡充滿了鳥類生態。他在心裡抹去新生的樹木，重新打造起那支舊煙囪。他心想著在一九四三年的秋天，這裡會是什麼模樣。當時工廠日夜運轉，濃煙遮蔽天空。

那人說：「我該走了，我根本不應該在這裡。你想要的話就留下來吧，我去車上等。你要的話，我可以載你一程。」

「謝啦，」李奇說。「但是你不用特別為了我久等，我向來樂於步行。」

那人點頭，然後穿越樹叢，往他們來時的方向回去了。李奇走過去四併住宅的右手邊。原本的共同入口現在什麼也不剩了，除了一塊石造門階。它既寬且深，架在道路旁邊的排水溝上。排水溝是以鵝卵石鋪設成深U字形的結構，現在大部分都已經崩壞，長滿了野草。他跨過這道溝，走進原本的大廳。地板是混凝土打造，經過歲月摧殘，變成了大小不一的厚板，四處翹起，像是冬天河裡的浮冰。每道裂痕和縫隙都有某些蔓生的植物佔據。

大廳右側的牆壁傾頹一空，除了在地面附近殘留著破損的磚塊，看起來像是牙齒被打碎到貼近牙齦的部位。中間有一道石造門檻，不比地面高，但是完整無缺。那是右側一樓的公寓前門。李奇走進去。門廳的地上長出了三棵樹，樹幹不比他的手腕粗，但是往上竄升至少二十呎，想要尋求光線。在那些樹的後方及兩側都有成排的低矮殘破磚塊，顯示出原本的房間位置，像是真實生活版的建築師平面圖，有點3D的效果。兩間臥室，他心想，再加上一間客廳和一間用餐廚房。所有的空間都很小，以現代標準來看顯得簡陋又狹窄。沒有浴室，或許在後面吧。

僅存的一處地磚是在一塊翹起的厚板上，原本想必是廚房的地板。那看起來像是標準的舊式商業製品，底下的混凝土看起來外殼堅硬，裡面充滿空隙，不過它靠著某種神奇的黏著化學作用，依然附著在上面。地磚的圖案經過六十年的日曬雨淋而褪去了色彩，不過看起來像從前曾經是某種維多利亞晚期的鮮豔繽紛色彩，加上爵床葉飾、金盞花和朝鮮薊花。李奇想像近看著它，以小孩子的觀點，爬來爬去，繽紛的色彩在眼前跳躍。

他再次從走廊的樹木之間擠出去，經過大廳離開。這麼做沒意義，因為他可以從自己挑選的任何一處離開建築物，沒有任何一道牆高於四吋。但是他想感受他正沿著前人的腳步走。他在面街的大門停了下來，當然門已經不在了，然後他在依然存在的門階坐下，像個小孩會做的舉動，或許在一場暴雨過後，排水溝的水像河流一樣在他的腳下奔瀉。

然後他聽見一種聲音，在右側遠處。

那是一聲短促尖銳的叫喊，是男人的聲音，絕對不是喜悅或狂喜。也不真的是激憤或生氣。只是痛苦。遙遠模糊。大約是在果園那邊，回去車上的路上。李奇站起來，挑選路徑，在高低起伏的石塊之間能快速前進。他在樹木之間悄悄行走，沿著舊道路，經過教室，經過教堂，回到了柵欄邊。

他看到在五十碼外，那個綁馬尾的老人就在穿越果園的半路上。另一個傢伙不到他一半的年紀，或許體重是他的兩倍，此時正站在他後面，扭著他的雙臂。

李奇翻過柵欄，朝他們走去。

18

對運動員來說，五十碼是五、六秒的事，但是李奇的目標是比較接近三十秒。慢慢走，但是腳步堅定，打算傳達些什麼。他保持步伐從容，肩膀放鬆，雙手和身側保持距離。他抬著頭，眼神凌厲地看著那傢伙。這是一種原始的信號，他在很久以前學會的。那傢伙別開視線，往南方看了一眼。或許是想求救兵吧，或許不止他一個。

李奇接近了。

那個大塊頭轉身面對他。他把老人用力拉到前面，把他當作人形盾牌。

李奇在六呎遠的地方停下來。

他說：「放他走。」

只有三個字，不過是用一種很久以前學會的口吻說出來，在句尾逐漸結束的母音裡隱藏某種含義，表達試圖抗拒將帶來無可避免的悲慘下場。大塊頭放開那老人，但是他沒放棄。不可能。他想要李奇確知這點。他讓事情看起來是他反正想放開他的手，為了更重大的目的。他把老人推到一旁，直接走進了李奇的空間，距離不到四呎遠。他年約二十多歲，深髮色，而且沒刮鬍子。他的身高超過六呎，體重不只兩百磅，在戶外勞動而曬得黝黑，肌肉結實。

他說：「這不關你的事。」

李奇心想，現在是怎樣，似曾相識的場景再度上演嗎？

但是他大聲地說：「你在公有土地上犯法，假如我視若無睹，我就辜負了身為公民的責任。文明社會就是這樣運作的。」

那傢伙又往南方看了一眼，然後回過眼神。

他說：「這哪是公有土地，這是我祖父的蘋果園。你們倆都不應該在這裡。他是因為不准過來，你是因為非法闖入。」

「這是公有道路，」李奇說。「四十年前，你祖父從郡政府的手裡把它偷走了。當時他還是個大膽的小夥子，就像你現在這樣。」

那傢伙又往南看了一眼，不過這次他沒有回轉視線。李奇轉頭，看見另一個傢伙正在接近，快步走在兩排樹的中間，正好是果園沿著斜坡而下的地方。他和第一個傢伙長得一樣，只不過年紀大了一個世代。最多是這樣，或許是老爸吧，不是祖父。他的牛仔褲比兒子的好一些，也比較乾淨。身上穿了一件恤衫，膚色曬得更黝黑，髮色更灰白。體格相同，但是年約五十來歲。

他抵達了，然後說：「這裡發生了什麼事？」

李奇說：「你告訴我吧。」

「你是誰？」

「只是一個站在公有道路上，問你一個問題的人。」

「這不是公有道路。」

「這就是否認的問題。真相才不管你怎麼想，它會繼續流傳。這是公有道路，過去向來是如此，現在依然是。」

「你有什麼問題？」

「我看到你兒子在攻擊這位年紀大上許多的男士。我想我的問題是，你認為這是否反映出你教養子女的技巧有多好。」

「就這個例子來說，好得很哪，」新來的傢伙說。「假如大家認為我們的水源有毒，我們的蘋果還值幾個錢呢？」

「那是八年前的事了，」李奇說。「反正最後也沒查出什麼。世界頂尖的科學家說你的水源沒問題，所以這件事就算了吧。要有點人性哪。或許你在八年前說了一些蠢話，現在我就該擰斷你的手臂嗎？」

綁馬尾的老人說：「嚴格說來，他們和科羅拉多州的公司簽了一紙合約。禁制令有附加條款，上面寫著假如他們能證明我來過這裡，他們就能獲得報酬。我希望他們已經忘掉這項安排了，但是顯然沒有。他們看到了我的車。」

「他們要如何證明？」

「他們剛才就這麼做了。他們利用簡訊傳了一張照片，所以他才走開，因為這裡沒手機訊號，除了在斜坡上。」

「法律和秩序，」老爸說。「這國家需要的就是這個。」

「除了侵佔公有道路來種植更多蘋果的那部分之外。」

「我受夠了聽你說這種話，沒完沒了的。」

「這是真相的聲音，它會繼續流傳。」

「話說回來，你怎麼會在這片林子裡？」

「這不關你的事。」李奇說。

「或許這是我們的事，我們和地主有關係。」

「你不能用簡訊發送我的照片。」

「為什麼不行？」

「你要先把手機從口袋裡掏出來，而我會把它從你的手中搶走，摔個稀巴爛。我想這就是不行的原因。」

「我們有兩個人，兩支手機。」

「那還是不夠。你應該打電話叫救兵。但是呢，天哪，你不能打，這裡沒有手機訊號，除了在斜坡上。」

「你還真是個狂妄自大的混球，是吧？」

「我比較喜歡說話實在。」李奇說。

「你想要實地測試一下嗎？」

「這樣我會有道德兩難的問題。這孩子看到老爸在自己的面前倒下，可能會背負一生的傷痕，我是說，因為他保護不了自己的老爸。你可能會為此感到難受，我相信這是關於教養子女的問題。我不是太確定，我自己並未為人父，但是我能想像。」

那傢伙沒回答。

李奇說：「等等。」

他往南方望去，就在兩排樹的中間，果園沿著斜坡而下的地方。

「你是在回來的路上，」他說。「簡訊已經發出去了，就在斜坡上。照片一定是在那之前拍下的。所以為什麼我們共同的朋友還在這裡，手臂扣在背後呢？」

沒有回答。

綁馬尾的那人說：「我會挨一頓好打，這樣我才會學到教訓。只等簡訊一傳出去，他們的錢確定到手之後。那時候他們不知道你也在樹林裡。」

「事情不該因此而有所差別，」李奇說。「不是嗎？尤其是對信念堅定的人來說。」

他看著老爸，然後看著兒子，正眼直視。

他說：「我們是在浪費時間，各位。去賞他那一頓好打吧。」

沒人移動。

李奇看著那名年輕人。

他說：「沒關係，他不會傷害你。他七十歲了，你動一根小指頭就能把他推倒。你根本不用怕他。」

那傢伙的頭動了一下，像是小狗在嗅著空氣。

「現在這是二選一，」李奇說。「你要是不打他，你就是怕他。」

沒有回答。

「或者這是良心上過不去。或許是這樣喔。你不想動手打一個老人家，你真的不想。可是呢，嘿，想想那些蘋果吧。你要盡忠職守，這我懂。事實上，我可以幫你的忙。你先揍我一頓，這樣你在開始對付那個老人家時，你會覺得這是你掙來的。或許這會讓你比較不會覺得過不去。」

沒有回答。

「為什麼不呢？」李奇說。「你也怕我嗎？怕我會傷害你？我必須告訴你，是有這可能性，我不瞞你說。你要作個聰明的決定，因為現在這真的是二選一了。你要是不打我，你就是怕我。」

沒回答。

李奇往前走得更近。不是要冒險，比較像是要嚇唬他。假如那小子蠢到出手揮拳，最好還是及早遏阻，在速度、力道及方向都尚未成形之前。這應該不成問題，假如那小子有那麼蠢的話。李奇比對方重三十磅，身高多三吋，而且手臂可能長出五吋。這些都是顯而易見的。

那小子有夠蠢。

他的肩膀猛地往後一抽，李奇把它視為及早的警示，對方毫無疑問想朝他的臉揮出一記右短拳。他因此有了選擇。他可以做出及時回應，以左前臂大幅度朝外一揮，目的是轉移那記右短拳的方向，然後讓自己的右短拳正中目標。這可能是實際上最適合的做法了，但是在法庭上會站不住腳。李奇感覺猶如站在陪審團的面前，正在提出證據，或是接受要求作出解釋，像是專家證人。他覺得為了強化效果，他應該延長敘述，不要一下子就結束了。一樁罪行需要意圖和行動，他覺得他應該讓兩種組合成分都變得顯而易見，直到它們都能破除合理懷疑而加以證實。

所以他把頭往側邊一偏，讓右短拳嘶聲揮過他的耳際。現在那是一記力道十足的重拳，在場的人都能看到，確定無疑，意圖明顯。接著他等那小子把落空的拳頭收回，然後又等了一下，直到他覺得那像是一段很長的間隔，純粹是為了給陪審員足夠的時間進行審議。然後他以右手朝那小子的下顎祭出一記結實的上鉤拳。那小子整個人輕飄飄地飛起來，然後隨著一聲重響，往後仰倒在草地上，塵土和花粉在陽光底下紛紛揚起。那小子的四肢鬆軟，頭部垂向側邊。

李奇朝那名綁馬尾的人點頭，示意他離開。

然後他看著那小子的老爸。

「教養子女的小訣竅，」他說。「不要讓他躺在大馬路上，可能會被車子輾過去。」

「我不會忘記這個。」

「那就是我們倆之間的差異，」李奇說。「我已經忘了。」

他追上那老人，兩人一起走完後面的五十碼，回去找老速霸陸。

派蒂終於下了床。她走到門邊，那是電燈開關的所在。一共三步的距離。跨出第一步時，她相信電源依然接通。跨出第二步，她確信電源會切斷。假如他們能鎖上門，透過遙控把窗戶的捲簾關上，他們當然可以切斷電源。然後她又改變心意了。他們有必要這麼做嗎？

到了第三步，她再次確信電源還是接通的。因為那些餐點。他們為什麼要給他們餐點，然後指望他們摸黑吃飯呢？這時她想起了那些手電筒。那是做什麼用的？她想到矮仔說的話。**以防你必須摸黑吃東西**。或許那些話沒有那麼蠢。

她試了試開關。

沒問題，燈亮了。溫暖的黃光。她討厭白天的燈光。她試了試房門，還是上了鎖。她試試窗戶捲簾的按鈕。矮仔依然坐在黃銅色的強光下，注視著她。她轉身，四下張望房裡。她看著家具，還有他們的行李。當拖吊車一去不回頭，他們把背包放下之後，就沒再挪動過了。她看著裝飾板條和天花板銜接的地方，還有天花板。那一大片的雪白是一種光滑無比的老式新英格蘭白，上面空無一物，除了煙霧偵測器和艙壁燈，兩者都在床鋪的上方。

矮仔說：「怎麼？」

派蒂的視線回到他們的行李上。

她說：「它們藏得有多隱密？」

「妳是說哪裡？」

「在樹叢裡，矮仔。」

「很隱密，」他說。「大的那個很重，它重壓到最底下了，妳自己也看到的。」

「然後彼得運氣很好，發動了那輛小貨車，沿著小徑開出去暖車。出去又回來，動作有夠快的。然而他還是有時間去注意到我們的行李。」

「或許是他在轉彎時，車頭燈照到的。或許從後面看比較明顯。那是在右手邊。他應該是逆時針轉彎。那和妳用手電筒看是不同的景象。妳從馬路上察看過了。」

「他有時間去製作繩索提把。」

矮仔沒說話。

「使用他手邊剛好有的繩索。」她說。

「妳的想法是什麼？」

「還有其他的事情，」她說。「我們拿佧羅開玩笑，說他可能會走運遇上一團撞爛的廢鐵，然後他也對我們說同樣的話，幾乎是他說出口的第一句話，在廢車場的時候。」

「或許他常說這句話。」

「他們為什麼要做一條繩索提把？」

「我以為他們或許是在幫我們。」

「你在開玩笑嗎？」

「我想是吧，我搞不懂。」

「他們是在捉弄我們。」

「是嗎？」

「我們談到找繩子來做提把，所以他們就這麼做了。他們找了一條繩索，做成提把，要展現他們的權力。讓我們看他們是怎樣在背後偷偷嘲笑我們。」

「他們怎麼會知道我們說了什麼？」

「他們在竊聽我們，」派蒂說。「這房裡有麥克風。」

「那真是太瘋狂了。」

「你有別的解釋嗎？」

「在哪裡？」

「或許在電燈裡。」

他們倆都瞇著眼看，溫暖的黃光。

矮仔說：「我們大部分都在外面說話，坐在椅子上。」

「那麼外面一定也有麥克風。所以彼得才會找到我們的行李。他們聽見我們說行李放在哪裡。他們聽到了整個計畫，推著那輛該死的四輪摩托車來回地跑。所以馬克才說我們想必累了，否則他怎麼會說這種奇怪的話。他知道我們幹了什麼好事，因為我們事先告訴他了。」

「我們還說了什麼？」

「一大堆。你說或許加拿大的車不一樣，接下來我們聽到的話就是，嘿，加拿大的車不一樣。他們一直都在竊聽。」

「還有什麼？」

「還有什麼不重要。我們還說了什麼不是重點，重要的是我們接下來要說什麼。」

「那是什麼呢？」

「什麼也沒有，」派蒂說。「我們甚至不能計畫要做什麼。因為他們會聽得一清二楚。」

19

李奇和綁馬尾的那人攀過柵欄，走向速霸陸。那人說：「你剛才挺兇悍的。」

「也沒有，」李奇說。「我給了他一拳，下手沒辦法更輕了。那一拳的力道小到不能再小，幾乎是在同情他了。我想他應該有牙科醫療險吧。」

「他父親不是說著玩的，他不會忘記這件事。那家人要維護他們的名聲，他們會採取行動。」

李奇注視著他。

這一切彷彿似曾相識。

那人說：「他們認為自己是這附近的帶頭老大，他們擔心這種事會傳出去。他們不想讓別人在背後嘲笑他們。所以他們會找你討回來。」

「誰？」李奇說。「爺爺嗎？」

「他們提供很多季節性工作，換來很多人的死忠效命。」

「你對雷恩鎮還知道多少？」

那人停頓了一下。

他說：「是有一位老人，我們該找他談談。我很掙扎是否要提起他。因為說真的，我認為你應該要離開。」

「因為有一大群兇狠的摘果子工人在追我？」

「這些人不好惹。」

「他們能多狠？」

「你應該要離開。」

「我該找他談的這位老人在哪裡？」

「你今天是見不到他的，這要經過一番安排。」

「他年紀有多大？」

「我想現在超過九十了。」

「是雷恩鎮的人嗎？」

「他的堂兄弟是，他在那裡住過一陣子。」

「他記得以前的人嗎？」

「他聲稱自己記得。我為了製錫廠的事訪問過他。我問他關於那些生了病的孩子，他給了一長串的人名。不過那只是一般的兒童疾病，沒有任何定論。」

「那是八年前的事了，或許他的記性每況愈下。」

「有可能。」

「為什麼要等明天？」

「他住養老院，位在偏遠的鄉下。那裡的探訪時間有限制。」

「我今晚會需要找一間汽車旅館。」

「你應該去拉科尼亞，這樣比較安全。那裡的人多一些，你比較不容易被找到。」

「或許我比較喜歡鄉間的氛圍。」

「從這裡往北二十哩有一個地方，應該還不錯，但或許不適合你。那是在樹林裡，沒有巴士，對步行來說太遠了。你去拉科尼亞會好很多。」

李奇什麼也沒說。

那人說：「更好的辦法是，你就往前走吧。如果你要的話，我可以載你到某個地方，當作感謝你先前救了我一次。」

「反正那是我的錯，」李奇說。「是我說服你去的，我害你惹上麻煩。」

「我還是會載你去某個地方。」

「載我去拉科尼亞吧，」李奇說。「然後安排去見那個老人。」

李奇在市中心的某個街角下車，然後綁馬尾的那人便開車離開了。李奇左右張望，辨識他的所在方位。他微笑了。他所在的地方，就是那兩個相隔了七十五年的二十歲年輕人，被人發現不省人事地躺在人行道上的中間位置。他察看過往人群。有幾個可能來自波士頓，但是看起來都沒什麼不對勁。大多數是伴侶，有些人頭髮灰白。或許是來逛街的，想看看拉科尼亞有什麼季末拍賣的好貨。沒有什麼可疑的形跡。還沒看到。明天，警探長蕭說過。他應該知道。

李奇走進一條小巷，他之前看過那裡有一家小旅館，和其他的都差不多。那也是一棟狹窄的三樓建築物，漆著褪色的藝術色彩。他付了房錢，走上去看個究竟。窗戶面向後面，這點讓他覺得開心。這樣能減少有效半徑。他或許能度過一個安靜的夜晚。或許有浣熊或郊狼會在巷子裡翻找垃圾，或許會有鄰居的狗吠。但是最多也就這樣了。

接著他又出門了，因為天色還很亮。他餓了。他沒吃中餐。他應該要吃飯的時間，差不多是在他看著舊廚房的地磚碎片那時。那些殘破遺跡，空間不大，或許設備也不佳，因此午餐吃得很簡單。麵包夾花生醬吧，或是烤起司三明治。或者是罐頭食物。錫製罐頭。

他在一個街區外找到一家咖啡店，供應全天候早餐，依他的經驗判斷，那通常意味著所有餐點都是全天候供應。他走進去。裡面有五個卡座，四個已經有人坐了。前面三個座位的客人看起來像是外地來的購物者，經過了筋疲力竭的狂歡作樂後，進來補充體力。第四個座位是一張熟悉的面孔。

布蘭達．阿莫斯警探。

她正在埋頭大啖沙拉。毫無疑問是忙到現在才有空吃的午餐。李奇當過警察，他知道那是什麼情況。東跑西跑，電話響個不停，有時間就吃，有機會就睡。

她抬起頭來。

起初她看起來很驚訝，但是只有一下子，然後她就露出了氣餒的表情。他聳聳肩，在她對面的座位坐了下來。

他說：「蕭告訴我，直到明天之前，我在這裡都算合法的。」

她說：「他告訴我，你同意往前走。」

「假如我找到雷恩鎮的話。」

「你沒找到嗎？」

「是有這麼一個人，顯然我該找他談談。那人年紀很大了，和我父親一樣的歲數，同一個年代的人。」

「你今天會找他談嗎？」

「明天。」

「我們怕的就是這個。你會待在這裡不走了。」

「往好的方面想，或許不會有人出現。那小子是個混球，或許他們認為他活該。不打不成器，或是不管現在的人是用哪種說法。」

「絕對沒可能。」

「我應該找他談的那個老人家有堂兄弟住在雷恩鎮。他以前會定期造訪那裡。或許他們都在街上一起玩，那附近的孩子們。打棍球之類的。或許他們會隔著溪流做投球練習。」

「無意不敬，少校，不過你真的在意這些嗎？」

「我想是有一點吧，」李奇說。「反正足以讓我多留一個晚上。」

「我們不希望這裡有麻煩。」

「能閃則閃。」

「他們會在今天結束前作好計畫，午夜之前就會採取行動。他們明天一大早就會到了，這段距離不太遠。他們會拿到你的長相描述。因此蕭在第一道曙光出現之前會使出渾身解數。他會把這個地方當成戰區。這位老人家住在哪兒？」

「在城外的一家養老院。我認識的某個人會來接我。」

「什麼人？」

「八年前，他認為那裡的水源遭到汙染。」

「有嗎？」

「顯然沒有，那是過去的傷心事了。」

「他要去哪裡接你？」

「在他放我下車的地方。」

「在約好的時間？」

「準九點半，和什麼探訪時間有關。」

阿莫斯停頓了一下。

「好吧，」她說。「我准許你這麼做，但是要照我的方式。你不管什麼時候都不能離開房間，不能讓任何人看到你。早上九點半一到，你就低頭直接跑到車上去，然後把車開走。而且你千萬不能回來。這是我提出的條件，或是我們現在就把你趕走。」

「我的房錢都付了，」李奇說。「現在趕我走不公平。」

「我是認真的，」她說。「這不是龍爭虎鬥的槍戰。這是即將發生的附帶傷害。假如他們沒找到你，他們會抓兩個替死鬼。你給我聽好了，我們不會容許我們的鎮上發生開車掃射事件。不可能。這裡是拉科尼亞，不是洛杉磯。而且我要鄭重地說，少校，你應該支持我們的立場。你不該讓無辜的旁觀者遭到波及。」

「放輕鬆，」李奇說。「我支持你們的立場，再支持不過了。一切都照妳的意思去做，我保證。從明天起。今天我待在這裡還是合法的。」

「從今晚天黑開始吧，」阿莫斯說。「看在我的份上，小心行事。」

她掏出了名片，遞過去給他。

她說：「有需要的話就打給我。」

20

派蒂脫了鞋，因為她是加拿大人。然後她踩上床，站在富彈性的床面上。她側身拖著腳步走，偏著臉抬頭看電燈。

她大聲地說：「請把窗戶捲簾拉起來，當作是幫我一個忙。我想看看白天的光線。這能有什麼害處呢？這裡又沒人來。」

然後她爬下來，坐在床墊的邊緣，把鞋穿上。矮仔看著窗戶，彷彿在看電視螢幕上播放的球賽，同樣地專心投入。

捲簾還是合攏的。

他聳聳肩。

「最好有用啦。」他用嘴型無聲地說。

「他們在商量這件事啊。」她也用嘴型回答。

他們繼續等。

然後捲簾拉起來了。馬達咻咻作響，接著一道藍色的午後亮光灑了進來。一開始只是一道窄縫，然後不斷加寬，直到整個房間都充滿陽光。

派蒂往天花板看了一眼。

「謝謝你。」她說。

她走到門邊，關掉溫暖的黃光燈泡。一共三步的距離。第一步感覺不錯，因為她喜歡白天的光線。第二步感覺更好了，因為她讓他們為她做了某件事。她建立了溝通的管道。她讓他們明白，她是一個人。不過到了第三步，感覺又變糟了。因為她明白自己給了他們一個談判條件，告訴他們自己害怕失去什麼。

她的手肘撐在窗台上，額頭貼著窗玻璃，注視外面的景象。一切都沒變。本田車、停車場、草地、樹林。除此之外就沒別的了。

在主屋的後廳裡，馬克講完了電話，把話筒放回去。他察看螢幕。派蒂很開心。他轉身面對其他人。

「聽好了，」他說。「剛才是一個鄰居來電，從這裡往南二十哩的蘋果園老農夫。今天他們那裡有個傢伙去找麻煩，他們要我們幫忙留意這人，以防他正好路過，想找地方住。他們會派人去找他，顯然他們要教訓他一下。」

「他不會路過這裡，」彼得說。「我們把指示牌拿掉了。」

「蘋果農夫說那是一個兇悍的大塊頭。我們在郡政廳的朋友也是這麼說的，有個叫做李奇的兇悍大塊頭在查他的家族歷史。他調閱四份人口普查資料，其中至少兩份肯定包括某個雷恩鎮的地址。按理論來說，我有遠房親戚住在那裡。那地方就在我們談到的那座蘋果園的某個角落。這傢伙在勘測李奇家的房地產，逐片察看。他一定是瘋狂沉溺某種癖好的人。」

「你認為他會找上這裡？」

「我祖父的名字還在契據上。不過那是在雷恩鎮以後的事，在他們發了財之後。」

「我們現在不需要這個，」羅伯說。「我們有更重要的事要做。第一個人再過不到十二小時就要抵達了。」

「他不會找上這裡，」馬克說。「他一定是家族裡的不同旁支。我從沒聽過有這號人物。他只會追查自己的家系。這是一定的，大家都這樣。他沒理由會想過來這裡。」

「我們剛剛才把捲簾拉上來。」

「就維持這樣吧，」馬克說。「他不會過來的。」

「他們可能會以動作示意求救。」

「注意察看小徑，仔細聽鈴聲。」

「假如他不會過來，為什麼還要這樣呢？」

「因為可能會有其他人出現。任何人都有可能。我們現在需要保持最高警覺。因為這就是我們的本事，各位。現在注意細節，日後就有收穫。」

史蒂芬把中央兩側的螢幕切換到小徑入口的兩個輪替畫面，就在小徑從樹叢中出來的地方，一個特寫畫面，一個廣角鏡頭。

沒有任何動靜。

李奇照阿莫斯的方式去做。他回去房間，整個下午都窩在裡面。沒人看見他，這是好事，只不過晚餐成了問題。他挑選的住宿地點是一間小巧玲瓏的旅店，沒有客房服務。或許根本沒有提供餐點，除了自助式早餐的現成鬆糕，放在大廳免費取用。但是還沒，最快的話還要再等十二小時才有，或許比較接近十四小時。等到那時候都餓死了。

他望著窗外，其實是在浪費時間，因為外面什麼也沒有，只看到下一條街的背面。不過他知道那家提供全天候早餐的地方就在一個街區之外。假如他去那裡，誰會看到他呢？日落時分，在一個像拉科尼亞的小鎮，市中心的每個街區頂多只有兩、三名路人。加上咖啡店的顧客。加上服務生。他們在午餐時已經看過他了。就在不久前，這點不太妙。沒錯，他們可以說，他一天到晚都在這裡。他算是常客。這會使得接下來的搜索聚焦在這一帶。褪色的小巧玲瓏旅店會是頭號目標，首當其衝，明顯的地點。或許值得他們立刻造訪。或許一大早就會上門，在一個文明人起床走動之前。

這可不妙。

最好是走遠一點。他離開窗口，在腦海中繪製一份記憶地圖，把他目前看到的都收納進去。他去過的第一家旅館、市政廳、郡政廳、警察局、他去的第二家旅館、中間的所有店家，他去吃過飯、喝咖啡、逛過櫥窗的鞋子、包袋和廚具店。晚餐的話，他想去一個沒去過的地方。他覺得見過兩次面比僅有一面之緣還要糟十倍。就說這是原則吧。當個首次見面的陌生人總是好一些。他想到有一家單間寬店面的小餐館，窗戶掛著半截窗簾，裡面有老式的燈泡，像是交纏的發光電熱線。員工可能沒幾個，顧客人數不多且低調。他路過那裡，但是沒進去過。在六個街區之外，他心想。或是七個。這真是太理想了，不過他心想他可以曲折穿越小巷，這樣比較隱密。

夠安全了。

他下了樓，走到外面的暮色之中，開始往前走。他的記憶地圖效果還不錯。有一次他遲疑著，不過最後他猜對了。小餐館就在正前方出現。是八個街區，不是七個或六個，比他想的更遠。他已經暴露行蹤很久了。他數了十八個路過的行人，不是每個都看到他，但有些看到了。沒有可疑人物，全都是平民百姓。

他踮起腳尖站在小餐館外面的人行道上，這樣才能從半截窗簾上方看進去，好好評估一番。他對吃的不挑，什麼都可以。不過他想要角落的桌位，背對著牆壁，氣氛有點吵又不會太吵，另外有幾位客人，但是不要太多人。只要能快速上菜，沒人記得他就好了。這地方看起來似乎符合所有條件。在後面的角落有一張空著的兩人桌。女服務生看起來腳步輕快又機靈。裡頭的座位大概半滿。六個人在吃飯。沒問題，各方面都很理想。只不過那六個用餐的人之中有兩個是伊莉莎白・卡斯托和卡特・克林頓。

第二次約會。可能需要小心呵護。他不想毀了他們的夜晚。他們會覺得有義務要邀他坐在他們那桌，而他拒絕也沒用。然後他會隔著兩桌用餐，而他們會感到侷促不安，覺得有人在看。整個氣氛會變得詭異、緊繃又虛假。

不過這是他欠阿莫斯的。她孤立無援。**你不管什麼時候都不能離開房間，不能讓任何人看到你。**他還能夠繼續到處走多久呢？

最後決定自然浮現了。不知為何，伊莉莎白抬起頭來，看到了他。她驚訝得把嘴張成一個小小的O形，不過立刻變成了微笑，看起來真誠無比。然後她揮手，一開始是興奮地打招呼，接下來就變成快來加入我們的熱切手勢。

他走進去。到了這時候，這是阻力最小的道路。他走進餐廳裡頭，克林頓站起來跟他握手，客氣有禮，有點老派。伊莉莎白．卡斯托從桌面探過去，拖了第三張椅子過來。克林頓朝那個座位伸出手掌心，像個餐廳領班似地，並且說：「請坐。」

李奇坐下來，背對著門口，面向牆壁。

阻力最小的道路。

他說：「我不想破壞你們的夜晚。」

伊莉莎白．卡斯托說：「別傻了。」

「那麼恭喜了，」他說。「對你們兩位。」

「恭喜什麼？」

「你們的第二次約會。」

「是第四次。」她說。

「真的嗎？」

「昨天吃晚餐，今天上午休息時喝咖啡，中午吃午飯，今晚共進晚餐。這就是你介紹我們認識之後的狀態。所以你路過這裡太好了，這就像是一種預兆。」

「聽起來不妙。」

「我是指好的那個版本。」

「一個好預兆。」克林頓說。

「我找到雷恩鎮了，」李奇說。「和人口普查的資料完全相符。上面寫的職業是製錫廠工頭，地址就在一家製錫廠的對街。工廠已經關閉了一段時間，這說明了他後來為何替郡政府工作。我想後來工廠重新開啟之後，他又回去當工頭了。我沒看下一期的人口普查資料，那時我父親已經離家了。」

克林頓點頭，沒說什麼，李奇覺得他的態度既刻意又勉強，彷彿他其實有很多話想說，但是他不打算說出口，為了某種禮貌或禮儀細節的緣故。

李奇說：「怎麼了？」

「沒什麼。」

「我不相信。」

「好吧，是有點問題。」

「哪種問題？」

「我們剛才正在討論這問題。」

「在約會的時候？」

「我們是因為你才約會，所以我們顯然會談到這件事。我們毫無疑問會永遠討論你的案子，這會具有感情價值。」

「你們在討論什麼？」

「我們也不太知道，」克林頓說。「我們有點尷尬，無法確認細節。我們看過了原始文件，兩份都是很棒的人口普查資料。你會培養出一種感覺，你可以看出它的模式。你分辨得出好的普查員和懶惰的普查員。你會看出錯誤，還有謊言。大部分都是關於男人的讀寫能力，以及女人的年紀。」

「你發現那些文件有問題？」

「沒有，」克林頓說。「那些看起來真實無誤，做得很完美，是我見過最棒的成果。一九四〇年的那一份更足以列入人口普查名人堂。我們相信每一個字。」

「在我聽來，其中的細節已經一清二楚了。」

「就像我說的，你會培養出一種感覺。你進入他們的世界，和他們在一起。透過那些文件，你成為他們之中的一份子。只不過你知道接下來會發生什麼事，而他們無從得知。你保持著一點距離。你知道電影的結局。所以你以他們的方式思考，但是藉由未來的事件，你也注意到哪些會是明智或愚蠢之舉。」

「然後呢？」

「你告訴我的故事有問題。」

「但是不在文件裡。」

「是其他部分。」

「可是你不知道是什麼。」

「無法確認細節。」

這時服務生走過來，替他們點餐，然後對話就轉移到其他的事情了。李奇沒有繞回去那個話題。他不想毀了他們的夜晚。他讓他們愛聊什麼就聊，然後盡他所能加入對話。

他只吃了一道主菜，然後就起身離開。他想讓他們單獨享用甜點。這似乎是他起碼能做的事。他們沒反對。他要他們收下一張二十元鈔票。他們說這樣太多了。他說叫服務生不用找了。

他走出大門，往右轉，沿著他過來的路走回去。夜色顯然更深了，街道明顯安靜了許多。路上的車寥寥無幾，沒有行人走動，店家都已經關門休息。一部車從後面過來，繼續往前開，或許比它想要的速度慢了一些，就像任何一座小鎮的夜間行駛車輛。沒什麼好擔心的，他的大腦後部告訴他，因為他計算過關於速度、方向、意圖和一致性的上千個直覺數據點之後，結果落在正常值的中間。

這時他看到了某件不正常的事。

車頭燈，朝著他的方向過來，在一百碼以外。車燈又大又刺眼，間距寬大地高掛著。一部大型車輛。四平八穩，彷彿開在道路的正中央，彷彿橫跨在車道上。它緩緩地行駛著。這喚醒了某種記憶。沒有固定的速度，和背景格格不入。像是在尖峰時間小心慢行，不過還要再慢一拍，彷彿駕駛在專心忙著別的事。一個現代人會猜想是他的手機，但是李奇認為那傢伙是在搜尋著什麼。是視覺上看得到的，所以才會開在路中央，打亮了燈，同時掃視兩側的人行道。

在搜尋什麼呢？

或是在搜尋誰？

那是一部大型車輛。或許是警車。警察可以在馬路中間慢慢開。他們想搜尋什麼東西或什麼人都可以。

車燈鎖定了他。光線照在他身上，刺眼的藍色強光，然後燈光掃過他身上，忽然間他置身的世界有一半是灰色的，另一半則是在強光照射前方的夜晚薄霧之下，顯得亮晃晃的。他轉身看到一部貨卡車，高大耀眼又漂亮，車身超長，有兩排座位和一個長長的車斗。鋁鋼大輪胎緩慢地旋轉，只是滾動著，儘可能地放鬆。

真正的動靜是出現在車內。

裡面看起來彷彿爆發一陣不敢置信的喜悅，像是贏了某種瘋狂的賭注，不可能的事發生了。五張臉孔輪流朝他的方向轉動。五雙眼睛盯著他不放。五張嘴張得大大的，其中有一張嘴巴在動。

那是在說：「就是他。」

嘴巴在動的那傢伙是蘋果園的那個老爸。

21

蘋果園的那傢伙坐在第二排，在駕駛的後面。那不是小隊長會坐的位置，不是權威的寶座，像前排副駕駛座那樣。或許那傢伙把自己當成比較像是現役軍人，只是諸多手下之一。這令人感到鼓舞。這可能意味著素質不高，至少是比較低的水平。像是看著對手的打擊順序，很高興能知道其中有個傢伙是你可以擺平的。

另外四個比他年輕了一個世代，和果園的那小子差不多。同樣的體格，同樣的肌肉，同樣的黝黑膚色，同樣的人種。不過更貧窮一些，祖父也不同。沒人說人生是公平的，但是他們看起來樂意出手相助。採收的時間快到了，或許寶寶需要買鞋。

貨卡車嘎吱作響地停住，四個車門以一種亂七八糟的次序先後打開了。五個人從車上跳下來。靴子喀噠地踩踏柏油路面。兩個傢伙從車頭繞過去，和其他三個並肩站在一起，年紀較大的那個站中間，在那一半反射的光線底下，所有人都顯得灰撲撲的，有如鬼魅一般。他們看起來像是黑白老電影的褪色看板。某種感傷的故事。或許他們的母親很早就過世了，那個老傢伙獨自把他們拉拔長大。現在他們滿懷感激。或者現在這個破碎的家庭有史以來第一次看法完全一致，因為有個可怕的外來威脅。某種誇張的劇情。他們在把它演出來。

李奇想到布蘭達．阿莫斯。

我們不希望這裡有麻煩。

但她說的是附帶傷害。就這個情況來說，可能非常微小，甚至是不存在的。街道空蕩蕩，沒有槍枝。一點動靜也沒有。還沒有。只有一場瞪人比賽。還有擺姿勢。李奇心想他自己也是。他表現出一副輕鬆又不在乎，隨意地站著，幾乎露出微笑，但還不算是，彷彿他剛發現需要處理一件令人厭煩的苦差事，然後這個除此之外堪稱是美好的一天才會結束。在他的對面，那五名男子依然盡力展現那種肩並肩的氛圍，雙臂高高地交抱在胸口，冷酷地斜眼睥睨著。李奇慢慢地明白了，他們的表現根本不是想被當成某種敘事性的戲劇場面，帶著強烈的背景故事，解釋他們忽然展現的團結新力量。這種舉動是想傳達某種沒有那麼微妙的訊息。這只是表現出人多勢眾，沒別的意思了。五個對一個。

蘋果園的那傢伙說：「你要跟我們走。」

李奇說：「是嗎？」

「最好是乖乖地走。」

李奇什麼也沒說。

那傢伙說：「怎樣？」

「我是想要算出這種可能性有多少。十分表示極有可能發生，一分表示再過一百萬年也不可能。我不得不說，現在浮現在我心裡的數字都是相當的小。」

「你自己選，」那傢伙說。「你可以讓自己少受一點皮肉傷。但是不管怎樣，你都要跟我們走。你對我兒子動手。」

「只有一隻手，」李奇說。「而且是一下子而已。就輕輕拍了一下。那小子的下顎是玻璃做的。你應該要好好照顧他。你可以解釋給他聽，為什麼他不能跟大人一起玩。不跟他說清楚很殘忍，你這是在害他。」

那傢伙沒回答。

李奇說：「這些新來的小子比較厲害嗎？我很希望如此。或者你也需要跟他們解釋清楚。現在這是大聯盟了。」

那一票人起了一點騷動，像是一陣小痙攣。他們劇烈地吸氣，交抱在胸口的手臂因而窸窣作響，眼中射出怒火，肩膀上的頭顱因此猛地抽動。

我們不希望這裡有麻煩。

李奇說：「我們不必非這麼做不可。」

果園的那傢伙說：「我們一定要。」

「這是一座美好的小鎮，我們不該搞得一團亂。」

「那就跟我們走。」

「去哪裡？」

「你會知道的。」

「我們已經討論過那部分了。現在可能性依然幾近於零。不過呢，嘿，我樂於接受提議，你可以多給一點甜頭。」

「什麼？」

「你可以付我錢，或是給我一點什麼。」

「我們給你機會，讓你少受一點皮肉傷。」

李奇點頭。

「你先前就說過了，」他說。「這引發了幾個問題。」

他左右張望地看著那些年輕小夥子。

他問：「你們在哪裡出生？」

他們沒人回答。

「你們應該告訴我，」他說。「這對你們的未來很重要。」

「在這附近。」其中一個說。

「所以你們也是在這裡長大的嗎？」

「是的。」

「不是在南波士頓、布隆克斯或洛杉磯南區？」

「不是。」

「不是在里約熱內盧郊區的貧民窟？或者巴爾的摩或底特律？」

「不是。」

「有執法經驗嗎？」

「沒有。」

「坐過牢？」

「沒有。」

「當過兵？」

「沒有。」

「接受過以色列情報單位摩薩德的秘密訓練嗎？或是英國的特種空勤隊？或是法國外籍兵團？」

「沒有。」

「你明白這和採收蘋果不一樣吧？」

男孩沒回答。

「你看到問題所在了嗎？」他說。「這整件受皮肉傷的事根本說不通。它沒有內在邏輯。那是一種視錯覺。你是在提議不要給予某種你根本做不到的東西。起碼找這群人不行。你要表現得更好一點。運用你的想像力。誘因是必要的。或許給一大筆現金會令人心動。或許是貨卡車的鑰匙。又或許這幾個小子之中有誰能把我介紹給他的姊妹。一個晚上就好。他可以勉強自己走開。」

李奇顯然知道他們會作何反應，這就是他要的，但是他不知道哪一個會搶先一步。因此他不慌不忙，胸有成竹，但是儘可能保持機動性的目標，希望他能在他終於必須確定一個方向，再也沒有退路之前能清楚得知。他辦到了，因為在中間靠左的那小子受夠了辱罵和嘲笑，盛怒之餘搶先其他人跨出了一步。所以李奇正面迎敵，揮手出拳。傳說拳擊最快的出拳速度是時速三十哩，比李奇快上許多，他能達到二十哩就很滿意了。不過就算是以這種較慢的速度，他的拳頭還是能在十分之一秒之內，劃過他面前那一碼的距離。實際上是一瞬間的事。那一拳打中那小子的臉，然後李奇冷不防地收手，速度一樣快，就像俐落的閱兵場動作。然後他站得筆挺又輕鬆，好像沒發生過任何事，就像你一眨眼，錯過了這一切。

只是為了戲劇效果。

那小子倒地不起。

在五十碼外，伊莉莎白．卡斯托和卡特．克林頓走出了小餐館。他說了什麼，她笑了。那聲音在空蕩的街道上顯得響亮。開卡車的那群人回頭看。躺在地上的那傢伙沒有，他一動也不動。

在五十碼外，克林頓牽起伊莉莎白．卡斯托的手，他們一起轉身，開始走。迎面而來，越來越靠近。停著的卡車車燈把他們照得清楚又明亮，就像李奇一樣。他盯著他們看了一下，然後轉身面對果園的那傢伙，說：「現在你要作出選擇了。市檢察官要過來了。再怎麼說，他也算是可信的證人。我打算留下來，一決高下。你呢？」

果園的那傢伙往街道那頭看了一眼。看著越來越靠近的那一對。他們置身明亮的燈光下，現在距離四十碼之外。他們的鞋跟響亮地踩踏著磚地。伊莉莎白．卡斯托又笑了。

果園的那傢伙什麼也沒說。

李奇點頭。

「我明白，」他說。「你不喜歡善罷甘休。因為你是帶頭的老大。這我懂。所以我要幫你一把。我會確保我們再次碰面，明天或後天。盡快找一天。我會回去雷恩鎮。我肯定我會想要這麼做。你隨時注意我的行蹤。」

他走開了，沒有回頭看。有一會兒，他沒聽見背後傳來任何動靜。然後他聽到低聲下令及拖行的腳步聲。接著是貨車倒車，然後是那個昏沉無力的傢伙被脫離地面，塞進車內座位的碰撃聲及喘息聲。他聽見車門甩上的聲音。接著他轉進一條小巷子，再也沒聽見什麼了，一直到他回到房間為止。他在那裡度過剩下的夜晚。他看了一場毫無意義的上一季紅襪隊在波士頓之外進行的賽事，接著是夜間地方新聞。然後他上了床，酣然進入夢鄉。

直到凌晨三點零一分。

22

凌晨三點零一分，派蒂依然醒著，完全沒闔眼。矮仔大部分時間都陪著她，不過他終於閉起眼睛。只是瞇一下，他說，到目前為止已經持續一小時了。他在打呼。他們吃掉了六份餐點裡的第四餐，喝掉六瓶水裡頭的第四瓶。他們每一種都剩下兩份，作為隔天的早餐和午餐。然後怎麼辦？她不知道。所以她才會在凌晨三點零一分還醒著，完全沒闔眼。她搞不懂。

他們在一個溫暖又舒適的房間裡，有電力和冷熱水供應。裡面有淋浴間和馬桶，有毛巾、肥皂和衛生紙。他們沒有遭到毆打、虐待或脅迫，沒有人色迷迷地看著他們，或是以任何方式不當觸摸或對待。為什麼呢？有什麼理由？目的何在？在這場大陰謀裡頭，她的身分是什麼，矮仔的身分又是什麼？他們對任何人會有什麼用處呢？

她認真思考這問題。他們沒錢，而且大家都知道他們很窮。擄人勒贖會是個笑話。他們不知道任何產業秘密，沒有任何專業知識。人們在北美洲種植馬鈴薯和鋸木已經幾百年了，或許是幾千年。到了現在，這兩種產業的製程也差不多都一清二楚了。

所以為什麼呢？他們二十五歲，身體健康。她有一度想到器官摘取。或許他們的腎臟即將在網路上喊價拍賣了。或是他們的心臟、肺臟，或是眼角膜。再加上其他可用的部分。或許骨髓吧。一長串的清單，像是在他們駕照上的紀錄。但是她又心想不會吧。沒有人試圖檢驗他們的血型。沒有隨口提起的問題，沒有意外的劃傷、擦傷或割傷。沒有急救護理，沒有沾染血漬的紗布。你不能賣掉血型不明的腎臟，人家會想知道這類的事情。

她暫時放輕鬆了，但是沒有維持太久。她搞不懂。她的身分是什麼，矮仔的身分又是什麼？他們究竟有什麼用途？

李奇在凌晨三點零一分醒來。相同的情況。他冷不防地立刻醒來，像是開啟開關。

相同的理由。

有某種聲音。

他沒再聽見那聲音。

什麼也沒有。

他光著身子悄悄地下了床，從窗口察看巷子。什麼也沒有，沒有浣熊的身影，沒有鬼魅般的郊狼，沒有熱切的狗兒。一個安靜的夜晚。只不過它顯然不是，而且在凌晨三點零一分整又重現了。它懷疑雞尾酒女侍在今晚會出門工作。她可能被解雇了，或是害怕遭到報復。新地方的新工作不會讓她在同樣的時間回到家。再說那小子不會在她的門口等她了。他正在住院。而且現在她住的那條巷子離這裡不止四個街區，位在斜對角，中間隔著很多建物。超出了半徑範圍。他的距離不夠近，呼喊的聲音傳不到這麼遠。

所以時間點是巧合。他的腦海中響起了阿莫斯的聲音：**他們會在午夜之前就採取行動，明天一大早就到了。這段距離不太遠。**

現在是一大早嗎？嚴格來說算吧，他心想。他想像午夜的波士頓，一部車加滿油，駛入黑暗之中。它可能在三個小時又一分鐘之後抵達拉科尼亞嗎？輕而易舉。或許可以開個兩趟。他想像那傢伙不疾不徐，四處梭巡，先探個底，或許會在不同的地方吵醒某個員工或旅店主人，探問一個手上有傷的大塊頭，在對方做出否定回答時表示歉意，往對方的襯衫口袋裡塞一張五十元，然後離開，回到車上，尋找下一個地方。直到他遲早會找上某個旅店主人，對他說當然，在頂樓，後面的那個房間。

李奇從床墊底下拉出了長褲，套上去。他扣好襯衫，綁好鞋帶。他把浴室玻璃杯裡的牙刷拿走，然後放進口袋裡。他可以出發了。

他走到樓下的大廳，還有三小時才提供早餐。他在面街的大門內等待，並且聆聽著。他什麼也沒聽見。他走出去。他聽見遠處一輛汽車傳來颼颼聲。他沒看到任何人。他走到街角，那裡也是空蕩蕩的。他又聽見汽車的聲音。相同的聲音，不同的位置。在很遠的地方，然後越來越近。彷彿它拐過街角，朝這方向前進了一個街區。那部車沒有特定目的，只是在一個新的較小半徑範圍裡頭繞來繞去。

由於這個緣故，李奇走了四個對角線街區，找到在包袋專賣店和鞋店中間的那條小巷，也就是女侍所住的地方。那裡悄無聲息，四下無人。沒有騷動，只有深色的空白窗戶，還有薄霧和寂靜。

他又聽見汽車的聲音了。在他的背後，遠遠地傳來。輪胎的輕微嘶聲，引擎的喘息聲，還有在它駛經柏油路面接合處時傳出啪的一聲。在三個街區之外，他心想。還沒出現在直線的視線內。在十字路口有一處急轉彎。

他掉頭朝旅館的方向走。他穿越圓錐形的黃色燈光。等他一走進了陰暗處，他便側耳傾聽。他還是聽得到那部汽車。緩緩行駛。依然在三個街區之外。不時往右轉，繞來繞去。

他繼續走。汽車又前進了一個街區。它提前一個街口右轉。現在它只距離兩個街區了。繼續繞來繞去，像是沿著巨大的地圖盤繞。一種搜尋模式，但是不夠用心。它證明不了什麼。外面可能有一整支足球隊那麼多的手上帶傷的大塊頭在跑來跑去，而緩慢的盤繞可能連一個也找不到，不管繞幾趟都一樣。要有偶然的機會才會碰巧遇上其中一個。

所以那可能不是搜尋模式。還不是。或許依然是先摸個底的事前勘察。現在時候還很早。最好是做足充分的準備，而且期待達到某種程度的專業。撤退路線要先計畫好，困難的轉彎要先註記。巷弄要先勘查寬度和終點。

汽車右轉，在他後方的兩個街區。

他繼續走，還要走兩個街區。這帶出了一個四維度的問題。當汽車接下來經過旅館附近時，他會在哪裡？在他抵達旅館大門時，車子會在哪裡？這基本上是同一個問題。時間、距離和方向。像是偏差射擊。當子彈抵達時，奔跑的人會在哪裡？

他停下腳步。這個時間點不對。最好是等到直角轉彎之後。最好是在那人開走之後，而不是即將經過之前抵達。這當然是常識了。他漫步走到街角，等待著。街道空蕩蕩的，依然是夜深人靜。沒問題。

除了就在這時候，汽車選擇提前一個街區轉進來。和它原先的模式相比較，實在提早太多了，根本無法預料。它沿著李奇左手邊的十字路開過來，打亮了燈，同時掃視兩側的人行道。李奇籠罩在燈光下，像個電影明星。汽車在十五呎外停了下來。引擎空轉，燈光刺眼。燈光後面的車門打開了。李奇打算往聲音的右邊撲倒。不過他卻往前，走進燈光裡。那樣比較安全。那傢伙可能慣用右手，驟然撲倒引發的緊張抽搐會使得他的槍猛地往上拉開，而不是往下收回。

假如他有槍的話。

燈光後面有個聲音說：「拉科尼亞警局。」

他接著又說：「把手舉起來。」

「我看不見你，」李奇說。「把燈關掉。」

這算是某種測試。真正的警察可能會，冒牌警察則不會。他還是盤算著要往右邊撲倒，然後與開啟車門的任何一種接觸都可以讓他達成目的。他會往回撞上那傢伙，在那之後，這會是一場公平的打鬥。

燈關掉了。

李奇眨了幾次眼，黃色的夜間燈光又回來了，透過薄霧空氣而顯得柔和，在街道潮濕的地方亮得刺眼。汽車是拉科尼亞警局的黑白雙色警車，乾淨嶄新，裡面的科技設備閃爍著橘光。站在打開車門後方的傢伙身穿巡警制服，名牌上寫著戴維森。他可能才二十幾歲，或許身材有些偏瘦，但是顯得聰明、機警又堅決。他的制服摺縫燙得筆挺，頭髮仔細梳理。他的裝備腰帶整整齊齊。他準備就緒。就這麼一次，夜間巡邏的例行公事變得有趣了。

「把手舉起來。」他又說了一遍。

「沒這必要。」李奇說。

「那麼轉身，讓我給你上銬。」

「這也沒必要。」

「這是為了你和我的安全。」戴維森說。

李奇認為這應該是從角色扮演課程學來的。或許是由心理學家主持，或許當天課程的艱鉅任務是要找出一句台詞，以它顯然曖昧不明的語意，驚昏大腦的視覺皮質，以便禁止進一步抵抗。將他上銬如何能對他的安全有幫助？

但是他大聲地說：「警官，我沒看到這裡有許多合理根據。」

戴維森說：「不需要。」

「難道是我沒聽說出現了憲法危機嗎？」

「你已經是可疑人物了。巡邏行前簡報提到了你，也發布了你的速寫。你不應該在公共場所出現。」

「是誰主持那場簡報？」

「阿莫斯警探。」

「她還說了什麼？」

「假如看到麻薩諸塞州車牌就立刻回報。」

「你有嗎？」

「還沒有。」

「她是玩真的。」李奇說。

「她必須如此。我們不能讓任何壞事發生，否則會死得很慘。」

「我現在要回我的旅館了。」

「不行，先生，你要跟我走。」

「我被逮捕了嗎？」

「先生，阿莫斯警探告訴我們，你先前在軍警部門服務。我們樂於盡力表達敬意。」

「行或不行？」

「你就差那麼一點了。」那個小夥子說，聰明、機警又堅決。而且相信自己。還有相信他的命令、法律和長官們。

快活的日子。

李奇想到了咖啡。再等將近三小時，在旅館的大廳。而那毫無疑問是警局一直都有的固定配備。

「逮捕的話沒必要，」他說。「我自願和你一起上車。不過是坐前座。就說這是原則吧。」

他們上了車，開車離去，用李奇聽見遠處傳來的相同速度前進，緩慢又謹慎，在轉角處小心探頭，盡責地完成無論是哪一段的夜間巡邏。李奇的座位塞滿了從中控台滿溢出來的設備。有一台筆電架在一支長頸支架上，還有各種小型專業物品用的托架和皮套。儀表板上的塑膠閃亮又乾淨。空氣聞起來有新車的味道。這部警車可能只上路了一個月。

然後無論是哪一段的夜間巡邏結束了，戴維森在接近市政廳的一處街角轉彎，沿著一條較寬的街道繼續行駛，李奇認得那是通往警局的方向。一段筆直的路，大約半哩遠。戴維森開得比先前快了一點，威風凜凜，神氣十足。夜間宇宙的主宰。他在大廳門外停了下來。他下車，李奇也下了車。他們一起走進去。戴維森向值夜班的員警說明情況，對方只有一個地方不清楚。

他說：「在九點半之前，我需要把他關起來嗎？」

戴維森看著李奇。

他說：「他需要嗎？」

「沒這必要。」

「你確定？」

「我也不希望有壞事發生。我想要的只有咖啡。」

戴維森轉身面對值夜班的人。

他說：「幫他找間辦公室，讓他在裡面等，而且給他倒杯咖啡。」

接著在他們前面的雙開門打開了，布蘭達．阿莫斯走進來。

「就用我的辦公室吧。」她說。

23

一號抵達者在天還沒亮就到了。這是一位回頭客，來自緬因州的北部。他住在一幢木造房屋，位於八十平方哩的森林中央，全都是他所有。他一如往常，只在夜裡開車，開著一部破爛的舊富豪旅行車，不會有人想看第二眼，不過只是以防真的有人看，它也掛了一個假的佛蒙特車牌，上面是未登記的號碼。他的手機告訴他在哪裡轉彎，不過當然了，他反正記得這地方。他上次來過了。他怎麼忘得掉呢？他認得小徑入口，草率鋪設的柏油路面，還有那條粗厚的橡膠管。它會觸發某處的鈴聲，要裡面的人出來迎接。

這次是在汽車旅館辦公室接待客人，由馬克單獨負責。其他人都不見人影。新來的客人猜想，他們應該是在看監視器吧。他是這麼希望的。馬克給他三號房，他接受了。馬克看著他停好了旅行車，看著他提行李進房間。新來的客人猜想，他是在納悶哪一只行李袋裝著他的錢吧。他把東西放在衣櫃旁，接著又走到外面，走進黎明前的黑暗之中，溫和的迷霧空氣裡。他克制不住自己，沿著棧道緩緩前行，經過四號房、五號房，朝著看起來毫無生氣的本田喜美走去，在月光底下陰鬱地蹲伏蜷縮。這時他走下停車場，從車子後面繞過去，這樣他才能隔著一段距離觀察整個十號房。看第一眼。裡面有人住，電子郵件是這麼寫的。不過它目前毫無變化又安靜。窗戶的捲簾放下了，裡面沒有燈光，沒有聲音，也沒有動靜。

新來的客人站了一會兒，然後走回三號房。

李奇從集合室的咖啡壺倒了一杯咖啡，然後阿莫斯陪他走回她的辦公室。和先前一樣，舊結構，新設備，包括辦公桌、椅子、檔案櫃、電腦都是。

她說：「我請你看在我的份上，小心行事。」

他說：「有動靜把我吵醒了。」

「有法令規定說所以你就要自動起床嗎？」

「有時候。」

「他們可能在那時候陸續抵達了。」

「就是這樣，我想我至少應該先把褲子穿好。然後我出去看個究竟。外頭沒有動靜，只有巡邏員警戴維森的一場出色表演。我對這點沒問題，我樂意在這裡等。只不過我很抱歉妳不得不早起。」

「對啊，我也是，」阿莫斯說。「你還出去吃了晚餐。」

「妳怎麼知道？」他問。

「猜猜看。」

因為街道上的血跡，他心想，或是後來有一、兩個街區的隨機攔檢，或者兩者都有。蘋果園的那些傢伙。肯定是。

不過他說出口的是：「我不知道。」

「卡特．克林頓告訴我們，」她說。「你走了八個街區，去到和他用餐的同一家小餐館。然後走了八個街區回去。那不叫小心行事。」
「當時我以為是，以一種迂迴的方式。」
「你應該要打給我，我給你我的名片了。我會帶披薩去你的房間。」
「你們為什麼跟克林頓問起我？」
「我們沒有。我們需要法律意見。在後來的對話中提到了你的晚餐計畫。」
「哪種法律意見？」
「我們可以拘留哪些人，在他們實際上做出任何錯誤的舉動之前。」
「答案是什麼？」
「這些日子以來，幾乎是任何人。」
「或許不會有人出現，」李奇說。「那小子是個混球。」
「絕對沒可能。」
「好吧，不過或許這不是他們的當務之急。或許他們要先去拿乾洗的衣物。我在九點半就會離開這裡，他們會發現我已經遠走高飛。」
「我誠摯希望你所說的這番話，每個部分都是真的。」
「就說我們希望某些部分是如此吧。」
「我們接到消息，」她說。「帶給了我們一絲鼓舞，對你來說可能就不是了。」
「什麼消息？」
「目前的想法降低了開車掃射事件的風險。現在我們認為這應該是不可能發生。警探長蕭正在和波士頓警局通話。他們認為對方偏好的策略是將你抓上車，他們就可以把你載回波士頓，然後把你從某棟公寓大樓推下去。他們是這樣處理的，像是正字標記。好比新聞稿，在各方面都引起轟動。我希望這種事不會發生在你身上。」

「妳是在擔心我嗎？」

「純粹是專業的責任。」

「我不會上陌生人的車，」李奇說。「我可以擔保這一點。」

阿莫斯沒回答。

她的門開了一道縫，一顆頭探進來說：「長官，我們收到無線電通報，一輛掛麻薩諸塞州車牌的車從西南方進來。那是一部黑色克萊斯勒３００轎車，根據麻州監理站的說法，那似乎是登記在一家貨運代理公司的名下，地點在波士頓洛根機場外。」

「黑色克萊斯勒３００的用戶特徵是什麼？」

「有些是禮車公司，有些是租賃車，但絕對是黑幫的主要用車。」

「現在車子在哪裡？」

「仍然在市中心以南，後面跟了一部警車。」

「他看得到裡面嗎？」

「車窗玻璃染了色。」

「深到足以把他攔下嗎？」

「長官，看妳希望怎麼做，我們都可以處理。」

阿莫斯說：「先不用。跟著他，做得明顯一點，讓對方知道有這回事。」

那顆頭縮了回去，門又關上了。

「所以呢，」阿莫斯說。「好戲上場囉。」

「還沒有，」李奇說。「對象不是這傢伙。」

「你還需要多少線索？」

「這就是我的重點，」李奇說。「這是一部大型的黑色克萊斯勒轎車，窗玻璃染了色。這是顯眼的目標，立刻就能追查回到波士頓。車主是大型國際機場的貨運代理公司，它乾脆裝上霓虹燈算了。這是誘餌，對方要你去跟蹤。它會以每小時剛好二十九哩的速度，一整天就這樣到處開。它每次轉彎前都會打方向燈，而且我敢打包票，它的車尾燈不會有問題。這時候，真正的那傢伙開著一輛電工的廂型車。或者是水管工人，或是鮮花快遞員，或者之類的。我們必須採取某種程度的常識。真正的那傢伙會在今天的某個時候悄悄進城，沒人會去注意到。不過希望那是在今天早上九點半過後。因為反正這樣比較合理。到了那時候，你們會處於備戰狀態六個小時以上了。你們會開始累了，他會知道這點。他會等待著。而我早就離開了。」

「我們是把很多的基礎都建立在你昨天的那位朋友會再次出現。」

「我想是這樣沒錯。」

「他會來嗎？」

「無論來不來，我都不意外。他就是那樣子。」

「準時嗎？」

「相同的答案。」

「萬一他沒出現呢？你會在這裡待上一整天。我跟蕭保證過，我絕不會讓這種事發生。」

李奇點頭。

「我不想讓妳的處境為難，」他說。「假如我有的話，我向妳道歉。我給我的朋友三十分鐘。就這樣。假如他到了十點沒出現，妳可以親自開車載我到市界。這樣可以嗎？」

「然後呢？」

「然後蕭就開心了。我會在管轄區之外。」

「那是地圖上的一道線。可能有人會跟蹤你。電工到處接案子，水管工人和鮮花快遞員也是。」

「不過至少要寫報告的是郡政廳，不是市政廳。」

「我想呢，是你要承擔風險。」

「不對，承擔風險的是電工。他會是報告的主角，不是我。我有什麼選擇呢？我不能輕拍他的背，給他一顆糖，然後要他回去波士頓老家。在這些情況下是不可能的。那會給人留下完全錯誤的印象。」

「他們會派一個代打。他們會派兩個。」

「那會是這個郡的問題，不是妳的。」

「你不應該留下來。」

「我也不想，」李奇說。「相信我。我喜歡不停地走下去。但是就另一方面來說，我不喜歡別人趕我走。尤其是那些想把我從樓頂上扔下去的人。我覺得這野心還不小。他們似乎自信得不得了。好像我是小事一樁。」

「別讓自尊心妨礙你作出好決定。」

「妳是在糟蹋我們國家歷史上的每一位將軍。」

「你不是將軍，不要犯下相同的錯誤。」

「我不會的，」李奇說。「我懷疑自己是否有這機會。我懷疑我們的道路是否有交集。我在一天之內就會離開了。最多兩天。那小子會痊癒。等到假期來到，一切都會被拋在腦後。生命會繼續走下去，希望我會在某個溫暖的地方。」

阿莫斯沒回答。

她的門再次打開，同樣的縫隙，同一顆頭探進來，並且說：「那部黑色克萊斯勒現在在市中心梭巡，沒有明顯的目的地，到目前為止遵守每一條交通規則，警車還是跟在它後面。」

那顆頭縮回去，門又關上了。

「誘餌。」李奇說。

「真正的那傢伙什麼時候會到？」

他沒回答。

二號抵達者比一號多出許多行李。這是一場大型演出。彼得開著他的賓士休旅車到曼徹斯特附近的一座小機場。這裡連公務航空站都算不上，比較像是業餘嗜好的機場。沒有塔台，沒有日誌，沒有通報要求。他在圍籬裡面停了車，和跑道的盡頭對齊。他搖下車窗，等待著。

五分鐘後，他聽到螺旋槳飛機的隱約喀噠聲。看到遠處的灰白黎明天空中，有光點閃爍著。那是雙引擎塞斯納之類的飛機，上下搖擺跳動，在風中輕盈地飛行。它低飛進場，然後著陸，立刻減速為麻煩又忙亂的陸上急速滑行，像是緊張的鳥兒，發出轟隆的噪音。彼得閃了閃車燈，它便朝他滑行過來。

那是一架從紐約州雪城起飛的短程小客機，由一間十人組成的空殼公司替一位持有伊利諾州駕照，名叫侯根的乘客所預定。他在不久前抵達雪城，搭乘一架由德州休士頓起飛的灣流包機，由另外十人組成的另一間空殼公司替一位持有加州駕照，名叫胡立罕的乘客所預定。這些駕照都不是真的，而且沒人知道他在休士頓起飛前，是從哪裡來的。

他下了飛機，彼得幫他把他的行李放到賓士車上去。一共有三個軟提袋和兩個硬殼行李箱。彼得認為錢是放在那些軟提袋的其中一個。那是獻金，頗有份量，就算都是百元鈔。

飛機抖動著就定位，震耳欲聾地轉了半圈，然後在巨響聲中沿著跑道飛上天際。彼得駛往另一個方向，出了大門，沿著小路左彎右拐。新來的人坐在他旁邊，在副駕駛座上。他看起來興奮不已，微微地冒汗。彼得看得出來，他想說點什麼，但是他沒開口。一開始沒有。他一句話也沒說。他透過擋風玻璃往前看，在座位上輕輕搖晃著身體。搖晃的幅度不大，有時是前後晃動，有時是左右擺動。

但是他終究必須知道。

他非問不可。

他說：「他們是什麼模樣？」

「他們很完美。」彼得說。

24

黎明清新又明亮地到來，一名巡邏警員過來登記早餐，備餐的是在同一條街上，兩個街區外的一家餐館。李奇選了炒蛋三明治。十分鐘後，餐點到了，裹在油膩膩的鋁箔紙裡頭，摸起來還是熱的。它的味道還不錯，或許炒得有點太老，不過反正營養滿分，有蛋白質、碳水化合物和油脂，各大類的食物都有了。他從集合室的咖啡壺又倒了一些咖啡。那裡沒有人。日班巡邏還有一個小時才開始。

在某人空著的辦公桌上，擴音器輕聲地傳來無線電室發布的一則消息。李奇走過去側耳聆聽。裡頭傳來靜電干擾的緩慢爆裂聲，像是呼吸，還有一些無意義的呼號、密碼和地址，不過他抓到了大概的意思。一名調度員在跟兩部警車個別交談。調度員可能在局裡，警車似乎在市中心繞行。其中一部似乎就跟在克萊斯勒的後面，另一部似乎在一個街區之外跟著它們倆。李奇知道平常的夜間巡邏只有一部警車。他們是找人來加班了。

一個可能是戴維森的聲音插入說：「現在他在排得來速買咖啡。」

「很好，」調度員說。「這表示他應該很快就會需要小解了。或許你能看到他的長相。」

沒必要，李奇心想。他會是約莫五呎十吋高，五呎九吋寬，身穿深色喀什米爾大衣和粉紅色扣領襯衫，油亮的黑髮光滑地往後梳，戴著一副飛行員墨鏡，頸間掛了一條金項鍊。像是在參加選角，極盡所能地想引人注意。

接著一個新的聲音說：「公路四葉型交流道上的監視器顯示，一輛掛麻薩諸塞州車牌的車正朝我們的方向前進。那是一部深藍色廂式貨車，來自波士頓的一家波斯地毯清潔公司。假如它沒轉向，大約還有十分鐘的距離。」

「暫時先不管它，」調度員說。「我們會遇上不少的混亂場面。我們會有FedEx和UPS，還有各式各樣的車輛。」

靜電干擾斷斷續續。李奇看過波斯地毯，大部分是在老房子裡，或是有錢人家的房子，或是有錢人家的老房子裡。他知道那個很昂貴，也知道那經常是珍貴的傳家寶。所以清潔起來極為費工，而且這類的專業人士毫無疑問寥寥可數。因此某位慧眼獨具的客戶會需要把它從拉科尼亞送到波士頓，以便獲得滿意的服務。這種說法似乎十分合理。想當然耳，到府收送也包含在內，一樣是收取耗費工夫的專業人士包套價格。

一切都沒問題。

只不過呢。

他把咖啡杯補滿，回到阿莫斯的辦公室。她坐在辦公桌前，她的手還放在電話上，彷彿剛把它放下，或是想不起來她要打給誰。

他說：「我聽到集合室的無線電對話。」

她點頭。

「我收到最新消息，」她說。「誘餌在買得來速咖啡。」

「還有一部藍色廂型車剛下了公路。」

「那個也是。」

「有看法嗎？」

「那是一部廂型車，」她說。「我能想出一百個理由，說明它為什麼沒問題。」

「九十九個。」李奇說。

「它哪裡有問題？」

「妳看過多少波斯地毯？」

「有一些。」

「在哪裡？」

「我們以前會去拜訪一位老太太，在一間老式的大屋子裡。大人要我們叫她姑媽，我們什麼都不能碰。」

「沒錯。一個老太婆，大驚小怪的有錢老人。想必十分有條不紊。或許她在送地毯去清潔的同時，也會拋光她的桃花心木家具。而且每次她養的那隻拉不拉多犬都剛好死掉。這時她也會清洗曾祖母留下來的瓷器。這麼神奇的新罕布夏女士最早會在一天的哪個時段，準備開門接待各路的專業人士呢？」

阿莫斯沒說話。

「那部廂型車來得太早了，」李奇說。「那就是它的問題。現在天才剛亮。它不是來赴客戶的約。」

「要我把它攔下來嗎？」

「我不在乎，」李奇說。「無論怎樣，我都有辦法活下去。不過假如就是這傢伙，妳會大有斬獲，他一定會攜帶武器。可能是一把大型霰彈槍，假如他真的要我上他的廂型車的話。」

「你的體型大約是捲起來的地毯大小，」她說。「鋪在大房間的那種。或許這就是他們現在搬運人的方式。因為新推出的車款後車廂都比較小。」

李奇不知道她是否在開玩笑。

「交給妳決定吧，」他說。「察看一下或許能讓妳安心。」

「如果真的如你所說有霰彈槍，我會需要一支特勤隊。」

李奇沒回答。她考慮了一會兒，然後拿起電話。她對接電話的那人說：「注意那部地毯清潔公司的藍色廂型車。讓我知道它開往哪裡。」

一個小時之後，一天的工作如火如荼地展開。新巡邏小組上場了，警局裡喧嚷擁擠。

李奇待在一旁，別去礙事。他聽到各方傳來的消息：有些是無線電的內容，他們依然採取溫和的行動；有些是隔著忙碌的空間，在各自的辦公桌對彼此高聲喊出最新的情況；還有一些是從走廊上的倉卒對話偷聽來的。克萊斯勒裡的誘餌依然在路上繞行，守法到誇張的地步，認真遵守四向通行的規定，只要遇到行人和其他的本地駕駛，一律減速禮讓對方先行。他還沒停下來加油，或是上廁所。至於哪一項比較厲害，大家的看法各異。

但是他們追丟了那部藍色廂型車。這時他們已經派出了三部警車，一部跟著克萊斯勒，兩部巡邏南邊的進出道路。他們一度看到藍色廂型車，但是之後就沒再見過了。大家的看法分成兩派對立的理論。廂型車可能已經停在某個十分隱密的地點，或許是一條巷子或一處院落，這當然讓它顯得形跡可疑。或者它已經直接穿越鎮上，往西北出去，或許是到一個鄰近社區的人家服務，這當然就沒什麼好懷疑的了。

李奇心想，不知道那個蘋果農夫的家裡是否有波斯地毯。

阿莫斯說：「你差不多該走了。」

他說：「或許我可以走路經過幾條巷子和院落。」

「你不會走路經過任何地方。我要載你去，開一部有標記的警車。沒有人會笨到攻擊警用車輛。」

「妳是在擔心我嗎？」

「純粹是依據行動判斷。我要你離開這裡，確定無誤，一勞永逸，沒有耽擱。因為這樣我的問題就解決了。為了避免疑慮，我想要親眼看見它發生。」

「或許在那之後，妳應該去攔下誘餌，讓他知道一切都結束了。他可能會滿懷感激。他到現在肯定迫切渴望小解。」

朋友。」

「或許我會。」

「妳可以告訴他，我往哪個方向走。告訴他我樂意和他碰面，還有他駕駛廂型車的朋友。」

「算了啦，」她說。「這不再是軍警行動了。」

「妳是這麼覺得嗎？」

「大部分的時候都是。」她說。

她打電話作了一些安排，然後拿起包包，帶李奇走到停車場。她挑了一輛黑白雙色，清洗水漬未乾的警車。鑰匙插在車上。李奇坐進前座，筆電和訂製的儲物隔間塞得他動彈不得。他替她指路，開到旅館所在的那條小巷轉角。前一天他下車的地方。他在一路上都注意著來往車輛，沒看到藍色廂型車，也沒見到黑色克萊斯勒。有一處紅綠燈出現遲來的尖峰時刻塞車。阿莫斯看了看手錶。時間快到了。她打開車頂警示燈，鑽進對向車道。

那輛古老的速霸陸就在正前方，在路邊等著。在正確的地點，正確的時間。裡面坐著那個熟悉的纖瘦身影。藍色丹寧外套，瘦長的脖頸，還有灰白的長馬尾。

「是他嗎？」阿莫斯問。

「沒錯。」李奇說。

「或許我上輩子做了好事。」

她在速霸陸的後面停下來。那個身影的頭猛地一動，像是忽然盯著後照鏡瞧。這時速霸陸立刻開走，在他們的面前消失不見。它轟隆地駛離路邊，沿著那條街奔馳而去。油門踩到底。

阿莫斯說：「搞什麼？」

「追上去，」李奇說。「快，快，快。」

她往後瞥了一眼，重踩油門，追了上去。

她說：「那是怎麼一回事？」

「妳嚇到他了，」李奇說。「妳的警示燈還亮著，看起來像是妳要攔下他。」

「他停著沒動啊。」

「或許他以為妳要逮捕他。」

「我幹嘛要這麼做？他是停在消防栓前面嗎？」

「或許他的車上有大麻，或是秘密文件之類的。他可能以為妳是深層政府壓迫的幹員。我們面對的可是綁馬尾的老傢伙。」

他們跟在他後面，距離一百碼，然後是八十、五十、二十。速霸陸已經極盡所能了，但還是不敵現代的警車，加上警示燈和警笛。接著速霸陸在前方右轉。它消失在視線之中大約十或十二秒鐘，教人感到坐立難安。不過他們轉彎追上去，看到它在街區盡頭又轉了彎。

「他是要回家，」李奇說。「在往西北邊的某處。」

阿莫斯在一個她比較熟的街區抄近路，出來時正好跟上速霸陸的保險桿。這是一條單行道，前面是紅燈，還有一點小塞車。在這條雙線道上，左側車道有五部車，右側車道有六部。尖峰時段接近尾聲了。燈號轉綠，但是沒人移動。有人擋住了十字路口。不是藍色廂型車，也不是黑色克萊斯勒。速霸陸重踩煞車，突然轉向車流較短的那一線道。現在他是左車道的第六部車，跟第五部只有一吋之隔。阿莫斯停在他後面一吋遠的距離。他的左側是人行道，右側是右手邊的那一排車龍，跟他這排一樣長，一樣動彈不得。他塞在比巴黎更嚴重的車陣。

阿莫斯說：「嚴格來說，他犯了好幾條罪。」

「算了啦，」李奇說。「謝謝妳做的一切。」

他下了車，往前走。他輕敲速霸陸的副駕駛座車窗。老人直視前方好一會兒，完全拒絕轉頭看，堅守原則，但是最後他還是不情不願地往右側瞥了一眼。這時他看起來吃了一驚。他回頭看了閃爍的警示燈一眼。他搞糊塗了，無法理解。

李奇打開車門，上了車。

「她載我一程，」他說。「如此而已。她不是有意要驚嚇你。」

前面的交通號誌變回了綠燈，這次車流動了起來。那人開車往前，一隻眼睛盯著後照鏡。在他的後方，阿莫斯在路口做了一個大半徑迴轉，朝她來的方向開回去了。李奇在座位上轉身，目送她離去。

老人說：「警察幹嘛載你一程？」

「保護性戒護，」李奇說。「蘋果園的那群人昨天晚上進城了。」

這說明似乎讓老人安了心。他點點頭。

「我就跟你說，」他說。「那家人不會善罷甘休。」

「剛才在那裡，」李奇說。「你不該逃跑的。這不是明智之舉。警察到頭來總是會逮到你。」

「你當過警察嗎？」

「在軍隊裡，」李奇說。「很久以前。」

「我知道自己不該跑，」那人說。「但是積習難改。」

他沒有再多說什麼，只是往前開。李奇看著來往車輛。沒有藍色廂型車。他們左轉再右轉。他們似乎是往西北方前進，朝蘋果園的方向。還有雷恩鎮。大概是那一帶。

李奇說：「你安排好了嗎？」

「他們在等我們去。」

「謝謝你。」

「探訪時間十點開始。」

「太好了。」

「那位老人叫做摩帝莫先生。」

「很高興得知。」李奇說。

他們找到鎮外的主要道路，行駛兩哩之後往左轉，開上李奇前一天看過的那條路，通往沒有水源的那地方。他們沿著道路往西，穿越樹林，經過田野。李奇望著窗外。在他右手邊的遠方是布魯斯・瓊斯的地，還有那十二條狗。接著是果園，還有雷恩鎮，鎮上雜草蔓生，鬼影幢幢。

他說：「還有多遠？」

「快到了。」那人說。

兩哩之後，李奇在左手邊看到一個形體，隔著非常遙遠的距離。那是某種新興建築群，低矮的長形建物坐落在一片未經開發的田野。整齊的柏油路面有乾淨的白色標線。新近栽種的樹木在附近的多節瘤野生樹木旁顯得蒼白、細瘦又嬌弱。建築物粉刷了單調的灰泥，有金屬窗戶，還有白鋁落水管，管線在底部彎曲，一路延伸到草地底下一碼處的噴口。大門入口有一塊招牌，寫著輔助生活之類的。

李奇腦子裡的時鐘正好敲了十下。

「就是這裡。」老人說。

三號抵達者的形跡隱密，獨來獨往，和一號一樣。這名男子自行開車，從賓州鄉間小鎮的一幢大房子出發。他一開始開著一輛四個月前在西紐約登記報廢的車。他提早很久就做好準備。他相信充分準備是一切。整趟旅程都經過演練，在他的心中一遍又一遍排演。他尋找阻礙和問題，他想做好萬全準備。他有兩個總體目標：他不想被逮到，也不想遲到。

當然了，這個計畫是關乎匿名，排除在外，以及無從追蹤。第一階段是開一輛未登記的車，馬不停蹄地前往一位友人的家，地點在麻薩諸塞州收費公路下來的一座加油站後面，就在波士頓以西。他是在別的社群認識了那人。他們有另一種共同興趣，是一群關係緊密又熱情的夥伴。他們行事神秘又危機四伏，彼此忠誠且樂於助人。他們十分堅持這點。像是一種癖好。夥伴想要什麼，就能得到什麼。沒有任何質疑。

那朋友白天從事營業車輛買賣。那些車輛的租賃合約結束後，他會到拍賣會把它們買下，然後轉手出售。那些車來來去去，乾淨的和髒兮兮的，使用過和沒有被好好對待的，歪七扭八和沒有絲毫刮痕的。無論何時，他的手上都有二十幾輛左右。在特定的那天，他有三輛最喜歡的車，全都是廂式貨車，看起來很普通，毫不顯眼。沒人會去注意廂式貨車，它就像是空氣裡的一個洞。

最佳的範例是外表很乾淨，車身是深藍色，並且漆上金色的公司行號名稱。這輛車在不久前才來的，是市內一家破產的地毯清潔公司收回車。從車體外觀看來，那曾經是一家高檔的公司。波斯地毯。所以才會漆上金色的公司名稱，而且採取高規格的維修保養。賓州來的那名男子把他的東西放到車上，並且發動了車。他在手機上設定好GPS。他往北開。這條路徑帶他上公路走了一段時間，然後在新罕布夏州的曼徹斯特附近下去，然後往偏遠地方前進，途中經過一座名叫拉科尼亞的小鎮。

他在那裡受到驚嚇，差點放棄了。他看見兩部警車，顯然在打量從南邊進來的每個人。他們搜尋著，盯著他瞧。彷彿他們事先就對他瞭若指掌了。彷彿有人提出密告。他心慌意亂，把車開進一條小巷子裡，停進了一家商店後面的卸貨區。他察看他的電子郵件，在他的秘密手機登入他的秘密帳號。他進了郵件頁面，上面有外語字母的翻譯。

裡頭沒有取消訊息。

沒有警告，沒有警報。

他深呼吸。他知道這種情況。任何的這類社群都會有一個安全防護設定，一個緊急狀態的單擊按鍵，有狀況時先按下去就對了，無論其他還有哪些地方出問題。它會產生一個自動訊息，或許是無害的內容，傳送到安全的那一方，不過是當成密碼來解讀。孩子們今天身體不適。諸如此類的。

信箱裡沒有這種訊息。

他又檢查一遍。

沒有任何訊息。

他從巷子倒車出來，繼續往前開。他很快就離開了小鎮。他沒有再看到警車。他放鬆了心情，立刻感覺好些了。事實上，他覺得很好，他覺得他正在努力掙得這份獎勵，他正在面對危險。他開車穿越樹林，經過放牧馬匹和牛隻的牧場。在他的左側有一處小岔路，通往蘋果園，但是他的手機顯示不要走那條路。他繼續直走，暢行無阻地開了十哩路，然後樹林回來了，又是十哩。廂型車奔馳前進，幾乎掠過樹木。那些樹在頭頂上方交會，形成了神秘的綠色世界。

這時他的手機告訴他，最後的轉彎就要到了，在半哩外的左手邊，有一條細細的小徑蜿蜒延伸到樹林裡。他走那條路，在破損的柏油路面顛簸前進。他壓過一條纜線，他認為那會在某處觸發鈴聲。

開了兩哩之後，他來到一片林間空地。汽車旅館就在正前方。外面停著富豪旅行車的那間想必是三號房，那部車和廂式貨車一樣毫不起眼。有個傢伙坐在五號房外面的草坪椅上，不見任何交通工具的蹤影。十號房外面是一輛藍色的本田喜美，奇怪的車牌，或許是國外來的。

他在辦公室見到馬克，第一次面對面。他們當然先前就通過信了。他分到七號房。他停好了廂型車。坐在草坪椅上的那名男子觀看著。他把行李拿進房裡，然後走出來站在陽光下。他對草坪椅上的那人點頭招呼，但是漫步走向另一個方向，穿越停車場，走到十號房。這很重要，像是一場儀式。他的第一眼。結果並沒有看到什麼。十號房的窗戶捲簾是放下的，裡頭悄無聲息。沒有任何動靜。

25

李奇認為老人之家雖然廉價，不過是真心想提供一個像樣的居住環境。他喜歡這裡，但不是自己要住。他沒期望自己能活那麼久，不過別人可能會喜歡住這裡。室內裝潢明亮，還有愉悅的氛圍。或許有點刻意。一名神情快活的女子在接待處招呼他們，說話的態度有如面對喪親者，只不過稍有不同，多了一丁點的活力。那是一種獨特的語氣，或許是員工訓練的一部分，或許是在戲劇課學到的。彷彿老人之家的訪客是由一群與眾不同的人口所組成。不是最近喪親的人，而是即將擁有那種身分。即將面臨喪親者。

那名女子指著說：「摩帝莫先生在日光室等你們。」

李奇跟著綁馬尾的那人沿著一道舒適的長廊走過去，來到一扇雙開門。裡面有擦拭乾淨的扶手椅排成一個小圓圈，其中一張坐著一位年紀很大的老人。李奇心想那應該是摩帝莫先生了。他有一頭鬆散的白髮，皮膚蒼白透明，彷彿它根本不存在。每條血管和斑點都非常明顯。他很瘦，有一對老人常有的大耳朵，裡頭塞了助聽器。他還有足夠的體力能坐著，不過大概也就是這樣了。他的手腕細得跟鉛筆一樣。

日光室裡沒有別人。沒有護士、服務員、照顧者、陪伴者。沒有醫生，也沒有其他的老人。

綁馬尾的那人走過去，彎腰蹲低，和老人四目相接。他伸出了手，說：「摩帝莫先生，很高興又見到你。不知道你是否記得我？」

老人跟他握手。

「我當然記得你，」他說。「我會好好地跟你打招呼，但是你警告我永遠不要說出你的名字。你說過，隔牆有耳。敵人無所不在。」

「那是很久以前的事了。」

「那件事的結局如何？」

「沒有定論。」

「你需要我再次幫你嗎？」

「我的朋友李奇先生想跟你談談雷恩鎮。」

摩帝莫沉思地點了點頭。他的水汪汪雙眼緩緩地移過來，偏斜著往上看，停留在李奇的身上。

他聚焦地看著。

他說：「雷恩鎮有個李奇家族。」

「那男孩是我父親，」李奇說。「他的名字叫做史丹。」

「坐吧，」摩帝莫說。「我的脖子會扭傷。」

李奇在圓圈對面的椅子坐下來。在近距離之下，摩帝莫看起來沒有比較年輕。但是他散發出某種生命活力。任何的虛弱表徵都是生理上的，不是精神層面。他舉起彎曲又瘦骨嶙峋的手，像是提出一種告誡。

「我有堂兄弟住在那裡，」他說。他的聲音又低又細，噴著唾沫星子。他說：「我們住得很近，會去彼此的家玩。假如遇到家裡不好過的時光，有時我們會被丟去那裡，有時他們會被丟來我們家。不過總地來說，我要告訴你，我對雷恩鎮的記憶都是零碎不完整。相較於你可能想知道的，我是說，關於你父親的孩提時代，或許還有你的祖父母。我只是不時出現的訪客。」

「你記得哪些孩子生了病。」

「只是因為大家一天到晚都在談起。那就像是鄉下的新聞快報，每個該死的早晨都是。有人得了這個病，有人得了那種病。人心惶惶。你可能得到小兒痲痺症。當時的小孩子會死於各種病症。所以你要知道離誰遠一點，或是反其道而行。假如你得到德國痲疹，你會被借出去和所有的小女孩一起玩。假如某處在鋪柏油路面，他們會叫你去嗅聞那裡的瀝青，這樣你就不會得到結核病了。所以我才記得誰生了病。當時的人簡直瘋了。」

「史丹．李奇也生了病嗎？」

那隻彎曲又瘦骨嶙峋的手又舉了起來。同樣的告誡手勢。

「這個名字從來不曾在鄉下新聞快報出現，」他說。「就我記憶所及。不過那並非真的表示我知道他是誰。每個人一天到晚都有堂表兄弟來來去去。當危機上門時，每個人都會被送來送去。就跟時代廣場一樣。所以就我的情況來說，我的意思是，總是有不同的人在輪替著。大家來來去去，尤其是小孩子。我記得工廠的工頭，李奇先生。他是眾所周知的人物，一個固定的角色。但是我無法在法庭上發誓說哪個小孩是他的。我們看起來都一個模樣。你永遠不知道哪個人究竟住在哪裡。他們都是從相同的四併住宅大門跑出來的。工頭住的那一棟大約有九個小孩吧，我想。至少有八個。其中一個打球挺厲害的。我聽說他在加州成了半職業球員。那會是你父親嗎？」

「他是賞鳥迷。」

摩帝莫安靜了一下子。他那蒼白的老邁雙眼改變了焦點，回頭看著多年前。然後他微笑了，以一種悲傷沉思的方式，彷彿沉浸在生命的奇特謎團裡。他說：「你知道的，我完全忘了那些賞鳥迷的事。你會記得而我居然忘了，這實在太驚人。你想必記性過人。」

「那不是回憶，」李奇說。「不是同時期的記憶，那是後來的觀察，反向推斷。我想他應該從小開始。我知道他在十六歲那年是某個社團的成員。但是你說那些賞鳥迷，意思是不止一個嗎？」

「有兩個。」摩帝莫說。

「是誰呢？」

「我記得其中一個是某人的堂兄弟，不是鎮上的長期居民，另外那個是。不過他們經常在一起，像是最要好的朋友。我猜呢，從你告訴我的話來看，其中有一個肯定是史丹．李奇。我能想像他們倆的模樣。我不得不說，那幅畫面還挺有趣的。說實話，在我第一次遇到他們的時候，我可能會為了他們那麼娘而準備教訓他們一頓。不過我得先找來一支軍隊，因為他們是你見過最會打架的傢伙。但是不久後，他們讓大家都開始賞鳥了，開心地輪流用雙筒望遠鏡觀看。我們看到猛禽。有一次，我們看到一隻老鷹抓了約莫小狗大小的獵物。」

「史丹有望遠鏡嗎？」

「他們其中一個有。我不敢肯定地說哪個是史丹。」

「我猜想是長期住在那裡的那一個。」

「我不敢肯定地說那是哪一個。我自己也是隨意來去。我發現其中一個會不時離開，或者兩個一起。不管是誰，有時都會消失不見。你會被送走，去吃得好一些，或是避開流行性疾病，或者是去度假。情況就是這樣。大家都來來去去。」

「我在想他怎麼買得起雙筒望遠鏡，那時的日子不好過。」

「我想是偷來的。」

「有特定的理由嗎？」

「我無意冒犯。」摩帝莫說。

「沒關係。」

「我們都是好孩子，不會去商店闖空門。但是我們也不會多問。除非東窗事發。否則好孩子不會有事。我想任何更糟的想法會放在我們的心裡，因為他父親的緣故。無論哪個是史丹。我們都認為工廠工頭李奇先生有點可疑，所以我想我們就直接假定有其父必有其子。即便我不知道究竟哪一個是史丹。我想那就是流言的威力。我只是訪客，而那感覺像是當地人會知道的事。」

「是怎麼可疑法？」

「每個人都怕他。他總是大吼大叫，揮拳把人打倒。現在回想起來，我認為他是酗酒。他以為大家不喜歡他，因為他是工廠裡的工頭。他只猜對了一半。他只猜錯了原因。我想我們其他的小孩把各種壞事都怪在他頭上。像是學校裡的故事書情節，黑鬍子之類的。無意不敬，是你問起了這件事。」

「他留了鬍子嗎？」

「沒有人蓄鬍，在工廠裡會著火。」

「你記得史丹是哪時候離開家裡，加入海軍陸戰隊嗎？」

摩帝莫搖頭。

「我從沒聽過那件事，」他說。「我想我的年紀大了一、兩歲，當時我已經被徵召入伍了。」

「你在哪裡服役？」

「新澤西。他們不需要我。當時戰爭接近尾聲了。他們已經有太多人。在那之後不久，他們就取消了徵兵。我從沒做過任何事。每年的國慶日遊行，我都覺得自己像個冒牌貨。」

他搖頭，別開視線。

李奇說：「還有其他關於雷恩鎮的回憶嗎？」

「沒什麼太有趣的，那裡是窮鄉僻壤，大家白天工作，晚上睡覺。」

「那麼伊莉莎白．李奇呢？詹姆士．李奇的妻子？」

「她應該是你的祖母。」

「是的。」

「她是裁縫，」摩帝莫說。「我記得這點。」

「你記得她的長相嗎？」

摩帝莫沉默了一會兒。

然後他說：「這問題很難回答。」

「是嗎？」

「我不想顯得失禮。」

「你會需要這麼做嗎？」

「或許我該說，她不太跟人來往，我的話就到此為止。」

「我從沒見過她，」李奇說。「她在我出生前早就過世了。無論如何，我都不在意。我們不需要這麼戰戰兢兢。」

「說起你的祖父是一回事。他是公眾人物，工廠的工頭。但是提到你的祖母就不一樣了。」

「她有多糟？」

「她是一名嚴厲的女子，冷冰冰的。我從沒見過她微笑。也沒聽過她說一句好話。她總是一臉怒容，有點乖戾。他們倆是天生一對，那對夫妻。」

李奇點頭。

他說：「你還有什麼能告訴我的嗎？」

摩帝莫沉默了好久，李奇以為他陷入了老年人的昏睡，或者是死了。不過這時他動了起來，舉起那隻彎曲又瘦骨嶙峋的手。這次不是告誡，而是請求注意。像是諧星在說出關鍵笑點之前，要觀眾先冷靜下來。

「我可以告訴你一件事，」他說。「因為你喚醒了我的記憶，而且因為你的祖父可能和這件事有關。我記得有一次，一種罕見的鳥類引起了一場大騷動，非同小可，第一次在新罕布夏出現蹤跡，或是那一類的事。賞鳥男孩整理了一份文章給賞鳥協會，作為會議紀錄。或是報告或活動紀錄，不管你們把它稱作什麼。這時候他們其中的一個已經是協會秘書了。我不敢說是哪一個。報告是關於當時有哪些狀況可能會影響到那隻鳥兒是否在當地留下來。那非常令人驚嘆。我相信它被轉載到某本嗜好雜誌。美聯社表示那是雷恩鎮首次在郡外被提及。」

「是哪種鳥類？」

「我不記得。」

「真可惜，」李奇說。「那一定造成一場大轟動。」

摩帝莫的手又舉了起來。

這次是表達激動。

「你可以找到，」他說。「因為賞鳥協會的緣故。他們所有的舊分類帳都收藏在圖書館。他們有專屬館藏。那些舊學會和社團都有。他們告訴我，那是歷史的一部分。在電視發明之後，我個人認為電視比較好。」

「哪個圖書館？」李奇問。

「拉科尼亞，」摩帝莫說。「那些學會就在那裡。」

李奇點頭。

「想找任何東西可能都要花上三個月的時間。」他說。

「沒有，資料全都在那裡，」摩帝莫說。「樓下有個大房間，書架跟車輪的輻條一樣。參考諮詢室。不管你想要什麼，他們都有。你應該去一趟。你會找到關於那隻鳥的事。或許寫報告的是你的祖父。畢竟那是一半一半的機會，要不是他就是另外那個小子。」

「圖書館的市中心分館嗎？」

「那裡只有一間分館。」

他們留下老摩帝莫坐在擦拭乾淨的扶手椅上，走過舒適的長廊，回到接待處。他們簽名登記離開。那名神情快活的女子以優雅及平靜的態度接受他們離去。他們走回到老速霸陸。

李奇說：「你知道拉科尼亞的圖書館嗎？」

「當然。」她說。

「你可以停在大門外嗎？」

「為什麼？」

「這樣我才能飛快地進出。」

「現在又沒下雨。」

「是有其他原因。」

「不行，」那人說。「那是一棟大型建築，坐落在一大片地上，看起來像座城堡。你要穿越花園。」

「有多遠？」

「幾分鐘。」

「我在花園會看到幾個人？」

「像這樣的好天氣，可能不少。大家喜歡曬太陽，漫長的冬季就要來了。」

「圖書館距離警察局有多遠？」

「聽起來你是惹了麻煩，李奇先生。」

李奇停頓了一下。

「你叫什麼名字？」他問。「你知道我的名字，但我不知道你的。」

綁馬尾的那人說：「嚴格來說，是派崔克．G．柏克牧師。」

「你是牧師？」

「目前在轉換教區中。」

「從多久以前開始？」

「大約四十年了。」

「愛爾蘭人嗎？」

「我們家是來自啟肯尼郡。」

「你回去過嗎？」

「沒有，」柏克說。「跟我談談你的問題。」

「對我不爽的不只有蘋果農場的人，我顯然也惹毛了波士頓的某人。拉科尼亞警局不希望他們的街道爆發槍戰，像是情人節大屠殺。我應該要離小鎮遠一點。」

「你對波士頓的人幹了什麼好事？」

「我哪知道，」李奇說。「我有好多年沒去過波士頓了。」

「你究竟是誰？」

「我只是跟著路標走的傢伙。現在我急著想上路。不過首先我想知道那是哪一種鳥。」

「為什麼？」

「我不知道為什麼。為什麼不呢？」

「你不擔心波士頓來的人嗎？」

「並不會，」李奇說。「我想他們應該不會去圖書館，看看書。我擔心的是警察。我算是答應說我不會回去。我不想讓他們失望。特別是其中一人。她也曾經是軍警。」

「不過你想知道那隻鳥的事。」

「既然資料就在那裡。」

柏克別開視線。

「怎麼？」李奇說。

「我從不曾在圖書館花園裡看過警察，」柏克說。「一次也沒有。他們很可能永遠不會知道你去過那裡。」

「現在你要害我惹上麻煩了。」

「不自由，毋寧死。」

李奇說：「只要確定你把車停得不能再近了。」

往北二十哩，派蒂．山德斯壯再次把鞋脫掉，踩到床上，在不穩的表面站穩腳跟保持平衡。她再次側身拖行，抬頭對著電燈說話。

她說：「拜託把窗戶捲簾拉起來，當作是幫我一個忙。而且因為這麼做是對的。」

然後她再次爬下來，坐在床緣，把鞋穿回去。矮仔看著窗戶。

他們等待著。

「這次花的時間比較久。」矮仔以嘴型無聲地說。

派蒂只是聳聳肩。

他們等待著。

但是什麼也沒發生。捲簾依然是放下來的。他們坐在黑暗之中。沒開燈。電燈沒壞，但是派蒂不想開。

接著電視打開了。

是自行打開的。

電路通了的時候發出細微的爆裂聲和沙沙聲，畫面呈現一片亮藍色，還有一道編碼，像是你不該看到的詭異電腦螢幕。

接著它向側邊拖曳，換上另一幅畫面。

一名男子。

是馬克。

螢幕顯示出他的頭部和肩膀，準備就緒地等著，像是現場記者。他站在一道黑牆的前面，注視著攝影機。

注視著他們。

他開口了。

他說：「兩位，我們需要談談派蒂最近的請求。」

他的聲音從電視擴音器傳出來，就像一般的電視節目。

派蒂沒說話。

矮仔愣住不動。

馬克說：「我非常樂於拉起捲簾，假如妳真的想要這樣。不過我擔心妳在第二次就不會那麼喜歡了。假如我能再次確認妳確實同意，對我會有道德上的幫助。」

派蒂站起來，朝鞋子伸出了手。

馬克說：「妳不需要站到床上，妳在那裡說話，我就聽得見了。麥克風不是安裝在電燈裡。」

「你們為什麼要把我們關在這裡？」

「我們很快就會討論到這點，在今天結束之前一定會。」

「你們想要從我們身上得到什麼？」

「現在我只需要妳確定同意要把窗戶捲簾拉起來。」

「我們為什麼會不想要這樣？」

「這是同意嗎？」

「我們會發生什麼事？」

「我們很快就會討論到這點，在今天結束之前一定會。現在我們需要的是決定窗戶的捲簾。拉上去或放下來？」

「拉上去。」派蒂說。

電視自行關掉了。螢幕一片空白，電路沙沙作響，然後一個待機的小燈閃著紅光。在窗戶裝置裡頭，馬達呼呼作響，捲簾拉起來了，緩慢而穩定，溫暖的陽光從底下灑了進來。相同的景象。本田車、停車場、草地、整片樹林。不過看起來美極了，在陽光照耀之下的模樣。派蒂的手肘撐在窗台上，額頭貼著窗玻璃。

她說：「麥克風不在電燈裡。」

矮仔說：「派蒂，我們不應該交談。」

「他說我不需要站到床上。他怎麼會知道我爬上去呢？他怎麼會知道我在那一刻正打算這麼做呢？」

「派蒂，妳在自言自語。」

「不光是麥克風。他們在這裡也裝了監視器，他們在監視我們。他們一直以來都在監視我們。」

矮仔說：「監視器？」

「不然他怎麼會知道我剛站起來，準備站到床上？他看到我那麼做。」

矮仔四下張望。

「在哪裡？」他說。

「我不知道。」她說。

「那是長什麼樣子？」

「我不知道。」

「有一種怪怪的感覺。」

「你這麼認為嗎？」

「我們睡覺時，他們也在看我們嗎？」

「我想他們隨時想看都可以。」

「或許是在燈具裡，」他說。「他可能是那個意思。他說的可能是，電燈裡面裝的是監視器，不是麥克風。」

派蒂沒回答。她從窗台旁站起來，走回到床邊。她在矮仔的身邊坐下。她把雙手放在膝蓋上，直視著窗外。本田車、停車場、草地。整片樹林。她不想移動，肌肉不想動，連眼睛也不想。他們在監視她。

在她的正前方，有名男子在偷窺窗內。

他在外面的棧道上探頭探腦。他單眼窺視著，然後走出來一點。他是一個大塊頭，頭髮灰白，身上是有錢人曬得黝黑的膚色。他光明正大地站著看，用一種直率又公然的眼神，看著她，看著矮仔。接著他轉過頭去，揮揮手，招呼著，開口說話。派蒂聽不見他說了什麼。窗戶有隔音設備。但是看起來他像是在說，他們的捲簾拉起來了。

用一種開心的勝利語氣。

另一個人走進了視野裡。

然後又一個。

那三名男子看著窗內。

他們肩並肩站著，和窗玻璃只有一吋的距離。

他們注視著，判斷著，評估著。他們滿意地瞇起了眼，緊抿雙唇。

他們開始緩慢又滿足地露出似笑非笑的表情。

他們很滿意自己看到的景象。

派蒂說：「馬克，我知道你聽得見我說話。」

沒有回答。

她說：「馬克，這些人是誰？」

他的聲音從天花板傳來。

「我們很快就會討論到這點，」他說。「在今天結束之前一定會。」

26

圖書館是一座漂亮的建築，以紅白雙色的石塊打造，復古風格一樣很適合出現在校園或主題公園。正如先前所說的，它的四周環繞著造型花園，有樹木、灌木、草皮和花圃。柏克牧師把速霸陸停在大門旁，李奇便沿著門口的鋪築小徑走進去。裡面有人隨意漫步，有人坐在長椅上，還有人平躺在草地上。沒有形跡可疑的人物。沒有人格外顯眼。到處都不見警察的蹤影。

在正前方的建築後面，越過花園外的街道上，有一輛白色廂式貨車停在路緣旁。它位在速霸陸的正對面，在廣場的另一邊。它的車身側面寫著冰藍色的字，每個字母上面都有一坨白雪。那是一家空調維修公司。李奇繼續走。柏克說兩分鐘，實在是高估了。結果比較接近五十秒。到目前為止，在狹窄的蜿蜒小徑上有四個人從他的身旁經過，幾乎是貼著臉。有四個人從長椅和草地的靜止位置看了他一眼。另外三個人根本沒注意到他，他們閉著眼睛，或是進入了夢鄉。

他爬上階梯，走進正門。大廳和外面一樣都是相同的紅白石塊。李奇心想那是花崗岩吧。裝潢風格也相同。他找到通往地下室的樓梯，結果走進了一間寬闊的地下室，裡面有車輪輻條式的書架。參考諮詢室，就像老摩帝莫先生說過的那樣。他說過，他們什麼都有。

櫃台前有一名女子，半遮掩在電腦螢幕後方。或許三十五歲吧。一頭黑色長髮呈小捲披瀉而下。她抬起頭說：「我能為你效勞嗎？」

「賞鳥學會，」李奇說。「有人告訴我，你們有舊資料。」

女子輕敲著鍵盤。

「有的，」她說。「我們有那些資料。哪個年份呢？」

李奇從來不認識還不是賞鳥迷的史丹，沒有前後的對照比較，但是史丹講起來卻不是這麼一回事。他說得好像他一直都是賞鳥迷，聽起來很合理。很多人從很小的時候就開始了一輩子的嗜好。他可能在那時候就加入了學會。不過他們不會放心把抄寫會議紀錄的重責大任交給他。不會交給一個小孩子。嗜好雜誌也不會認真看待他的文章。他不會被選上擔任秘書。那是後來才發生的事。所以一開始，李奇給那名女子四個連續的年份，從史丹十四歲那年到他離家加入海軍陸戰隊。

「請坐，」她說。「我去拿來給你。」

有許多研究小間集中在地下室的中央，他在其中一間坐下來。三分鐘後，那名女子把他的資料拿過來了。這比伊莉莎白．卡斯托替他找地產檔案要快了三個月。他決定假如還會再碰到她，他要指出這一點。

那些資料放在四大本栗色大理石紋封面的帳冊裡，上面盡是歲月留下的污漬與褪色痕跡。每本冊子都有一吋半厚，邊緣也都呈現蜷曲羽狀的大理石紋。裡面的內頁都有編號與格線，而且顯得褪色又脆弱，上面填滿了整齊的墨水筆手寫字跡，隨著年代久遠而顯得暗淡蒼白。

他問：「我該戴白色棉質手套嗎？」

「不用，」那女子說。「那是迷思。那麼做的弊大於利。」

她回到她的櫃台。他打開第一本帳冊。它想必是延續上一本帳冊的未完內容。這時史丹十三歲。新帳冊的第一頁就是下一場會議的紀錄。那是在市中心某家餐廳的後廳舉行。史丹．李奇不在出席名單上。他們花了很多時間爭論是否要更改學會名稱。現有的名稱是拉科尼亞賞鳥學會，另一派的想法認為拉科尼亞奧杜邦學會比較好聽。聽起來比較高級又具有科學精神，多了專業感，減少業餘意味。隨後引發了更多的討論，但是沒有作出任何建議。

史丹．李奇也沒有出席下一場會議。看來這次浪費了很多時間在一個傢伙身上。他沒完沒了地談著改寫學會的基本宗旨，在他看來應該要精準地維持合格雙筒望遠鏡維修師傅的全面登記。他覺得這一來能為會員帶來最大的價值。李奇很高興史丹沒出席。他當小孩所需要的耐心，會比當成人時所展現的要多出許多。

他把第一本帳冊擱在一旁，接著打開第二本。那是一本一模一樣的冊子。他從中間隨意翻閱。這時他發現一篇關於蜂鳥遷徙的手寫文章，上面標記著會議紀錄報告，而且非常清楚地寫著一個人名，A．B．史密斯。這像是一篇學術文章，概述其他人的成果，最後才提出新看法。內容是關於蜂鳥寶寶如何能在北美洲誕生，獨自飛行兩千哩，然後在一塊手帕大小的地方落腳。這位史密斯先生或小姐認為，那一定是天生具備的本能，從上一代直接遺傳而來的，以一種目前仍未知的機制神秘地在細胞層次傳遞。是DNA吧，李奇心想。在未來的二十年。他知道電影的結局。

他試試第三本帳冊，隨意打開，快速地瀏覽。一分鐘後，他發現他父親被選為秘書的那場會議。就在那裡。史丹・李奇，全體一致通過。這表示沒人提出異議，也就是說沒有其他人想接這個職位。這很容易看得出來。但是史丹慢慢地掌控大局，會議進行得更快了。關於鳥類的討論多過學會名稱或雙筒望遠鏡維修。墨水筆的書寫內容很整齊，但不是史丹的字跡，甚至不是少年時期的版本。他想必把這份文書工作交給他人處理。就像在往後的日子一樣。他會說，部隊幹嘛發明文書的職位。但是內容看起來很像他的口吻。**秘書立刻裁定這是不適當的討論主題。秘書將動議的討論時間限定在兩分鐘。**換句話說就是閉嘴，動作快。就像在往後的日子一樣。部隊幹嘛發明上尉。

李奇翻頁。會議一場接著一場。然後是另一份會議紀錄，裡面有地圖、圖片和圖表，全是用彩色鉛筆畫出來的。欄位裡的文字則是墨水寫的。標題是仔細書寫的**新罕布夏州雷恩鎮的歷史性觀察**。文章是由S・李奇和W・李奇敬呈。

是賞鳥男孩，兩個李奇。或許是堂兄弟。正如摩帝莫先生所說，每個人都有堂表兄弟來來去去。或許他們的父親是親兄弟，就住在附近。或者是第二代堂兄弟，或是輩分不同的堂兄弟，或者是在關係太複雜時管他叫什麼。史丹和誰呢？威廉（William）、沃特（Walter）、華倫（Warren）、衛斯里（Wesley）、溫斯頓（Winston）。或是溫瑟洛普（Winthrop）、威爾伯特（Wilbert）或衛隆（Waylon）。

那是一隻毛足鵟。

大家以為牠離開了，不過牠又回來了。毫無疑問是牠，絕對不會認錯，從牠的名稱可以看出端倪。你很難把牠和其他鳥類搞混，問題是牠為什麼回來？

答案呢，根據S・李奇和W・李奇的說法是：

由於害蟲的緣故。像雷恩鎮這樣的聚落有如磁鐵般吸引了各種大小鼠類，而牠們會遭到毒殺。鷹類要不是沒有東西吃，不然就是吃了有毒獸肉而死掉。因此少數的倖存者當然會前往別的地方，直到多年後才會回來。這時政府開始為了投入戰爭而徵用各式各樣的基本物資，其中當然包括了鋼鐵、橡膠和鋁，還有汽油。不過也有其他各種物品，例如殺鼠劑，軍隊需要全數徵用，為了某些並未詳加說明的原因。所以它和其他許多物資一樣，在一般市面上根本買不到。結果就是雷恩鎮的各種大小老鼠長得白胖又健康。因此鷹類紛紛飛往那些已經安然度過化學風暴的地方，回到牠們的工作崗位上。敬呈。

W·李奇不在下一場會議的出席名單之中，上一場也沒有。李奇往前又往後地翻閱內頁，都沒看到那名字出現。連一次也沒有。委員會、會員名單、各種活動，或是一日遊都沒有。

W·堂哥不是熱中社團的人。

李奇闔上冊子。

櫃台的女子說：「你找到了你要的嗎？」

「是毛足鵟，」李奇說。「在新罕布夏州的雷恩鎮。」

「真的啊？」

她聽起來大感驚訝。

「因為沒了滅鼠劑，」他說。「出現了數量豐富的新獵物。作為整合理論來說，這樣挺合理的。」

「不是啦，我是說這真令人吃驚，因為大約一年前，有個人也來查詢完全相同的資訊。我記得。是關於兩個男孩的事，對吧？在很久以前。他們記錄了那隻鶚鷹，寫了一篇文章說明。那篇文章在大約一個月之後，轉載到一本舊雜誌上。」

她輕敲她的鍵盤。

她說：「事實上是一年多之前的事。那是一位大學的鳥類學家。他看過舊雜誌翻印，不過因為那是手寫稿，他想看看原稿，確認一下準確性。我們聊了一下。他說他認識參與者之一。」

「兩個男孩其中一個嗎？」

「我想他說過，他和兩個都有親戚關係。」

「這人年紀多大？」

「不太大，顯然男孩是上一代的人，叔伯或叔伯公之類的。那些故事顯然是流傳下來的。」

「他有故事？」

「有些還挺有趣的。」

「哪一所大學？」

「新罕布夏州立大學，」她說。「在達蘭那邊。」

「妳能給我他的姓名和電話嗎？」

「除非有個好理由。」

「我們可能也是親戚，那兩個男孩其中有一個是我父親。」

女子寫下姓名和電話。李奇把那張紙摺起來，放進長褲的後口袋，和布蘭達·阿莫斯的名片放在一起。他說：「我能幫妳把這些冊子放回去嗎？」

「這是我該做的。」她說。

他謝過她，沿著樓梯往上走回大廳。他站了一會兒。他在鎮上的事都辦完了，沒有其他要察看的。他一時興起，走過大廳，前往主樓梯。那是在一座寬闊的塔樓裡，就像城堡裡的設計。他只走到二樓的窗口，快速地看了一下四周。這是一個很棒的制高點，他看到遠處的速霸陸，顯得又小又模糊，但依然停在那裡，耐心地等待著，在約莫六十碼之外。他橫跨大廳，在對向看到那部空調貨車。它依然待在原地，車身上寫著冰藍色的字，上面都覆蓋著一坨白雪。

另外還有三名男子站在車旁，在六十碼之外。在遠處顯得渺小，近看或許不至於如此。每個路人看起來都更小。他們穿著某種連身工作服，很難辨認清楚。他需要雙筒望遠鏡，像是在委員會會議上的那傢伙。工作服看起來很緊，袖子太短。空調維修的工人需要體型魁梧嗎？或許不用。或許身材瘦小比較好，適合閣樓和爬行空間。

他們顯得不耐煩。

李奇走到左手邊的窗口。

那裡看得到樹木和灌木叢，再過去是一條安靜的街道。

有名警員站在人行道上，就在快到四向通行的十字路口旁。

那名警員沒有同伴，而且是步行。他以某種特別的姿勢蹲伏著，他的姿勢分明就是一名攜械男子隱身在轉角後方，直到接獲命令前進。這意味著某種程度的協調。是和誰合作呢？

他走到右手邊的窗口。

鏡面影像。樹木、花朵、安靜的街道，還有一名警員沿著轉角挪動肩頭，瞄準目標。

他回到看得見貨車的那個中間窗戶。再過去就是街道，左右都有，呈放射狀向外延伸。那一帶停了許多車，有些基本車款，車主可能是小氣鬼，或者是便衣警車。那三個傢伙可能被包圍了，但是出動的警力不算龐大。左右側都只有一名警員，這意味著任何地方都不超過兩個。最多四個人。非常輕省的警力。

他走回到左手邊的窗口。那名警員正慢慢接近轉角。他的耳機毫無疑問傳來替他倒數的聲音。他走到右邊的窗口。那裡的情況相同，仍然是鏡面影像，同步進行，蓄勢待發。這是一個很糟的計畫，阿莫斯不可能參與其中，或者蕭也不可能。他看起來夠聰明，而這是某位隊上長官的錯誤。

在右邊的那位警員沿著轉角挪動肩頭。

李奇匆忙跨越大廳。

左邊也是同樣的情況。

一個很糟的計畫。

他及時回到中間窗口，看見空調工人在進行他們唯一需要做的事。他們爬過花圃，踏入圖書館花園。他們逆轉整個情況，像是脫掉一件恤衫，現在其他的每個人都在他們的後方。在他們的前面及周圍的附帶傷害風險太大，令人望之卻步。像是西洋棋裡的一招聰明走法。兩步殺。

他們繼續往前走，速度緩慢，並且對周遭的幾何學時時保持警覺。這不是他們第一次的牛仔競技。在他們的後方，警察的反應就沒那麼稱職了。步行的警察沿著剛才的前進方向往回衝，回到側翼位置。在遠處又有兩名警察跑過來，然後分散開來。他們沒有進入花園，而是待在街道上，建立起封鎖線。街區的四面各有一名警察，因為常識告訴他們，那三個傢伙總是要出來。

但那時他們繼續往前直走。到了這時候，他們離圖書館剩下一半的距離了。他們的速度很慢，只是緩緩步行。這是合理的，因為他們下一步顯然是要以極快的速度倒轉方向，再次逆轉整個情況。假如他們的動作夠快，他們可以在幾乎是完全無阻礙的情況下，回到他們的貨車上。警方還沒準備就緒。然後他們就可以離開這裡。三部警車阻止得了他們嗎？可能沒辦法。

但是他們沒有倒轉方向，而是繼續前進。他們繼續緩緩步行。現在他們前往圖書館的路程已經走了四分之三了。李奇在窗戶之間來回奔波。現在警方就定位了，每側各有一名警員。他們已經掏出槍枝，每個人都守住一個門口。但是他們看起來也都小心翼翼，因為事實是那三個傢伙並不需要從門口進出，只要有夠低矮的花圃就可以了。他們知道，也都隨時睜大眼睛留意。這不算李奇見過最糟的情況。

那三個傢伙繼續漫步前進。他們在前面安排了其他交通方式嗎？三個人可能分別開三部車過來。他們有可能把車停在便利的地點。或是那部黑色克萊斯勒是他們的後援車？畢竟車上有三個空位。但是那部車不見蹤影，不管是第一、第二、第三或第四個窗口都沒有。

那三個傢伙繼續走，現在他們很接近圖書館了。或許他們對建築風格或羅馬式色彩感興趣。紅色的新罕布夏州花崗岩和白色的緬因州花崗岩，組成錯綜複雜的條紋圖案，像是羅馬或佛羅倫斯的設計。

李奇伸長了脖子，看著他們走上門前的階梯，就在他的正下方。他往後退到樓梯頂，看著他們進了大廳。他們顯然是冒牌貨，一身的工作服緊到不行，是為了這個場合去借來的。那部貨車也是。毫無疑問，有人欠了誰的人情。

他們每個都有六呎二吋高，身材魁梧，大手大腳，粗脖頸，臉孔板得跟拳頭一樣緊，年紀約莫四十出頭。這不是他們第一次的牛仔競技。兩個黑髮，一個髮色灰白。他們進了門，繼續漫步前進。或許他們打算往前直走，從另一頭出去。這樣就幾何學來說很合理。這是從花園最前面到最後面，最直接的一條路線。

他們沒有走出去。

他們在大廳的正中央停著不動。

或許他們是想借書，或許他們看過書評。或許並沒有。或許黑色克萊斯勒終於被攔了下來，由於一時閃神而違規，或者是先前在麻薩諸塞州遭到通緝。而那時李奇正在地下室，閱讀關於毛足鵟的事。警探長蕭可能又忙著講電話了。他已經打好了關係。

根據協議規定，克萊斯勒裡的誘餌要在他即將被逮時，發出最後一刻的警告。也就是說，這三個傢伙會假定他會出賣他們。這是人人皆知的運作底線。抱最好的希望，作最壞的打算。這不只是李奇的策略。現在他們要自己作安排了。人多的公共建築是好的第一步。這會給他們一些喘息空間，因為警方會謹慎行事。

不過最糟的狀況是，這也是好的第二步。以及第三步，第四步。它禁得起圍攻，裡面有數量可觀的人質。或許他們會先挑選市政廳員工，多爭取一些談判籌碼。這會是一場緊張又漫長的僵局。街道上有電視台的攝影機，談判專家在電話線上。外面送披薩進來，交換他們把年紀最大的圖書館員放出去。

這種狀況的可能性有多大呢？

不太大。

不過呢，作最壞的打算。

我們不希望這裡有麻煩。

最好是防患於未然。

李奇往下走了三步，響亮地踩在石階上，帶著某種節奏。那三個傢伙抬頭看，起初是出自習慣與本能，接著是驚訝，然後是警覺的識別眼神。

李奇抬起右手，屈指握拳。這似乎對他們不起任何作用。或許他們並未作出和阿莫斯及蕭相同的結論。或許他們在推理時沒有討論得太深入。看來他們比較喜歡依賴基本的生物辨識數據，包括身高和體重，眼睛和頭髮的顏色，還有最後一次出現的穿著。就李奇的例子來說，那是本質上不可能經常重現的組合。

所以才會出現那種識別眼神。它會顯得警覺是因為他們孤立無援。他們的任務已經失敗了，情況只會每況愈下。不過他們接受的訓練是不要放棄。那一類的傢伙。某種古老的競爭本能。因此李奇才會待在樓梯上。他們不得不抬頭看。反正他比對方高大。就讓他們的古老競爭本能去應付吧。

在他們周圍的人群立刻散去，像是油水分離。另一種古老的本能。這種事李奇看過上百次了。在酒吧外頭的人行道上，還有舞池裡。當攻擊挑釁爆發時，忽然間會開啟一個大洞。忽然間會出現一個大圓周。現在就是這樣。除了四個相關的當事人。三個在樓下，一個在樓梯中間。

他們把槍枝留在車上，李奇心想。當他們棄船時。他們的工作服太緊，那是給個頭小很多的人穿的。布料被撐開了，任何沉重的金屬物品都會在口袋裡凸顯出來。一目了然，像是照X光。他們身上什麼也沒有，近看很明顯。

他們又跨出一步。李奇看到他們的眼神忽然靈光乍現，忽然欣喜無比。他知道原因。對他們來說，他是一石二鳥。他是平民人質，保證他們出得了城；他也是他們的老闆最初要求的戰利品。就兩方面來說，他都是好事一樁。

不過這時他們遲疑了。李奇也知道是為什麼。他們把槍枝留在車上。他們必須赤手空拳逮人。一場上坡的三對一攻擊。戰術難度不高，問題在傷亡估計，可能落在百分之三十三左右。你可以用官僚的語言，冷靜又無動於衷地輕鬆將它寫在戰爭計畫備忘錄裡。但是在近距離親身體驗時，你會難以思考。當你是那個戰爭計畫時。最靠近的那傢伙會在臉上挨一記飛踢，這點無庸置疑。他們很清楚。這不是他們第一次的牛仔競技。缺了牙，下頷骨折。誰想當那個最靠近的傢伙呢？

他們等待著。

李奇幫了他們一把。他又往下走了一階。一點微妙的差異。他依然站得比較高，體格比較壯，但是更靠近了。或許近到足以一擁而上。三個人全部一起行動。壓迫擁擠到沒有誰會真的最靠近，或是距離最遠，或是夾在中間。他們會成為一種合體，像是新品種的動物，龐大無比，重達六百磅，有六隻手和六隻腳。

這些都有可能成功，假如李奇再往下一階的話。但是他沒有。他們往前衝，他往後退回先前的位置，然後踢中最靠近的那傢伙的臉。接著他轉身，以肘擊中左手邊的那傢伙，然後再次轉身，把手肘往回一帶，擊中右手邊的那傢伙。地心引力和新罕布夏州的花崗岩完成剩下的任務。三個人都鬆軟無力地糾結成一團往後倒，骨頭喀啦作響，頭部砰地撞擊。在這之後，最後那一個看起來情況好一些，還在移動。所以李奇走下來，往他的頭部一踢。就一下而已。那數字不能再小了，但是很用力，打消了進一步的動作。

這時大廳的門打開了，布蘭達・阿莫斯走進來。

27

阿莫斯穿著一身便服，當然了，她是警探。但不光是這樣，她還裝模作樣一番。她不是警察，事先做足準備地緩慢潛行。她是普通人，踩著輕快又無憂無慮的腳步，一陣風似地走進來。她是以臥底的身分出現，而且毫無疑問是自願加入，或許甚至是堅持要這麼做。為什麼不呢？總是得有人去替另一個人收拾殘局。她當過軍警，還有其他更拿手的本事嗎？她背著一個皮包，看起來很貴重，或許是在市集查扣的仿冒品。裡面放的會是她的警徽和配槍，或許還有一本備用的雜誌，但是從外面看不出任何端倪。她只是一名女子，吃過午餐後進來借本書。她看起來開朗、迷糊又快活。

然後她神情大變。

她停下腳步。

李奇說：「我想這似乎是巧合。」

她看著地板上的那幾個傢伙。

然後看著他。

她沒說話。他知道原因。她不知道哪種感覺最強烈，是生氣還是開心？當然兩者都有。她肯定對他感到生氣，百分之百，不過現在她的問題也解決了，因為在新的相對情況之下，她那個能力不足的四人小組忽然跟裝甲師一樣厲害。他們要做的只有替那三個呻吟的昏沉男子上銬。這令她感到開心。這種感覺也同樣強烈，百分之百。所以她又生氣了，這次是對她自己，因為她居然對這麼可怕的事感到開心。

「我道歉，」李奇說。「我需要查明關於一隻鳥的事。我現在要離開了。」

「你是有必要。」她說。

「道歉嗎？」

「現在離開，」她說。「這樣很好，不過也很危險。他們會做出回應。」

「因為他們有規矩？」

「下次他們會派更厲害的人來。」

「希望如此。」

「我是說真的，」她說。「這對你沒好處，對我也沒好處。」

「我得到我要的了，」他說。「現在我要走了。」

「怎麼走？」

「搭那台速霸陸，它在等我。起碼五分鐘前是如此。妳可能把它給嚇跑了，像上次一樣。」

阿莫斯從包包掏出對講機，提出這問題。過了一會兒，一個可能是戴維森的聲音在靜電干擾的爆裂聲中傳出來，說是的，速霸陸還在路緣旁，引擎關閉，駕駛坐在座位上。她謝謝對方，然後關掉對講機。她又看著地板上的傢伙。

她說：「他們進來這裡的原因是什麼？」

「希望是要找洗手間，把他們那一身工作服剝下來。接著他們可以往三個不同的方向散開，看起來像是穿著普通衣物的正常人。他們可能會散布一些不實傳聞，這是百分比的遊戲。不過為防他們有更惡劣的念頭，我想假如我先下手為強，就各方面來說都會比較安全一些。」

阿莫斯沒說什麼。他知道原因。她依然不能確定是生氣或高興。然後她又拿起對講機，命令街上的那四名警察過來圖書館裡。越快越好。再複述一遍，棄守現有位置，盡快前往建築物裡。

然後她對李奇說：「你給我坐上那台速霸陸，現在立刻過去。」

「然後離開鎮上嗎？」

「走最快的可能路線。」

「而且永遠別回來？」

她停頓了一下。

「不要太快。」

他跨過一隻手臂和一條腿，從他進來的門走出去。他走上同一條鋪築小徑，經過隨意漫步、坐在長椅上以及平躺在草地上的人。他走出大門，跨過人行道，走到速霸陸旁。他有禮貌地輕敲窗玻璃，然後打開車門上車。

柏克問：「找到你要找的了嗎？」

「是毛足鵟。」李奇說。

「很高興你現在知道了。」

「謝謝你。」

「我看到警察在花園裡，就是現在。這是有史以來頭一遭。他們從四面八方跑進來，而我才跟你說過不會有這種事。」

「或許出了緊急狀況，或許有人沒付罰款。」

「假如你要的話，我現在就載你去公路。」

「不要，」李奇說。「我要回去雷恩鎮，看最後一眼。你不應該跟我一起去，你可以在路的盡頭放我下來。你不該涉入其中。」

「你也不應該，尤其是在那地方。他們會守在那裡。」

「希望如此，」李奇又說。「我算是答應說要回去，我喜歡當個信守承諾的男子。」

「公路比較好。」

「我猜你並非總是這麼想，起碼有幾次，或許更多，在你的人生中不同的階段。或許從四十年前開始的。」

柏克沒回答。他發動車子，開車上路。他轉了一個彎，往李奇認為是雷恩鎮的方向前進。他坐穩了。他感覺到長褲口袋裡有新紙張發出啪的一聲。是圖書館員的紙條，上面寫著那位鳥類學家的姓名和電話，來自位於達蘭的大學。

他摸索著，把紙條掏出來。

他說：「你有手機嗎？」

「很舊了。」柏克說。

「還能用嗎？」

「大多數的時候。」

「我可以借用嗎？」

柏克在口袋裡找到手機，看也不看便遞過去，眼睛盯著路況。李奇接過來。那當然是舊款手機，不像有小小的平面電視螢幕那種。上面有真的按鍵，形狀像是迷你版棺材，厚度跟糖果棒一樣。他開了機。訊號不錯，他們還在鎮上。他撥打鳥類學家的號碼，在達蘭那邊。電話響了又響，然後是語音回答。那人在開會，不接受打擾。李奇留了話，提到雷恩鎮、那隻鵟、滅鼠劑推論，以及S．李奇和W．李奇之中的S．李奇就是他父親。他說現在這個電話號碼可能還有一、兩個小時都會通，過了這段時間，他們可能就要改天再聊了。

他掛了電話，把手機交還給柏克。

後者說：「造成問題的可能是錫，你知道的，不是滅鼠劑。」

「那些鳥兒在生產全盛期回來，在戰爭期間。當時工廠夜以繼日全力運作。」

「正是如此，當你的顧客是政府的時候。品質受到審慎監控，不容許任何雜質，製程清理得相當乾淨，而且也希望促進效率。廢棄物就少得多了。」

「我認為是滅鼠劑的緣故。」

「因為你父親是這麼寫的。」

「因為這樣比較合理。」

「政府為什麼一開始要徵用所有的滅鼠劑呢？」

「我知道電影的結局，」李奇說。「軍隊料到他們遲早會需要龐大的儲存設施，在數百個國家裡頭佔用數百平方哩的空間，裝滿糧食和成捆的衣物，全都是齧齒動物喜歡的東西。因此有人提前採購，另加上他們認為有可能並且可以想見有一天會需要用到的，成千上萬種其他的奇怪物品。這就是軍隊會做的事，他們擅長的部分。那些物資有部分到今天都還在原地沒動過，全世界各地都有。」

他們繼續往前開，離開了樹林，經過第一片的牧馬場。

四號抵達者和二號一樣，行程複雜，過程同樣包括了私人航空運輸。就某種程度來說，這和招計程車一樣可以匿名進行。諷刺的是，這對高階消費行不通，例如使用那些閃閃發亮的灣流和里爾機型，以及行政機場等，而是要利用骯髒的低階設備，搭乘草地機坪和短途飛行的螺旋槳小飛機，和城市計程車一樣破爛，一樣重新噴塗過許多次，但是在某種高度以下飛行，所以不會有飛行日誌、報告、飛行計畫或乘客名單。一切都是憑視覺，沒必要和塔台對話，甚至不需要有無線電。

把幾趟這樣的航程串聯在一起，就可以在完全保密的情況下，完成不可行的距離。四號抵達者就是運用這種策略。他的最後一段航程是在新罕布夏州普利茅斯附近的一處飛行俱樂部降落，至於原本是從哪裡起飛的，沒有人知道。史蒂芬試過追蹤他的住家ＩＳＰ，但是沒成功。它在這一刻似乎位於德州休士頓的太空總署裡，下一刻又出現在俄國莫斯科的克里姆林宮，接著又跑到英國倫敦的白金漢宮裡。那是一套出色的軟體，專為注重隱私的人所研發，而且可能所費不貲。這傢伙顯然花得起。史蒂芬開車去接他，他最先注意到的就是那個裝著他的錢的袋子。

那是一只柔軟的皮革行李袋，或許不是頂級品質，更不會有押花字母圖案。它沒有任何標記，所以能用完即丟。史蒂芬心想，這會有兩種主要的進行方式。有些人喜歡當面數，一疊又一疊的扎實錢磚，一個接著一個遞過來，這種方式比較真實。有些人則喜歡把袋子一扔，丟在那裡。落地的袋子揚起灰塵，發出沉悶的撞擊聲，然後他們便走開了，不吭一聲，也不回頭看一眼，故作淡定。所以才會挑那種用完即丟的袋子。

那傢伙還有兩只軟質行李袋，樣式相同，但質感較佳，另外有兩件硬殼行李箱。史蒂芬幫他把行李提上車。那傢伙堅持自己搬運大件行李。他的四肢修長，又高又壯，或許六十歲了，有一頭蒼蒼白髮和一張磚紅色的臉孔。他穿著牛仔褲和磨損的靴子，是從西部來的吧，史蒂芬心想。肯定是蒙大拿州、懷俄明州或科羅拉多州，不會是休士頓、莫斯科或倫敦。

他們把東西放進賓士車裡，然後史蒂芬往南開，行駛在一條大部分都有樹木遮蔭的道路。那傢伙沒開口。過了三十分鐘，他們轉彎進入一條小徑的入口，兩側有凍漲的柱子，但是上面少了指示牌。他們輾過電鈴纜線，穿越綠色隧道。經過了兩哩路及十分鐘之後，那傢伙把行李拿進房間裡。然後他走出房門，經過棧道，走到停車場，往其他那一小群人的方向看了一眼。他們似乎在附近集合起來，形成一個類似歡迎的團體，慢吞吞地隨意走過來，準備要打招呼。他們是最先到的一群人，早起的鳥兒。

到目前為止一共有三個人。首先他們全都點頭招呼，接著開始交談。他們先談到自己是怎麼過來的，這算是中性的話題。他們分享一些細節，有時保有一絲神秘，有時又有種管他去的友好態度。其中有個說他是開富豪旅行車下來的，並且轉身指著停在房門外的車。他暗示說一年之中，他大多數時候都住在森林裡的屋子。他是一個蒼白精瘦的男子，身上穿著紅色格子襯衫，年紀約有七十了。從他的外表看來，他不是那種天生愛說話的人，不過在這時候，壓抑的興奮挑起了他的話頭。他看起來有點狂熱，有點口沫橫飛。

他來自緬因州，四號心裡這麼想。他說開車下來，這表示往南行駛，也就是說他住在北方。他的車掛著佛蒙特州車牌，不過那肯定是偽造的。他是住在另一個大州，在森林裡的房子裡。

二號沒說他是打哪裡來的，但是他說了一個很長的故事，關於包機航程和偽造車牌的事。這麼長的故事剛好囊括了每一種必要的口音，足以證明他在德州南部住了很長的一段時間，但不是在那裡土生土長。他年約五十，是個結實的傢伙，舉止散發出鄉村人士的謙恭有禮，和推銷員一樣客氣。不過也很興奮。那是同樣的狂熱，同樣的激動。

三號和電影明星一樣帥氣，有著運動員般的體格。或許像網球選手，步履輕鬆，四肢修長。是在大學時期很厲害，二十年後依然沒走下坡的那種人。他帶著某種自信，像是他佔有一席之地，已經習慣受人仰慕了。他說他開一部不存在的車上來，最後一段路開的是小貨車。他指著那部車，車身上寫著波斯地毯。他來自西紐約或賓州，第四個人心想，因為他的口音和舉止，以及提到的路線和距離，還有他說開車上來的口吻。

四號問：「你們見過他們了嗎？」

二號說：「他們的捲簾是拉上來的，但是現在他們躲在浴室裡。」

「他們是什麼模樣？」

「他們看起來很不錯。」

「可以說得具體一點嗎？」

「我想他們會非常有趣。」

來自緬因州的那人把話接過去，說：「他們都是二十五歲，兩個都強壯又健康。他們倆的感情似乎很好，我們看過一些影片。她偶爾會對他不耐煩，但是他最後都會搞清楚狀況。他們會一起解決問題。」

二號說：「她是主導者，這點無庸置疑。」

「他們長得好看嗎？」

「很普通，」那個帥氣的傢伙說。「不算醜。他們倆都有肌肉。他是農夫，她是鋸木廠工人。他們是加拿大人，所以從小到大都受到醫療保健的照護。她稱得上高大魁梧，這字眼用來形容她剛好。對他來說就不那麼適合了。他叫矮仔不是沒有原因的。他的個頭小，但是品質高。我不得不說，當我看到他們時，感到非常滿意。」

「我也是。」來自緬因州的男子說。

「我就說吧，」二號說。「他們看起來很不錯。」

「還有幾位參賽者？」

「還有兩個，」那人說。「一共會是六位，假如他們趕得上的話。」

四號點頭。規定就是規定。假如你遲到了，那就不能加入。十號房有人住了。從一開始起，時間就一分一秒流逝，直到截止點為止。沒有藉口，沒有例外。所以才會出現出租飛機，串聯在一起，完成不可行的距離。

他說：「他們的浴室為什麼沒窗戶？」

「不需要，」二號說。「裡面有監視器。去主屋那邊看看吧。」

28

派崔克・G・柏克牧師堅持開到他的禁制令許可的範圍極限，也就是直到有四十年歷史的圍籬前，反正那條路最多也只到那裡了。他說他會在那裡等。李奇說他沒必要這麼做，但是柏克堅持。因此李奇堅持他要把車掉頭，車頭朝外，不是朝內，而且要切換到前進檔，準備隨時快速駛離。如果有需要的話，在最糟的情況下。在圍了柵欄的狹窄空間掉轉車頭是很難操控的動作，你要前後左右來回許多次。不過任務終究大功告成。速霸陸像是在賽道起點的賽車。

李奇進一步堅持柏克讓引擎保持運轉。對，這會造成汙染。對，汽油不便宜。但是當時候到了，這樣總好過摸索車鑰匙，或是車子發不動。如果有需要的話，在最糟的情況下。柏克同意了。接著李奇堅持他大可以不等他便開走，立刻行動，不必預警，任何時候都可以，無論是任何理由或沒理由也行，無論他的直覺或本能要他怎麼做。

「不要懷疑，」李奇說。「不要多想。甚至連半秒鐘都不要等。」

柏克沒回答。

「我是說真的，」李奇說。「假如他們來抓你，這表示他們打倒了我。要是這樣的話，你真的不會想要碰到他們。」

柏克同意了。

李奇下車，關上車門。他抬腿跨過柵欄，然後開始往前走。天氣一樣，氣味相同，成熟的纍纍果實，乾燥的草地熱氣。他聽到同樣的昆蟲發出相同的唧鳴。頭頂上方的天空有隻雀鷹，乘著上升熱氣流翱翔。在遠處還有兩隻，相隔甚遠地各自飛行。牠們的距離太遠，看不清是哪一種。史丹會說那是典型的猛禽行為，每隻都在宣示專屬的行動範圍。這是我的街角，那是你的街角。不准擅自闖入，像是到處都有的硬漢。

李奇繼續走，看著正前方。他拒絕往左邊的斜坡頂上看一眼，他們可能等在那裡，觀看著。他拒絕讓他們稱心如意。讓他們來找上他吧。他往前走。他穿越了一半的果園，上次就是在這裡打倒那小子。這裡沒有任何跡象，沒有證據。或許有點磨損的草皮，是被緊張不安的腳步踩壞的。或許在電視節目上，他們會藉此查出一點什麼。但是在真實的世界不會這樣。他繼續往前走。

他一路走到了第二道柵欄。沒人打擾。四下一片和平、安詳又寂靜。沒有任何動靜。

前方的樹葉更陰鬱，氣味更難聞，陽光照射不到的陰暗處看起來更冰冷。他往後看了一眼。沒有動靜。

他爬過柵欄。

新罕布夏州，雷恩鎮。

他沿著主街走，和前一天一樣，走在搖擺的細瘦樹木之間，偶爾被突起的石塊絆倒，經過教堂和學校的低矮殘址。他小心翼翼地往前走，前往四併住宅。到右手邊的地基，到後面角落裡的廚房廢墟。地磚的碎片。他想像著他的祖父，像是沒有蓄鬍的黑鬍子，大吼大叫，揮拳把人打倒。可能還酗酒。他想像著他的祖母，嚴厲冰冷又乖戾，從不微笑，也沒說過一句好話，總是一臉怒容，生氣地縫製那種她從來沒機會使用的床單。

他想像著他的父親，在地板上爬來爬去。或許沒有，可能是安靜地坐在某個角落，望著窗外，看著天空中熱鬧的一角。

你父親在十七歲加入海軍陸戰隊，卡特·克林頓說過。其中必有原因。

他在那裡又站了好一會兒，然後向這個地方道別。他轉身沿著自己先前的足跡，離開廚房，穿越走廊，經過樹木，通過大廳，從面街的大門走出去。

那裡沒人。什麼也沒有，除了一片和平、安詳又寂靜，再次出現。他沿著主街往回走。他在學校停下腳步，前方的街道轉彎通往教堂，少了六十年來生長的樹木，這裡的景色應該一望無際，可以看到一大片的天空。或許這是他們賞鳥的地點，他們在這裡看到那隻鷹。或許雙筒望遠鏡是學校的，郡政廳提供的經費，屬於公有物品，不能拿走。或許是有位好心的老師在二手店挖到寶，花了幾塊錢買下來。

他繼續走，經過教堂，回到柵欄旁，雷恩鎮的邊界。前方就是果園，先前的道路所在。一條直線，一百碼長，通往停著的速霸陸。它依然停在那裡，在遠方清晰可見。在它和他之間只有兩個興趣點。較遠的那個是柏克本人。他在車子後方和柵欄安全的那一側之間直跳腳，整個人跳上跳下，揮舞著手臂。

第二個興趣點往前拉近了五十碼，在穿越果園的半路上，五名男子一字排開，按著間隔站在那條竊佔的路上。

頭頂上方的雀鷹緩緩盤旋。

李奇爬過柵欄，把那一大片布滿青苔、恣意蔓生的大自然拋在後頭，走在排列整齊，經過修剪而完全相同的樹木之間。正前方的五名男子站著不動。他們肩並著肩，但是沒有真正碰觸到。他們看起來像是合唱團體，準備開始唱出旋律。像是理髮店四重唱加一。或許是一個假聲男高音、兩個男高音、一個男中音，再加上一個男低音。就這個例子來說，男低音會是中間的那個傢伙。他比其他人高大。李奇很確定他以前沒見過他。他也很確定那個年紀較大的傢伙正站在大塊頭的右邊。中間的世代。比較好的牛仔褲，比較乾淨的襯衫，髮色比較灰白。另外三個和前一天晚上的一樣。少了挨揍的那個。健康的大塊頭，但是沒有服過役，沒有坐過牢，或是接受過摩薩德的秘密訓練。

他繼續走。

他們等著。

在他們後方的遠處，柏克依然在跳上跳下，狂揮著手臂。李奇不太確定是為什麼。如果是要示警，根本來不及，因為線性幾何學的緣故。他會先看到問題，然後才看到示警，這樣一點也不合理。或許柏克在提供戰略建議，要他這麼做，然後那麼做。但是李奇搞不懂那種旗語。而且他覺得反正那應該也沒必要。像柏克這樣的男子毫無疑問有許多不同的才能，不過打架似乎不是其中之一，就目前看來是如此。

或許那只是一般激動不安的表現。

李奇繼續走。

站在那一排五個中間的那傢伙個頭又高又壯，體型像顆炮彈。他的頭小，脖子又短又粗，比他的太陽穴整整寬四吋。肩膀往下傾斜，平滑緊實，像是海底生物。他有寬闊的桶狀胸膛，手臂和雙腿因此顯得較短。他看起來年輕、健康又強壯。

他是摔角選手，李奇心想。或許曾經是高中的風雲人物，然後是大學的風雲人物，現在成了蘋果採收工人。有可以讓大學摔角選手加入的大聯盟嗎？如果有的話，這傢伙顯然沒能進得去。

摔角選手直視前方，深色小眼睛深深嵌在那顆小頭顱上。他沒有太多表情，完全被動。或許是這樣，他在大學畢業後的世界裡，相對來說缺乏成就可言。或許他是缺少動力，或許他無法理解周遭的世界。如果是這樣，那真是太不幸了。他只有咬牙吞下去。顯然有人警告過他，他被徵召替代上場。那個字眼裡藏著線索。他知道自己要面臨什麼情況，他大可以拒絕。

還有十五碼的距離。

年紀較大的傢伙左右張望他的組員。他流露出的大多是興奮之情，他即將目睹一些真正好玩的場面了。但是他也有點不安，藏在他的內心深處角落裡。他知道那樣太扯了，他們怎麼可能輸？這當然是穩贏的，但是他甩不掉那種感覺。李奇從他的表情得出來這一切。他用盡各種方式推波助瀾。慢慢走、大跨步、肩膀放鬆、雙手和身側保持距離。抬起頭，眼神凌厲地看著那傢伙。一種原始的信號，很久以前學會的。

剩下十碼了。

年紀較長的那傢伙甩不掉那種感覺，他的臉上寫得一清二楚。忽然間，他看起來像是在盤算一個應變計畫。戰略的可能變動，以防萬一，作為替代選項。他看起來準備要下達新命令了，這使得他成為合理的目標。雖然他年過五十又體弱，他是戰場上的指揮官。交戰守則。事情就是這樣，他也得咬牙吞下去。

李奇認為另外那三個會落跑，或者至少會往後退，掌心朝外一伸，一路結巴地說些這不是我們的主意之類的話來求饒。忠誠有其限度，尤其對那些卑微的工人提出承諾的是跟混蛋沒兩樣的傢伙。

剩下五碼了。

李奇相信要保持機動性，不過也作好計畫。在他的經驗中，最後會用到哪一種的機率各半。就這個情況來說，他的計畫是絕對不要減慢速度，以全速抵達，並且在跨步到一半時給那個摔角選手一記頭槌。這樣會達成所有要件。出其不意、壓倒性的力道、全面的震驚和敬畏。其中還帶有便利的道德轉折。這會使得那個年紀較大的傢伙處在挨左鉤拳的完美位置。那是李奇力道較弱的手，也是他所能想到最人道的處理方式了。

不過結果機動性應對勝出，因為那個摔角選手的緣故。他蹲低進入某種戰鬥姿勢，擺出戲劇性的姿態。像是有攝影師在慫恿他，要他大展身手。或許要拿來刊登在本地報紙的頭版。**高中風雲人物贏得獎盃**。那一類的報導。這傢伙使出渾身解數，但效果其實沒那麼好。他看起來像個胖小子假裝是大灰熊，粗短的手臂像熊掌，蓄勢待發，有點像是蹲伏著，膝蓋彎曲，雙腳打開。

所以李奇修正計畫，臨機應變。西點軍校會以他為榮。他保留基本要點，只改動細節。他不曾慢下來，以全速抵達。但是他沒有給那傢伙一記頭槌，而是踢中他的要害。那是一個忽然出現的臨時標靶，因為那雙腳大大地張開。他帶著速度及動力，惡狠狠地抬腿往上橫掃，一記正中目標的完美結合。

這力道能把足球踢飛到球場外。

結果有好有壞。

好的部分是這讓他處於正確的位置，準備揮出左鉤拳，而他也辦到了。依正統的標準來看，這一拳既短又不穩，一點也不優雅，只能算是揮出一記重擊。但是效果不錯。砰。老爹往旁邊倒下。他的指揮影響力到此結束。

壞的部分是摔角選手戴了運動護具，一個護檔。聰明的小子。他確實理解這世界，所以有備而來。即便如此，他還是重重地挨了一記。像是鈍刃的餅乾切割模具用力扣在質地堅韌的麵糰上。但是他沒有失去行動能力。他依然沒倒下，踩著笨重的腳步，大口喘氣。震驚，是的，敬畏，不算有。這表示其他三個傢伙沒落跑。他們沒有後退，掌心朝外，苦苦哀求。他們反而跨出一步聚集起來，做出阻擋的動作，讓他們的四分衛在他們的後面恢復一下。

李奇心想，真該死。機會變化無常。他應該忠於原來的計畫，那傢伙沒戴足球頭盔。他想後退一步，重新設定幾何位置，但是他沒讓自己這麼做。這樣會傳遞錯誤的訊息。他朝逼得最近的那傢伙出手，往對方的腹部結實地揍了一拳。那傢伙痛得彎下了腰，臉部貼在膝蓋上嘔吐，大口喘著氣。所以李奇又對他出手，以手肘狠狠地劈砍那傢伙的後腦勺，讓他臉部先著地地趴在草地上。這個沒戲唱了，所以李奇走到左邊，接著處理下一個傢伙。沒有延遲。站在那裡閒聊不會有收穫。最好是誘使他們上前，出拳讓他們倒下。

不過下一個傢伙被撞到一旁去，那個摔角選手卡位衝上前。他張開雙手，怒火在體內熊熊燃燒。他把另一個傢伙一把推開，像傾卸式卡車一樣直衝過來。然後他站穩雙腳，蹲伏下來，面對面，像是比賽的開場。他怒目注視，咆哮嘶吼。

李奇心想，那麼好吧。

他對摔角一無所知，從沒嘗試過，也不覺得有必要。太過汗水淋漓了，太多規則了。太像最後的手段。他相信打鬥應該早在地上滾來滾去之前就已分出勝負。

在遠方，柏克依然跳上跳下，揮舞著手臂。

摔角選手採取行動了，他的身體彷彿變成一個堅不可摧的物體，然後右腳重重地踩下，就在原先位置的前方。接著他轉往另一個方向，同樣堅不可摧，重重地踩下左腳。像是相撲。現在他拉近了半步的距離。他或許比李奇矮個幾吋，但是可能體重多二十磅。他是結實的大塊頭，這點無庸置疑。他渾身都是堅硬光滑的肌肉，均勻地形成流線型體態，彷彿是流經空氣或水。像一頭公海豹，或是一顆炮彈。

一個替代品。不盡然，李奇心想。這傢伙是個改良品。他是來強化這份值勤名單。他有專長，為了這場面徵召過來的。經過了前一天晚上的教訓之後。或許他是跟朋友的朋友商借來的。或許他是夜店保鑣。在曼徹斯特。或者甚至是波士頓。或許那是大聯盟，給大學風雲人物參加的。

李奇決定離他的手臂遠一點。摔角的重點在抓握、擒抱和搏鬥。這傢伙對那些可能很拿手，或者至少經驗豐富。他可能知道各種跟進的招數。他會知道十幾種不同的方式，把對手壓制在地墊上。最好是能避開這種命運。橫向打鬥會是個問題，體積太龐大了，到頭來可能會像是企圖仰臥推舉一隻鯨魚。幸好那傢伙的手臂不長，禁區不太大，有些行動的範圍，可以想點辦法。

不過是什麼辦法呢？這是李奇這輩子第一次感到不確定。頭槌依然有其可能性，不過有風險，因為這表示他要走進熊掌抓握區。而且那傢伙或許知道要閃開，讓這一記落在他的脖子上，而那部位近看就和汽車輪胎一樣敏感。他可以攻擊他的身體，快速的右—左—右組合，像是在練習打沙包。不過那傢伙有著厚板似的體格，感覺會像是在擊打防彈背心，得到的效果也差不多。

摔角選手又移動了，同樣的戲劇性動作，又像在相撲了。李奇在電視上看過，在旅館的下午時光，粒子粗糙的橘色影像，體型龐大的男子繫著纏腰布，面無表情，渾身油光，堅定不移。

現在這傢伙往前整整跨出一步。

頭頂上方的雀鷹緩緩盤旋。

等到李奇明白那傢伙要做什麼，已經太遲了。他往前猛衝，挺著腹部，就像電視上的相撲選手。只不過相撲是另一個人也做出相同的動作，所以他們會在場中央相遇，發出響亮的拍擊聲。但是李奇完全不動，也就是說所有的動量都在另一個傢伙的身上，李奇準備遭受重擊了，像是被曳引機的輪胎輾過去。

李奇迅速蹲低一閃，毫不保留地朝那傢伙的側面揮出一記右鉤拳。這一拳重重地打在對方身上，不過根據牛頓的定律，那種大小相等、方向相反的反作用力把這道等式裡的一些動量抵消掉了，但是那傢伙的桶狀身軀基本上無可抵擋，李奇被撞到轉圈彈開。他踉蹌地後退，胡亂揮著手臂，設法站著不要倒下。

摔角選手再次衝撞。就一個體格活像海象的傢伙來說，他算身手靈活了。李奇閃開，順道往那傢伙的腎臟微弱地戳刺一下，看起來好像沒造成任何差異。那傢伙以俐落的雙步曳行反轉方向，再次高速衝過來，急躁兇猛，左右虛晃，找機會抓握對方。最好是避開。李奇往後退，那傢伙再次撲過來，李奇朝他的臉揮出一記直拳，感覺像是一拳打在橡膠房間的牆壁。然後他迅速彎身，低空閃過熊掌揮擊。他接著站了起來，轉身以一記左鉤拳狠狠擊中那傢伙的背部，然後才彈出了界外。

現在摔角選手喘個不停，他東奔西跑了一下子，身上挨了兩記半的重拳。他很快就會變得渾身僵硬。李奇往後退，腳底下的地面高低不平，在他的左手邊有一個被風吹落的蘋果，在曬得枯黃的草地上像寶石般發亮。在前一天晚上倖存的那兩個傢伙悄悄地靠近，他們嗅到血的氣味。

頭頂上方的雀鷹依然在盤旋。

那兩個倖存的傢伙集結起來，然後呈扇形散開，往摔角選手的前方站出去一步。側翼支援，或是追殺部隊。他們或許期望他落荒而逃。

摔角選手蹲低成戰鬥姿勢。李奇等待著。摔角選手衝過來，和先前一樣。他彎曲強而有力的雙腿，從低處全力衝刺，加上高速的搖擺步伐，挺著腹部，想把它當成攻城錘使用。李奇往左偏，但是起伏的地面把他的腳絆了一下，那傢伙以肩頭側擊撞上他，感覺像是被卡車輾過，兩次。第一次是原本的衝擊力，緊接而來的是當他倒地時，那股大小相等、方向相反的反作用力。他的右肩先著地，接著是身體，然後是糾纏的四肢。

那傢伙手腳靈活，又撲了上來。李奇往旁邊一滾，但是不夠快。那傢伙提腳一踢，踢中他的背部上方，讓他滾得更快。李奇很少出現這種姿勢，但也不是沒有過。守則第一條是立刻站起來。第二條也是。還有第三條。躺著等於是在等死。所以等到他翻滾到面朝下時，他猛地一躍而起，彷彿他是健身狂，做了五十個伏地挺身之後故意秀一下。現在他氣喘吁吁，怒火中燒。他很確定摔角的規則不包括踢人。遊戲已經改變了。

他心想，那麼好吧。

摔角選手再次蹲低，擺出某種戰鬥姿勢。李奇看到了先前應該要注意到的地方，或者是有可能看到的部分，假如遊戲早點改變的話。

他等待著。

摔角選手衝過來。彎曲強而有力的雙腿，從低處全力衝刺。李奇跨步向前，朝他的膝蓋一踢，和踢他的護檔一樣用力，同樣的抬腿往上橫掃，同等的完美結合。再加上那傢伙自己迎了上來。他把自己所有的動量發揮到淋漓盡致。足球會被踢飛到兩座球場之外。成果著實驚人。膝蓋是任何大塊頭的弱點所在。膝蓋就是膝蓋，一個普通的關節，就是這樣而已。它不會因為某個傢伙選擇把整學期的時間拿來練舉重，於是變得又大又壯。它只會變得越來越緊繃。

依目前的狀況來看，它約莫是爆裂了。膝蓋骨破裂或脫臼，或許裡面還有一大堆東西都斷裂了，因為那傢伙就這樣倒下去，好像有人剪斷了他的拉繩。接著同樣是守則第一條，他本能地立刻再次一躍而起，怒吼著靠一條腿站立，揮動熊掌以保持平衡。那兩個倖存的傢伙往後退一步。就像股票市場一樣，投資總是起起伏伏。在他們後面的遠處，柏克靜靜地站在那裡看，不安地注視著，緊貼在柵欄旁。

從這時起，李奇選擇野蠻效率，風格類型不重要了。摔角選手絕望地伸出熊掌朝他一撲，李奇一把抓住，扯得他失去平衡。他尷尬又笨拙地再次倒下，然後李奇往他的頭部踢了一次，兩次，直到他不動了。

李奇站挺了起來，吐氣，吸氣，吐氣。

那兩個倖存的傢伙又往後退了一步。他們在原地不安地踩著腳步，設法表現出尷尬的順從模樣。他們高舉雙手，掌心朝外。他們輕拍面前的空氣，做出投降姿態。不過同時也站得遠遠地，清楚表態。

不是我們的主意。

李奇問他們：「你們在哪裡找到這塊肥豬油？」

他又踢了一下摔角選手，踢中他的肋骨，但是沒使勁兒，彷彿只是要說明他指的究竟是哪塊豬油。

沒人回答。

「你們應該告訴我，」李奇說。「這對你們的未來很重要。」

右邊的那個小子說：「他是今天早上過來的。」

「從哪裡來？」

「波士頓。他現在住那裡，不過是在這裡長大的。我們是在念高中時認識的。」

「他拿過獎盃嗎？」

「很多。」

「現在滾吧。」李奇說。

他們照做了。他們往南跑，飛奔上了斜坡，膝蓋和手肘猛烈抽動。李奇看著他們走。然後他跨過那個手下敗將，穿越了果園。柏克在柵欄旁等著。他高舉著他先前看到揮舞不停的手，手上拿著他的手機。

「電話響個不停，」他說。「但是這裡的訊號不良。所以我往回走，直到有半格訊號的地方。是鳥類學家打來的，他從大學回電給你。他說這是他唯一的交談機會，因為他接下來一整天都會很忙。所以我跑回來這裡，想引起你的注意。」

「我看到了。」李奇說。

「他留了話。」

「在手機裡嗎？」

「是跟我說的。」

李奇點頭。

他說：「首先我要打給拉科尼亞警局的阿莫斯。」

29

五號抵達者和一號及三號一樣，十分低調。馬克、史蒂芬和羅伯在後廳聽到鈴響，是來自橫跨柏油路面的那條纜線。他們觀看螢幕，羅伯把三個不同角度的小徑畫面並排在一起。他們等待著。開兩哩路的話，時速三十哩需要四分鐘，二十哩則是六分鐘。平均就算五分鐘好了，看開車的人打算開多快，或者開的是哪種車。路面可能震動不平。

根據螢幕右下角的數位時鐘顯示，結果是五分十九秒。他們看到一輛小貨車從樹叢之間出來，開到光線底下。羅伯使用搖桿，把特寫鏡頭拉近對準它。那是一輛福特F150，單排座位，長車斗，髒兮兮的白色車身。接近基本規格，車齡大約三、四年。這是勞動者的車，生財的工具。

羅伯把鏡頭拉得更近一些，察看車牌。上面寫著伊利諾州，他們都知道那根本是鬼扯。那傢伙來自紐約市。他的辦公室ＩＳＰ無法破解，不過家裡的WiFi毫不設防。他在華爾街經營一家基金公司，是沒人聽過的匿名新富豪。馬克急著想讓他留下深刻印象。他認為華爾街可以成為主要市場。他們是合適的那種人，擁有合適的需求，以及合適的財富。

他們看著他開車經過草地，顛簸地開下小徑，進入汽車旅館停車場。他們看到他在辦公室外面停下來。他們看見彼得走出去招呼他。他們握手，寒暄了幾句。彼得給他一把鑰匙，然後伸手一指。十一號房。最佳黃金地點，在各方面都深具意義。他們的床和你的床幾乎碰在一起。床頭對床頭，對稱排列。中間只隔一道牆，幾吋寬的距離。十一號房是ＶＩＰ觀眾席，這點無庸置疑。這份榮幸不輕易給人，但是馬克很堅持。人口統計資料很重要，他說。

羅伯點擊滑鼠，輕敲鍵盤，安排螢幕，讓大家能一次看見幾乎所有的一切，在他們周圍的牆面上呈現出來，每個畫面都和下一個部分重疊，有些角度不同，像是在虛擬實境的笨拙嘗試。他們看到華爾街的傢伙把車停到掛掉的本田車再過去那邊。他們看到他繞回來，往十號房的窗內看了一眼。毫無動靜。他走回去。他看起來就像華爾街的人。體面的髮型，上健身房練出來的精壯體格，黝黑的膚色是週末去老婆在漢普頓的避暑租處以及使用燈光曬出來的。他的穿著講究，不過他們猜想他已經盡量簡單打扮了，以便配合那輛普通的小貨車。他的衣櫥挑戰任務失敗。他帶了兩個硬殼行李箱和一只軟尼龍旅行袋，全部都因為放在開放式車斗而布滿灰塵。

還有，他最後從副駕駛座那邊拿了一個紐約熟食店的塑膠袋，裡面裝的要不是馬鈴薯，就是一捲捲的鈔票。

這時候，先來的那四個人開始在附近聚集，排好隊，在螢幕與螢幕之間悄悄走動，準備要交談，或者企圖這麼做，或者至少雙腳交互踩踏著，直到有人開口說點什麼。男性培養感情，有時是個緩慢的過程。羅伯打開了聲音。沿著汽車旅館的一整排都藏著麥克風，再佐以漆得像是電視碟型天線，但實際上是拋物面式麥克風的東西。它和蝙蝠的耳朵一樣靈敏，朝向一整排房間的尾端，對著十號房窗外的那一小塊土地，他們很可能聚集的地方。這樣的電子裝置根本沒必要，但是馬克堅持。客戶的回饋意見很重要，他說。越自然又直接越好。最好的是他們不知道有人在偷聽。

他們側耳聆聽。那些聲音很小，有點失真。他們謹慎地寒暄，和先前一樣，說些在路上說過的相同戰爭故事，還有準時抵達而神不知鬼不覺的事，以及把派蒂和矮仔當標本，對他們的健康、體力和一般吸引力作出同樣的描述。

然後顧客的回饋意見變得有點負面。馬克失望地別開視線。螢幕上出現了一點小分裂。他們形成兩個對立的小派系，一個決定性的差異將他們劃分開來。一、二、三號抵達者已經透過窗戶看到派蒂和矮仔了，活生生的真人，就在那裡，在他們的捲簾拉起來之後。四號及五號抵達者則沒見過。在那時候，派蒂和矮仔躲在浴室裡，那裡沒有該死的窗戶。所以他們的是雙重抱怨。假如大家要公平開始，像是本來就應該的那樣，自由國家，公平競爭的環境之類的，那麼當然要等大家都到齊，然後像是舉行儀式般拉開該死的捲簾。像是特殊的場合，每個人都排排站，親眼見證。或者至少在浴室開一扇該死的窗。應該是二選一才對。

在後廳裡，馬克對其他人說：「我不認為我們可以在浴室開一扇窗，反正不能是平面玻璃，這樣太怪了。但是其他的也都不合用，你看不見裡面。」

史蒂芬說：「我們可以在外面加一片塑膠板，上面有些設計。從裡面看起來是粗糙紋理。這樣等我們準備好就可以把它剝掉。」

「你在躲避問題，」羅伯說。「我們搞砸了他們的捲簾部分，就這麼簡單。我們應該讓它放下來，直到每個人都抵達為止。」

馬克說：「派蒂想要看到陽光。」

「我們現在是怎樣，在當社工嗎？」

「她的心情可能是關鍵。」

「她現在的心情如何？」

「放鬆點，」馬克說。「跳出框架思考，現在木已成舟了。而且我們碰巧是在中間點做了那件事。有三個看到了，三個沒有。我們可以把它當成是守時的獎勵，像是獎金門檻，彷彿我們會提供一些好處。我們可以把它稱為行銷手法。」

「守時意味著準時抵達，不是提早到。我們該對他們一視同仁。」

「太遲了。」

「修補錯誤永遠不嫌遲。」

「要怎麼做？」

「你去用麥克風跟派蒂和矮仔說，提醒他們你稍早就警告過他們這件事了。你說或許他們當時不明白，他們害自己惹上什麼麻煩。所以現在為了他們的舒適著想，我們作了一個單方面的決定，再次替他們把捲簾放下來。而且我們要立刻這麼做。他們會聽見的，然後會從浴室出來。同時我們要向四號和五號抵達者表達歉意，並且告訴他們，我們稍後會舉行適當的儀式，等派蒂和矮仔再次冷靜下來，大家齊聚一堂時。或許等天色暗下來，我們可以忽然拉起捲簾，同時打開房間裡的燈光。我敢說我們會逮到他們坐在床上，看起來會像是聖誕節前夕的薩克斯第五大道百貨。人們會從方圓數哩內紛紛前來。」

「那樣並沒有解決問題，」馬克說。「這只是意味著三個人會看到他們一次，三個人會見到他們兩次。這樣不公平。」

「我們只能做到這樣了，」羅伯說。「這是一種表態，可能很重要。我們不能讓這件事變成話柄，你知道他們在聊天室會怎麼講。口碑可以造就你，也能毀了你。我們應該讓大家看到，我們額外做了些什麼來彌補這個錯。」

馬克沉默了好一會兒。

然後他看了史蒂芬一眼。

後者說：「我想是吧。」

馬克點頭。

他說：「好吧。」

羅伯按下一個開關，上面標示著**十號房，窗戶捲簾，放下**。

他的聲音從天花板傳出來，和先前一樣，在浴室裡聽起來和房間裡頭一樣響亮。他說：「兩位，我道歉，用我最誠摯的心。都是我不好。我們稍早談話時，我沒說清楚。我是只看見景色的缺點。所以我們要彌補你們。現在捲簾又放下來了，而且你們想要這樣多久就多久。我確定這樣你們會比較自在一些。我要再次道歉，是我思慮不周。」

派蒂說：「你要怎樣處置我們？我們會發生什麼事？」

「在今天結束之前，我們會討論我們要如何處置你們。」

「你們不能把我們永遠關在這裡。」

「我們不會的，」馬克說。「我保證，你們會知道的。不會永遠。」

這時出現細微的電子爆裂聲，天花板再次變得安靜了。

在一片寂靜之中，矮仔說：「妳相信他嗎？」

「關於哪方面？」派蒂說。

「捲簾放下來的事。」

她點頭。

「我聽到聲音。」她說。

矮仔從他坐著的地板上，四肢僵硬地站起來。他打開門，只有一道縫隙。他立刻就知道了。外面沒有陽光透進來，只有一片黑暗。

「我要出去了，」他說。「這裡很不舒服。」

「他們會再把它拉起來。」

「哪時候？」

「或許是在我們最意想不到的時候。」

「為什麼？」

「因為他們在惡整我們。」

「很快嗎？」

「或許不會，他們會等一陣子。他們要我們先建立起安全感。」

「所以有一段時間是安全的，就是現在，然後我們之後可以把床單釘掛上去。」

「可以嗎？」

「為什麼不行？」矮仔說。

在過去，她會提出反對，單純是基於禮貌的緣故。她可是加拿大人。床單和牆壁肯定都會因此受損。不過現在的她只是說：「你有釘子和鐵鎚嗎？」

「沒有。」矮仔說。

「那就閉嘴啦，不要在那裡白費唇舌了。」

「抱歉。」他說。他在門邊站了一會兒，然後走出去。他坐得腰痠背疼，屁股坐在一種瓷磚上，背部靠著另一種瓷磚。他在床上躺平，在黑暗中注視著天花板。那裡的某一處有監視器，但是他看不到。上面到處都抹了平滑的灰泥，所以是在燈具或煙霧偵測器裡。肯定是。可能不是燈具，裡面想必太熱了。秘密監視器應該需要小心處理，有那些電路板和小小的傳輸器之類的。

所以它是在煙霧偵測器裡了。他盯著它，想像它也在看著他。他想像拿著一支鐵鎚砸爛它，碎片像雨點般紛紛落下。他想像鐵鎚還在手上，接下來他要砸什麼呢？

他又下了床，走回浴室裡。他關上門，打開水龍頭，讓水在洗臉盆裡嘩啦地流。派蒂坐在地上看著他。他彎下腰，貼近她的耳邊，低聲耳語。他說：「我在想，假如我有鐵鎚，我會怎麼做？」

「把床單釘掛上去。」她輕聲回答。

「我是說在那之後。」他說。

「在那之後怎樣？」

「我會進來這裡。這裡是建築物的後面，所有的活動都在前面，那些關於捲簾的鬼話，還有那些人在看。或許後面沒人注意。牆壁只是一層瓷磚，然後是大約半吋的壁板，在立柱之間有六吋的空隙，或許塞了絕緣材料，或許再加上防潮膜。然後是釘在十六吋中心點的杉木外牆板。」

「所以呢？」

「假如我有鐵鎚的話，我會把它鑿穿。我們就可以離開了。」

「穿牆而過？」

「一組好的拆除工人三兩下就解決了。這是例行公事。」

「真遺憾你沒有鐵鎚。」

「我想我們可以拿行李箱撞瓷磚，像攻城槌那樣。我們可以拉著新的繩索把手擺盪皮箱，像是數著一、二、三。我敢說瓷磚會一整片掉下來。然後我可以把剩下的部分踢破。」

「你不可能踢得破杉木外牆板。」

「沒那個必要，」矮仔說。「我只要在裡面踢，用一股快速向外的力道，把它從釘在立柱的地方踢開就行了。這應該很簡單。然後它就會自己倒下了。我真的要用力踢破的只有牆板而已，這應該也很簡單。那玩意兒不算結實。」

「那個洞口有多大？」

「我想大約十四吋就行了。我們可以側著身體跨出去。」

「帶著那只皮箱嗎？」

「這是我們要接受的部分，」矮仔說。「我們要實際一點。那只皮箱要留在這裡，直到我們弄到一部車為止。」

派蒂有好一會兒沒開口。

然後她低聲說：「弄到什麼？」

「那些在窗外偷看的傢伙一定有人是開車過來的，這表示說現在停車場一定有車。或者他們都是派賓士休旅車去接。這樣的話，車子一定還在外頭，好端端地停在某處，準備好隨時出發。假如我們找不到，那也無所謂，因為倉棚裡還有很多部，離這裡不遠。我打賭所有的車鑰匙都掛在一塊小掛板上。」

「所以我們先破壞他們的房子，接著去偷他們的車。」

「那還用說。」

「這和四輪摩托車那件事感覺一樣瘋狂。」

「四輪摩托車的事不瘋狂，它進行得很順利，妳是知道的。我們看到它順利地進行，每分鐘都是，從開始到結束。不順利的是其他部分。我們不知道他們有監視器和麥克風，也不知道他們在騙人。」

「只是就理論上來說而已，」派蒂說。「踢穿一面牆需要多久的時間？」

「用不著太久，假如我們讓洞口保持在有限的大小，而且離地面近一點，然後我們要四肢並用爬出去。」

「這樣是幾分鐘？」

矮仔閉上眼睛，在腦海中想像。踢八下，用腳尖踢六下，在牆板的重點位置踢出裂縫，然後用鞋底重重地踢兩下，把那塊牆板踢飛就說一共要花八秒鐘吧。再加上要花時間撕掉絕緣材料，一點一點地撕扯，撕得一片模糊，像是小狗在挖寶藏。這樣再加八秒，或是十秒鐘。算十二秒好了，為了保險起見。到目前為止一共二十秒。不過接下來是外牆板。要把它踢到跟立柱分開可不容易。那是以釘槍的大釘子固定住，會需要踢得超用力。問題在於攻擊的角度。他必須從一個狹窄的洞口以空手道的姿勢低踢，有點像是往側下方踢出去。這樣不可行，很難使出最大的力道。比較好的方法是仰躺著，往下用力踩的動作會傳遞出最大的向外力道。他要一踢再踢，最少八下。

他說：「可能要一分鐘吧。」

她說：「這樣很好了。」

「假如瓷磚一整片掉下來的話。」

「萬一沒有呢？」

「我們就要一片片敲掉，這樣才能先來到牆板層。接著從這裡開始，只要花一分鐘的時間。有可能要兩分鐘，因為在敲完瓷磚之後，我們會覺得累。」

「一共要多久？」

矮仔說：「只希望它會一整片掉下來。」

她說：「我們真的要這麼做嗎？」

「我投贊成票。」

「哪時候？」

「我說現在。我們可以直接跑去開四輪摩托車，或許比汽車還好用。我們可以駕著穿越樹林，他們沒辦法跟上來。」

「除非是開另一台四輪摩托車，他們還有八台。」

「我們搶先一步。」

「你知道怎麼開四輪摩托車嗎？」

「那能有多難？」

派蒂又安靜了好一會兒。

「走一步算一步吧，」她說。「我們先測試拿行李箱撞瓷磚，看是否會一整片掉下來。如果會的話，我們就繼續下去，作出最後的決定。不行的話，我們就放棄，忘了這回事。」

矮仔打開浴室門，望著在房間另一頭的行李箱。它還在他原本放下來的地方，那是好幾個小時之前的事了，他眼睜睜看著佧羅開著拖吊車揚長而去。

他低聲地說：「他們會看到我去拿皮箱，因為有監視器。」

「他們不知道裡面裝了什麼，」派蒂也低聲回答。「我們當然可以把自己的東西拿進浴室裡，我們可能會用到。我們或許選擇要在這裡睡覺，因為外面一直有人在看。這麼做再自然不過了。」

矮仔停頓了一下。他點了點頭，走出去拿行李箱，冷靜無比，再自然不過了。他慢慢走過去，抬起行李箱，然後慢慢走回來。他放下行李箱，把門關上。這時他歇了一口氣，甩了甩手，舒緩掌心的疼痛。

他們挑選地點，就在洗臉盆的左側，一片空白的牆。這裡沒有插座，所以裡面不會藏著電線，搞得一團亂。裡面也沒有管線，水是在浴室另一側的同一處進出。很完美，太順利了。

他們又拉又推那只皮箱，直到就定位。他們面對面站著，皮箱在兩人中間。他們彎下腰，然後四隻手一起抓住繩索。他們提起皮箱，離地六吋，避開牆壁底部的踢腳板。他們後退一步，然後開始搖動皮箱，輕輕地前後來回擺動。那是一個又大又結實的物品，非常老舊，夾板外殼，上面包覆著厚皮革，邊角有強化防護。他們調整到理想的律動，讓重力發揮作用。每次擺動時，他們會將一隻手臂伸長，一隻手臂縮短，讓皮箱保持水平，像是活塞，這樣它的平整末端就會呈直角撞擊牆壁。

「準備好了嗎？」矮仔說。

「好了。」

「數到三。」

他們搖晃一次、兩次，集結動力，然後在第三次時，他們往牆面前進，盡他們所能加速推動這份重量。

皮箱撞擊瓷磚。

結果不如矮仔所預期。

他的直覺預測是牆板會往內凹陷一小塊，導致薄塗層剝落。瓷磚是以水泥黏在薄塗層上，假如薄塗層剝落，瓷磚也會跟著整片脫落，這部分就交給地心引力去處理了。

結果並非如此。

有六塊瓷磚撞碎了，一些碎片紛紛落在地板上。其他的依然黏在牆面，像是規格不一的銅板大小碎片，依舊頑強地黏在一塊塊銅板大小的黏著劑上。偷工減料。貼瓷磚的工人在瓷磚背面抹上三、四坨水泥，然後把它黏上去。一塊又一塊，不斷地重複。背面那些沒抹到的空隙讓它們一撞就碎，但是牆板本身一點凹陷也沒有。

他們把行李箱放下來。矮仔用拇指甲按壓兩塊倖存碎片之間的空隙。薄塗層就在那裡，乾燥、平滑，呈現淡黃色。它十分堅硬又沒彈性。他刮了一下，它稍微掉落粉屑。他以拇指腹按壓得更用力，接著是用指關節，然後以拳頭更加使勁地壓。牆板文風不動，連一點碎片也沒有，感覺十分堅固。

「真奇怪。」他說。

「我們應該再試一次嗎？」派蒂問。

「我想是吧，」他說。「這次要很用力。」

他們在空間許可的寬度之下，盡量往後退。這時他們搖動皮箱一次，畫出了大約一碼長的飽滿大弧度，接著再來一次，然後在第三次時，他們側身踉蹌前進，使盡所有的力氣把皮箱往牆面撞上去。

結果還是一樣，又有幾塊落單的碎片從牆面掉下來。然後就沒了。這就像是撞擊混凝土，他們的手腕感受到那股撞擊力。

他們把皮箱拖開。矮仔試驗性地輕敲牆壁，在不同的地方東敲西扣，像在敲門一樣。它發出的聲音很奇怪，不夠扎實，但也不是空洞，是在這兩者之間。他往後退，用力一踢，然後更用力地再踢一次。整面牆似乎像是合為一體地反彈震動。

「真奇怪。」他又說了一遍。

他拾起一塊鋸齒狀的瓷磚碎片，拿來刮薄塗層。他刮出一道長溝，然後刮得更深，來回不斷地又戳又刮。接著他刮出另一道溝，然後再一道，合成一個大三角形，其中少了一些仍然黏住的碎片，包括邊線裡面的其他那些。然後他往後退，仔細瞄準目標，用力地再次往外踢。那個三角形記號裡的薄塗層片片剝落，飄到地板上，而底下露出了紙質表面的全新牆板。他拿瓷磚碎片用力劃，氣急敗壞地又砍又挖，灰塵和蜷曲的紙屑到處亂噴。接著他又往後退，挫敗不已地一踢再踢。他把牆板踢成碎片和粉塵，將它徹底摧毀，直到什麼也不剩。

但是他沒有踢穿牆壁，他不能。它後面有某種粗厚的鐵絲網支撐著。在前面的牆板一塊又一塊地摧毀之後，它便一段又一段地露出來了。它在灰塵及微粒的煙霧中隱約浮現，白色，有如鬼魅，緊密交織。那是一張網，以手指粗細的鋼線交織而成，延伸到上下及兩側。

上面有方形的小網孔，大小足以讓他的拇指穿過，但也僅止於此了。

他用瓷磚碎片又割開了一些牆板。他發現了一個地方，有一條鮮綠色接地線焊接在鐵網的後面，像是電源接頭。做工很扎實。大約在一碼外，他又發現了一條。一樣的設計，接地線焊接在鐵網的後面。

這時他發現了一個地方，鐵網焊接在一根監牢鐵條上。

毫無疑問是這樣沒錯。他看大小、形狀和間距就知道了，和每一部警察電影都一樣。牆壁裡面安裝了從天花板到地板的牢房鐵條，上面點焊著鐵網，到處都有，像是窗簾，像是床單釘掛在窗戶上。他知道鐵網為什麼會在那裡。是因為接電線的緣故。他想起很久以前在聖誕節收到的電子工具組，當時他還小，那是叔叔送他的禮物。事實上，那台本田喜美也是那位叔叔給的。那裡的鐵網不是為了加強鞏固，加裝鐵網是為了把房間變成法拉第籠。十號房是一個電子黑洞。任何想傳送進去的無線電訊號都會通過鐵網而分裂，然後經由許多仔細點焊的電線傳導到地面而耗盡，彷彿那些訊號從來不曾存在過。想傳送出去的訊號也是如此。至於哪種訊號並不重要，手機、衛星電話、呼叫器、對講機、警方無線電，管他是什麼都不通。物理定律，不容忽視。

訊號傳不出去，因為有鐵網。

人出不去，因為有鐵條。

派蒂從他的肩膀上方看過來，並且說：「那是什麼玩意兒啊？」

矮仔絞盡腦汁想說一點激勵人心的話，但是他想不出來，所以他沒有回答那問題。

30

柏克和李奇開車回到轉彎處，然後往南朝拉科尼亞的方向走。但他們沒有一路開到底，只走了幾哩路，直到柏克的手機收得到訊號為止。他們在一處寬闊的左彎路肩停下來。前方是田野和樹木，小鎮應該是在另一側，在那一片朦朧的遠方。李奇掏出阿莫斯的名片，撥打她的號碼。電話響了兩聲，然後轉進了語音信箱。她不在座位上。他掛斷電話，再打一次，這次是撥打她的手機號碼。電話響了五聲，然後接通了。

她的聲音說：「有意思。」

他說：「怎麼？」

「你是用柏克牧師的手機打的。你還跟他在一起，依然在附近地區。」

「妳怎麼知道這是柏克牧師的手機？」

「我今天早上看到他的車牌，跟郡政廳查了一下。現在我對他瞭若指掌，他是個麻煩人物。」

「他一直都對我不錯。」

「我能幫你什麼忙呢？」

「有些狀況讓我想到從波士頓那邊派人過來的事。這似乎是這裡的慣例。我在想不知道妳處理得怎樣了。」

「為什麼？」

「有人出現了嗎？」

阿莫斯沒回答。

李奇說：「怎麼？」

「警探長蕭又在跟波士頓警方談。他們在電話中提供了一些協助。外頭傳聞說今天鎮外有五個傢伙在辦事，鎮上沒有他們的蹤跡。他們的缺席很明顯，合理的猜測是他們正在前往我們的方向。這樣來說，我們知道前面四個的一切。他們包括克萊斯勒的那傢伙，還有圖書館裡的那三個。我們需要擔心的是第五個。他比其他那幾個更晚離開波士頓。我們猜想是為了回應這裡打過去的一通慌張電話。終極的制裁。」

「他抵達了嗎？」

「我不知道。我們盡量監看，但是我們無疑是錯過了什麼。」

「他幾時離開波士頓？」

「時間久到現在應該人在這裡了。」

「帶著我的長相描述。」李奇說。

「那已經不重要了，」阿莫斯說。「對吧？」

然後她停頓了一下。

接下來她說：「不准告訴我你要回來鎮上，因為你不會的，少校。你要保持距離。」

「放輕鬆，士兵，」李奇說。「稍息。我會保持距離，不會回去鎮上。」

「那麼你就別擔心你的長相描述了。」

「我是在想上面究竟怎麼寫的。我回想著那小子究竟能看到些什麼。當時的光線明暗不勻，那是一條小巷，門口上方有燈，但它是有燈罩的，像個錐形。不過即便如此，我們假設他看清楚我的長相。雖然那是在半夜，而且他大部分的時間都火冒三丈，存心想打架。接下來他基本上就失去意識了，因此他對細節的描述不可能太詳盡。所以在他那種處境的小鬼頭事後會怎麼說呢？我敢說要開口會很痛苦。在那個時候，他的牙齒狀況不佳，我確定他有臉部挫傷。或許下顎骨折了。所以他能咕噥說出哪些字眼呢？當然是基本的那些了。大塊頭，一頭亂糟糟的金髮。我想他肯定說了這些。」

「好吧。」

「只不過在某個時候，我和雞尾酒女侍說了幾句話。她問我是不是警察，我說很久以前在軍隊當過。那小子或許記得。人們會把這種事加到描述裡頭，讓內容更充實，暗示那是哪一類型的人，而不光是外表。這對那小子來說很重要，他需要保全面子。他希望自己能說，當然了，他打輸了，不過那只是因為他碰到的是訓練有素的特勤部隊殺手，拿這個當藉口，幾乎像是榮譽勳章。所以我想他肯定說的是，一個大塊頭，亂糟糟的金髮，待過部隊。在圖書館的那些傢伙看到的就是這樣。一個簡單的三點檢查清單。體型、髮色、軍隊。那就是他們拿到的描述，不是非常細微或精確。」

阿莫斯說：「這些的重要性究竟在哪裡？」

「我認為這份描述也符合卡特·克林頓。」

阿莫斯沒說話。

「我認為這相似到有些尷尬，」李奇說。「他絕對比一般男性更高大，他的身材令人過目難忘。他有一頭亂糟糟的頭髮。隔著一段距離看，他有某種氣質。我以為他服過役，結果沒有。但我發誓，我敢打賭他是在哪裡參加儲備軍官訓練團。」

「你認為我們應該警告他？」

「我想妳應該派警車守在他家門外。」

「你是說真的？」

「或許可以派戴維森警官去，他似乎是個能幹的年輕人。我不希望出事，為了我的緣故。我不希望為了克林頓而教我良心不安。他似乎是個好人，剛交了新女友。」

「保護他會嚴重分散資源。」

「他是無辜的旁觀者，他也是出面挺妳的人。」

「我認為他會基於原則而拒絕。正是為了這點。這樣觀感會很差。畢竟這次的威脅是針對另一個人，一個可能有、也可能沒有些微的外表相似處。他會看起來腐敗、虛榮又膽小。他不會肯的。」

「那麼叫他離開鎮上。」

「我不能叫他做什麼，事情不是這樣處理的。」

「妳就叫我這麼做了。」

「那不一樣。」

「告訴他，那個故事有些不對勁。」

「這是什麼意思？」

李奇暫停了一下，讓一部卡車從路上呼嘯而過。那輛車往北走，體積龐大，是可以上公路拖吊貨櫃車的那種。它以低檔緩慢又嘈雜地輾壓前進。他領悟到自己先前看過它。它是鮮紅色的，一塵不染，車身布滿金色條紋。它的通過使得速霸陸隨著彈簧左搖右晃。它呼嘯著駛向他們後面的遠方。

李奇把電話放回耳朵旁。

他說：「克林頓會明白這個留言，他會知道我在說什麼。告訴他，把別人認為的危機當成是轉機。他可以去度個短假期。找個浪漫的地方，勞動節過後的價格都調降了。」

「他有工作，」阿莫斯說。「他可能很忙。」

「告訴他，在人口普查方法論方面，我樂於聽他的。告訴他，在求生方法論方面，他應該聽我的。」

阿莫斯說：「我本來覺得很不錯，直到你把這件事推到我頭上。我們在鎮上有個壞蛋，好吧，但是沒關係，因為壞蛋沒有目標了。現在你告訴我，他還是有個目標，類似，或許，可能吧。」

「有需要的話就打給我，」李奇說。「這個號碼應該還能用一、兩個小時。我會樂意回到鎮上伸出援手。請代我向警探長蕭致意，如果妳願意的話，而且把這個提議告訴他。」

「不要回來鎮上，」阿莫斯說。「無論在哪種情況。」

「永遠都不要嗎？」

「不要太快。」她說。

李奇掛斷電話。

午餐時間早就過去了，柏克說他肚子餓。他說他想去找點東西吃，李奇提議請客，為了載他東奔西跑而表達謝意。因此他們往東朝湖濱開去，柏克說他知道有家釣餌店也賣汽水和三明治，就在前往湖邊的小徑路口，去的人大多是帶著釣竿的釣客。那是一趟不錯的車程，開到盡頭時，目的地就跟廣告的一模一樣。那是一間棚屋，外面有冰櫃，裡面有玻璃冷藏陳列櫃，大聲地嗡嗡作響，有些裝滿了人吃的食物，有些裝滿了魚吃的食物。裡面有個一碼寬的熟食櫃台，你可以選擇雞肉沙拉或鮪魚，夾白麵包或熱狗麵包，再加一包洋芋片和一瓶冰水，一共兩塊九毛九。汽水另計。

李奇說：「我說過我請客，你應該挑個貴一點的地方。」

柏克說：「我有啊。」

他選鮪魚，李奇挑了雞肉，兩個都是喝水就好。他們去外面吃，坐在小徑路口的一張公家設置的棕色野餐桌旁。

「現在把口信告訴我吧，」李奇說。「那位鳥類學家交代的話。」

柏克沒有立即回答。

他的心裡有事。

最後他說：「很顯然地，他真正想談的對象是你。他似乎非常興奮。他說他完全不知道史丹有小孩。」

「他究竟是誰？他跟你說過嗎？」

「你知道他是誰，你打過電話給他。他是大學教授。」

「我是說他是哪方面的親戚？」

柏克花了好一會兒在喝水。

「他解釋了很多細節，」他說。「簡短的版本是，你是他父親那邊四代之前的親戚。不是你父親本人，不是你的祖父，也不是曾祖父，而是你的高祖父。他是七兄弟其中的一個，他們都有許多子女、孫子女、曾孫子女，以及玄孫子女。顯然你和教授都在其中的某一處。」

「還有其他大概一萬個人。」

「他說他想跟你談談史丹。他說他感受到某種連結，因為賞鳥的事。他說他想跟你親自碰面。他說他有個想法，想跟你討論。」

「五分鐘前，他根本不知道有我這個人。」

「他非常堅持。」

「你喜歡他嗎？」

「我在他身邊覺得有壓力。最後我自作主張，跟他說我估計你應該很快就要離開了，你不是那種路過卻想定下來的人，因此這證明了可能很難安排一場面對面的聚會，單就時間安排的問題而言。」

「不過呢？」

「他說我們就是非這麼做不可。」

「然後呢？」

「他明天要過來。」

「過來哪裡？」

「我無法提議確切的會面地點。我覺得我不該代替你發言。我不知道你的喜好。最後他提出建議，我恐怕冒昧地代表你接受了。我覺得很倉卒，他讓我很為難。」

「他提議在哪裡？」

「雷恩鎮。」

「真的嗎？」

「他說他知道那地方，他為了研究去過那裡。我提出幾件事測試他，他滿在行的。」

「明天幾點？」

「他說他早上八點會到。」

「在樹林裡的遺址。」

「他說那裡很適合。」

「或許適合決鬥吧。」

「適合是他的用詞，不是我的。而且雷恩鎮也是他的建議，不是我的。」

「你喜歡他嗎？」李奇又問了一次。

「有關係嗎？」

「我想聽聽你的個人意見。」

「我為什麼會有意見？」

「你聽過他說話，你對這人有概念。」

「我帶口信給你，」柏克說。「那是我答應過的。不要追問編輯評論，那不關我的事。」

「假定有關吧。」

「這不該由我來說。我不想左右你的看法。」

「當人們說那種話，其實表示他們會。」

「他聽起來非常熱切。」

「這是好事還是壞事？」

「可能兩者都有。」

「怎麼說？」

「聽著，他是大學教授，是學者。我非常尊敬這點。別忘了，我自己當過老師。但是時代不同了。他們要不時提升自己。這已經不再是不投稿就出局。他們必須上社群媒體，每天都要有新內容。我會擔心他想要的東西之中有極小的一部分是，拍一張你在雷恩鎮的照片，作為部落格文章或網路貼文的用途。或是重新發表他先前作過的研究。或者是某些組合。這絕對不能責怪他，他需要餵食那頭野獸，否則他的學生會給他評低分。視覺效果很重要，所以要一大早開始。早晨的光線充滿氛圍，你可以感傷地望著天空，尋找那隻不復存在的鳥兒。」

「你是非常憤世嫉俗的人，柏克牧師。」

「時代不同了。」

「不過每個人都會拍照，每個人都會把東西放在網路上。這沒什麼大不了。這不是擔心和某人碰面的理由。你說得有些過頭了，你是在設法阻止我去見他。你應該告訴我，你心裡真正在想什麼。」

柏克沉默了好一會兒。

然後他說：「假如你去見他，他會告訴你一些令人心煩意亂的事。」

「我們不需要這樣小心翼翼地說話。」李奇說。

「另一種的心煩意亂。」

「哪一種？」

「我聽他說話，覺得他說的不是每一件都很合理。起初我不確定他是否搞混了，後來我想是我誤解了那些祖宗十八代的稱謂。」

「搞混了什麼？」

「他提起史丹時，老是用現在式。他會說，史丹這樣，史丹那樣，史丹在這裡，史丹在那裡。起先我以為那種祖先迷講話都是這樣，讓主角死而復生。不過他一直這麼說，最後我就問他了。」

「問他什麼？」

「他為什麼這樣說話。」

「他怎麼說？」

「他認為史丹還活著。」

李奇搖頭。

「那太瘋狂了，」他說。「他多年前就死了。他是我父親，我參加了他的喪禮。」

柏克點頭。

「所以我才認為這會讓你心煩，」他說。「很顯然地，這位教授要不是弄錯，不然就是糊塗了。或是某種怪咖，腦袋裡有奇怪的想法。在歷經喪親之痛後，這些都可能令人感到煩憂。因此自然會有情緒牽扯在裡頭。」

「那是三十年前的事，」李奇說。「我已經忘懷了。」

「三十年？」

「差不多，」李奇說。「當時我是派駐到西德的連長，隸屬美國陸軍刑事調查司令部。我記得我飛了回來。他葬在阿靈頓國家公墓。這是我母親的心願，因為他打過韓戰和越戰。她認為這是他應得的。」

柏克沒說話。

李奇說：「怎麼？」

「我想應該是巧合吧，」柏克說。

「什麼巧合？」

「教授說根據家族故事，史丹．李奇離家工作很長一段時間，完全斷了音訊，不過他終於退休了，回到新罕布夏州住下來。」

「什麼時候？」

「三十年前，」柏克說。「差不多。教授就是這麼說的。」

「那太瘋狂了，」李奇又說了一遍。「我出席了葬禮。那人搞錯了，我應該回他電話。」

「你沒辦法，他今天剩下的時間都有事要忙。」

「這位老先生回到新罕布夏州之後，現在住在哪裡？」

「和一個親戚的孫女住在一起。」

「到底是在哪裡？」

「你明天會從本人的口中聽到。」

「我想要去聖地牙哥，我需要動身了。」

「他說的話會讓你感到心煩嗎？」

「一點也不會，只是不確定該怎麼做。我不想浪費時間跟一個白痴說話。」

柏克沉默了一下子。

「我覺得我不該勸阻你採取進一步動作，」他說。「我唯一的顧慮是情緒壓力。少了這部分，我想你可以姑且相信教授這一次。這可能是個無心之過。單純是對調了兩個類似的名字，諸如此類的。你可能還是會享受和他的交談，關於雷恩鎮，就算先撇開別的不談。他對那個地方很熟，做過那裡的研究。」

「我會需要找家汽車旅館，」李奇說。「我不能回去拉科尼亞。」

「雷恩鎮以北有一家，距離大約二十哩。我跟你提過那地方，應該還可以。」

「在樹林裡。」

「就是那一家。」

「在這種情況下，聽起來很理想。假如我給你五十元加油，你能載我過去嗎？」

「五十元太多了。」

「我們跑了不少地方，而且還要考慮到輪胎，一般的耗損，再加上分攤經常費用，例如保險、保養和維修。」

「我收二十好了。」

「成交。」李奇說。

他們離開野餐桌，走回去開速霸陸。

佧羅是第六個，也是最後一個抵達的。他在那天早上照常工作，很早出門，上了公路，立刻幸運地碰上一場有點嚴重的小車禍，然後運氣加倍，因為雙方的保險公司都找他拖吊撞壞的車。這下子一整天的租金都有了。其他的就是錦上添花了。他沒再遇上車禍，但是有三起個別的故障事件，在一年的這種時節算是相當不錯了。然後有第四起，他開心了一下子，就在他打卡下班，往北行駛時，他看到一部老舊的速霸陸在路肩拋錨。不過結果沒事，有兩個人坐在車內看風景，其中一個在講電話。車子後方汩汩地冒出黑煙，老速霸陸還跑得動。

開了二十哩之後，他減速緩慢前進，接著往左側急轉彎，轉進一處狹窄的空地，從小徑入口開進去。這條小徑不比卡車本身寬多少，樹葉和樹枝輕觸拍打車身的兩側，巨大的輪胎彈跳撞擊路面的坑洞。他再次減緩車速，幾乎是步行的速度，以最低的拔樁檔空轉著。那條纜線就在前方，橫跨柏油路面，連接警示鈴。他想要讓三個車軸分別壓響鈴聲。那是密碼。叮，叮叮。所以他才會保持低速前進。

他緩緩地輾過纜線，然後停下來。他把煞車拉起來，關掉引擎，抵著樹葉推開車門，先把行李袋扔下來。接著他側身擠下車，站在下面把車門鎖上。他拾起行李，沿著小徑走了十碼，然後把行李放下來，整齊地擺好。他轉身回頭看。他的車塞住了小徑，兩側都沒空隙，顯然汽車是過不去，連四輪摩托車也不行。行人呢，或許吧，側身前進，任憑樹枝抽打臉龐。

這是完美的路障。

他再次轉身，往前看並且等待著。四分鐘後，史蒂芬開著他的黑色休旅車出現了。那部賓士車。他從車窗往外看，看著拖吊車，朝車子的左邊、右邊、上面、下面看，彷彿是在評判它，彷彿停車的位置有多到不行的選擇。佧羅把行李袋拿上車。史蒂芬倒車到樹叢間的一處空隙，把車掉頭轉向。他們開車前進。

佧羅說：「目前為止還滿意嗎？」

史蒂芬說：「矮仔砸爛了浴室。」

「付出一點代價不算什麼。」

「馬克需要幫忙。我們搞砸了他們的捲簾部分。現在在那些已經看過他們和沒看過的人之間，出現了緊繃局勢。萬一他們知道你已經跟那兩個人交談過，或是和他們共處一室，或是摸到他們之類的，他們會大暴走。」

「我沒摸到他們，」佧羅說。「而且我沒和他們共處一室。我待在門外，而且當然和他們說過話。」

「馬克要你表現得好像你沒有過。他要你維持平衡，三對三。他認為這樣會讓情況獲得控制。」

「了解。」佧羅說。

他們開車經過草地。彼得在辦公室裡。佧羅拿到二號房，他無所謂，哪間房都沒關係。他把行李提進去，然後跟其他人打招呼。他們都聚在一起。他們四處走動，交換故事。佧羅聲稱他從沒來過這裡。他告訴他們，他是俄羅斯人，只是為了好玩而已。他睜大眼睛提出所有關於矮仔和派蒂的問題，彷彿他從沒見過他們。他發現自己暗中贊同某些答案。這時還沒見過他們的那兩個傢伙又不開心了，佧羅和他們站在同一邊，平息他們的怒氣。這種自然的三對三平衡讓情況平靜下來。或許馬克說對了。

這時彼得從辦公室門口探出頭來，對著那排房間高喊著歡迎大家前往主屋，喝杯咖啡，聽取介紹簡報，然後看看過去三天的影片花絮。所以他們都漫步走過去，只是溜達著，感覺很舒服。他們開始相信了，全員到齊，六個人都出現了。他們與世隔離，這是真的，正在發生。這不是騙局，他們在心底都認為它會是，不過它不是。這是真的，而且還有幾小時就要開始了。第一波純粹的放鬆心情油然而生，像是浪潮襲來，然後不安的興奮之情起而代之，有點令人呼吸急促，有點喘不過氣，想要堅持，想要控制，因為什麼事都還無法確定，因為失望總是有可能出現，因為你不該打好如意算盤。

不過他們開始相信了。

31

柏克和李奇沿著同一條路往回開，往雷恩鎮的西邊前進。李奇看著柏克的舊手機訊號格。當它從三格掉到兩格時，他要求柏克停在路肩，讓他在訊號徹底消失前，再次打給阿莫斯。他撥號，然後響到第三聲時，她接起電話。

她說：「你現在人在哪裡？」

「別擔心，」李奇說。「我還在鎮外。」

「我們找不到克林頓。」

「你們找了哪些地方？」

「他的家、他的辦公室、他喜歡的咖啡館、他吃午餐的地方。」

「他是否告知辦公室的人，說他要出去？」

「一個字也沒說。」

「他有手機嗎？」

「他沒接。」

「試試市政廳檔案部門，」李奇說。「找伊莉莎白．卡斯托。」

「為什麼？」

「她是他的新女友，或許他過去那邊找她。」

他聽見她對著辦公室另一頭大喊，伊莉莎白．卡斯托，市政廳檔案部門。

他問：「波士頓來的那傢伙有任何蹤影嗎？」

她說：「我們查遍了我們看到的每個車牌，包括進城和出城。我們現在有自動軟體，但是還沒發現。」

「要我回去幫忙嗎？」

「不要。」她說。

「我可以到處走動，把那傢伙引出來。」

「不要。」她又說了一遍。

他聽見有人大聲喊出一個訊息。

她說：「伊莉莎白．卡斯托也不在辦公室。」

「我要回去鎮上。」

「不行。」她說了第三遍。

「最後的機會，」他說。「我正在往北走，要去一家汽車旅館。我會失去手機訊號。」

「千萬不要回來鎮上。」

「好，」他說。「不過交換條件是，我要妳替我做一件事。」

「比方說什麼？」

「我要妳再到電腦上查一件陳年歷史。」

「我今天已經夠忙了。」

「只要一分鐘的時間，妳有一個很棒的系統。」

「想拍我馬屁嗎？」

「系統是妳設計的嗎？」

「不是。」

「那麼我就沒有。我只是說，這要不了多少時間，否則我不會開口。我知道妳是大忙人。」

「現在你對我佩服得五體投地了。要我幫你找什麼？」

「察看在七十五年前，我父親那件事之後的檔案。接下來的二十四個月，直到一九四五年九月。」

「那時候發生了什麼事？」

「他加入海軍陸戰隊。」

「我在找些什麼？」

「懸而未決的事。」

「你什麼時候要？」

「我會盡快打給妳，我想知道克林頓的下落。」

他們經過穿越果園，通往雷恩鎮的那條蜿蜒岔路。他們沿著鄉間小路往北走。李奇看著手機。訊號一格接著一格地消失了。有一會兒，螢幕上顯示正在搜尋中，然後它放棄了，顯示為無訊號。前方是綿延的原野，在遠處則是更多的樹林，由左到右的一道樹牆。柏克朝它開過去。他說他認為汽車旅館入口大約還要五哩，在左手邊。他記得指示牌，兩個方向各有一個。上面以漆成金色的塑膠字母寫著汽車旅館，固定在扭曲的老舊柱子上。

五分鐘後，他們開進了樹林區。空氣感覺涼爽一些，陽光透過樹葉閃爍著。李奇看了一下車速表，上面顯示時速四十哩。五哩左右的距離可能要花七到八分鐘。他在腦袋裡計算時間。樹木長得更濃密了，像是隧道一樣。這裡不再有陽光的光束，光線變成綠色又柔和。

柏克的腳從油門挪開，這時李奇的腦子裡正好數完七分鐘。他說他很確定岔路口快到了，就在前面的左手邊。快了，他記得。但是不見指示牌的蹤影。沒有塑膠字體，沒有金色油漆。只有兩根稍微斜傾的扭曲老柱子，還有一條小徑的入口。小徑左右兩側的主要道路旁是綿延不絕的樹牆，在正前方和後方遠處都一樣。

「我很確定是這裡，」柏克說。

李奇往上一挪，從口袋掏出地圖，就是他在小鎮邊緣的舊加油站買的那一份。他把它攤開來，找出這條小路。他察看比例尺，在上面移動手指。他拿給柏克看。他說：「這是附近好幾哩路唯一的岔路口。」

柏克說：「或許有人偷了他們的指示牌。」

「或是他們已經關門大吉。」

「我懷疑。他們很認真在經營，還寫了商業計畫書。事實上，我聽過這回事，從郡政廳聽來的。他們懷著雄心壯志，但是結果一開始就不順利。他們為了許可的事大吵大鬧。」

「是誰大吵大鬧？」

「開發那片土地的人。他們說任何汽車旅館的主人都注重在季節的一開始就準時開張。他們說郡政廳發下許可的速度慢到不合理。郡政廳說開發者沒有許可就開始動工。所以他們起了爭執。」

「這是什麼時候的事？」

「大約一年半以前。所以他們才對時間表感到不滿。他們想在隔年春天開幕，所以他們不可能現在就關門大吉。他們的計畫書上是兩年的籌備期。」

一輛巡邏車據報前往郡政廳，因為有位民眾正在製造騷動。他聲稱一份建築許可遲遲沒有下來。他說他在鎮外的某個地方整修一間汽車旅館。

他的名字叫做馬克・李奇。

李奇說：「我真的需要去看一看這個地方。」

柏克轉進去，沿著路面到處有桌面大小缺損的柏油路前進。這裡的光線更綠了。樹枝從兩側低垂交錯，有些鬆垮斷裂，裂痕猶新，彷彿不久前才有一部大型車輛經過。

過了三十碼，他們發現了那部大型車輛。它停在正前方，緊貼著兩側的樹木，完全擋住了小徑。

那是一輛拖吊車，紅漆車身，金色條紋。

「我們剛才看過這玩意兒，」李奇說。「而且我昨天也見過它。」

在它的巨大後輪後面一碼處，有一條纜線，橫跨整個路面。那是一條粗厚的橡膠製品，就像加油站有的那種東西。

李奇把車窗搖下來。拖吊車的引擎沒有發出聲音，排氣管也沒有散發廢氣。柏克把速霸陸停在那條纜線的前方六呎處。李奇打開車門。他下了車，往前走。他跨過那條纜線，柏克跟在他後面。李奇確認柏克也跨過了那條纜線。他不喜歡路上的纜線，裝設那種玩意兒肯定沒好事。最好的狀況是監視，最糟的狀況是引爆。

拖吊車的後面有個長長的傾斜車尾，上面有一支結實的短臂起吊桿和一個大型拖吊鉤，還有置物箱閃亮的鍍鉻門。李奇從駕駛座這一側擠過去，左肩在前，左手肘抬高，避免小樹枝劃到他的臉。他滑行經過車主的名字，佧羅，驕傲地以一呎高的金色字體漆在車身上。他走到駕駛室旁，踩在爬梯的最下面一階，試了試車門。車門上鎖了。他又下了爬梯，沿著引擎蓋擠過去，走到拖吊車前面。在他的前方，小徑延伸進入樹林裡。路面還是一樣，老舊的柏油路，到處都有破損，隨處覆蓋著砂礫、碎石、泥土和腐葉。輪胎壓痕處處可見，有些是很久以前留下的，有些是最近的，像是自然的凹陷。上面有全新的輪胎壓痕，兩個狹窄的V字形，彷彿有一部車倒退進來轉向掉頭。這樣應該算合理。因為拖吊車司機似乎已經不見人影了。那部車會和拖吊車的車頭相對停下來，然後倒車掉頭，往前開走。

李奇望著前方。

他說：「我要去看看他們在那裡搞什麼。」

「怎麼去？」柏克說。

「我用走的。」

「你的地圖顯示這條小徑超過兩哩長。」

「我需要有地方睡覺，而且我也很好奇。」

「好奇什麼？」

「我想那個為了許可證大吵大鬧的傢伙，是一個名叫李奇的小子。」

「你怎麼知道？」

「警方電腦的紀錄。他們派了一部警車去平息糾紛，大約在一年半以前。」

「和你有親戚關係嗎？」

「我不知道。或許跟我和大學的那位教授一樣親近。」

「你要人陪嗎？」

「假如我們運氣不好的話，可以再走兩哩路回來。」

「那沒關係，」柏克說。「我想現在我也感到好奇了。」

他們一起出發。依據地理繪製地圖標準，這裡的地勢平坦，所以走起來很輕鬆。不過親身體驗時，小徑的路面不平又坑坑巴巴，走起來很辛苦。每一步都比上一步較高或較低一吋半，也就是說跨出任何一步都可能絆一跤。出發不久後，他們經過一處環狀草地，那裡沒有任何樹木生長。它或許有六十呎寬，似乎沿著兩頭呈弧線延伸，彷彿繞成一個完整圓形，定義出森林的內部。森林裡的森林。這就像是一個巨大的麥田圈，不過是由六十呎的楓樹刻劃出來的，而不是玉米稈。在橫跨這片草地的一路上，他們都感受到陽光的溫暖。然後冰涼的綠蔭再次擁抱他們。他們跨越邊界，現在進入了內部森林。他們往中心前進。

李奇走兩哩路要三十分鐘，但是柏克需要四十五分鐘。他們一起走出了樹林，看到小徑在前方延伸，穿越兩英畝的綠草地，直到看起來像是一處泥土停車場，以及在它後方毫無疑問是汽車旅館的建築。在左手邊的盡頭有一間辦公室，有一部旅行車、一部廂式貨車、一部小型房車和一部小貨車，全都保持間隔地停在房間外面。

他們開始朝它走過去。

他們立刻被發現了，透過兩種個別的方式。羅伯從某個照片晶片複製了臉部辨識演算法，然後將它編碼寫進特寫監視器裡。演算法在樹林間一旦偵測到人臉，它便響起警鈴以及閃紅燈，像是一種長程預警，像是雷達偵測到有人接近。不過反正史蒂芬正好監看到那個螢幕，這是透過指南針方位點固定輪替的一部分。他注意到有動靜，看見兩名男子從陰影中走出來，走進陽光裡。

他說：「馬克，看一下這個。」

馬克看了。

並且說：「這兩個傢伙是誰啊？」

羅伯把鏡頭拉到底，遠方的影像顫動著，顯得搖晃模糊。那兩個人往鏡頭的方向走，迎面而來，看起來似乎沒在前進，因為超級望遠鏡頭的緣故。一個傢伙又矮又老，體型瘦弱，走路又慢。他穿著單寧外套，頭髮灰白。另一個傢伙體型龐大，身材寬得像一扇門。一頭衝冠怒髮，臉孔跟房屋側面一樣。

他看起來很強悍。

馬克說：「真該死。」

史蒂芬說：「你告訴我們說他不會過來這裡。你說他是家族的不同支系。你說他不會感興趣。」

馬克沒回答。

這時彼得從辦公室按了對講機，他的聲音從對講機擴音器傳出來。他說：「不過事實上，結果這傢伙感興趣的程度足以讓他越過路障，步行整整兩哩路。幹得好啊，兄弟。」

馬克還是沒回答。

他又沉默了好一會兒。

然後他說：「讓每個人都待在房裡，再給他們一杯咖啡。給他們看另一支影片，保持房門緊閉，確保沒人會出來。」

32

柏克和李奇走完最後一段柏油路面，來到汽車旅館的泥土停車場。這時候他們已經能近距離看清楚前方有些什麼在等著他們。李奇聽見腦海中響起了阿莫斯的聲音，談到她的咖啡裡的迷幻藥。現在他知道那是什麼意思了。因為近距離一看，停車場上的那一排車裡頭，從汽車旅館辦公室數過去的第二部廂式貨車居然是藍色的。一種沉穩的深色調，佐以金色的花式字體美化說明。波斯地毯，專業清潔。再加上一個波士頓的地址和麻薩諸塞州的車牌。

這是有史以來最嚴重的似曾相識事件了。

只不過還差那麼一點兒，因為他其實沒有真正見過這部車。他只是從無線電聽到的。

監視器拍到它的影像，從公路下來，到府服務太早了。反之他親眼見過那部拖吊車，那是絕不會錯的。在兩個不同的時間點。那真的是似曾相識的場景再度上演。他從他見過兩次的那部車旁邊側身而過，接下來他所看到的，就是他在警方調度員的無線電廣播聽過的那部車。他不自覺地慢下腳步，思考著。柏克領先他一步，繼續往前走，速度緩慢卻持續不懈。

李奇從他的背後看過去，停在那裡的一排車裡頭，第一部是富豪旅行車，車尾掛了佛蒙特州車牌。那部小型房車是藍色的，可能是外地車，他認不得那種車牌。小貨車是幹粗活的工具車，木匠會使用的那種，後面可以裝載長條木板。白色車身髒兮兮的，他認為上面掛的應該是伊利諾州的車牌。距離這麼遠，不容易確定。那是那一排車裡頭的最後一部，停在應該是十一號房的門外。富豪車停在三號門前，地毯貨車是七號房，藍色進口小車是十號房。十號房的捲簾是放下來的，五號房外面的草坪椅已經有人使用過了，有挪動的痕跡。

他們走向辦公室，上面有個紅色霓虹燈標誌。他們走進去。櫃台後面坐著一名男子，可能快三十歲了。他有著深色頭髮和蒼白肌膚，舉止有點怯生生的。他看起來很聰明，是受過教育的。他身強體壯，或許是大學運動員，不過是賽跑選手，不是參加舉重。中距離。或許擁有科技方面的碩士學位。他精瘦結實，渾身緊繃，而且散發出某種不安的感覺。

李奇說：「我想要住一個晚上。」

那人說：「真抱歉，但是汽車旅館歇業了。」

「是嗎？」

「我把入口的指示牌拿下來了，希望可以免得大家白跑一趟。」

「這裡停了好幾輛車。」

「那是工人的車。我的維修進度落後太多了。在樹葉開始變色，觀光客回來之前，我還有很多地方要整修。所以唯一的可行方式就是歇業兩週。關於這點，我真的很抱歉。」

「你一次整修所有的房間？」

「水管工人把水源關掉了，電工把電源搞得亂七八糟。現在沒有暖氣，也沒有冷氣。現在這裡根本不合法規的要求，就算我想，我也不能讓你入住。」

「你有波斯地毯嗎？」

「那其實是有機黃麻地毯，我盡量追求永續環保。那應該能用上十年，不過在清潔時要十分注意。如果找來一般的商業團隊會是一種虛假經濟。這些傢伙收取的是波士頓價錢，相信我，但是試算表顯示長期來看，這樣應該比較划算。」

李奇問：「你叫什麼名字？」

「我的名字？」

「大家都有名字。」

「東尼。」

「東尼什麼？」

「東尼・凱利。」

「我叫李奇。」

那傢伙一下子面無表情，不過接著便集中精神，彷彿他碰上了奇怪的巧合。

他說：「我是跟一個叫李奇的家族買下這地方。你和他們有親戚關係嗎？」

「我不清楚，」李奇說。「我想假如你回溯得夠久遠，每個人都有關係。你是哪時候買的？」

「將近一年前，當時這裡整修到一半。我趕上了季節開始的時候開張，不過現在我還有些後續的部分要完成。」

「他們為什麼要把它賣掉？」

「他們有個孫子繼承了這地方，不過說實話，我認為他發現這不適合他。這其中牽涉到很多瑣碎細節。我想他在申請許可時出了問題。不久後，他決定不值得這麼大費周章。但是我的試算表告訴我這很值得。所以我跟他買下來。我喜歡瑣碎細節。」

「從佛蒙特來的是電工還是水管工？」

「水管工。他們那邊有全世界最厲害的三季工人。把他們找來南邊這裡多花了我一些錢，但是我的試算表告訴我，如果不這麼做的話，可是會省小錢花大錢。」

「我想從伊利諾州找來電工，也是同樣的意思囉。」

「其實那稍微不一樣。那邊有失業潮，所以他們收費不高，正好抵消找他們過來這裡的費用。算起來是划算的。但是就他們的手藝來說更值得。這些傢伙基本上是在施展身手，爭取工作機會。這是一個全新的市場，以他們每小時的工錢來算，這裡有做不完的工作。他們是靠口耳相傳推薦，所以品質沒話說。再加上他們對這種汽車旅館早就摸熟了，在中西部比這裡來得多。」

「好吧。」李奇說。

「真的很抱歉，害你白跑一趟。」那人說。

接著他停了下來，再次重新集中精神，然後說：「等一下。」

他們等著。

那人看了窗外一眼。

然後他匆忙地說：「你們是怎麼過來的？我壓根兒沒想到。別告訴我你們是走路過來。但是你們不可能開車，我剛才想到，拖吊車塞住了那條路。」

「我們是走路來的。」李奇說。

「我真的非常抱歉，今天真是諸事不順。在歇業前的最後一位客人把一台拋錨的車丟在這裡。它顯然發不動了，所以他就叫了計程車，一走了之。我當然想把那部車拖走，今天應該要處理這件事，但是結果拖吊車太大，卡在樹林裡了。」

然後那人又看了窗外一眼，左右察看著。

他輕聲地說：「或者他只是不想刮傷車身的漆。我必須說，我不是很滿意。小徑兩側的樹木完全是依照運輸部門的規定修剪。我是個注重細節的人，我都是這樣處理事情的，相信我。任何符合公路法規的商用汽車應該都過得去。」

然後他又停了下來，忽然想到一個新主意，於是他說：「我來載你們回去吧，至少送你們一程。我猜想你們的車是停在拖吊車後面。我起碼能做到這個。」

李奇說：「那部丟在這裡的車是什麼毛病？」

「我不清楚，」那人說。「那部車很舊了。」

「掛的是哪種車牌？」

「加拿大的，」那人說。「或許單程機票比他們當地收取的廢棄物處置費還便宜。或許他把車開過來就是要丟包。這會是簡單的損益計算。」

「好吧，」李奇說。「你現在可以載我們回去了。」

「謝謝你。」柏克說。

那人陪著他們走出辦公室，把門鎖上，然後請他們在停車場等一下。接著他小跑步離開，跑向大約三十碼外的一間倉棚。那是一棟方方正正的建築，外面停著九部四輪摩托車，整齊地排成三乘三的規格。倉棚再過去是一幢房屋，寬闊的前廊上擺放著笨重的家具。

一分鐘後，那人從倉棚裡開出一輛黑色休旅車，中等大小，形狀像拳頭。可能是歐洲車，或許是保時捷或賓士，或是寶馬，也可能是奧迪。那是一部賓士車。它在他們的旁邊停下來，李奇看到了標誌。它有V8引擎。那人坐在駕駛座上，滿心期待地等著，所以柏克上了前座，李奇坐進後座。那人嘎吱地輾過停車場，在柏油路上砰然作響地前進，然後飛快開過草地。

他說：「你們應該往東開到湖邊，我確定那裡有很多住宿的選擇。」

他們又從先前出來的那道天然拱門進入了樹林。那人開得飛快，他知道不會有對向來車。柏克花了四十五分鐘走的這兩哩路，賓士車只花了三分鐘。那人把車停下來，和拖吊車的車頭相對。周遭是昏暗的綠色光線，紅色的漆顯得拙劣，像鮮血似的。兩側的樹木茂密，彎曲的枝椏往內壓擠，樹葉像手指般散開來。低矮的樹冠拍動垂落，和擋風玻璃的上方齊高。想當然耳，拖吊車和周遭的植物緊密接觸，但當然不是實體上受到限制，就這種龐大馬達的扭力和巨大輪胎的摩擦力來說是不可能的事。那傢伙的車並沒有卡住，他是擔心車身的漆。這也是可以理解的，那想必不便宜。多層的紅色烤漆。那麼多金色條紋，都是手工繪製而成。幸好他的名字，佧羅，寫法不太複雜，那是用昂貴的銅板雕刻而成，像是維多利亞時期的老姑媽寄來的信。

開車的那人再次為了讓他們白跑一趟而道歉，他祝他們好運，柏克向他道謝，然後下了車，李奇跟在他後面。柏克沿著拖吊車的側邊擠出去，李奇走在他的後面，手肘抬高，不過他在高聳的駕駛室旁停了下來，然後轉身張望。賓士車巧妙地倒車，那人把車掉頭之後，從那個天然樹洞開了出去，靈巧、俐落又快速。

李奇又站了一會兒，然後再次轉身，一路跌跌撞撞地回到柏克在等他的地方。他站在粗厚的橡膠纜線另一側，就在速霸陸的前保險桿旁。他們上了車，柏克慢慢地倒車，伸長脖子地看著，直到他們來到小徑和大馬路交會的地方。那裡的寬廣碎石路口給他足夠的空間轉彎，兩個方向都行。

「往東去湖邊嗎？」他說。

「不要，」李奇說。「往南直到你的手機會通。我要打給阿莫斯。」

「有問題嗎？」

「我想知道克林頓的最新消息。」

「你在汽車旅館問了很多問題。」

「我有嗎？」

「像是你在懷疑什麼。」

「我向來很多疑。」

「你對那些答案滿意嗎？」

「我的大腦前部認為那些答案沒問題，聽起來完全合理，全都說得有模有樣的，好像真的一樣。」

「但是呢？」

「我的大腦後部不太喜歡那個地方。」

「為什麼不喜歡？」

「不知道。每個問題都有一個答案。」

「所以只是一種感覺。」

「是感官感覺，像是嗅覺，像是為了草原大火而驚醒。」

「但是你說不準是什麼。」

「沒錯。」

他們繼續往南開，李奇看著手機，還是沒訊號。

後來彼得差點緊張過度而崩潰。他讓那兩個人下車，然後倒車迴轉，儘可能飛快地趕回去。他直接開到主屋。他跑進後廳，倚著牆，然後滑坐到地板上。其他人圍著他，蹲下來面面相覷，默不作聲，彷彿敬畏不已，然後他們爆發出一陣勝利的噓聲，揮拳慶賀，像是電視上贏得比賽的達陣得分。

彼得說：「客戶看到了什麼嗎？」

「什麼也沒有，」馬克說。「我們的時間點剛剛好，客戶都在房裡。要是再早三十分鐘，那就會出問題了。那時候他們都還在停車場到處走動，扯些有的沒的。」

「我們什麼時候要跟派蒂和矮仔說明情況？」

「你有偏好的時間嗎？」

「我想我們應該現在就說。時間點剛剛好。這會給他們足夠的時間去作選擇，然後開始懷疑自己。他們的情緒狀態很重要。」

「我投贊成票。」史蒂芬說

「我也是。」羅伯說。

「我加一，」馬克說。「我為人人，人人為我。我們現在就說。我們應該讓彼得親自宣布，當作感謝他的演出，作為一種獎賞。」

「這個我也投贊成票。」史蒂芬說。

「我也是。」羅伯說。

彼得說：「先讓我喘口氣再說。」

33

派蒂和矮仔搬到了房間裡，坐在床上。捲簾依然是放下來的。他們沒吃午餐。他們無法面對事實。現在他們餓了，但是進食是一種意志的行為。紙箱裡剩下最後兩份餐點，最後兩瓶水。

他們別開視線。

電視打開了。

是自行打開的。

和先前一樣。同樣在電路通了時發出細微的沙沙聲，同樣的亮藍色畫面，還有同樣的一道編碼，像是你不該看到的那個螢幕。

畫面被一名男子的臉取代了。

是彼得。

那個把他們的車搞砸的狡猾傢伙。

他說：「兩位，你們一直在問接下來會發生什麼事，我們認為現在是讓你們了解最新狀況的時候了。我們要儘可能給你們最多的資訊，然後我們要讓你們好好思考，晚一點再回來進行問答時間，以免有些地方不夠清楚。到目前為止，你們聽懂了嗎？你們在認真聽嗎？」

兩個人都沒回答。

彼得說：「兩位，我需要你們專心聽，這很重要。」

「跟修理我們的車一樣？」矮仔說。

「是你們自己信以為真，所以你們才會在這裡。這是你們的錯。從那時起，你們就碎唸抱怨我們想對你們幹嘛，現在我要告訴你們了，所以你們要面向前方，仔細聽好。」

「我在聽。」派蒂說。

「過來肩並肩坐在床尾，讓我看你們在專心聽。看著我在螢幕上的臉。」

派蒂靜止不動一秒鐘，然後拖著腳步走過來。矮仔跟著她。他不想這麼做，但還是做了。他們肩並肩坐著，像是看電影時坐在前排座位。

「很好，」彼得說。「聰明的舉動。你們準備要聽接下來的發展嗎？」

「是的。」派蒂說。

矮仔說：「我想是吧。」

「今晚稍後，你們的房門會解鎖。到那時候，你們就可以自由地走開。不過我說的就是字面這意思。我們不會提供任何一種交通工具。什麼也沒有。每一把車鑰匙都會藏在你們找不到的地方，當然除了你們自己的那一把之外，那還在你們的手上，不過反正你們的車也開不動了，正如你們先前提過的。這裡的其他車輛都太新了，沒辦法利用電線短路來發動。所以還是早點習慣吧，你們要用走的了，靠自己的兩條腿。別浪費時間想逃避這種命運。到目前為止，你們聽懂了嗎？」

「你為什麼要這麼做？」派蒂說。「把我們關在這裡，然後放我們走？」

「我跟你們說過，我會儘可能給你們最多的資訊。我說過你們應該好好思考。我說過晚一點再提出問題。到目前為止，你們聽懂了嗎？」

「是的。」派蒂說。

矮仔說：「我想是吧。」

「這片森林的周圍有一道像是防火線的地帶圍繞著。那是一個約有六十呎寬的圓環，上頭沒有樹木生長。你們在進來的路上看到了嗎？」

那裡有一道亮粉紅色的開闊天空。

「我看到了。」派蒂說。

「其實那不是防火線。馬克的祖父把那塊地清空是另有目的，為的是讓內部森林保持原始樣貌。那其實是種子隔絕帶，不是防火線。它延伸繞了一圈，風從哪個方向吹，根本無所謂。入侵物種無法跨越。」

「那又怎樣？」矮仔說。

「你們一路走到那裡，穿越樹林，方向不拘，然後你跨進那個空隙，隨便哪一個地點都可以，這樣你們就贏了這場遊戲。」

「什麼遊戲？」矮仔說。

「這是一個問題嗎？」

「不然咧？你不能說我們在玩遊戲，然後又不告訴我們是玩哪一種。」

「把它當成是鬼抓人遊戲好了。你們要前往種子隔絕帶那裡，但是不能被抓到。就這麼簡單。走路、跑步、爬行，你們覺得好都行。」

「怎麼抓？」派蒂說。「誰來抓？」

著紅光。

電視關掉了。

是自行關掉的。同樣的電路微弱沙沙作響，同樣的空白灰色螢幕，同樣的待機燈號閃

柏克的舊手機顯示一格訊號，但是李奇想等到出現兩格。他認為訊號可能有波動，強弱不定。在來到較弱的區域時，只有一格就開始可能會出問題。他的經驗是來自軍隊通訊，那總是最先又最快失敗。他假設老百姓使用的是較好的玩意兒，一如往常，但應該是不會差太多。

柏克不管他，繼續往南開。沉默了五分鐘之後，他問：「現在你的大腦後部還好嗎？」

李奇察看手機。

還是一格。

他說：「我的大腦後部在擔心有機黃麻地毯的事。」

「為什麼？」

「他說他盡量追求永續環保。他聽起來有些驕傲，帶點歉意，又有些挑釁。當有人迷上別人覺得奇怪的東西時，常會出現這種非常典型的口吻。但是他顯然很真誠，因為他用行動支持自己的話，付波士頓的價錢找專家來清潔，彷彿他真心想讓這場實驗能成功。這時候，他呈現出一致的形象。」

「不過呢？」

「後來他說或許那個加拿大人把車丟在那裡，是為了逃避家鄉的回收費用，或者之類的。他說，我確定會有環保法規。他是用一種自以為是的譏諷口吻說出來。只有非常輕微的

一點。他聽起來像是一般人，不是那種會使用有機黃麻的傢伙，或者甚至知道那究竟是什麼。然後他開著那部有V 8馬達的休旅車出現，而且他開得相當快，用一種男孩子氣的方式。他似乎喜歡横衝直撞地輾過東西，不像是會使用有機黃麻的人。那種人會開油電混合車，或是電動車。我感覺整體形象不再具有一致性了。我覺得它現在失焦了。」

「你的大腦前部對這件事怎麼說？」

「它說跟著錢走。那傢伙付錢給波斯地毯清潔工來處理他的地毯，大老遠從波士頓找來。這筆花費不少。這是證據確鑿。我手上有什麼？一種感覺？我可能聽錯的譏諷口吻？或許他需要休旅車來應付下雪天。陪審團會說這麼多證據都是片面之詞。他是好人，想要拯救地球。或者至少出點力。」

「我同意陪審團的說法，」柏克說。「最好是相信你的大腦前部勝過後部。」

李奇沒說什麼。

他察看手機。

兩格了。

他說：「我要現在打給阿莫斯。」

「要我停車嗎？」

「對手機有幫助嗎？」

「我想是有的，我認為這樣比較能鎖定訊號。」

柏克滑行了一段路，然後在碎石鋪面比較寬的地方靠邊停。

李奇撥打號碼。

「十分鐘後再打，」阿莫斯說。「我現在真的很忙。」

「妳找到克林頓了嗎？」

「沒有。晚點再打。」

付款過程變成了一種低調的莊嚴儀式。一開始不拘小節，然後變得正式無比，感覺像是有古老淵源，起碼是希臘或羅馬時期。或許是部落。史蒂芬待在後廳監看螢幕，其他人都走回到汽車旅館，一行九人浩浩蕩蕩，六位客戶滿心興奮但自我克制，加上馬克、彼得和羅伯跟在後頭。客戶回去他們的房間，馬克、彼得和羅伯走到辦公室。過程在那裡逐步形成，從無到有，在那個地方及那個當下。他們沒有計畫，沒有想法，而且有遭逢厄運的危險。到了最後，那是一個五秒鐘的常識決定。順理成章的做法。

羅伯是護衛隊，負責過去接他們，每次接一個。傳說就這樣誕生了。他敲門，他們出來，跟著他走。他是羅馬禁衛軍，他們則是偉大的紳士，是元老。他們跟著他，沿著棧道走。他們別無選擇。他恭敬地保持落後半步的距離。進了辦公室，他站在門口，什麼也沒看見。

他們逐一走上前，把他們的貢品獻給馬克，由彼得當證人，見證這場交易，見證他們屈膝致敬。有些人數著錢磚，延長這個時刻。其他人把他們的袋子放在櫃台上，然後向後退，期待毫不遲疑地立即接受。他們也得到了這種回應。錢都在那裡，一分不少。他們承擔不起欺騙的風險。然後羅伯逐一陪著他們走回去，敲了敲下一間的房門。既隨意又正式，就像古老共和國的死亡任務。

佧羅得到優惠的折扣，因為他在前一天幫了忙，但是其他五個付的是標價。在儀式的最後，馬克在那些棄置的袋子裡挑了兩個最大的，彼得負責把錢裝進去。這可不容易，把五袋半的鈔票塞近兩個袋子裡，需要巧妙的堆疊。其他人擠在一旁。馬克大聲計數，彼得堆疊錢磚。但說的不是數字。一開始，在前面幾疊鈔票放進去時，他說著，經常性開支，經常性開支，在剩下的錢磚放進去時，他說的是，利潤，利潤，利潤。他們把它變成一種低聲的吟誦，聲音很小，所以不會傳出去。他們斷聲地說著利潤，利潤，利潤。接著他們把袋子搬回主屋，經過所有的窗戶，有點希望那些偉大的紳士正在看他們做這件事。看著他們卑微又理所當然給予的貢品，就這樣由勝利者搬走了。

彼得說過，他們應該好好思考這件事，而他們也這麼做了。不是因為他告訴他們，而是因為這是他們的天性。這是聖雷歐納德的方式，要動腦，先想再說，從頭開始。

派蒂低聲地說：「他們顯然是想要整我們，你一定不可能跑到樹林間的那片空隙。」

「哪有不可能的事。」

「一定是啦。」

「對方有幾個人？」

「我們看到三個，這裡有十二間房，減掉這一間。九部四輪摩托車，你挑個數字吧。」

「你認為他們會使用那些四輪摩托車？」

「我敢說他們會的。我想就是因為這樣，彼得才會強調我們要用走的，讓我們感到無助和低人一等，像是落水狗。」

「那麼就說是九個人好了。他們不可能跑遍每個角落，這是一個超大的區域。」

「我在地圖上看過了，」派蒂說。「寬約五哩，從上到下則是七哩，形狀像是橢圓形。我們這地方大約在偏離中心點的往東半哩處，南北向則約莫相等。」

「那麼這就有可能了。這個圓形的每四十度之內，就會有他們其中的一個，彼此距離一百碼。假如我們能待在他們後方的空間，我們就可以自由回家了。」

「沒可能啦，」派蒂說。「因為然後呢？我們走到大馬路，搭便車，打電話給警察和聯邦調查局，因為我們遭到綁架和非法監禁。他們過去查訪，看到電瓶線、牢房鐵條、門鎖、監視器和麥克風。我不認為彼得和那夥人會冒險讓這種事發生。他們不能冒著讓我們離開這裡的風險，無論我們怎麼努力，用盡所有方法。他們真的不可能冒險讓我們逃出去。他們一定有十足把握，相信我們逃不掉了。」

矮仔沒回答。他們肩並肩坐在黑暗中。派蒂的手放在床上，掌心朝下地貼在腿部下方。她非常輕微地前後擺動著身體，茫然地注視前方。矮仔的手肘撐著膝蓋，雙手捧著下巴。他靜坐不動，努力在想。

然後房間突然燈火通明，每個燈具、每盞檯燈都亮了起來，就像電影場景一樣。馬達咻咻作響，窗戶的捲簾拉了起來。他們看見外面有六名男子在棧道上站成一排，肩並著肩，和窗玻璃只有一吋的距離，盯著房間裡面瞧。其中有一個是佧羅，那個開拖吊車的狡猾傢伙。裡面有三個是他們已經見過的，另外兩個是新面孔。

六個人就這麼目不轉睛，公開注視，毫不遮掩，沒有一絲顧慮。他們的視線在她和他的身上來回梭巡，加以判斷、評價和估算。他們做出了結論，心中暗自感到滿意地做出一臉的怪相。他們讚許及認可地緩緩點頭，眼中閃現熱切的光芒。

然後在某種不言而喻的默契中，他們高舉雙手，輕拍了起來，做出起立鼓掌的姿勢，彷彿他們是一群彬彬有禮的觀眾，向明星表演者致敬。

但是不知怎地提前了。

34

十分鐘後，李奇又打給阿莫斯。她接了電話，聽起來上氣不接下氣。

他說：「怎麼了？」

「虛驚一場，」她說。「我們收到一個有關克林頓的可能消息。但那已經是兩小時之前的事，結果一無所獲。我們還是找不到他。」

「你們找到伊莉莎白．卡斯托了嗎？」

「她也毫無蹤影。」

「我應該回來鎮上。」李奇說。

阿莫斯停頓了一下。

「不行，」她說。「我們還沒解除警報。電腦在監看紅燈監視器。今天早上第二波從南邊進來的車輛，還沒有任何一輛離開鎮上。我們認為克林頓還在這個區域。」

「所以妳才需要我在場。沒理由在他們把他抓走之後，我才回去。」

「不行。」她又說了一次。

「那個可能線索是什麼？」

「據說有人看到他進了市政廳。但是沒有其他人記得他，而且他現在也不在那裡。」

「他是自己一個人，還是跟伊莉莎白．卡斯托在一起？」

「很難說，現在這個時段很忙，人來人往。你很難說誰跟誰在一起。」

「是人口普查檔案室嗎？」

「不是，是別的地方。鎮上到處都有郡政廳的辦公室。」

「妳有時間查了陳年歷史嗎？」

她又停頓了一下。

「那花了不止一分鐘。」

「妳找到了什麼？」

「在我告訴你之前，我需要建議，而且諷刺的是，我需要的是克林頓的看法。」

「為什麼？」

「你要找的是懸案，我找到了一件，而它沒有訴訟時效。」

「妳找到一件懸而未決的命案？」

「所以嚴格說來，它依然未結案。」

「發生的時間呢？」

「在你指定的那段時期。」

「當時我還沒出生，我不可能是證人。而且我更不可能是行兇者。跟我談不會有法律風險。」

「這件事會影響到你。」

「受害者是誰？」

「你知道受害者的身分。」

「是嗎？」

「還會是誰呢？」

「那小子。」李奇說。

「沒錯，」阿莫斯說。「上次有人看到他時，是在一九四三年九月份的一個深夜，面朝下躺在人行道上。後來他再次出現，這時二十二歲了。他還是和以前一樣是個混球，然後他被殺了。這兩個檔案從來沒有作出連結。我想是當年的局勢不太平靜。那是在戰時，警探來來去去。他們沒有電腦。不過現在的規定顯示，第一個檔案和第二個有實質上的差異。這點無庸置疑，我們不能假裝沒看見。因此我們有義務重新審理這件兇殺案，把它當成冷案處理。只是想看看在我們再度結案之前，它會出現什麼發展。」

「那小子是怎麼死的？」

「有人以一對手指虎把他給活活打死。」

李奇停頓了一下。

他說：「案子怎麼沒破呢？」

「沒有目擊證人。被害者是個混球，沒人在乎。他們的唯一嫌犯消失得無影無蹤。當年的情況很亂，數以百萬計的人流動遷徙。那是在對日戰爭勝利紀念日之後。」

「一九四五年八月，」李奇說。「警方是否掌握了嫌犯的名字？」

「只有一個綽號。二手消息，無意間聽來的，全都十分神秘。其中有很多是謠傳，是在大街上風聞他人隨意交談的那種人口中傳出來的。」

「那個綽號叫什麼？」

「這就是我們要重新調查這案子的原因。我們無法忽視其中的連結。我敢說你能理解。我們要做的只是添上幾個新的段落。」

「那名字是什麼？」

「賞鳥迷。」

「我明白了，」李奇說。「妳多快能寫完妳的新段落？」

「等一下。」她說。

他聽見門的聲音、腳步聲，還有紙張窸窣作響。

有訊息。

他聽見腳步聲，門的聲音，然後她在電話那頭說：「我剛收到車牌電腦的警訊通知。」

他不作聲。

然後她吐了一口氣。

「這不是我所想的那樣，」她說。「沒有人離開鎮上，目前還沒有。克林頓還在這裡。」

「我需要妳幫我做一件事。」李奇說。

「更多的陳年歷史？」她說。

「是現代事件，」他說。「有位大學教授告訴我，三十年前，有個名叫李奇的老人在國外漂泊多年後，回到了新罕布夏的家鄉。就我所知，他自此定居下來了。就我所知，我知道他和一名親戚的孫女住在一起。我需要妳幫我調查這個郡的附近，我需要妳看看是否能找到他。或許他曾經登記投票，或許他還有駕照。」

「我替市政廳工作，不是郡政廳。」

「妳查到關於柏克牧師的所有資料，他又不住在市內。」

他還是能聽見紙張的聲音。

「我去找人問看看，」她說。「這位老人叫什麼名字？」

「史丹。」

「那是你父親。」

「我知道。」

「你跟我說他過世了。」

「我出席了葬禮。」

「那位教授的腦筋不清楚。」

「可能吧。」

「要不然咧？」

「葬禮是三十年前的事，這位老人在一生漂泊後，也在這個時間點出現在新罕布夏州。」

「怎麼？」

「那是閉棺舉行的，或許裡面裝滿了石頭。海軍陸戰隊和中央情報局不時會攜手合作。我敢說那其中有許多秘密進行的瘋狂行動。」

「那也太誇張了。」

「妳從來沒聽過像這種事嗎？」

「那就像是好萊塢的電影。」

「根據真實故事改編。」

「百萬分之一的機率吧。我敢說大部分的中情局故事都無聊得要命。我確定大部分的海軍陸戰隊故事也是。」

「我同意，」李奇說。「百萬分之一的機率。不過這就是我的重點。機率還是大過於零，所以我才要妳去查一下。就說是在我這方面的盡職調查吧。我會算是失職。妳正要重新調查一件沒有訴訟時效的冷案，有百萬分之一的機會是妳的主嫌還在人世，住在妳的轄區，而且和我有親屬關係。我想我應該先把事情弄清楚，以防萬一我需要打電話給他。嘿，老爸，找個律師吧，你就要被逮捕了。那一類的事。」

「那也太誇張了。」阿莫斯又說了一遍。

他還是聽見紙張的聲音。

她說：「這真是詭異的巧合。」

「什麼事？」

「我們的新軟體。它大部分是利用車牌辨識技術來計算誰進來，誰出去。不過顯然地，它在底下還多跑了幾個分層。它在搜尋重要的逮捕令和罰單，而且現在它在跑一個一般說明的頁面。」

「還有呢？」

「我們今天早上看到的那部貨車是非法的。」

「哪部貨車？」

「波斯地毯清潔公司。」

「怎麼個非法？」

「它應該掛著經銷商車牌。」

「為什麼？」

「因為目前的車主是經銷商。」

「不是地毯清潔公司？」

「公司倒閉，貨車被收回了。」

派蒂和矮仔回到浴室，不過很快就放棄了。砸碎的瓷磚和布滿粉塵的牆板讓裡面有一半空間都無法住人。他們又晃回到床邊，並肩坐著，背對窗戶。他們不在乎捲簾是拉起或放下，也不在乎有誰在看。他們彼此耳語，輕聲又簡短，點頭、聳肩、搖手，使用手勢，儘可能快速又隱密地討論事情。他們修正了他們的基本假設。有些事更清楚了，有些則否。他們知道得更多，但是了解得更少。顯然在窗外看的那六名男子是敵隊。他們的任務是要贏得鬼抓人遊戲，在這片三十平方哩的森林裡。假定是摸黑進行，假定有三個混蛋和他們一起去樹林裡，當裁判或仲裁者，或是執行官，一共騎乘九部四輪摩托車。第四個也是最後一個混蛋待在主屋裡，監看監視器，聽取麥克風，還有做一些他們在裡面幹的不知道什麼好事。這是他們目前的預測。

三十平方哩。六個人。摸黑進行。然而他們還是有信心成功。他們禁不起失敗的風險。四輪摩托車會有幫助，比跑步快得多。但是話說回來，三十平方哩是一萬座足球場，全部空蕩蕩的，除了隨機出現的六部四輪摩托車，而且每一部上面只有一個人。

在黑暗中。

他們搞不懂。

然後矮仔低聲地說：「或許他們有夜視鏡。」

這引發了一連串的暗黑念頭。他們可以騎車到處轉，沿著無止境的大圓圈跑，往外延伸一、兩哩，一個接著一個，像是轉不停的紙風車，每隔幾分鐘，他們之中就會有人經過任何一個地點。這時候派蒂和矮仔會從另一側進來，以正確的角度切入，像是橫越一條單行道。他們會慢慢走。他們可能會有整整五分鐘暴露行蹤，當他們從一側到另一側，從開始到結束。紙風車的轉動速度會比這還慢嗎？

或者他們會從跨出房門的第一步，就有人跟蹤到底呢？

好多的疑問。

其中包括一個最大的問題。鬼會怎麼抓人呢？可能不會是在學校玩的那種，不是在肩膀上拍一下，也不是用沙包丟。六個人，三十平方哩，四輪摩托車和夜視鏡。有信心成功。不妙。

這帶來了一個最重大的決定。兩人要一起行動，還是分頭走？他們可以走不同的方向，這樣會有加倍的機會，甚至更多。假如其中一個被抓到了，另一個就可以趁亂逃跑。

他們其中一個可能逃得掉。

李奇坐在停在寬廣碎石鋪面的速霸陸裡面。假如有機黃麻的事不是真的，那麼一切都不是真的了。就跟你說吧，他的大腦後部這麼說。拖吊車不是去那裡拖走廢棄車，不是像那人說的那樣。阿莫斯說計程車不會跑那麼遠，廢棄車的事是無中生有。這都是那個精心打造的鬼扯故事其中的一部分，再加上可疑的水管工人和電工，以及整修、水源和電力的事。

拖吊車是路障。

柏克說：「你在想什麼？」

「我在想那些人在哪裡。我們看見一個傢伙，不過那裡停了四部車。所以總地來說，我在想那裡不知道在搞什麼鬼。不過我又想，情況能有多糟？那是一家汽車旅館。可是我心想，那裡有路障。我猜想一家有路障的汽車旅館，是有可能發生糟糕的事。或許非常糟。不過假如我過去那裡，我會失去手機訊號。我想聽到克林頓的消息，還有伊莉莎白．卡斯托。他們會在一起都是我的錯。我想阿莫斯會打電話給我。她希望我回去鎮上。這次她在說不之前停頓了一下，很明顯的一下。她遲早會開口的。」

「你去那裡能做什麼？」

「我可以到處走動。他們有我的長相描述，我才是他們要的，克林頓只是有幾分神似而已。我會移除掉他的壓力。這樣壞人就會來抓我了。」

「你不擔心嗎？」

「他要把我帶回波士頓。他想把我從大樓樓頂推下去。那會是一起漫長又複雜的行動，我看不出來他要如何落得好下場。」

「有路障的汽車旅館可能發生哪種糟糕的事？」

「我跟你一樣也不知道。」李奇說。

天色逐漸昏暗，因此戶外的燈光沿著棧道亮起。那六個人開始擺出他們的裝備。六道房門都打開了。六個房間都燈火通明。他們晃進晃出，彷彿心不在焉，拿著一些零碎的東西。這其中有種展示的成分在內，倒不是說他們有多少炫耀的餘地。規則訂得很嚴格，大家的起步都一樣。遊戲場地很平整，每個人隨機分配到一部一模一樣的四輪摩托車。就像樂透一樣。大家都使用相同的夜視鏡。一切都依照標準慣例。場地負責人得以指定使用的配備。馬克挑了第二代軍用品，那是業界共識，一種廣為使用的裝置。衣服和鞋子沒有限制規定，不過很久以前就有不同的人進行過那些試驗了，現在每個人都做相同的打扮。那些軟提袋裡沒有什麼值得多看一眼的。

硬殼皮箱就是另一回事了。它們有各種奇怪、難看或引發聯想的形狀。這部分也沒有規定，是個人的選擇，或者是依據派系、意識形態或信念來決定。任何東西或組合都容許使用。反曲弓、反射弓、單弓、長弓、平弓、複合弓，或是可拆式弓。每個人都有自己的最愛和一套理論，以一點經驗和很多痴心妄想支持著。每個人都在計畫改善，每個人都在瞎忙。當硬殼皮箱出場時，彼此便紛紛側眼偷覷。

天色逐漸昏暗，從碎石路肩看出去的景致也產生變化，變得朦朧灰暗。李奇在心中把它替換成汽車旅館，換成了他們第一次看見那地方時，眼前的特寫景致。明亮的陽光，辦公室在左手邊，富豪旅行車停在三號房外面，冒牌地毯清潔貨車停在七號房門外，藍色進口小車在十號房門外，還有那部長車斗的小貨車停在十一號房門外。再加上五號房的草坪椅稍有不同。

柏克說：「怎麼？」

「是大腦後部的感覺，」李奇說。「你比較喜歡前部。」

「你就說吧。」

「要讓糟糕的事發生，他們會需要什麼？」

「理論上嗎？」

「實際上。」

「可能有很多。」

「他們會需要受害者，你不能幹壞事卻沒有受害對象。或許是一名年輕女孩。打個比方。他們把她引誘到那裡，關起來。或許他們要逼她拍色情影片，汽車旅館是個方便的地點，絕對是荒郊野外。」

「你認為是色情片？」

「我是說打個比方。那可能是很多不同的狀況。不過所有的狀況都需要受害者。每個狀況都有這個共同點。受害者，在某個處所裡。這名受害者不知為何被抓走，關在那裡，當其他的同夥人到齊之後，馬上就有得用了。」

柏克說：「在哪裡的處所？」

「十號房在本質上有所不同，」李奇說。「從兩個方面來說。第一是那部車。那是唯一掛國外車牌的車，比較小也比較廉價，而且又破又舊，所以可能是年輕人的車。或許是遠離家鄉，無依無靠。第二是房間窗戶，捲簾是放下來的，十二間裡頭只有這一間。」

柏克沒說什麼。

李奇說：「我說過，這是大腦後部的感覺。」

「你打算怎麼做呢？」

「我不知道。」

「你應該再去看看。」

「或許吧。」

「克林頓是大人了，他可以照顧自己。」

「他完全被蒙在鼓裡，他對這一切一無所知。」

「好吧，警方會照顧他，他們反正不需要你。那名女警探不會開口的，相信我。」

李奇沒說什麼。

他撥打阿莫斯的號碼。

電話響了四聲。

她說：「還沒有消息。」

「妳感覺如何？」他問。

「尖峰時段已經過了，市中心很平靜。我們在大多數有需要的地方都有眼線。畢竟那份長相描述形容的另有其人。這只是一個理論。整體來說，我會說我覺得還可以。」

「一到十分有幾分？」

「大概四分。」她說。

「假如我在的話會有幫助嗎？」

「老實說？」

「一到十分。」

「有比一更小的數字嗎？」

「一是最小的數字。」

「那麼是一分。」她說。

「要是沒了那些規定和鬼扯呢？」

「還是一分。」她說。

「好吧，祝妳好運囉，」他說。「我要離開手機訊號的範圍了，有機會再跟妳聯絡。」

35

電視再次自行打開。叮噹作響，藍色畫面，模糊地轉換成一名男子的臉孔在黑色牆壁前。這次是馬克。他露出頭部和肩膀，等待著。他轉過頭去，詢問某個東西是否正常運作，答案顯然是肯定的，因為他們聽見整段交談。馬克回過頭來看著鏡頭，看著他們，正面直視。他注視著，等待著，微笑著。

他說：「兩位，我們答應要進行後續的討論，問答時間。只是預防萬一有些事沒說清楚，在彼得稍早說明的時候。所以我們開始吧。」

派蒂說：「告訴我們鬼抓人的事。」

「過來坐在床尾吧，我們要做充分又坦白的討論。」

派蒂拖著腳走過來，矮仔跟著她。他不想這麼做，但還是做了。

馬克說：「消費的模式改變了。夢寐以求的消費支出不再侷限於更大更好的實質物品。更大的房子，更大的鑽石，更好的莫內畫作。現在出現了一個新範疇。人們購買體驗。他們買票登上月球，造訪海床。有些人付錢來體驗幻想，一輩子就這麼一次。有些幻想是無害的，有些很病態。他們在網路聚集，尋找秘密留言板，我們就是在那裡進行宣傳。」

「什麼留言板？」派蒂說。「這些人是誰？」

「你們見過佧羅，」馬克說。「其他五個是來自某個特定網站，它取了一個語意曖昧不明的絕佳名稱，非常聰明的地下行銷手法。那是在形容它的會員，或者是它要推廣給會員的活動呢？那是一個錯誤，或者是點頭眨眼示意呢？這全要看你把重點放在哪裡了。任何文法規則都幫不了你。」

派蒂說：「這個網站叫什麼名字？」

「弓箭獵人。」

「什麼？」

「希望這能回答妳對這次鬼抓人遊戲本質的疑問。這次的遊戲不限制弓的型態，除了不能採用機械拉弓，也不能使用十字弓，這是顯而易見的。他們或許會使用中長度的複合反曲弓，因為他們希望能方便活動。他們從獵鹿的世界學到了不少。他們可能會使用闊頭箭，或許帶倒鉤，不過這要看你人在哪裡。假如他們很早就看到你們，可能只會追蹤你們一段時間。然後他們會把你們射傷，因為他們希望你們能撐過一整個晚上。他們可是花了大把鈔票的。」

「你瘋了。」

「不是我，」馬克說。「我只是迎合市場的骯髒端。他們的欲望是他們自己的事。」

「你是在說謀殺我們耶。」

「沒有，我說的是給你們機會毫髮無傷地離開這裡。現在我是你們最好的朋友，我是在幫你們。」

「你禁不起我們脫身所帶來的風險。」

「現在你們只是在找藉口，不要還沒開始就放棄。外面的世界很大，而他們只有六個人。」

「他們有夜視鏡嗎？」

「嗯，有的。」

「還有四輪摩托車。」

「這表示你們能聽見他們接近的聲音。你們還不明白嗎？你們並不是完全孤立無援。小心挑選你們的方向，保持警覺，仔細聆聽，設法從聲音預測摩托車會走哪個方向，然後等到他們離開就溜到他們的後方。這是有可能的，想必遲早有人會做得到。以最短的路徑來說只有兩哩而已，正如你們所知，如果沿著小徑直走的話。但是我不建議這麼做，甚至是沿著路邊的樹林前進。這樣太明顯了，有人會在那裡守株待兔。」

沒人回答。

馬克說：「請容我再提出建議。你們要不時去檢查房門。房門一開鎖，遊戲就開始了。你們要自己弄清楚，我們不會再做進一步的宣布。當房門打開後，我建議你們立刻出發，全力以赴。往好的方面看，這片森林很大，弓箭獵人喜歡四十呎以內的射程，可以的話再近一些。在森林裡射箭很困難，因為會有樹木阻擋。」

沒人開口。

馬克說：「請容我再提出建議。拜託不要打算坐在房間裡。這樣或許感覺很聰明，但卻是錯誤的策略。這絕不會成功的。只要他們一明白你們的盤算，他們就會往這邊移動，直到把你們團團圍住。到時候你們的門口會出現六個人。他們會大感失望，因為他們沒玩到。他們會把氣出在你們的身上，逼你們撐完一整個晚上，但不是用一種好的方式。」

沒人開口。

馬克問：「你們談過要分開各自跑嗎？」

矮仔別過頭去。

「我知道，」馬克說。「這是困難的抉擇。如果按照百分比的話，是該這麼做才好。問題是，你永遠不會知道另一個人發生了什麼事。我是說，在他們的最後時刻。」

柏克開車往北走。手機訊號一格一格地消失。李奇立下規矩。柏克要在小徑路口放他下車，然後回去待在家裡，安全無虞。絕對不要回來，不能答應之後又回頭過來這裡等。不准跟在他的後面走，只是想看看發生什麼狀況。這些都不行。回去，待在家裡，忘掉這一切。不准爭辯，沒得商量，不玩民主那一套。條件就是這樣。

柏克同意了。

李奇又問了他一遍。

柏克再次同意。

他們開進了綠色隧道，綠蔭天棚底下已經一片漆黑，柏克打開了車頭燈。經過五哩之後，扭曲的柱子出現了，時間一分不差，就在它們應該出現的地方。柏克停了下來，李奇下車。柏克開車離去，李奇站在路邊目送他。最後他的車尾燈在遠處消失了。四周陷入一片寂靜。月光從灰色夜空淡淡地灑落在路面上，樹叢底下伸手不見五指。李奇開始往前走，獨自走在黑暗之中。

派蒂試了試門把，希望門打不開。現在還不要，他們還沒準備好。他們傾向於一起行動，至少一開始是這樣，儘可能待在一起。但是他們沒有大聲說出口，目前還沒有。他們傾向於往西邊走，背對小徑，往反方向前進。這是一條更長的離開路徑，違反直覺，但或許是個好主意。或許是可預測的，他們也不知道。他們沒有下定決心，還沒有。他們爭論著是否要帶走車上的地圖，最後決定不要好了。他們需要的是羅盤，他們擔心會在樹林裡迷路，可能會一直繞圈打轉。

門還是鎖著。

派蒂走回去，坐在床上。

兩分鐘後，李奇抵達拖吊車停放處。它的堅硬龐大體積在一片陰暗之中隱約浮現。夜色使得車身的漆看起來像黑色的，鍍鉻部分呈現出沒有光澤的灰色。他跪在車子的後方，摸索前方那條粗厚的橡膠纜線。他找到之後，在心裡記下它的位置。他跨過纜線。他從拖吊車旁邊擠過去，側身而行，手肘抬高，他的一側身體從上蠟打亮的烤漆旁輕鬆滑行，另一側則被小樹枝和樹葉不斷拍打劃過。他從前面走出來了，摸索著繞到散熱器格柵的中心點，位置就在車子的正中央。他讓自己和它對齊，然後開步走。前面還有兩哩路。

他們聽見四輪摩托車發動的聲音。第一輛，然後又一輛。啟動馬達隱約的尖銳刺耳聲音，然後是高轉速引擎的不安咆哮，快速又焦躁地空轉。接著是第三輛，以及第四輛。嘈雜的聲音衝擊著倉棚的牆壁。然後是第五輛和第六輛。這時全部六輛都轟隆怒吼，噪音大作地兜轉繞圈，切換入檔，一輛接一輛地加速駛離，跨越草地，開上小徑，往右轉，遠離主屋，朝汽車旅館開過來。

有一瞬間，矮仔納悶是誰分配到他們在路上推來推去的那一輛。

派蒂試了試門把。

門還是鎖著。

摩托車聽起來似乎排成了一個縱隊，魚貫地開過停車場。矮仔轉頭望向窗外。列隊前進。棧道的燈還是亮著，摩拖車開過去，由左到右，一輛接著一輛。騎士都穿得一身黑，背上都斜掛著弓。他們都帶著裝滿了箭的箭筒，頭上都繫著古怪的單眼夜視鏡。有些人提高引擎轉速，有些人離開車座站起來，等不及要開始了。

他們都騎車離去。

有一瞬間，矮仔納悶是誰把賭注押在西邊。

派蒂試了試門把。

門打開了。

36

派蒂把門拉開到底，然後站在門檻以內一吋的地方，向外凝望。外面的空氣溫暖又甜美，天空的顏色深沉似鐵。

「這真是太瘋狂了，」她說。「我不想走，我想留下來。我在這裡感到安全。」

「我們在這裡不安全，」矮仔說。「我們坐著不動是在找死。」

「我們到哪裡都是找死，他們有夜視鏡。」

「他們只有六個人。」

「九個，」派蒂說。「你認為那些混蛋會保持中立嗎？」

「我們不能待在這裡。」

派蒂沒說什麼。她把手伸到門外，張開手指，感覺空氣。她推開它，然後捧著它，像是在游泳。

「我們會去佛羅里達，」矮仔說。「我們會經營風帆衝浪板的生意，或許還有水上摩托車。我們會賣T恤，這個才會賺大錢。派蒂和矮仔的水上運動用品店。我們可以有個厲害的設計。」

派蒂回頭看著他。

「水上摩托車需要維修保養。」她說。

「我會雇用一名技工，」他說。「不會遲到早退。我保證。」

她停頓了一拍。

「好，」她說。「我們去佛羅里達吧。」

他們什麼都沒帶，除了手電筒。他們匆匆跑到死透的本田車和停在隔壁的小貨車之間。他們經過十二號房，繞過死角沿著後牆前進，直到他們猜想是他們的浴室所在。他們的背部緊貼著牆板。西邊一片死寂，眼前是一大片模糊的灰色草地，再過去是一整排的樹，低矮又黑暗。他們仔細地聽，尋找燈光。他們什麼也沒聽見，並且什麼也沒看見。

他們牽著手，開始往前走。速度快，但不是跑步。他們滑跤絆倒，不久後就來到了空曠地帶。矮仔想像古怪的單眼夜視鏡轉向他的方向。拉近，聚焦。派蒂想著，假如他們很早就看到你們，可能只會追蹤你們一段時間。他們凝神注視著黑暗的地平線，以及那排樹木。他們急忙朝它奔去，越來越靠近，越來越快。他們跑完最後的五十碼。

他們在第一批樹幹之間滑了一跤，完全停了下來，彎著腰，呼吸急促，喘息著想吸進空氣，因為感到寬心，再加上倖存下來的自然喜悅。像是某種古老的勝利，讓他們變得更強大。他們再次站起來，側耳傾聽，沒聽見什麼。他們往樹林的更深處前進。他們不斷地走，速度緩慢，因為腳邊淨是藤蔓和低矮植物，還有左閃右躲地繞著那些樹。再加上四周一片漆黑。他們不想冒險使用手電筒，還沒有，因為有夜視鏡。他們認為這麼做會像是引火自焚。

五分鐘後，派蒂說：「我們依然往西前進嗎？」

矮仔說：「我想是的。」

「我們現在應該轉向南邊。」

「為什麼？」

「我們在空曠地區走了很久，他們會在遠處監視我們。他們看到我們朝西邊走，所以現在他們認為我們會繼續往西走下去。」

「會嗎？」

「因為人們會無意識地以直線投射空間裡的事物。」

「會嗎？」

「所以我們要轉往這邊或那邊，北方或南方。他們愛怎麼推斷我們都隨他們去。我們永遠不會出現。我比較喜歡南邊。假如我們找到一條路，那就可以直接回城了。」

「好，我們應該往左轉。」

「假如我們現在真的是往西前進的話。」

「我相當肯定。」矮仔說。

因此派蒂轉了她認為是九十度的彎。她小心翼翼地察看，和矮仔並肩而行。她沿著他們剛才走過的那條路的側向而行，展開一個新方向。矮仔跟著走。他們不斷前進，同樣過程緩慢。糾結的藤蔓，還有像鞭子似的小樹。有時會有掉落的大樹枝，斜倚擋住他們的去路。這表示他們要繞道而行，還要不時回頭看，確保他們不會又繞回去。

他們聽到遠處傳來摩托車的聲音，或許在一哩外。只開了一小段路。發動，開了一分鐘，然後又停了。一種隱約難辨的聲音。或許是改變位置吧，不過是為什麼呢？基於什麼原因？派蒂停下腳步，矮仔撞上她。

她說：「他們是一直騎著車，像騎馬一樣，或者他們會下車，然後走過來？」

「我們有聽到他們一直來來去去的聲音，所以沒錯，我想他們已經停好車，然後步行散開。」

「這也就是說，我們不會聽見他們過來，馬克在亂講。」

「那還真令人意外。」

「我們麻煩大了。」

「這片森林很大，他們要走到四十呎以內。那傢伙還很遠，算他運氣不好。」

「現在我們應該轉向西南方。」派蒂說。

「為什麼？」

「我認為從這裡開始，最快的方式就是闖入樹林裡。」

「他們不會猜到嗎？」

「我們不能再擔心那一點了。他們有九個人，什麼都可能猜得到。」

「好吧，我們應該轉半圈，往右手邊前進。」

「假如我們現在真的是朝南邊走的話。」

「我很確定，」矮仔說。「大致上是這樣。」

「我想我們又繞回去了。」

「只有一點而已。」

派蒂沒說什麼。

矮仔說：「怎麼？」

「我想我們在樹林裡迷路了，這裡面到處都有弓箭手想殺掉我們。我想我會在樹木圍繞之下死掉。這也算合理吧，因為我在鋸木廠工作。」

「妳還好嗎？」

「有點頭暈。」

「撐著點，我們的表現算是過得去了。半面向右轉，繼續走，我們就會抵達林間空地了。」

他們一一照做，半面右轉，繼續前進，在一分鐘之後抵達了空地。不過這不是那片空地。他們又回到了汽車旅館後面。同樣的灰色草地，不一樣的角度，但是差異不大。他們走出樹林的地方，和原先走進去的地點只差二十碼的距離。

李奇聽見遠處傳來摩托車的引擎聲。起先是一大群，像是許多車聚集在一起，發出模糊的噪音，在一片安靜中隱約可聞。接著是大約一哩外傳來個別的車聲，有的開過去，有的慢下來。不是美國車那種笨拙的低沉撞擊聲，是另一種摩托車的噪音。高轉速，齒輪和鍊條，各種凸輪、閥門和其他零件呼嘯著橫衝直撞。是四輪摩托車，他猜想。那裡有九輛，整齊停放成三排，每排三輛，就在倉棚前面。現在它們都開出來了，在樹林間恢復生氣地扭動穿梭。

是狩獵，他的大腦後部說。

好吧，大腦前部說。或許是保育類動物，幼熊之類的。嚴重違法，或許那就是受害的對象。

只不過小熊不會開進口車，也不會放下捲簾躲起來。

他在黑暗中停下來，然後拖著腳步離開小徑。他走進樹林六呎之後駐足不前。他聽見前方遠處傳來一輛摩托車的聲音。它沒有移動，在原地空轉，等待著，沒開車頭燈。然後它關閉引擎。四周再次陷入一片沉靜。在上面樹冠稀疏的地方，露出了細碎的鐵灰色天空。月光照在低垂的雲層上。

李奇往前穿越樹林，沿著小徑走在距離邊緣六呎的地方。

派蒂坐在地上，背後靠著一棵樹。她注視著前方的汽車旅館。死角。後牆。他們開始的地方。

「妳還好嗎？」矮仔又問了一遍。

她心想，假如他們很早就看到你們，可能只會追蹤你們一段時間。

她大聲地說：「坐下來，矮仔，趁著有機會的時候多休息。這可能是漫長的一夜。」

他在隔壁的那棵樹旁坐下來。

他說：「我們會熟能生巧。」

「沒有，我們不會，」她說。「少了羅盤就沒辦法。這根本不可能。我們嘗試了三條直線，結果走成扭曲一團。」

「妳想怎麼做？」

「我希望醒來時發現這一切都是一場可怕的夢。」

「除了這個之外。」

「我想往東邊走，我認為小徑是唯一的出路。沿著那個方向在林間前進。這樣我們就不會迷路，其他任何方向都是白費工夫，我們會漫無目的地走一整夜。」

「他們知道這點。」

「他們一直都知道。他們遲早會知道我們別無選擇，只能試著走小徑，那是我們最後一招了。我們也應該早就想到，我們太蠢了。三十平方哩加上六個人根本太荒謬了，這算是哪門子的遊戲？這是樂透。但它不是三十平方哩，是沿著小徑兩側的狹窄長條地帶。所有的行動都會在那裡展開。這是無可避免的。他們在那裡等著我們。他們唯一的賭注是我們會從哪個角度過去，還有時間點。」

矮仔沉默了好一會兒，吸氣，吐氣。

然後他說：「我想試試一個辦法。」

「哪種辦法？」

「首先我想看看是否有可能，我不想要看起來像傻瓜。」

她心想，這機率不大啊，矮仔。

她開口說：「我們需要怎麼做？」

「跟我來。」他說。

在後廳裡，史蒂芬追蹤他們手電筒裡的ＧＰＳ晶片。那是結實的傳輸器，電源來自四個全新的一號電池，鋁製外殼裡黏貼著長天線。目前他們正在從森林的邊緣往汽車旅館的後面移動。速度中等，是用走的，不是在奔跑。他們沿著一直線走，和先前摸索方向時亂成一團的表現呈現鮮明的對比。他們從一開始就猶豫不決地往西南方蹣跚而行，沿著他們顯然以為是直線的曲線前進。他們的左轉在當時看起來還不錯，不過他們又偏離方向，幾乎繞了一圈，最後的轉彎把他們帶回到原本起步的地方。他們兩度跨越自己的路徑，但顯然沒有意識到。

他監視著。他們來到旅館的後牆。然後他們沿著先前的腳步再走一遍。繞過十二號房，走進停車場，經過十一號房。然後他們在十號房門外，停下了腳步。

37

矮仔掀起本田車的引擎蓋，在電瓶底下摸索著。那條硬挺挺的黑色電線，剪成了兩半，切面和新硬幣沒兩樣。他向後退，走進十號房的浴室裡。他抓起所有的毛巾，亂七八糟一大坨，然後抱到外面來。他把毛巾都扔在碎石地面上，在本田車的後輪旁。

「去察看其他的房間，」他說。「找得到的都拿過來。」

派蒂從十一號房開始。門沒鎖，於是她走進去。矮仔回到十號房。他雙手拉住繩索，抬起皮箱。他拖著行李搖搖晃晃走出去，在棧道上把它放下一會兒，然後沿著階梯拖到停車場，踩著不確定的小碎步，一路蹣跚地拖過去，直到遠遠的另一頭，拖到樹林前面的那片草地上。他跌跌撞撞地跨越草地，腳跟陷進鬆軟的泥土裡，皮箱在頭狀花序之間窸窣作響。他拖了三十碼，然後停下來，放下皮箱，讓它平放在草叢中。

接著他走回去。派蒂已經把十一號、七號和五號房的毛巾拿過來，現在一共有四堆。他回去十號房的浴室，拿了一塊上尖底寬的鋸齒狀瓷磚碎片走出來。他把它扔在毛巾上，就在本田車的後輪旁。

他問：「哪間房的東西最多？」

「七號房，」派蒂說。「一大堆衣物，浴室裡一大堆瓶瓶罐罐。那傢伙還挺會照顧自己。」

矮仔走到七號房。他不理會那些衣物和瓶瓶罐罐，而是去找浴室盥洗櫃上的盥洗包。那是一只黑色皮革盥洗包。他把裡面的東西倒在面盆裡。他找到了他要的，就在那裡。在盥洗包的底部，那堆東西的最上面。一支指甲剪，普通的那種，金屬製品，半圓形的鉗子，還有能往外轉動的銼刀。

他把它放進口袋裡，然後走回去本田車那邊。他把瓷磚碎片拿開，將毛巾整齊地堆疊起來，堆得像厚棉被一樣。他把它推過去放好，平放在碎石地面，本田車的車尾底下。他以相同的方式處理五號、七號和十一號房的毛巾，分別放在富豪車、波斯地毯貨車和小貨車的底下。

他回到本田車旁，仰躺下來。他扭動身體到適當位置。他把瓷磚碎片戳進油箱底部，一次又一次。油箱比他預期的更堅硬，瓷磚砸碎了一小塊。真該死，他心想。拜託。**我不想要看起來像傻瓜**。他知道她心裡怎麼想。

不過這輩子就這麼一次，他走運了。掉了一小片之後，瓷磚的末端變得更銳利。它增加了第三個面向，變得像針一樣。他變換位置，把瓷磚底部放在他粗厚的馬鈴薯農夫手掌心，然後儘可能使勁地往上戳刺。

他感覺到尖端刺進去了。

他感覺到一塊汽油污漬。

他加寬那個洞口，過了一分鐘，有大約五加侖的汽油滲透到那堆毛巾裡。他把同樣的程序又做了三次，分別在小貨車、廂式貨車和富豪車的底下。汽油味熏得他頭都昏了，但是他感覺體力和活力充沛，有滿滿的幹勁、戰鬥力和好勝心。他把濕答答的毛巾團一個個拖出來，全部堆在棧道上。除了一塊小毛巾，他把它帶走了。毛巾吸飽了汽油，他把它塞到本田車的電瓶底下。他把它塞進縫隙裡，蓋住螺栓和托架。

然後他往後退，挺直身體，把手甩乾。他上了駕駛座，把鑰匙插進鑰匙孔裡。他轉動鑰匙。他把他找得到的每個開關都打開，加熱式後車窗、車燈、雨刷、收音機，不管什麼都可以。他想要最大的負載量。

他下了車，把指甲剪從口袋掏出來，然後拉出銼刀。那是一片薄刀片，大約兩吋長，四分之一吋寬，以磨砂表面的金屬製成，尾端有個彎角，適合刮擦。

他把一隻手臂伸到引擎蓋底下，手肘打彎，探進去，在下面扭轉他的手，然後他把銼刀的尖尾插進剪成兩半的堅硬黑色電線中間，那個分裂的空間，也就是兩個銅板之間的縫隙。他扭轉銼刀，接合電路。金屬對金屬。這時出現一陣嘶嘶作響的猛烈火花，浸了汽油的毛巾轟的一聲燃起烈焰，矮仔丟下指甲剪，把手猛地抽回，然後在棧道上來回奔跑，抓起更多毛巾，以本田車引擎蓋底下冒出來的火焰點燃，然後扔進房間裡。扔進十一號房及十號房，扔到床上和地板上，然後是七號房及五號房。他把最後幾條到處亂扔，扔在棧道上、塑膠草坪椅上，還有辦公室的門外。

他們倒退著走過停車場，火舌已經從窗戶和門口竄出。驚人的火勢在屋簷下翻騰，橫向竄燒，停止，開始，像在呼吸，然後合而為一，吞噬了屋頂。

矮仔說：「他們不能直視火光，戴著夜視鏡就不行，他們的眼球會因此灼傷。我們要做的就是保持這場火在我們的正後方，他們就看不到我們走過去。」

派蒂在腦子裡仔細考慮幾何學，然後她點頭，並且說：「這招挺聰明的，矮仔。」

他們往東穿越草地，經過他們的皮箱，保持直線前進，讓大火在他們的正後面，小徑入口則是在正前方。

李奇發現一輛四輪摩托車停在小徑上，在灑落的灰色月光下陰森森地逼近。他在樹林以內六呎的地方，左閃右躲地看清全貌。摩托車斜停著，正面大部分朝向汽車旅館。前輪轉往那個方向，把手斜擺著，彷彿它開過來，然後減速，然後猛地半迴轉。但是不完全，不到一百八十度。

摩托車騎士不見蹤影。

去狩獵了，他的大腦後部說。

好吧，前部說。不過去哪裡呢？當然是往前去了。那傢伙騎車過來，迴轉，然後停車，當他認為他安全地待在行動範圍之外。像是捕手的位置。他仔細思考過。李奇在遠處聽過他的聲音。那傢伙跨坐在空轉的摩托車上，將近一分鐘，可能往前靠著把手，注視前方，估算著。然後他熄火下車，可能朝他過來的路往回走，接近行動範圍，縮減半徑，提升他的角度。這表示李奇目前在他的後面。這向來是個好位置。他眺望前方的樹林，左閃右躲地找個好視野。

沒有那傢伙的蹤影。

李奇在樹林裡前進。路不太好走，有藤蔓、荊棘、蔓生的多葉灌木，並且也無法安靜移動。但是他把腳步拆成斷音的節奏，不是左、右、左、右，不像長途行軍，而是隨意亂走，像動物那樣。或許是狐狸在黑暗中挖掘掩蔽處，或許是幼熊。分辨不太出來。他繼續前進。

他看到騎士了。

不過就在這時候。

那傢伙站在小徑的中央，在昏暗的月光底下幾乎看不清。他看到前方的什麼東西之後，半轉過臉來。他有驚人的體格，穿著黑色緊身衣物，像是運動員的裝備。他的背上斜掛著一張弓。他有一筒箭。他的頭上繫著單眼的夜視裝置，像是獨眼巨人的眼睛。美國陸軍。

第二代。李奇以前使用過。

夜間狩獵，他的大腦後部說。就跟你說吧。

好啦，前部說。

地平線出現一抹微弱的光，略帶紅色和橙色。

李奇在樹林裡前進。他跨出一大步，發出隱密的窸窣聲，然後又跨了一步。那傢伙沒注意到。他轉動頭部，想從眼角餘光看看遠處的亮光，這樣才不會太刺眼，但是他辦不到。他不斷畏縮閃開。最後他把夜視鏡往上翻，挪開之後，他才用肉眼看個究竟。他後退，向左移動，取得較好的視野。

李奇往前跨步，向右移動。

在很遠的地方，有東西著火了。

那傢伙大約在八呎之外，偏右側，略微往前。他的體格健碩，把夜視鏡翻開之後，他跟電影明星一樣帥。

一名夜間弓箭獵人。

獵什麼呢？

總是有個受害者，他的大腦後部說。

李奇動了一下。

那傢伙聽見了。他以一個流暢的動作把弓從背後取下。不過一轉眼，他的手上就握著一支箭。他搭上箭，半拉弦，拿著準備就緒的武器，指著低處。他四下張望，夜視鏡依然翻起，閒置著。箭頭又寬又扁，在月光下隱隱發光。那是一塊有份量的金屬，殺傷力不小。像是挨了一記斧頭，不過更猛烈。

這時那傢伙雙手高舉著弓，彷彿他即將涉水渡河。他利用前臂把夜視鏡推回原位。現在他又看得見了。他費力地張望，模樣古怪可笑，大部分是察看前方，一隻巨大的玻璃眼睛有咖啡罐大小，他的頭部緩緩移動。

李奇往後退，然後往左移動。他和樹木對齊。他想要擁有一線視野，但是只要窄窄的一長條就可以了，越窄越好。

那傢伙繼續四下察看，他看遍了在他前面的一切。然後他轉身，看看側面有些什麼。接著他再次轉身，察看他後面的情況。

他直視著李奇，空洞的玻璃視鏡鎖定在他身上。那傢伙拿起弓，拉著弦。李奇往右一晃。那支箭飛射而出，響亮地咚一聲射中他前面的那棵樹，聲音的震鳴從那棵闊葉樹的樹幹傳到樹冠。

像是挨了一記斧頭，不過更猛烈。

那傢伙以快速熟練的動作又搭上一支箭，全是以右手進行，從箭筒取箭，搭箭上弓，搭好箭頭，搭好箭羽，然後將弦往後拉。進入準備狀態，速度不比操作拉栓式步槍來得慢。同樣類型的玩意兒。

李奇大喊：「你知道你在射擊的是人體箭靶嗎？」

那傢伙又射了一箭。當弓弦放開時，空氣中產生一股重擊的能量，然後那支箭咻地飛出去，最後是同樣響亮地咚一聲射進樹幹裡。

李奇心想，我想我就把這當作是肯定的回答了。

就跟你說吧，他的大腦後部說。

大腦前部說明，在他漫長又多彩多姿的一生之中，包括在全世界許多不同地點度過的軍旅生涯，他從來沒有遭遇弓箭攻擊。這是一種全新的體驗，但是到目前為止並不好玩。問題出在夜視鏡。現在他處於極度劣勢。他很了解第二代裝置，也使用過各種AN／PVS型號，陸海軍攜帶式視覺搜尋裝置。和大部分的第二代軍用裝置一樣，這些是第一代的必然進化版。鏡片邊緣的影像更清晰，光線放大率從一千倍增強到兩萬倍。它提供高度精細的微粒影像，單色，略偏灰，大多是綠色，一點冰冷，一點纖細，一點流動及朦朧感。不是那麼逼真，就某些方面來說反而更好。

它極具戰術優勢。兩萬倍是龐大的級距。他的倍數是零。他眼前幾乎一片漆黑，他要費力地張大眼睛看，才能分辨樹木和非樹木的差異。斑駁的月光偶爾閃爍光芒，其中有些是真的，大部分都是痴心妄想。左側遠方的天空有橘色光芒，越來越亮了。他可以看到下一支箭頭閃現微光。它準備飛射。它往左偏，往右偏，想找到穿越樹叢的直線。那傢伙走上前，往後退，向左走，向右走，企圖找到射擊的機會。這是三個維度的問題。然後是第四個維度的問題，當李奇也開始隨意地移動，左，左，右，幅度不大，只是搖擺而已，但是每次都大到需要重新進行彈道計算。

李奇大喊：「你要過來一點。」

那傢伙沒動。

李奇說：「跟我一起進來樹林裡。」

那傢伙沒回答。

「假如我是鹿，你就會這麼做。」李奇說。

那傢伙鎖定目標。咖啡罐的玻璃底部瞄準李奇，而後者只看到鏡片右側邊緣的一丁點。以幾何學的語言來說，那叫做弦，一個圓形的切角。換句話說，這表示那傢伙只看到李奇的右眼，然後是一棵大樹，然後或許是他的左肩一部分。不是很理想的箭靶。李奇認識打得中的人，不管是拿草坪飛標或核子飛彈都行，但這個持弓的傢伙顯然不是其中一員。因為李奇還能活著這麼想。

「跟我一起進來樹林裡。」他又說了一次。

那傢伙沒回答。他毫無疑問是在把事情想清楚。李奇肯定他是如此。一個擁擠的小地方，移動調度的空間有限，尤其對弓來說。就戰術來說難以操縱，尤其是說到射程。只要超過手臂的距離就會有樹木擋住。但是距離不及手臂遠的話，等於完蛋大吉。對方會抓住弓，打掉夜視鏡，而且從箭筒拿到致命武器。那就像裝了長柄的刀，那傢伙的身上有二十支。

他不會進入樹林裡。

李奇往左手邊移動，箭頭跟著他走，但還是沒有無障礙的射擊機會。在三步之內也不會有。再過去的話就有月光了，因為上方的樹冠變得稀疏。上方的樹冠稀疏是因為少了一棵樹，因此留下一個缺口，比他們迴轉賓士車的空地要小得多。或許是一半的寬度，深度也只有一半。不過總是一個缺口，就在李奇的路徑上。一個房間大小的空間，沒有樹木阻擋。就數學來說，絕對不可能找不到射擊的機會。可能的選項會像是飛機雜誌背面的航程地圖。

速度會是關鍵因素。跑步的人可能不到一秒鐘就能穿越那個空間。他的重要中心軀幹會以側面經過。它會在不到十分之一秒就經過時間和空間任何特定的點。箭的速度快，但是不像子彈。你要把偏斜也算進去。那傢伙要在目標前方射擊，射進目標即將抵達的空間裡。他要搶先把箭射出去，提前動作。他別無選擇，就像打擊快速球，他要下定決心。

李奇往左邊跑，跨出一大步、兩大步、三大步，竭盡全力加速。那傢伙朝他即將抵達的地方射擊，包準命中，萬無一失。只不過李奇往右一閃，閃到上一棵樹前面，就像突破散開防守區的跑衛。他沒有跑進那個缺了樹的房間大小的空間，而是朝那個傢伙直撲，對方正在摸索著重新搭箭上弓。在你媽媽家的地下室玩的時候一點也不難，李奇心想。現在可沒那麼容易了。他往那傢伙急速直撲，肩膀先撞上去。造成最大的破壞，沒必要施展技巧。那傢伙摔個四腳朝天。李奇朝他身上最接近的部位猛踢，接著抓起那把弓，把那傢伙頭上的夜視鏡扯掉，從他的箭筒裡抽出一支箭。

然後他愣住了。

距離不及手臂遠的話，等於完蛋大吉。

他們會知道這點。

他們會兩兩一組進行狩獵。

他抓住那傢伙的領口，把他拖到小徑另一側的樹林裡。他的弓在柏油路面哐啷作響。它到了空地時便掉落下來。真不幸。這說出一個明白的故事，像是電影的開始畫面。李奇在進入樹林裡六呎的地方停下來。他把那傢伙拖著站起來。他要他站在前面，像是人肉盾牌。他在後面拿箭尖抵住他的下顎，戳進皮肉裡。那傢伙踮著腳尖站挺，儘可能把頭抬高。

李奇戳得更用力一些。

他低聲地說：「你們在獵捕誰？」

那傢伙吐了一口氣，像在嘆息，假如不是因為他目前的緊繃狀況，聽起來可能像是在沉思，彷彿他剛遇上一個極為複雜的問題，需要好些學識和討論來解決。即便站在背後，李奇能感覺到他的嘴唇在動，或許是不自覺地，好像正在預習一番開場白。但是他沒開口。友好一會兒，他的呼吸越來越恐慌了。然後問題解決了，彷彿他接受了什麼。李奇這時才明白，那陣恐慌想必壓倒了這其中最複雜的難題，包括警方會過來，還有聯邦調查幹員、有線電視台，以及世紀大審判，公開上演一場怪胎秀，再加上羞愧、恥辱、難堪及憎惡。最後是逃不掉的終生監禁。

接受是想清楚該如何處理。

在這種情況下，作出對各方面都最好的決定。

那傢伙的雙膝一軟，像水母似地，或是傘兵從打開的飛機艙門往下跳，他往前一撲，把整個身體的下墜重量放在抵住下顎的箭尖上。箭頭劃穿他的喉嚨，穿透舌頭，刺穿上顎，戳入鼻腔，然後刺進腦部。

然後李奇鬆開了手。

在後廳，史蒂芬的畫面一個接著一個消失。大部分的監視器都在汽車旅館那邊，鏡頭朝外，偽裝成簷溝的托架。汽車旅館著火時，它們也燒毀了。還有所有的通訊集線器都在屋頂空間裡，以及所有的無線電天線和電話線路。那是理所當然的地點。如果把整座森林看成一個整體的話，汽車旅館最接近中心位置。它稍微架高了一些，反正他們在重新打造它。他們投入了一切，現在它燒毀了，包括供秘密網路帳號使用的小耳朵，你不可能追蹤到那個ＩＳＰ。不過現在都沒了，他們在這個世界裡形同孤立，斷了聯繫。

手電筒裡的ＧＰＳ還是能用，訊號直接傳到主屋。現在它顯示派蒂和矮仔正在前往小徑入口，直線前進。著火的汽車旅館毫無疑問就在他們的正後方。真聰明。以前沒有人想到這一招，他們在腦力激盪時不曾想起，模擬試驗時也沒有。應該要想到的。無論有沒有夜視鏡，由於他們的背後就是明亮的移動刺眼強光，你都不容易看見他們，除非等他們來到眼前。

他的最後問題是，三號客戶的心率監測器，它發出警訊聲。這不是必要配備，不過是合約條款之一。這場私人實驗由羅伯主持，他想測試的概念是，狩獵的刺激感來自追逐。而根據他在泰國的經驗，他認為不是如此。他認為刺激感來自獵物走投無路時的美妙時刻。他想要提出數字來證明，所以客戶要配戴監測器，由它來記錄數據。到目前為止，三號顯示出不斷增加的興奮感，在最近一次攀上高峰之後，呈現出水平直線。根據監測器來看，他已經死了。

38

派蒂和矮仔牽著手，不知為何，在他們要說一些非說不可的話時，手掌心的觸碰遠勝過交談。他們倆都感到怪異，介於麻痺和狂亂之間，有時喘不過氣，陷入一種奇怪的來回倒置。四下一片漆黑，所以他們很安全，不過有夜視鏡，所以其實不安全，只不過夜視鏡派不上用場，所以他們是安全的。在這一步覺得有安全感，像小孩一樣躲起來，他們看不到任何人，所以也沒人能看見他們。但是在下一步，他們覺得自己要走完一條龐大無比的機場跑道。兩個渺小的人影在無邊無際的空間裡踽踽獨行，由上千支探照燈照亮著。

他們不知道哪種感覺是真的。

或許兩種都不是。

他們繼續走。

他們等待飛箭。

一支也沒有。

他們預期兩側會布滿哨兵。不耐煩的那類型，抱持樂觀的希望，等不及要盡早接觸。他們計畫盡量走在路中間，避開那些人。他們差不多走到了任何兩個遠距離前哨基地的中間點，在背後火光的照耀下不斷前進。但是到了最後一刻，他們計畫改變路徑，只走到火光能掩護他們的邊緣地帶。然後他們會繞進樹林裡，再遠一點的地方繼續沿著小徑的方向前進。這樣比直接走過去好一些，他們心想。小徑的路口當然會有人謹慎看守。

他們也打算分開行動，只是暫時而已，彼此相隔大約十碼左右。

「距離近到足以互相幫忙。」派蒂說。

接著她心想，遠到在另一方遇害時能跑得掉。

但是她說出口的是：「遠到不至於形成一個大目標。」

在他們後面的遠方，汽車旅館的屋頂塌陷了。一大團的火花竄升上揚，貪婪的新火焰開始吞噬木料。火光比先前更明亮了。

「現在。」派蒂說。

他們往南走，朝右手邊前進。他們往側邊閃躲前進，往前看一眼，再看看背後的火焰，設法待在它那泛白亮光的掩護底下，在光圈的邊緣盡頭，不過也挑戰極限，盡可能拉遠彼此間的距離，遠一點，再遠一點，這時矮仔依照先前講好的，率先跑向樹林裡。他成功了。派蒂等著，沒聲音，沒有大喊示警。她追趕著他，從同樣那兩棵樹之間擠過去，目標是繞過同樣的四分之一圈，往小徑的方向走回去。她聽得到他在前面的聲音，她的距離近到足以互相幫忙。她往後面看了一眼。她遠到足以逃跑。她會嗎？她心想，先設身處地想想再說吧，寶貝。誰知道別人會怎麼做呢？

她繼續走。

這時發生了兩件事，事情來得既快速又突然，她的腦袋一片空白。突如其來，快到看不清。發生了兩件事，她只知道這樣，然後就沒了。除了矮仔忽然站在她的前面，而且有個傢伙倒在地上。接著是痛苦的慢動作重播，像是心理反應。或許這是一種治療用途。創傷後壓力症候群。在她的心裡，她看見一個傢伙陰森地逼近，一個夢魘意象。他穿著一身黑，尼龍緊身服，一張弓，一支箭，一張可怕又毫無表情的獨眼面孔。弓猛地往右一拉，向下傾斜，指著她的腿，瞄準低處。**他們會把你們射傷**。然後弓弦往後拉，箭頭在月光下閃爍著，然後矮仔不知從哪裡冒出來，站在那傢伙的後面，揮動那支長長的金屬手電筒，像鎮暴警察一樣，往那傢伙的耳朵後方重重一擊，使盡馬鈴薯農夫渾身上下的每一分力氣和肌肉，再加上他感受到的每一分氣憤、怒火、恐懼和羞辱。那傢伙直接倒地。死了，她確定。那聲音這麼告訴她。手電筒砸爛他的腦袋。她是鄉下女孩，聽了夠多屠宰牛隻的狀況，知道那是怎麼一回事。

近到足以互相幫忙。

這招奏效了。

「謝謝你。」她說。

「我砸爛了我的手電筒，」他說。「現在它不會亮了。」

「你可以把我的拿去，」她說。「我起碼能做到這個。」

「謝謝妳。」

「不客氣。」

「留著我的當武器。」他說。

他們交換手電筒，一個荒謬的小儀式。

「謝謝你。」她又說了一次。

「不客氣。」

她別過頭去。

「可是呢。」她說。

「可是怎樣？」

「他們知道我們有兩個人，他們一定早就知道我們會用這一招。」

「我想是吧。」

「他們一定事先就知道了。」

「好吧。」

「我想他們顯然的做法會是兩兩一組地進行狩獵。」

一個聲音說：「妳說得對極了，小女孩。」

又一個夢魘意象。閃閃發亮的黑色尼龍緊貼著肌膚，一把複雜的弓可怕地加上複合層，金屬箭頭大得像分菜匙，獨眼巨人透過毫無表情的玻璃圓圈注視著。

那個夢魘意象射中矮仔的腿。

弓弦砰的一聲，飛箭嘶嘶作響，矮仔尖叫著倒下，像是跌進了一道活板門。箭卡在他的大腿上。他拖著那條腿，頭部猛地左右扭動，張開又咬緊下顎，把他的尖叫聲分隔成一連串極度痛苦的喘息，比呼吸快上許多，啊啊啊地，像是快速的心跳。

派蒂很冷靜，就像矮仔先前那樣。先前她的腦袋一片空白，現在他的腦袋也是這樣。

忽然間她心想，人生應該就是這樣。她聽見自己在腦袋裡說話，彷彿她是自己的隊友，站在她的身旁說，當然了，矮仔的情況不好，但他不會在接下來的三秒鐘變得更糟。不可能獲得醫療，所以放心去處理另一件事吧。

那就是持弓的那個傢伙。她看到對方有年紀了。忽然間，第二名隊友站在她的另一邊說，當然了，妳現在會注意到更多，有好多的細節，因為現在妳在一個更高的層次運作，或許是一個更原始的層次，感官更敏銳，所以雖然那傢伙從頭到腳穿著閃亮的黑衣，臉上還戴著一個裝置，妳還是能從他的姿勢及動作看出來，他大約是我們的祖父年紀了，而且他駝背又雞胸。假如我們回想起我們認識的年長者，叔伯和叔伯公之類的，還有他們的不良體態，然後我們適應那種身高和體重，那麼或許面對這傢伙，我們就沒有太多好擔心的了。

他重新搭箭上弓的動作遲緩，右手肘彎得很慢，不太靈巧。或許是關節炎吧。他設法彌補，提早伸手去抓箭。他摸索著。派蒂吸了一口氣，她感覺自己位在一個窄V字隊形的前端，不知怎地現在正在行進中，音樂響亮地播放著，她的忠實隊友們在她的身旁行進，以意志力促使她加入，帶著她一起向前，撐著她浮起來，讓她感覺輕飄飄的。

第一位隊友低聲地說，我認為妳要記住一點，姑且不論別的，當妳盡力而為之後，別忘了這傢伙朝矮仔射了一箭。無論就哪種標準來看，這都是完全違反規則。

第二位隊友說，夜視鏡會保護他的臉，最好是瞄準他的喉嚨。

留著我的當武器，矮仔說過。

她幹得很漂亮，儘管先前的經驗不多。她感覺到這一切的發生，在分子的層次。她感覺到每個複合物都湧入腦部。有些是複雜的情緒，大部分和矮仔有關，原始的感情，比她預期的要強烈得多。有些是簡單的軟體下載。塵封已久的使用手冊，是野蠻的史前時代留下來的。她全部吸收，而它們帶給她動物的優雅、力氣、速度、狡詐、兇猛，再加上人類遺棄的某種沉穩姿態，讓她對本能徹底投降。她飄然越過那個空間，背後拖曳著手電筒，完美地曳步而行，揮動手電筒照射前方，盡力加快速度，保持向下照射。獨眼巨人的視線往下移，以便追蹤它。接著她以U形曲線粗暴地將它往上一揮，切入垂落的下顎和拱起的脖頸之間那個狹窄的角度。

它嘎吱一聲地擊中，撞擊力一路傳至她的手肘。那傢伙倒下，彷彿他跑著撞上了曬衣繩。他的背部著地，她搶走他的弓，扔到一旁。他的夜視鏡是以粗橡膠繫帶綁在頭上，她一把將它扯下。他是一名消瘦、蒼白又乖戾的男子，大約有七十歲了。

他的嘴巴一張一闔地，活像金魚。

他的眼中浮現驚恐。

他無法呼吸。

他指著喉嚨，用雙手比劃著絕望的緊急手勢。

不能呼吸，他以嘴型無聲地說。

算你倒楣，她心想。

然後她聽見矮仔抽噎著。

後來她知道，假如有律師要指控她在盛怒之下殺人，她不會有辯護理由。沒錯，她就是這樣。或者假如他嚴厲地問她，妳是否真的拿手電筒毆打被害人致死？沒錯，她就是這樣。專打他的頭部，很多集中在臉上，用盡她每一分的力氣，直到他的頭骨看起來像一袋釘子。

然後她緩慢地走回矮仔的身旁。

他默不作聲。

他都看到了。

先處理首要之務。她把手伸到他的臂膀底下，把他往樹林裡拉進去。她讓他倚著一棵樹坐好。她把他的腿往前拉直。然後她跑回去死在她手上的那人身旁。她拿走他的夜視鏡。她綁在自己的頭上。她痛恨這麼做。那聞得到他的呼吸和頭髮的氣味，還有髒兮兮的金屬，以及硬化的軍用橡膠。

現在她看得見了。發光的綠色，驚人的細節。每棵樹上每片樹葉的每一條脈絡，輪廓全都清楚得像根針，彷彿是從內部打亮光線，柔和地發光。在她的腳邊，她看到每根小樹枝和每片掉落的樹皮，分毫不差。她看到遠方的樹木和近處的一樣鮮明。它比日光還要好，它顯得不自然，有增強、撫平、框限及展示的效果。她覺得自己像超人。

她跑回去矮仔的身旁，開始處理。

李奇拿走死掉那人的夜視鏡。他把它繫上，調整扣環。這世界變成明亮的綠色，細節清楚呈現。他拿走整筒的箭。他把它斜背在肩上。二十支長柄刀，勝過兩手空空。

他走向更深的樹林裡。他沒有迷路的危險，因為從樹叢間隙還是看得到小徑，即使它現在是在他左手邊的三十碼外，不過依然清楚顯示。它的光度和其他的東西完全相等。夜視功能會忽略陰影和距離。每一個東西都得到同樣的綠色和精心注意。

他往前走了四步，然後停下來。他認為第二個傢伙會在附近，但不會太靠近。近到足以做出快速回應，遠到可以逃離災難。當然是在聽力所及的範圍內了。

他緩慢地繞了一大圈，檢視每個細節。夜視鏡和熱成像不同，那是完全不一樣的領域。假如有人拿火柴點了一根菸，那麼當然了，他會以忽然發亮的火光顯現出來。不過只是因為光，不是熱能。夜視鏡不會知道熱能部分。假如那人不點菸，他就根本不會顯現出來，絕對不會顯現出散發體溫的橘色大香腸。他最好是能以蒼白的鬼魅身形顯現，就像其他的蒼白鬼魅身形一樣。或者根本不要出現。他會自動偽裝，因為周遭的一切都是綠色的。

沒有他的蹤跡。

李奇察看小徑的另一邊。他來回移動，透過樹叢的縫隙去看。五十碼的距離，輕而易舉。完美的細節，比日光還要好。沒有光線和陰影，沒有斑點，沒有遠近。每棵樹都散發相同的亮光，彷彿具有相同的放射性，在某個恐怖的未來世界裡。每株藤蔓和荊棘都有個別的細緻線條，細得不可思議，像是鈔票上的雕刻。

他看到那傢伙了。

他靠在一棵樹上，大約離小徑邊緣六呎的距離。緊身衣，深色，手上拿著弓，大部分的時候是往小徑的前方看。不過頻頻回頭張望，看著在他後方的小徑。他焦躁不安。他沒聽見夥伴的聲音。現在他必須作出選擇，是要回應，還是躲避災難？

他和李奇之間有四十碼的距離，這暗示著某種謹慎的跟蹤。反正是他們其中之一。這是辛苦的任務，十分費力。李奇站著不動。有時他相信要讓對方主動送上門。

首先，他從箭筒裡拿出第二支箭。兩手各有一支。接著他挑選一棵樹。一棵粗壯的樣本。大約六十歲，他心想，根據雷恩鎮來判斷。他的肩膀抵著樹。他身體前後的厚度比左右的寬度多一點，但是很接近了。他跨出一大步，然後蹲下來。他使用右手上的箭拍打敲擊，揮打矮樹叢，手臂誇張地大幅橫掃，試圖複製出腳步踉蹌的男子絆倒的聲音，或許翻滾，或許掙扎扭動，這或許能令人信服，或許不能。這可能是稀有哺乳動物在交配。因此為了讓這種假象更完美，他添加了響亮的停頓喘息呻吟聲，彷彿承受著可怕的痛苦，半是硬忍半是懇求，用一種他希望聽起來像是和電影明星一樣帥的傢伙會有的聲音。

接著他站起來，側身站在他的樹後面。

他等待著，整整兩分鐘。他心想那傢伙沒上當。不過這時他聽見他的聲音了。在附近，很安靜，緩慢又穩定。方向正確無誤。他是厲害的跟蹤者。他可能慣用右手，因此弓會在他的左手上。弓會往前，進入準備狀態。弦會往後拉到一半，不太鬆，不太緊。一種奇怪的姿勢。他會左側肩膀先行，然後半側著身體走。

李奇等待著。

那傢伙走得更慢了。現在他接近了他認為他會聽到聲音的地方。他焦躁不安，但也謹慎小心。

他以狂熱的低語喊著：「嘿，四號，是你嗎？」

李奇沒移動。

那傢伙說：「你在哪兒，兄弟？我想我在路上的某個地方跟丟了你。那邊有東西著火了。」

南德州，李奇心想。一個有禮貌又真誠的聲音。

他踢了踢腳邊的荊棘。

那傢伙說：「四號，是你嗎？」

李奇沒移動。

那傢伙說：「你受傷了嗎？」

李奇做出回應，在喉嚨的後方發出細微的聲音。他猜想最接近的字眼是空氣，以拉長又帶呼吸聲的口吻說出來。

那傢伙躡手躡腳地走得更近。

又近了一些。

他來到李奇的那棵樹附近，外側肩膀朝前行進，肚子露了出來，透過一個鏡筒張望，就許多方面來看，那都是一項科技奇蹟，只有一項重大的缺點，就是缺乏末端周邊視野。這表示那傢伙超前樹木半步的距離，這時他才注意到，並且愣住了。李奇持箭戳刺他，在腹部使出一記猛烈的上鉤拳，力道強大到整支箭都陷了進去，直到李奇的拳頭為止，並且足以把那傢伙抬離地面。李奇放開那支箭，把手抽了回來。那傢伙的膝蓋一軟地跪倒，那支箭插在腹部上，向下傾斜，有大約六吋的箭桿突出在外，然後是箭羽。

那傢伙往前倒下，臉部著地，正好倒在箭羽上。箭頭從他的背部刺穿出來，看起來又濕又黏。想當然耳，那不是紅色的，是綠的。

史蒂芬失去了一支手電筒。GPS的閃光消失了，再也沒出現。可能是撞擊吧。目前僅存的那支手電筒在樹林裡大約六十呎處，距離小路六十碼。它有好一陣子都沒移動了，他不知道是為了什麼。

不過他更擔心的是心率監測器，現在有四組都呈現水平直線。嚴格來說，現在他們有四名客戶都死了，這顯然太不合理了。這是設備故障，肯定是。小心駛得萬年船。或許有人該過去看看。GPS顯示彼得和羅伯離得很遠，分別在左右兩側，森林的邊緣。他們依然處於中立模式，不插手干預，在場提供建議和保證，不過只在有人提出要求時，僅此而已。馬克在移動，繞遠路往建築物的方向前進。他要不是用走的，要不就是慢慢地騎著摩托車。太慢了。他們都需要動起來，他需要告訴他們，但是他不能。無線電集線器燒毀了，他們的耳機毫無用處，什麼也聽不到，所以就什麼都不做。或許是在看著大火吧。

這時僅存的那支手電筒開始移動了。

39

矮仔的褲管浸透著鮮血，派蒂無法撕裂布料，太濕、太重又太滑。她跑回去取了一支箭。她利用箭頭的邊緣把上次箭頭射穿的裂口割寬一些。新的那支箭很鋒利，和廚房刀具一樣好用。她在傷口兩側割開一道約六吋的裂縫，然後把濕答答的布料拉開。她看了一下。傷口是垂直的，那支箭是箭柄一高一低地射過來，射中他的膝蓋上方，約莫沿著大腿往上三分之一處，位在正中央。它射穿肌肉，射中骨頭。她不是醫生，不過她知道那些名詞。射穿四頭肌到股骨，與股動脈呈九十度。差得很遠，他不會流血致死。他們很幸運。

只不過她很確定，箭的撞擊力打碎了他的骨頭。

她四下觸摸，摸到大腿後面有一個壁架形狀的腫塊，像是移位的骨折。他的腿後肌群遭到推擠變形。他喘息、呻吟、壓低聲音、咬緊牙關，然後嗚咽著，有部分是因為疼痛，部分是因為憤怒。透過夜視鏡去看，他是淺綠色的。他顯得震驚，但並非全然如此。他的心跳急促，不過很穩定。

她研究她拿來切割衣物的箭頭。它的箭頭是簡單的三角形，兩側的鋒利邊緣在箭尖交會，中間部分優美厚實，固定在箭桿上，以便增加重量和動能。它的邊緣像剃刀，可以劃穿任何東西，但是上頭沒有倒鉤。邊緣可以同樣輕而易舉地劃開抽回，甚至不用劃開，不必造成更多傷害。通道已經切割出來了。

只不過矮仔的肌肉痙攣，用力緊縮，像老虎鉗一樣緊緊夾住了那支箭。

她說：「矮仔，我需要你放鬆你的腿部。」

他說：「我感覺不到我的腿。」

「我想它是斷了。」

「那可不妙。」

「我需要送你去醫院，但是首先我要把箭拔出來。現在你把它緊緊夾住了，你要放開它。」

「我控制不了，我只知道它痛得要命。」

她說：「我想我們真的需要把它拔出來。」

「試試看按摩肌肉吧，」他說。「就像是我的腿抽筋了。」

她按摩著。他的大腿又冷又濕又滑，沾染了鮮血。他呻吟、喘息又抽噎著。她擠壓傷口的兩側，慢慢地把虎口往箭頭挪近，然後她往兩側擠壓得更用力一些，把傷口壓開，像是張開的口。鮮血汩汩湧出，像是綠色小河奔流，有些流向這邊，有些流到別處。

「告訴我，我們要去哪裡。」她說。

「佛羅里達。」他說。

「我們去到那裡要做什麼？」

「風帆衝浪板。」

「還有呢？」

「T恤，」他說。「這個才會賺大錢。」

「哪種設計？」

他停頓了一下，思考著，或許要精心設計，然後她抓住箭桿，儘可能快速用力一抽，就像她在工作時，把一塊卡住的二乘四板材從貨架上抽出來。箭拔出來了，矮仔從緊閉的牙縫中冒出尖叫聲，流露出痛苦、憤怒和背叛的感受。

「抱歉啦。」她說。

他上氣不接下氣地喘息。

她脫下外套，用乾淨的箭頭割斷衣袖。她把它們綁起來，兩只袖尾相對，大大地綁了一個結。她把外套的剩餘部分摺疊成一小塊緊實的襯墊，儘可能摺得小一些。她把它壓在傷口上，然後用那兩隻袖子綁了起來。她現在最多只能做到這樣了。前面加壓止血，後面加了某種的夾板。那個大蝴蝶結把東西固定住，至少撐一陣子。她希望。

「你在這裡等。」她說。

她跑回去第一個夢魘人形那邊，就是矮仔殺掉的那個，耳朵後面被打爆了。她扯掉他的夜視鏡，橡膠繫帶沾了血而滑溜溜的。她又從箭筒抽了一支箭。她跑回到矮仔身旁。她把夜視鏡給他戴上，把箭交給他拿著。為了安全起見，最後一道防護陣線。

「現在我要去替我們找一輛四輪摩托車。」她說。

她有一隻手上拿著那支還能用的手電筒，另一隻手上拿著那支乾淨的箭。她跑回到矮仔殺掉的那人身邊。她站在她原先站的地方，在腦海中重新播放那一幕。那傢伙從她的前方陰森地逼近，那個夢魘意象。面對面。換句話說，他是朝往南的方向前進，從北邊過來，在接近小徑路口的某個地方。

她從那傢伙的身上跨過去，朝那個在黑暗中讓他們轉身的聲音前進。**妳說得對極了，小女孩**。他們一轉身，看到了他。面對面。他也是一直朝往南的方向前進，也是從北邊過來，從小徑路口的附近。他們是兩人一組，一起合作。常識說他們會把摩托車停在後面，然後步行前進。

她從她殺掉的那傢伙身上跨過去，開始往北前進。

馬克看到她離開。他準備好要去跟蹤，不過在最後一刻，他的眼角餘光看到了她跨過去的東西。一個死人。兩個死人。這使得所有的事情都改觀了。燒毀汽車旅館已經夠糟了。諷刺的是，它已經投保了。不過他顯然不能冒險申請理賠。即使是粗略的檢查都會說這是縱火。因為它確實是。當時史蒂芬不明白他看到的是什麼。公平地說，他們都不懂。在那時候，無線電還會通，史蒂芬描述成堆的毛巾，他還形容矮仔神秘的技工活兒，輪流跑到每一輛車的車尾底下，但是監視器的角度不佳，他看不出來他究竟在搞什麼鬼，其他人也沒有任何建議，直到毛巾忽然著了火，他把它們到處亂扔。

在他們的腦力激盪時間，或是模擬，或是戰爭遊戲裡頭，從來不曾出現這種狀況。現在他明白應該會發生這種事，這是不可避免的。假如客戶強烈要求更好的標本，結果就會發生這種事。遲早的問題。他們會做出大膽之舉。

不過還是沒有保險理賠。警察會過來，他們會仔細察看這一堆殘骸廢墟，然後他們會發現各式各樣的詭異東西。不過拿錢重建會花掉他們這個晚上的一半收入，這個打擊可不小。雖然他想他們應該告訴自己，他們以後會把錢賺回來的。而且賺更多。

不過呢，還是一個打擊。有別的辦法嗎？忽然間他這麼想。忽然間他想到，幹嘛要整個重建？這家汽車旅館是一堆垃圾，對他來說根本不算什麼。這是某個他從不認識的死人，在很久以前留下來的古怪產業裡頭，根本不值什麼的一部分。他不在乎這家旅館。就在此時此地，他決定就這樣任憑它成為廢墟。在主屋整修一個房間會便宜得多，把招牌從汽車旅館改成民宿也會便宜許多。幾個全新塑膠字母，一點金色油漆。不一樣的邀請，可能效果更好。反正他們每次不需要超過兩名房客。客戶可以睡在帳篷裡，這是整個粗獷體驗的一部分。

但是死人是另一個完全不同的範疇了。馬克對自己注重實際的態度十分自豪。他覺得自己不會被情緒蒙蔽，或是讓感性牽著走，或是受到認知偏見誤導。他覺得他會作出純粹的冷靜判斷。他覺得自己擅長預見後果，像是在心裡進行快棋對弈。他覺得自己知道接下來會發生什麼。假如這樣，然後那樣，接著就會那樣。現在他能預見許多骨牌即將倒下。他們會想起死人，提出問題，追查紀錄。假如羅伯能找到那些人，政府也可以。或許還更快。

他心想著，該進行備用計畫了。

不帶感情。

他走回到他的四輪摩托車，緩慢地騎向主屋。汽車旅館燒毀殆盡，只有十號房的金屬籠依然屹立著，散發櫻桃紅的火光。溫度高得嚇人，他隔著停車場就能感受到了。餘燼在鬼魅般的夜晚微風中飄動，閃爍著紅色和白色的微光。

他騎車經過倉棚，開到了主屋。他重催油門，把車騎上階梯，停到前廊上。他走進前門，直接走向後廳。他還沒進門，史蒂芬就打了招呼，但是不曾抬頭。他在監看ＧＰＳ，他知道馬克在屋子裡。

馬克從史蒂芬的肩上望過去，看著ＧＰＳ的畫面。只有一支手電筒還在顯示著，彼得和羅伯依然靜靜地待在兩側。

史蒂芬說：「四組心率監測器失效了。」

「現在四個了？」馬克說。

史蒂芬切換畫面，讓他看數據。上面顯示出四份個別的圖表，心率對上時間。每份圖表看起來像是山嶺地形的鉛筆素描。這些圖表基本上顯示出同樣的內容。一開始是升高及持續的興奮，然後是極度緊張的短暫穩定時期，最後什麼都沒了。

「或許是設備故障。」史蒂芬說。

「不是，」馬克說。「我看到有兩個已經死了。」

「什麼？」

「他們的頭被打爆了，是派蒂和矮仔下的手，我猜。他們顯然比我們想的還要厲害。」

「是在哪裡發生的？」

「小徑以南。」

「另外兩個出了什麼事？」

「我不清楚。」馬克說。

史蒂芬切換回GPS的畫面。僅存的那支手電筒正在沿著小徑的方向移動，在樹林裡，接近邊緣。彼得和羅伯依然堅守崗位。在另一個視窗裡，剩下的兩名客戶顯現出加快但持續的心跳。是興奮吧，追逐的刺激。但是沒有突然的棘波，所以還沒有接觸。

「那幾個是誰？」馬克問。

「佧羅和那個華爾街的傢伙。」

「我們看得出來他們在哪裡嗎？」

「我們知道他們的摩托車在哪裡。他們似乎佔了中間位置。」

「前面兩個和後面兩個已經玩完了。現在就靠他們了。」

「是誰解決掉後面兩個的？」

「我不清楚。」馬克又說了一遍。

「這改變了一切，你知道的。現在不一樣了。」

「我同意。」

「你想怎麼做？」

「備用計畫，」馬克說。「仔細監看手電筒的去向。」

史蒂芬的眼睛盯著螢幕。

馬克從他的外套裡掏出一把方塊狀的黑色手槍。他抬高手肘，因為那把槍很長，上面接著一個消音器。他朝史蒂芬的後腦開槍。然後在身體不動了之後，再補一槍。要確保萬無一失。備用計畫會大量需要這部分。

他從衣櫃裡拿出了裝現金的袋子，放在走廊地板上。他打開衣櫃的背板，取出他的逃生包。現金、信用卡、駕照、護照，還有一支拋棄式手機。一個全新的人，收納在一個夾鏈袋裡。

他把彼得、史蒂芬和羅伯的那幾份扔在衣櫃地板上。

他把那幾袋現金提到外面，放在遠處的泥地上。他回到前廊，打開前門。他在門前來回拉動四輪摩托車，直到它有空間倒下。他打開油箱蓋，扔在一旁。他像舉重選手般蹲下來，抓住車身。他把摩托車用力往上一推，把它推翻，朝屋子的方向側面倒下，就在前門旁。汽油從油箱汩汩流出。它沾染了一片污漬，然後聚積成一座迷你湖泊。

馬克丟了一根火柴，往後退，抓起袋子，然後拔腿就跑，往倉棚狂奔。他跑到一半停下腳步，然後回頭看。房子已經著火了，在前門周圍，牆壁和前廊木板。火焰往室內竄燒。

他再次轉身，向前跑。他跑到倉棚裡，把袋子放進他的賓士車。他倒車出來，停在遠處。他跑回去倉棚，在他右手邊的房子正在熊熊燃燒，火舌竄燒到二樓窗戶。進了倉棚，他急忙來到停放乘坐式割草機的地方。上方的架子是擺放汽油罐的地方，一共有五罐，全都排放整齊，每次有人開小貨車進城時，就把罐子補滿。隨時都準備充裕，草地必須打理得漂亮，外觀魅力很重要。

但是備用計畫用不著這個。

他把罐子裡的汽油全都倒在地上，倒在分別屬於彼得、史蒂芬和羅伯的三輛賓士車下面。他丟了一根火柴，往後退，轉身跑回他的車上。他打開危險警示燈，讓彼得和羅伯看到。這是引發恐慌的信號。他們已經知道無線電不通了，現在又看著兩起新火警。他們根本不知道出了什麼狀況。他們會急奔前來。

他往小徑路口的方向開去，以緩慢莊重的速度經過汽車旅館散發熱光的廢墟，穿越草地，一路上閃著橘色燈光。

他在草地的中央停下來。

羅伯從右手邊急奔而來，在樹林外面繞了一個大彎，連續拍打著頭形花架，四條粗輪胎把地上的草都壓扁了。他顛簸越過柏油路面的邊緣，在副駕駛座的旁邊巧妙地操控。馬克把另一側的窗戶搖下來。羅伯往裡面看，馬克朝他的臉開了一槍。

馬克又把車窗搖上。彼得從左手邊趕過來，同樣繞了一個大彎，穿越草地。完全對稱。他的目標是開到駕駛座的車窗，不是副駕駛座。這表示賓士車介於他和羅伯的空摩托車以及倒在地上的人形之間。

馬克把車窗搖下來。

彼得設法把車停在他旁邊。

面對面。

那把槍太長了，因為消音器的緣故。馬克沒辦法使用，它卡在門上。

彼得關掉引擎。

他說：「情況有多糟？」

馬克停頓了一拍。

「真的無法更糟了，」他說。「汽車旅館燒毀了現在主屋和倉棚也都起火了。還有四名客戶死了。」

彼得也停頓了一下。

然後他說：「情況完全不同了。」

「我同意。」

「我是說一切到此為止了。你明白這點，對吧？他們一定不會放過任何線索。」

「那還用說。」

「我們應該閃人，」彼得說。「就在這一刻。只有你和我。我們需要這麼做，馬克。壓力會排山倒海而來，要是我們留下來，可能撐不過去。」

「就你和我嗎？」

「羅伯和史蒂芬毫無用處。他們是負擔，你是知道的。」

「我要打開車門，」馬克說。「我得下來伸伸腿。」

彼得看了一下。

「你的空間很夠啊。」他說。

馬克打開車門，但是沒下車。他只把門打開到把手飾條不會擋住消音器，而彼得依然適當地呈現在斜置的車窗框架裡。他朝他的胸口開了一槍，往喉嚨開一槍，臉上也補一槍。然後他又關上車門，把車窗搖上，關掉危險警示燈，沿著小路繼續開，開往樹林。

40

李奇快速穿越下一區的樹林，因為有了夜視鏡。他待在距離小徑六呎遠的地方。他並未刻意偷偷摸摸或保持安靜，他依賴的是樹木的數學隨機分布來替他阻擋飛箭。從遠處直接射擊的機率永遠都是百分之一。

在某個時刻，他聽見遠處傳來四次爆裂聲。分成兩組，一次和三次。微弱的空洞尖細聲響。或許相隔三十秒。他的大腦後部說，那是消音的九釐米子彈，在戶外發射，大約在一哩外。前部說，或者那是有東西遇熱爆炸，可能是噴霧罐，在大火裡。火勢又更猛烈了。它有一度往上飛竄，他認為那是在屋頂塌陷的時候，然後火勢稍減了一些。不過現在火光復燃，而且延燒得更廣，彷彿起火點不止一處。

他停下腳步。他看到左前方有兩部四輪摩托車並排停著，車頭向內斜停，車身有一半在樹林裡，一半在樹林外。像是在鄉間路邊餐館外的景象。夜視鏡顯示騎士不在附近。他們可能在前方，步行，比較接近行動，和前兩個一樣。這些是接下來的兩個。他們採取多層次防禦，一組接著一組。這就是李奇不想當步兵的原因。他不喜歡跋涉無止境的地形。

他繼續走，比先前更安靜。

他又停下腳步。

他看見前面有一個人，在小徑的另一側，大約深入林中三十呎。在遠處顯得微小，但是和其他的一切一樣明亮，以灰色及綠色的線條勾劃出細緻的輪廓。他的打扮有如潛水夫，帶著一把弓，還有獨眼巨人的眼睛。

他的夥伴不見蹤影。他露出一些焦慮的跡象。大部分是因為天空中的火光吧，李奇心想。那人不斷朝那邊看，然後躲開了。或許是一種粗糙的方式去看它變得有多亮，他必須多快退縮躲開。那傢伙高大又結實，抬頭挺胸，肩膀方正。但是他顯得不自在。李奇看過這種人，不只是在軍中。毫無疑問地，這傢伙無論擅長什麼，他都是那個領域的頂尖人物。不過在這個當下，這一切顯然超出了他的能力範圍。他帶著困惑地抽搐著，或許是憎惡。彷彿在內心深處，他無法理解為什麼他的參謀或行政助理沒有替他把事情處理得好一點。

李奇穿越樹叢前進，在小徑的另一邊。他緩慢又安靜地移動，一直走到他和那人平行的地點。李奇在樹林裡的六呎處，然後是小徑，那人在另一側的樹林裡三十呎處。平面圖上的一直線，但是無法在森林裡直接射擊。那人太深入林間，把自己困在裡頭了。防禦性太高，缺乏攻擊的自然途徑。

李奇跨越小徑，沿著直線前進，在他和那人之間有上百棵任意生長的樹木。他在另一側又走回到樹林裡。他繼續前進，現在距離那人二十呎，依然直線前進。天空的火光增強了兩萬倍，在樹葉間閃爍狂舞，像是相機的閃光燈，像是電影明星下了車。在正前方，那人低下頭，彷彿那一陣閃光讓他感到不舒服。

現在他在十呎之外。李奇慢慢停下了腳步。他仔細環顧四周，三百六十度。他細看整個環境，分段檢視。高度精細，微粒影像，單色，略偏灰，大多是綠色，一點冰冷，一點纖細，一點流動及朦朧感。不是那麼逼真，就某些方面來說反而更好。

沒有夥伴的蹤跡。

李奇繼續前進。他一如往常地相信保持機動性，不過也一如往常地作好了計畫。就這個情況來說，是拿箭戳進那傢伙的脖子裡。這應該很容易，因為手臂的距離等於完蛋大吉。但是機動性介入其中。在近距離時，即便是在樹叢之間的縫隙中一瞥，那傢伙顯然以某種特別的方式顯現憂慮。一種原始的方式，就像是飛機墜毀在無人島的億萬富翁。或是某人的車子在錯誤的地帶發生小擦撞。食物鏈。他忽然不如他想的那麼高了。或許準備要談條件。

李奇朝他衝過去，那人的反應是猛地把弓拉高，或許單純是動物的直覺而已，不是經過思考的決定。這真可惜，因為只是為了以防萬一，李奇必須把他的箭往下一劃，像是裝了長柄的刀，砍傷了那人左手的四個指關節。那人狂吼，丟下弓，李奇走上前，貼得很近，他們的鏡筒互相碰撞，他踢了那人的膝蓋後方，他往後倒臥在地上，李奇用腳踢開那人的夜視鏡，然後用同一隻腳踩住那人的喉嚨，把箭尖塞進他的雙唇之間，輕敲他的牙齒。

「想開口嗎？」他輕聲地說。

那傢伙無法說話回答，因為箭卡住他的牙齒。他也不能以手勢回答，因為那隻腳踩著他的喉嚨。所以他只是設法用眼睛表示同意，像是某種絕望的懇求，某種承諾。

李奇抽回那支箭。

他問：「你在獵捕誰？」

那人說：「這不是表面看起來的那樣子。」

「怎麼說？」
「我是來獵捕野豬的。」
「結果你改為獵捕什麼？」
「我被騙了。」
「你在獵捕什麼？」
「人類，」那人說。「我不是為了這個來的。」
「幾個人？」
「兩個。」
「他們是誰？」
「加拿大人，」那人說。「一對年輕情侶。他們的名字是派蒂．山德斯壯和矮仔．弗萊克。他們被困在這裡。我是被騙進來的。他們告訴我是野豬，他們騙了我。」
「是誰騙了你？」
「一個叫馬克的傢伙，這地方是他的。」
「馬克．李奇？」
「我不知道他姓什麼。」
「你為什麼不報警？」
「這裡沒有手機訊號，房間裡沒電話。」
「你怎麼不一走了之？」
那人沒回答。
「你今晚為什麼不待在房間裡，拒絕參加？」

沒回答。

「你為什麼仍然帶著弓箭，在黑暗裡頭到處追蹤？」

沒回答。

「等一下。」李奇說。

他聽見前方有汽車的聲音。他看見樹叢間透出放大光源的斑駁亮光。一輛大車開著車頭燈。他把鏡筒往上翻。世界變得漆黑，除了在他的右側三十呎的小徑之外。它一片亮晃晃，像是長長的小拱棚內部。兩道強光束照著前方，一部賓士車開過來。它是閃亮的黑色，一部大型休旅車，形狀像拳頭。車尾燈亮起紅光一會兒，然後便開走了。

李奇又把鏡筒放下來。世界又變成高度精細的綠色。他把腳換著踩在那人的頸部，騰出空間，給那支箭的箭尖。他把它撐在鞋子的沿條上穩住，然後往下施加適度的壓力。那人企圖尖叫，不過李奇踩得更用力，阻止了他。

那人說：「我不知道我加入了什麼，我發誓。我是銀行家，不像其他那些人。我也是受害者。」

「你是銀行家？」

「我經營一家避險基金公司。其他的那些傢伙和我沒關係。」

「我想這世界和以前不同了，」李奇說。「你似乎期望得到比較好的待遇，因為你是銀行家。什麼時候開始有這種規矩？我想我是在眨眼時，錯過了這一切。」

「我不知道他們在獵人頭。」

「我想你知道，」李奇說。「我認為這就是你會過來的原因。」

他更用力地倚著那支箭，然後再用力，直到它刺穿皮膚，穿過頸部，撞擊脊椎，然後從另一側穿出來，把那人釘在林地上，像隻死蝴蝶。他憑感覺判斷那裡是樹根，多節瘤又堅硬。但是李奇使勁壓上去，用力推到那支箭穩穩地固定住，而且筆直無比，像是一座紀念碑。

然後他繼續在林間穿越前進。

馬克將賓士車停下來，和拖吊車的車頭相對。他計算了一下。嚴格說來，最多還有四個人依然下落不明，包括佧羅和華爾街的傢伙，以及派蒂和矮仔。再加上假設有第五個人，假如外面那兩個是第三方的受害者。或許是那個大塊頭，他又回來了。因為他看到了什麼，因為他一直都心存懷疑。

這都是彼得的錯。

四個人，或者五個。全都在前方，或許是很遠的前面。他需要短短的三分鐘，這就夠了。或許還不到。他需要把拖吊車倒車開到大馬路上，高速行駛，有必要的話就開進溝渠裡，任何能讓它別擋路的都行。然後他要趕回來，跳上他的車，揚長而去。任何地方都可以，不管是東南西北。三分鐘，或許不到，這就夠了。不過呢，五個人，地點不明。每個地點或許在三分鐘的距離之外，這樣的話不成問題，要不就是不到三分鐘的距離，這樣問題就大了。

最後他心想，不到三分鐘的距離可不容易，依照實際上來看。他在心裡把整個場景想一遍，就像快棋對弈。先是這樣，然後那樣，接著就會那樣。他覺得他知道會發生什麼事。這是聲音很大的柴油引擎，在遠處的每個人都會聽到。一開始，客戶會以為範圍放寬了，這是在遊戲中臨時做出調整，為了增添樂趣。派蒂和矮仔也會這麼想。他們到目前為止表現不錯，因此他們會認為現在終點柱被挪到離他們更遠了。沒人會起疑。三分鐘沒關係，他們不會有人做出任何反應。

除了佧羅。這是他的車，他會知道事情不太對勁。他可能不會追究，因為他認為經過了這幾天，現在他多少成了小組的半脫離成員，由於他獲得了那個大折扣，以及其他之類的。他對這件事可能會有種我家就是你家的感覺。他可能甚至認為，自己沒有被踢出這遊戲是一種恩惠。畢竟他是以客戶的身分參加，不是裁判。做出臨時調整不是他的分內工作，他可能不會追究。

或者他可能會。

他可能在三分鐘以上的距離之外，就算他立刻做出反應。他會需要穿過森林，可能六十碼或以上，才能回到他停放摩托車的地方。這樣可能就要三分鐘了。

或者不需要。

實際，冷靜。整體來說，他認為很有機會成功。佧羅可能不追究，也可能會，再乘以他可能就在附近，或者不是。連擲兩次銅板。災難的機率是四比一，成功的機率是四比三。數字不會說謊，沒有認知偏見。

他讓賓士車持續發動，駕駛座的車門開著。他從樹叢和拖吊車的超大引擎蓋之間側身而過。他奮力走到聳立的駕駛室旁。他抓住門把，爬上爬梯。

車門鎖著。

他沒料到這點。他難得沒想到會遇上什麼狀況。這麼簡單的事，他卻從沒想到過，過了一百萬年也想不到。他懸在那裡，一隻腳踩著爬梯，一隻手抓著門把，搖搖晃晃，被樹枝戳刺著。起先他很生氣，佧羅有夠蠢，停了車卻沒有留著車門別上鎖，鑰匙插在裡頭。有誰會幹這種事呢？這真的太荒唐了。機動性才是一切。他們可能會隨時需要移動拖吊車。遊戲中的管理向來容易變動，大家都知道這點。

接著他憂心忡忡，有一種令人作嘔的空洞感受。假如鑰匙不在車子裡，會是在哪裡呢？最好的狀況也是夠糟的。最好的狀況是，鑰匙在佧羅的口袋裡，這表示他要找到那傢伙，從他身上拿到鑰匙。這樣會造成延誤，可能還會延誤不少時候。也就是說這會增加他在任何剩餘的敵對份子面前曝光的機會。不妙。

不過這也還好過最糟的狀況。佧羅的口袋很緊，那是彈性布料，閃亮的黑色。他會想把鑰匙帶在身上嗎？他們之中有人會嗎？畢竟他們的房門都沒鎖，讓矮仔有機可趁，搞了一堆著火的毛巾。他們沒想到隨身攜帶那些鑰匙。或許他們認為口袋裡塞東西會破壞整體造型。

最糟的情況是，佧羅把鑰匙留在二號房的梳妝台上，隔天早上再去拿。現在永遠拿不到了，或許在多年後會有人幸運地找到它，上頭沾滿灰塵，融化扭曲變形，而且用途不明。

馬克從爬梯下來，奮力沿著引擎蓋走回去他的車上。他倒車十碼，在樹林間的那個空隙掉頭，往他先前過來的路徑開回去。

派蒂看到他再次經過。她在不久前才看到他離開，假如那真的是他的話。她只是猜想在車上的是馬克，因為夜視鏡的緣故，她並未直視駕駛。那輛車的車頭燈是亮著的，太亮了。不過在她閃避時，她聽見引擎的嗡鳴聲，還有輪胎咻咻作響。她知道那是普通的汽車，或是旅行車或休旅車。她只是覺得是馬克在開車。在他第一次經過時，她認為他是想逃跑吧。不過顯然不是，因為他又回來了。

或許那根本不是馬克。

她找不到四輪摩托車。她不認為那些車會停在樹林深處，那裡的空間太小了，可能要花上一輩子的時間也塞不進去。所以她把搜尋限定在小徑邊緣的附近。她期待發現它們並排停著，或許後半部停進灌木叢裡，或許斜停著，彷彿準備隨時行動，但是也留了空間讓其他車輛經過，當作是一種禮貌，假如它們想要的話。可是她什麼也沒找到。

她停下腳步。她已經離開矮仔很遠了，不知道她應該再走多遠。她小心翼翼地看著前方。她越來越習慣夜視鏡了。她轉身看後方。天空中的火光又變亮了，亮到無法直視。她半轉身，往南邊察看。她看到有一隻小型的夜行動物掠過六呎外的空地，潛入一堆樹葉中。牠和其他所有事物一樣被照亮了，顯現出蒼白、黯淡又快速移動的綠色。或許在真實世界是灰色的，或許那是一隻老鼠。

她完全轉回正前方。

她再次往前看。

和先前一樣。同樣的夢魘意象，不知從哪裡跑出來的，無中生有，只是忽然現身。手上的弓已經就定位，弓弦往後拉，箭頭瞄準。但是和先前不一樣的是，不是瞄準她的腿，這次更高一點。

矮仔不在他的後面。

和先前不一樣。

那個夢魘般的意象開口了。

「我們又見面了。」那個意象說。

她認得那個聲音。是佧羅，那個開拖吊車的狡猾傢伙，南斯拉夫軍人，看起來像戰爭罪犯照片後排的一張模糊臉龐。她早該知道的。她真笨。

佧羅問：「矮仔呢？」

她沒回答。

「他還活著嗎？或是妳也不確定。或許你們各走各的路，現在不是兩人一組了。他不在前面，因為我檢查過了。他不可能在妳後面，因為這樣既不中看，也不中用。」

她別開視線。

他在玻璃嘴罩底下露出笑容。

開心地咧嘴笑。

他說：「他受傷了嗎？」

沒回答。

「這真刺激，」他說。「妳出來收集根莖和莓果，調製藥水，替妳的男人療傷。妳很擔心，急著想回去。這真是令人欣喜的情況，妳和我會玩得很開心。」

「我在找四輪摩托車。」她說。

「沒必要，」他說。「我的拖吊車擋住去路了。沒人能比我先離開。我可不笨哪。」

他拉低目標。

瞄準她的腿。

「不要。」她說。

「不要什麼？」

「對，矮仔受傷了，現在我需要回去照顧他。」

「他的傷勢有多重？」

「很嚴重，我想他的大腿骨斷了。」

「真可惜。」佧羅說。

「我現在需要回去看他。」

「遊戲規則是，沒被抓到才能自由行動。」

「求求你。」她說。

「求我什麼？」

「我不喜歡這遊戲。」

「但是我喜歡。」

「我想我們應該別玩了，這已經失控了。」

「不行，我認為好戲才要上場。」

派蒂沒再開口，她只是站在那裡，一隻手拿著手電筒，另一隻手上握著箭。這是能用的那支手電筒，甚至不是武器。箭可以拿來砍殺或戳刺，但是那傢伙在十呎之外，超出了範圍。

他將弓弦往後再拉一吋，箭頭往後移動，同樣是一吋，朝他的手的方向，咬緊握把。弓的彎曲弧度更大了，發出緊繃的嗡嗚。

那是能用的手電筒。

她做出一氣呵成的動作，把箭丟下，找到開關，打開手電筒。這就像她記憶中一樣，在她第一次察看本田車的加熱器軟管時。一道刺眼的白色光束，強烈又集中。她把光束對準那傢伙，對著他的臉，他的玻璃大眼。她開啟光源，固定不動。他退縮避開，箭飛射出去，低飛射穿矮樹叢，砰地射進了地面。他閃躲、蠕動又歪扭著。她以光束追逐他，像是實質武器，總是對準他的臉戳刺攻擊。他摔倒在地上，滾來滾去，把夜視鏡從頭上扯下來。
她關掉手電筒，從樹叢間跑掉了。

41

派蒂知道逃跑要不是聰明之舉，要不就很愚蠢，端看佧羅是否逮到她。就是這麼簡單。起初她滿懷希望，她跑得很順利，而且她想他可能不會那麼快追上來。他可能會有點擔心前面有埋伏，光束的攻擊。像是矮仔的電視播放的太空電影。

然後呢，壞消息。她聽見後面傳來猛烈的腳步聲，越來越接近。她往右狂奔，改變方向。佧羅慢了一點才轉彎。她領先他了，但是他又追上來。他就緊追在她身後了，她透過跳動的夜視鏡，看到小徑就在正前方。就快到了，越來越近，明亮又清晰。她沿著某個角度朝它狂奔而去。她的後面傳來猛烈的腳步聲。她衝到小徑上，佧羅緊跟在後。他站穩腳步，舉起了弓。

車頭燈照亮了他們，放大兩萬倍，像是原子彈。他們迅速閃躲。佧羅把他的鏡筒翻上去。派蒂把整個裝備從頭上扯下來。世界變得一片黑暗，除了那輛車。黑色的賓士。開著燈，慢下來，馬克坐在駕駛座上。他停下車，打開車門，下了車。他遠離車頭燈，向前走進陰影中。

佧羅又舉起弓。

他把箭瞄準派蒂。

但是他對馬克說話。

他說：「那邊是什麼著了火？」

馬克停頓了一拍。

「所有的東西都著了火，」他說。「我們現在的情況完全不同了。」

「我們？」

「你也算在內吧，你不認為嗎？有人死掉了。他們一定會查個水落石出。我們應該閃人，就在這一刻，只有你和我。我們需要這麼做，佧羅。壓力會排山倒海而來，要是我們留下來，可能撐不過去。」

「就你和我嗎？」

「你是我的頭號人選，其他人毫無用處。他們是負擔，你是知道的。」

佧羅沒回答。

馬克說：「我們時間不多了。」

「時間非常充裕，」佧羅說。「這個晚上才剛開始，我們不會受到打擾，沒有人進得來。」

「我們要談談這件事，我們真的需要立刻把你的車移開。」

「為什麼？」

「策略問題，遊戲中的調整。」

「我們不需要做策略性的遊戲中調整。現在不用，再也不需要了。矮仔受了傷，而且我抓到了派蒂，遊戲結束了。」

「好吧，射死她，然後我們開始吧。」

「我想要先了結矮仔。」

「你在拖時間。」
「什麼？」
「你真的有鑰匙嗎？」
「什麼鑰匙？」
「拖吊車的車鑰匙，」馬克說。「在哪裡？」
「這是哪門子的問題？我的拖吊車很值錢哪。」
馬克點頭。
「沒錯，」他說。「我是你最要好的朋友，我是在替你擔心。希望你沒把鑰匙留在床頭桌上。萬一有的話，你最好打電話找拖吊車，來拖你的車。汽車旅館燒毀了，那是那邊最先著火的部分。」
「鑰匙在我身上，」佧羅說。「在我的口袋裡。」
「那就好。」馬克說。他把那支黑色長槍從大腿後面拿出來，朝佧羅開了四槍，全都射在持弓的那隻手臂下方的胸廓。
槍聲雖大但沉悶。
前面那根長長的管子是消音器，派蒂心想。
佧羅跌落在小徑上，忽然倒成扭曲的一堆，尼龍發出嘶聲，弓喀啦作響，他的頭部啪地撞在柏油路上。
馬克把槍轉向派蒂。
他說：「去拿他口袋裡的鑰匙。」
派蒂停頓了一下，然後立刻去拿。

她覺得她做過更糟的，就是把箭從矮仔的腿上抽下來。鑰匙是溫熱的，不比本田車的那一把大。

「把它扔過來。」馬克說。

「然後你會對我開槍。」她說。

「我隨時都能對妳開槍，我可以從妳冷冰冰的屍體手中把鑰匙拿走。我不會反胃想吐。」

她把鑰匙丟過去。

鑰匙掉落在他的腳邊。

他說：「矮仔的狀況有多糟？」

「很糟。」她說。

「他能走動嗎？」

「他的腿斷了。」

「我想妳和我可能是最後兩個倖存者，」馬克說。「而且我不得不說，可憐的矮仔碰到我算他倒楣。我不會回去救他的。在我看來，他就留在原地好了。」

派蒂沒說什麼。

「我只是好奇，妳認為他會撐多久？」

派蒂沒回答。

「我想知道，」馬克說。「是真的，我們來算算看吧。他們是怎麼說的，沒水能撐五天，沒食物能撐五週？只不過他一開始就身體出了狀況。」

「我會去救他。」派蒂說。

「我想妳沒辦法吧，我想他會試圖自己爬出來，但是想必會快速脫水，現在覺得很虛弱了。爬行可能增加感染的風險，而且絕對會增加他暴露在掠食者面前的機會。那些畜牲有的喜歡噬咬開放性傷口。」

「讓我回去救他吧。」

「不必，我認為現在應該讓他自生自滅了。」

「你幹嘛在乎這個呢？你說你只是迎合其他人的骯髒欲望。那些其他人現在已經不存在了，所以你的任務結束了。拿著鑰匙，把拖吊車移走，離開這裡吧。別來煩我們。」

馬克搖頭。

「矮仔燒掉我的汽車旅館，」他說。「所以我在乎。請原諒我有那麼一丁點的報復心態。」

「是你逼我們玩這遊戲的，縱火是合理的舉動。」

「那麼讓他在那裡等死是合理的回應。」

派蒂移開視線，看著佧羅，毫無生氣地躺在柏油路面，在車頭燈光線的照射之下。那些刺眼的白色燈光和參差的黑色陰影。

她收回目光。

她說：「你打算怎麼處置我？」

「總是同樣的問題，」馬克說。「妳聽起來像跳針的唱片。」

「我有權知道。」

「妳是目擊證人。」

「我向來都說，你不會讓我們贏。這遊戲根本是鬼扯。」

「它有它的用途。妳應該看看我的後車廂有什麼。」

「讓我去照顧矮仔。你跟我一起去，在那裡動手，把我們兩個一次解決。」

「真浪漫。」他說。

她沒回答。

「他究竟在哪裡？」馬克問。

「往回走很長一段路。」

「太遠了，很抱歉。我真的要動身了。讓我們在這裡解決吧，就妳了。」

他舉槍瞄準，她在車頭燈的光線之中看得一清二楚。她從看過的電視節目上認出那種廠牌。是格洛克，她很確定。方方正正，設計複雜，做工精細。前面的管子經過不鏽鋼抛光處理，是精密的組件。那玩意兒看起來值一千元。她吐了一口氣，派翠莎瑪麗山德斯壯，二十五歲，念過兩年大學，鋸木廠工人。和她在酒吧認識的馬鈴薯農夫度過短暫的愉快時光。比她期待的更愉快，比她知道的更愉快。她想再見到他，再一次就好。

馬克的左後方有動靜。

她的眼角餘光看到了。在車頭燈光線外的黑色陰影深處。一抹白色閃過，在後面十呎的地方，懸在半空中。她心想，是眼睛吧，或是牙齒，像是露出笑容。她側耳聆聽，什麼也沒聽見，只有汽車空轉的引擎發出沙沙聲，還有它耐心十足的廢氣傳出溫和潮濕的氣流聲。

這時她感覺到一個身影，在馬克的背後。一個深色的空間，像是一棵樹在移動。

太瘋狂了。

她別過頭去。

馬克問：「準備好了嗎？」

「我很高興你的汽車旅館燒掉了，」她說。「我只是希望你也在裡面。」

「妳怎麼這麼說呢。」他說。

她又看著他。

有一名男子就在他後面。

一個巨人。他走進了車頭燈的光線裡。他的左手握著一支箭，頭上戴著一個夜視裝置，鏡筒往上翻開。他比馬克高出六吋，身材寬一倍。

他龐大無比。

他悄然無聲。

他走到馬克的背後，距離不到一呎遠，像是兩名男子排在擁擠的隊伍中，要進去看曲棍球賽，或是搭飛機。他探出右手，扣住馬克的手腕。他輕巧地將馬克的手臂往側邊拉，保持筆直，保持水平，毫不費力地，像是緩慢平穩地打開一扇門，呈現完美的九十度弧形，直到格洛克漫無目的地指向一旁。他探出左手，以彎曲的手肘緊扣住馬克的上半身，壓制在他的胸前。他將箭尖抵著馬克的喉頭凹陷處。兩個人都一動也不動。他們看起來像是緊扣在一起，準備跳探戈。只不過馬克的方向正好相反。

大塊頭的男子說：「把武器放下。」

聲音低沉但輕柔，幾乎是親密了。彷彿他只想說給馬克聽，距離只有幾吋的耳際。他的口吻聽起來比較像是建議，而非命令。但是裡頭藏著冷酷的暗示。

馬克沒有把槍枝丟下。

派蒂看見巨人的右前臂肌肉鼓起。刺眼的單調燈光讓它的輪廓顯得更誇張，看起來像是裝在袋子裡的石塊。他的臉上毫無表情。她領悟到他正在擠壓馬克的手腕，緩慢地、持續地、無情地、殘酷地。馬克痛喊著，呼吸急促。她聽見骨頭發出喀嗒聲，嘎吱作響，移動著。馬克抽搐扭動。

大塊頭繼續擠壓。

馬克扔掉了那把槍。

「好選擇。」大塊頭說。

但是他沒放手，沒改變跳探戈的姿勢。

他說：「你叫什麼名字？」

馬克沒回答。

派蒂說：「他叫馬克。」

「馬克什麼？」

「我不知道。你是誰？」

「說來話長。」大塊頭說。

他的肌肉再次鼓起。

馬克扭動著。

「你姓什麼？」大塊頭問。

骨頭發出喀嗒聲，嘎吱作響，移動著。

「李奇。」馬克喘息著說。

42

在一百碼之前，李奇看到一名女子拿手電筒光束照著獵人，然後拔腿狂奔。他看到獵人追趕她。他在兩人的後面追上去。他正好趕上賓士車駛抵的時刻。他在車子後方的黑暗之中跨過小徑，悄悄來到對向的那一側。他聽到大部分的對話，關於拖吊車鑰匙、矮仔，還有燒毀的汽車旅館。他聽見那傢伙說，他認為他和那名女子是最後兩個倖存者。她叫做派蒂・山德斯壯，這是銀行家臨死前說的。矮仔應該是矮仔・弗萊克，加拿大人，無依無靠。

「我有錢，」馬克說。「你可以拿去。」

「不想要，」李奇說。「不需要。」

「我們一定有辦法喬攏這件事。」

李奇說：「派蒂，把他的槍撿起來，要很小心，手指和拇指抓住槍柄。」

她照做了。她走過去，彎下來，抓起槍，小跑步回去。李奇把馬克的手臂從手肘處彎曲，呈九十度，像是他在揮手，而且不只如此，他一直彎到他的前臂往後貼緊上臂，手碰到了肩頭。

不只是如此。李奇把馬克的手拉到水平線以下，勉強往下拉到肩胛骨的後面，兩吋、四吋、六吋，這時各處的關節都承受了各種壓力。最嚴重的是手肘，不過肩膀也是，還有在這之間的所有韌帶和肌腱。

李奇把箭從馬克的喉頭拿走，手肘從胸前鬆開，馬克漸漸地跪了下去，釋放手臂的壓力。李奇改變他的抓握方式。他放開他的手腕，把拳頭塞進他的領口，然後扭轉，扭成緊緊的八字形，讓鈕扣卡住他的脖子。

這時他看著派蒂說：「妳想動手嗎，還是讓我來？」

「動手做什麼？」

「開槍殺了他。」

她沒回答。

「妳說妳希望他被大火燒死。」

「你是誰？」她又問了一遍。

「說來話長，」他又說了一遍。「我和人約了早上碰面，在這裡以南的地方。我需要汽車旅館過夜，我只找到這一家。」

「我們要報警。」

「你們要去哪裡？」

「佛羅里達，」她說。「我們需要新生活。」

「做什麼？」

「出租風帆衝浪板，或許還有水上摩托車。矮仔想賣T恤。」

「要住哪裡？」

「海邊小屋，或許在店面樓上。」

「聽起來不賴。」

「我們也是這麼想。」

「或者妳也可以在新罕布夏州某處的連鎖汽車旅館住上三年，和真的很討厭的人交談，有一半的時間無聊得要死，一半的時間怕得要死。妳想過那種日子嗎？」

「不要。」

「假如我們報警的話，就會是這樣。妳會跟警探、檢察官、律師和心理醫生談，一而再再而三，其中包括一些很難回答的問題，因為他們會和我用同樣的方式演算推論。我從大馬路過來，而那些行動總是搶先我一步。到目前為止，我趕上四輪了，我猜想原本還有更多會繼續發生。」

「原本有六個人。」

「前面兩個出了什麼狀況？」

她沒回答，只是吸氣，吐氣。

「妳最後會勝訴的，」李奇說。「或許吧。算是正當殺人，或者自衛。但是這都說不準。而且你們是外國人。整體來說，這會像是在坐雲霄飛車，你們不能離開這個州，而這裡有的是紅襪隊。妳要仔細考慮一下。」

她沒說什麼。

李奇說：「假如我們不報警，可能是比較好的處理方式。」

馬克開始掙扎。

李奇對派蒂說：「他想把矮仔丟在那裡等死。」

她停頓了好一會兒。

她低頭看著手上的槍。

「走過來吧，」李奇說。「這樣妳才不會指著我的方向。」

她走過去，站在他身旁。

馬克掙扎扭動，更用力也更瘋狂了，直到李奇把他拖起來，朝他的太陽穴用力揍一拳，然後再放他下去。他並未完全靜止不動，不過起碼暫時失去了自主肌肉控制的能力。

李奇說：「把消音器的末端用力抵住他的背部，在肩胛骨之間，就在我抓住他的下方六吋左右。保險是扳機前面的一小片突起物。當妳把手指放在正確的位置時，它會咔嗒開啟。這時妳只要扣下去就可以了。」

她點頭。

她站著不動，感覺過了二十秒之久。

她說：「我辦不到。」

李奇放開馬克的領口，把他推倒在地上。他把格洛克從派蒂的手中拿過來。他說：「我希望妳有過那個機會，如此而已。否則妳這輩子都會在心裡納悶著。不過現在妳知道了，妳是個好人，派蒂。」

「謝謝你。」

「比我好。」他說。

他轉身朝馬克的頭部開槍，兩次，快速地連開兩槍，射中後腦勺下方。軍校把這稱為暗殺槍法，雖然他們永遠不會承認。

他們駕駛賓士車去找矮仔。首先，李奇把拖吊車那傢伙拖進小徑旁邊的樹林裡，然後將馬克拖到另一邊。他不想從他們的身上輾過去，假如矮仔斷了一條腿的話，地面突起會讓他晃動不穩。

派蒂開車。她開著明亮的車頭燈，迴轉之後往回開。她從小徑路口開出來，在那裡停頓了一下。前面隔著兩英畝的地，汽車旅館已經成了一堆灼熱的餘燼了。停在前面的車子都燒成灰，倉棚正在熊熊燃燒，主屋燒得更厲害，火舌竄燒到五十呎高。

兩部無人騎乘的四輪摩托車被棄置在草地中央附近，旁邊的地上有兩團隆起的形體。

「他們一共有四個，」派蒂說。「馬克、彼得、史蒂芬和羅伯。」

「我聽見槍聲，」李奇說。「不久之前，裝了消音器的九釐米槍擊。我想馬克解決了他的夥伴。」

「第四個呢？」

「或許是在屋子裡，我在那裡不會聽見槍響。現在應該燒得不剩什麼了。」

他們又看了一會兒的大火，然後派蒂向左急轉彎，越過靠近樹林邊的顛簸草地。她仔細張望，在兩個地方減速慢行，花時間仔細察看，但是她兩次都掉頭繼續往前開。她終於停下來了，雙手依然扶著方向盤。

她說：「現在到處看起來都一樣了。」

李奇問：「他進去樹林裡多遠？」

「我記不得。我們走了一會兒，然後我拖著他往前走，一直到我認為他已經安全了的地方。」

「妳從哪裡進去的？」

「兩棵樹之間。」

「這沒幫助。」

「我想是這裡。」

他們關掉引擎，下了車。沒了車頭燈，世界變得一片漆黑。派蒂又戴上夜視鏡，李奇把他的鏡筒翻下來。無盡的綠色細節又回來了。派蒂左右轉動頭部。她看著前排的樹木，還有中間的空隙。

「我想是這裡。」她又說了一遍。

他們往森林裡前進，由她帶路。他們朝東北方沿著緩和的曲線走，彷彿目標是要來到沿著小徑往前的三十碼處，也就是距離小徑路口三十碼的地方。他們在樹林之間迂迴前進，藤蔓及灌木絆住他們的腳踝。

派蒂說：「我什麼也認不得。」

李奇大喊：「矮仔？矮仔．弗萊克？」

派蒂大喊：「矮仔，是我。你在哪裡？」

什麼也沒有。

他們繼續走。每隔十步，他們就停下來，高聲呼喊大叫。然後他們站著不動，屏住呼吸，側耳傾聽。

什麼也沒有。

直到他們第三次這麼做。

他們聽見一個小小的聲音，模糊、細微、緩慢的金屬聲。叮，叮，叮。來自東邊，李奇心想，或許四十碼外。

他大喊：「矮仔．弗萊克？」

叮，叮，叮。

他們改變方向，匆忙前進。樹木、藤蔓、荊棘、灌木。他們沿路每跨出一步便大喊他的名字，先是派蒂，然後是李奇，兩人輪流喊。他們每跨出一步便聽見叮，叮，叮的聲響越來越大聲。他們跟著那聲音前進。

他們發現他委靡地倚著一棵樹，疼痛得筋疲力竭了。他戴著夜視鏡，手上握著箭。他拿箭輕敲鏡筒。叮，叮，叮。他只能做到這樣了。

李奇把他抱回去，讓他躺在賓士車的後座上。他的腿傷勢嚴重，傷口慘不忍睹。他流了很多血。他臉色蒼白但身體發燙，渾身汗濕了。

派蒂說：「我們應該帶他去哪裡？」

「或許離開這個郡比較好，」李奇說。「妳應該去曼徹斯特，那個地方比較大。」

「你不跟我們一起去嗎？」

李奇搖頭。

「我無法跟到底，」他說。「我早上跟人有約了。」

「醫院會問問題。」

「告訴他們，這是摩托車意外，他們會相信妳。醫院相信關於摩托車的任何說法，他們不需要通報這種事。這顯然不是槍傷，妳可以告訴他們，他在一塊金屬上摔車了。」

「好。」

「把他安頓好，然後把車停在偏僻的地方。車門別上鎖，鑰匙插著。妳需要讓它盡快消失，然後妳就安全脫身了。」

「好。」她又說了一次。

她坐上駕駛座，李奇上了副駕駛座，半側過身去照看矮仔。派蒂在顛簸的地面慢慢地繞了一大圈，矮仔在座位上彈動推撞，呻吟著。派蒂轉進了小徑入口。

矮仔拍打他旁邊的座椅，一下，兩下，虛弱又無力。

李奇說：「怎麼了？」

矮仔張開嘴，但是說不出話來。他又試了一次。

他低聲地說：「皮箱。」

派蒂繼續開，緩慢又穩定。

「我們房裡有一只皮箱，」她說。「我想已經燒光了。」

矮仔又拍了一下座椅。

「我拿出來了。」他低聲地說。

派蒂停了車。

「在哪裡？」她說。

「草叢裡，」他說。「停車場對面。」

她不熟練地倒車，有點歪歪扭扭，然後她在小徑路口迴轉，往草地的方向開過去，經過了棄置的四輪摩托車，還有屍體。

「是彼得和羅伯。」她說。

她繼續開，然後在停車場停了下來。他們能透過車窗感受到熱氣。李奇看到那個鐵籠，矗立在一片焦炭之中。鐵條和鐵網，燒得焦黑變形，十號房。矮仔移動他的前臂，前後揮動，只有一次，虛弱、含糊又費力，像是一位老牧師在賜福祈禱，或是一個受傷的人以手勢比劃出一段旅程，從那裡到那裡。李奇下了車，走到和鐵籠對齊的地方。他轉身走到草地邊緣，一條直線，兩個點之間最短的距離。他把夜視鏡的鏡筒放下來。

他立刻看到皮箱。那是一個又大又舊的皮革物品，上面綁了繩索，平放在草堆裡。他走過去，把它拿起來。它簡直有一噸重。或許兩噸。他偏著身體，使勁把它拖回去。派蒂下了車，替他把後車廂打開。他先把行李箱放在地上。

他說：「你們這裡面是裝了什麼？」

「漫畫書，」她說。「一千多本，全都是經典收藏。很多早期的超人，是我們的父親和祖父那一代留下來的。我們要拿去紐約賣掉，支付佛羅里達的花費。」

後車廂裡頭已經堆了兩個袋子。兩只軟皮旅行袋，拉上了拉鍊，裡頭裝得鼓脹。李奇往袋內看了一眼，兩只都塞滿了錢。兩只都裝了滿滿的錢磚，全都整齊堆疊。大部分都是百元鈔，拿橡皮筋紮成一吋厚的一疊。根據上面列印的標籤，每疊是一萬元。每個袋子裡大約有五十疊的錢磚，全部可能有一百萬元。

「你們應該留著漫畫書，」李奇說。「你們可以拿這個去花。你們可以買下你們想要的所有風帆衝浪板。」

「不可以，」派蒂說。「這不是我們的。」

「我認為它是。你們贏得這場遊戲，我想這是他們集資的彩金。妳說還有誰該擁有它呢？」

「這是一大筆錢。」

「是你們掙來的，」李奇說。「妳不認為嗎？」

她沒說什麼。

然後她問：「你要分一些嗎？」

「我的錢夠我過活了，」李奇說。「我不需要更多。」

他抬起皮箱，放進後車廂。

賓士車的彈簧往下沉。

「你叫什麼名字？」派蒂問。「我想知道。」

「李奇。」

她停頓了一下。

她說：「和馬克的姓氏一樣。」

「家族裡的不同支系。」

他們回到車上，她開車經過草地，進了樹林裡，開了快要兩哩路，一直開到拖吊車那裡。李奇拿了車鑰匙，爬上去，開門讓自己進去。沉重的壓力。他本來就是個爛駕駛，對那些控制設備不熟。但是過了一分鐘，他打開了車燈。然後也發動了引擎。他找到排檔桿，切到倒車檔。儀錶板上的一個螢幕亮了起來，還有一個後視監視器，是廣角鏡頭，彩色畫面，上面顯示著一部老舊的速霸陸，停在拖吊車的後面，等待著。

43

李奇從駕駛室爬下來，給派蒂一個稍待的手勢，心裡希望她會懂。接著他沿著車身側面擠過去，來到車尾，走到空曠的外頭。

柏克在那裡跟他碰面。派崔克．G．柏克牧師。他高舉雙手，掌心朝外，做出一種安撫的我知道，我知道的手勢，在半空中輕拍著，預先表達歉意。

他說：「阿莫斯警探打給我，她要我找到你，然後告訴你10-41。我不知道那是什麼意思。」

「那是軍警無線電密碼，」李奇說。「意思是請立刻回電。」

「這裡沒有手機訊號。」

「我們要往南走，但是你先挪開你的車，讓我把拖吊車移走。還有別人也要前往南方，他們更急。」

他又挨挨擠擠地回到駕駛室，在爬梯上給了派蒂某種他希望代表放心的揮手示意。他把排檔桿切換到倒車檔。他看見柏克倒車的現場實況，所以他跟著倒車，有點顛簸，有時歪斜，不時閃躲樹木，拍打過大部分的樹，有一、兩次撞得頗用力。他開到大馬路上之後，轉彎倒車停在對面向的路肩，沒有完全打直，但是也不令人尷尬。

黑色賓士車跟著他，車頭朝前地開出來。

他從駕駛室爬下來。

賓士車停在他身旁。

派蒂把車窗搖下來。

他說：「那個開速霸陸的傢伙要載我一程，很高興認識你們，祝你們在佛羅里達一切順利。」

她在座位上伸長了脖子，望向前面的道路。

「我們出來了，」她說。「終於。謝謝你，我是說真的，我覺得我們欠你人情。」

「你們自己也會想出辦法，」李奇說。「妳還有那支手電筒，用那個也一樣行得通。四顆大電池，各種厲害的ＬＥＤ燈。那不光是夜視的問題。他的第一槍不會射中。然後妳就能逃進樹林裡。」

「不過然後呢？」

「繼續重複。我敢說他沒有備用彈匣。他似乎打包得很匆忙。」

「謝謝你，」她又說了一遍。「我是說真的。」

「祝你們在佛羅里達一切順利，」他又說了一遍。「歡迎來到美國。」

他過馬路到速霸陸在等著的地方。她往南開走了。她從打開的窗口伸出手，揮了一下，就這樣開了一百碼左右，手指張開，感受夜晚的氣流吹拂著手掌心。

柏克沿著小路往南開，李奇看著手機的訊號格。柏克擔心時間很晚了，他說他確定這時候阿莫斯警探已經上床進入夢鄉了。李奇說他確定她傳送10-41訊息時是認真的。她大可以使用不一樣的密碼。

出現一格訊號了，然後是第二格，接著是他們之前使用過的碎石大路肩。柏克靠邊停車，李奇撥打號碼，阿莫斯立刻接電話。她沒睡，有汽車的噪音，她在開車。

她說：「波士頓警方打給我們，說清道夫已經在半夜回家了。」

「克林頓在他的手上嗎？」

「他們還在調查。」

「那麼伊莉莎白．卡斯托呢？」

「兩人還是不見蹤影。」

「或許我該去波士頓。」

「你還有別的地方要先去。」

「哪裡？」

她說：「我找到史丹．李奇了。」

「好的。」

「他在三十年前現身，獨居了很長一段時間，然後搬去和一名年紀較輕的親戚同住。他登記投票，依然有駕照。」

「好的。」李奇又說了一遍。

「我打到他家去找他，他想見你。」

「什麼時候？」

「現在。」

「時間很晚了。」

「他有失眠症，通常他會看電視。他說整個晚上隨時歡迎你過去找他談。」

「他住在哪裡？」

「拉科尼亞，」她說。「就在鎮上。你很有可能路過他家。」

結果李奇先前路過他家的最近距離只有兩條街，那是他住的第二家旅館。他可以出門之後向左轉，然後右轉，再左轉，這時就會看到一條巷子，和那個雞尾酒吧女服務生住的那條一樣，右邊一扇門，左邊一扇門，不過在這裡不是通往樓上的公寓，而是工整的三層樓連棟住宅，兩側各一棟，中間有一座室內中庭。

史丹住在左邊那一棟。

阿莫斯開一部便衣警車和他們碰面，就停在巷口的路緣旁。她和柏克握手，說很高興認識他。然後她轉向李奇，問他感覺還好嗎。她說：「這可能會很怪異。」

「其實還好，」他說。「或許有一點，我想我已經料到大部分了。那故事向來有點毛病，現在我知道是什麼了。因為老摩帝莫先生說的一些話。」

「誰是老摩帝莫先生？」

「是養老院的一個老人。他說當年他不時會到雷恩鎮造訪他的堂兄弟。他說他記得賞鳥的男孩。他說他在戰爭接近尾聲時受到徵召入伍，但是他們不需要他，他們已經有太多人了。他說他從來沒做過什麼，所以每年的國慶日遊行，他都感覺像是冒牌貨。」

阿莫斯沒說什麼。

他們一起走到門口。這樣比較得體，柏克堅持，因為時候這麼晚了。像是傳達死訊，李奇心想。兩名軍警和一位牧師。

他按了門鈴。

過了整整一分鐘，走廊的燈亮了。他透過大門高處鑲嵌的礫面窗玻璃看到了。他看見一片碎裂成馬賽克般的柔和淡黃色，一個又長又窄的空間，牆上掛著可能是家人的相片。他看見一位老人拖著腳步走進他的視野。一幅破碎的馬賽克。駝背，白髮，行動緩慢，腳步不穩。他以指關節壓著木製扶手往前走。他走得越來越近，然後他打開了門。

44

打開門的老人大約有九十歲了，瘦小駝背的身體套著過大的衣服。或許那是他很久以前買的心愛衣物，當時他還是活力充沛的七十歲。他在巔峰時期可能身高有六呎一吋，體重一百九十磅，然後才開始慢慢走下坡。現在他彎腰駝背，像個問號。他的皮膚鬆弛又半透明，眼睛水汪汪，一綹綹的白髮，細得跟絲一樣。

他不是李奇的父親。

就算老了三十歲也不是。因為他不是，就這麼簡單。就鑑識方面來說也一樣，因為沒有打斷的鼻梁，臉頰沒有炮彈碎片的傷疤，眉毛上也沒有縫線痕跡。牆上的照片是鳥類。

老人伸出了一隻顫顫巍巍的手。

「史丹．李奇，」他說。「很高興認識你。」

李奇和老人握手，感覺冷如冰。

「傑克．李奇，彼此彼此。」

「我們有親戚關係嗎？」

「我們都互有關係，假如你回溯得夠久遠的話。」

「請進。」

阿莫斯說她和柏克會在車上等。李奇跟著老人沿著走廊進去，比送葬隊伍還要慢。走半步，停很久，再走半步。他們走到一個角落，夾在客廳和可以用餐的廚房之間。裡面有兩張扶手椅，擺在一盞有大流蘇燈罩的立燈兩側，很適合閱讀。

老史丹．李奇用那隻顫顫巍巍的手，朝其中一張扶手椅揮了一下，像是一種邀請，然後他在另一張扶手椅坐了下來。他很樂於交談，也很樂於回答問題，他似乎不覺得有什麼奇怪。他確認他在雷恩鎮長大，住在製錫工廠的工頭宿舍。他記得廚房的瓷磚。爵床葉飾、金盞花和朝鮮薊花。詹姆士和伊莉莎白是史丹他的父母，他是製錫工廠的工頭，她是床單裁縫。他說他從沒想過要知道他們是否認真工作。有部分原因是因為他就只知道這麼多，部分是因為他反正沒多加注意，因為那時有人帶他接觸賞鳥，給了他另一個可以遨遊其中的世界。他說這和打勾核對清單上的新目擊鳥類無關。那個字眼裡有跡可循。重點在於觀賞。牠們做些什麼，如何生活，為什麼，在哪裡和什麼時候。這是關於讓自己思索一個全新的維度，帶著全新的問題和全新的力量。

李奇問：「是誰帶你入門的？」

「我的堂弟比爾。」史丹說。

「他是誰？」

「在當年，有一段時間，不知為何大部分和你一起玩的男孩都是你的堂表兄弟。或許那是一種部落的本能，人們會害怕，那是艱困的時代。有一段時間，整個世界好像都要四分五裂了。我想堂表兄弟令人感到安心。任何小孩最要好的朋友很可能是他的堂表兄弟。比爾和我是彼此最要好的朋友。」

「他是哪個支系的堂弟？」

「我們倆都無法追溯清楚。我們只知道我是史丹．李奇，他是威廉．李奇，在很久以前，我們在達科塔州領地有同一位祖先。我想事實上比爾無家可歸。他的老家似乎在加拿大邊界那邊，但是他總是到處流浪。他有很多時間都待在雷恩鎮。」

「他第一次過來的時候是幾歲？」

「我七歲，所以他六歲，他住了一整年。」

「他有父母嗎？」

「我們想是有的。他從沒見過他們，但他們也不是死掉或什麼的。他每年都會收到生日賀卡。我們在想他們一定是秘密幹員，在國外臥底。後來我們在想，他們比較可能是組織犯罪，這就需要更加高度保密了。有時很難看得出來。」

「他在六歲就已經是賞鳥迷了嗎？」

「用肉眼觀察，他向來認為這是最棒的。他不擅長解釋原因，他是家裡的獨子。後來我們明白了，在我們有了雙筒望遠鏡之後。你用肉眼可以看到更大的範圍，不會受到特寫之美而分心。」

「你們怎麼會有雙筒望遠鏡？」

「那是很後來的事了。那時比爾應該是十或十一歲。」

「你們是怎麼拿到的？」

老人低頭看了一秒鐘。

他說：「你要記住，在當年，有一段時間。」

「是他偷的嗎？」

「不算是。那是戰利品。某個小孩和他有點愚蠢的宿怨。比爾的耐性用完了。我們在看以前的戰爭詩作，他說他覺得應該要搶奪一點什麼。那孩子只有一個雙筒望遠鏡和三十分錢。」

「你們一起寫了那篇毛足鵟的文章。」

老人點頭。

「是我們寫的，」他說。「那是一篇好文章，我到現在還引以為傲。」

「你記得一九四三年九月份嗎？」

「我想是一些普通的事吧。」

「有任何特別的嗎？」

「那是很久以前了。」老人說。

「你的名字出現在一份警方的舊報告裡，關於一起街頭紛爭。在一個深夜，事實上離這裡不遠。有人看到你和一個朋友在一起。」

「街頭紛爭一天到晚都有。」

「這一起和一個本地惡霸有關，他在兩年後遭到毆打致死。」

史丹．李奇沒說什麼。

「我猜想，一九四三年九月的那個晚上，有人看到和你在一起的那個朋友是你的堂弟比爾。我想他開始了某件花了兩年才完成的事。」

「再跟我說一遍，你是什麼人來著啊？」

「我不是很確定，」李奇說。「因為現在，我想或許是你堂弟比爾的次子。」

「那麼你知道發生了什麼事。」

「我當過軍警，我看過太多次了。」

「我有麻煩了嗎？」

「跟我沒有，」李奇說。「我唯一氣的人是我自己。我想我是假定，這是發生在別人身上的那種事。」

「比爾是個聰明的男孩，他總是反應快一步，有部分是因為他過著多變的生活。在街頭學聰明的，現代的人是這麼說的。不過他也知道其他的事。他很會念書，他熟知科學，他喜歡鳥類。他喜歡獨處，是一個好人，在大家還是看重好人的年代。不過你最好不要惹到他。對是非黑白的堅持。他在私底下是一顆等著爆炸的炸彈。他控制得很好，是個非常自律的人。他有一個原則。假如你做壞事，他會確保你只做一次，無論要花多少代價。他是厲害的鬥士，而且跟瘋子一樣大膽。」

「跟我談談他殺掉的那小子。」

史丹搖頭。

「我不該這麼做，」他說。「這是在招認罪行。」

「你也牽涉其中嗎？」

「最後那段沒有，我想吧。」

「沒人會逮捕你，你是百歲人瑞。」

「還不到。」

「沒人感興趣，警方把它歸類為ＮＨＩ。」

「那是什麼意思？」

「無人參與其中（No Human Involved）。」

史丹點頭。

「我能同意他們的看法，」他說。「那小子是個道地的惡霸，他憎恨任何比他多出一個腦細胞的人，也就是說一大堆人。他那種傢伙會在念完高中之後，在附近再混個四年，以同樣的老把戲對付年紀越來越小的受害者。不過他開好車，穿好鞋，因為他老爸很有錢。他的腦袋從裡面爛掉。他變得變態。他開始把魔掌伸向小男生和小女生。他非常高大又強壯，他會折磨他們。他要他們幹一些下流的事，在那時候，比爾還不知道他的事。後來他回到鎮上發現了，就在那天晚上。」

「發生了什麼事？」

「比爾出現在雷恩鎮，像往常那樣，不知道從哪裡冒出來。他回來的第一天晚上，我們過來這裡，去爵士酒吧。那裡有一個我們喜歡的樂團。他們經常放我們進去，我們正走回去我們藏腳踏車的地方，這時忽然間，那小子朝我們走來。他不理會比爾，開始單獨折磨我。因為他認識我。他可能從他上次住手的地方繼續下去吧。不過比爾是第一次聽到這種事。他不敢相信。我想辦法讓我們得以脫身，但是比爾不肯跟我走。炸彈爆開了。他狠狠修理了那小子。」

「然後這變成了一個不同的故事。那小子發出某種死亡追捕令。比爾開始隨身攜帶手指虎。那時出了幾件事，有幾個自稱是朋友的人，想要闖出名號。我們猜想，有錢小子的身邊有很多這種人。比爾讓急診室的患者接不完。他把那些自稱是朋友的人打發走。然後有一陣子在進行背景調查的事，比爾在雷恩鎮來來去去。後來它又爆炸了。有天晚上，他們最後兩人獨處，面對面。一開始我會知道這件事，是因為比爾後來出現了，要我幫忙。」

「然後怎麼了？」

「他要借你的出生證明，去加入海軍陸戰隊。」

史丹點頭。

「他需要埋葬威廉．李奇這名字。他覺得他非這麼做不可。他需要銷聲匿跡。畢竟這是兇殺案。」

「而且他要比實際年齡大一歲，」李奇說。「這就是他說的故事裡的漏洞。他說他在十七歲那年逃家去加入海軍陸戰隊，這話單獨來說，毫無疑問是真的。不過假如海軍陸戰隊知道他是十七歲，他就不可能加入了。他們不會收他的，在那時候不可能。他們已經有太多人了，當時是一九四五年九月。戰爭結束了，他們不會要一個十七歲的人。早個兩年的話，當然了，一點問題也沒有。他們在太平洋打仗，需要讓輸送帶繼續運作。但是不再需要了。就另一方面來說，十八歲的青年向來有權自願加入。所以他需要你的證件。」

史丹再次點頭。

「謝謝你的說明。」他說。

「後來他怎麼了？」史丹說。「我從此沒再見過他。」

「他成了相當不錯的海軍陸戰隊員。他在韓國及越南打仗。他到過各種地方服役。他娶了一名法國女子，名叫約瑟芬。他們相處融洽，生了兩個男孩。他在三十年前過世。」

「他是否過了快樂的一生呢？」

「他是海軍陸戰隊員，快樂不在戰地手冊裡。有時他很滿足，最多就是這樣了。但是他從來沒有不開心。他覺得自己有歸屬感，有一個他可以依賴的結構。我不認為他會選擇不一樣的生活。他繼續賞鳥，他熱愛家人，他很高興自己有個家。我們都知道這點。有時候我們認為他瘋了，他不確定自己的生日。現在我明白是為什麼。你的生日是七月，他原本的生日是六月。他會記得，因為那些生日賀卡。我想他有時候搞糊塗了，雖然他在名字部分沒問題。我從沒聽過他說溜嘴，他向來是史丹。」

他們又談了一會兒，李奇問及汽車旅館的事，以及他們理論上的親戚，馬克，但是史丹所知不多，只聽過某個模糊的古老家族故事，提到有其他的遠房親戚在戰後興盛期發了財，購入房地產，然後子孫滿堂，有子女、孫子女和曾孫子女等。馬克可能是其中之一。史丹說他不知道，也不想知道。他說有那些相本，還有回憶，他就心滿意足了。

然後他說他需要小睡一小時。情況就是這樣，他說，就他的失眠症來說。他有機會就睡個一小時。李奇再次握了握那隻冰冷的手，然後自行離去。黎明已經降臨，早晨的陽光就要露臉了。柏克和阿莫斯一起坐在阿莫斯的車上，就停在巷口的路緣旁。他們看見他走出來，柏克搖下車窗。阿莫斯靠過去聆聽。李奇又看了天空一眼，然後彎下腰來交談。

他說：「我要去雷恩鎮。」

柏克說：「教授還有好一陣子才會過去。」

「就是因為這樣。」

阿莫斯說：「我要思考克林頓的事。」

「去雷恩鎮思考吧，那裡和其他地方一樣適合。」

「你知道些什麼嗎？」

「除了克林頓，我們應該也要找出伊莉莎白．卡斯托，他們倆感情正濃。他們把早上的喝咖啡時間算成是第二次約會，他們幾乎肯定是在一起。」

「當然，不過在哪裡呢？」

「我晚一點再告訴妳。首先我要再去雷恩鎮。」

45

他們上了阿莫斯的便衣警車。她開車，柏克規規矩矩地坐在她旁邊，李奇攤開四肢地坐在後座。他把史丹告訴他的事一五一十地說給他們聽。他們問他的感受如何。那是一次簡短的對話，他說沒有什麼不同的地方，只有一個非常小的過往細節。他父親有一度叫做另一個名字，在很久很久以前，在他還小的時候。起先他是比爾，後來他叫史丹。同一個人，同樣是等著爆炸的炸彈，但是紀律分明。假如你做對的事，他不會來惹你。一個好的鬥士，跟瘋子一樣大膽。

他愛他的家人。

一輩子是賞鳥迷。

他經常以肉眼觀察，視野比較廣闊。

「你的母親知情嗎？」阿莫斯問。

「好問題，」李奇說。「或許不知道。結果她也有自己的秘密。我認為他們倆都不知情。我想他們容許那種事，盡釋前嫌。不問問題。或許這就是他們相處融洽的原因。」

「她一定會想他怎麼無父無母。」

「我想是吧。」

「你現在會納悶嗎？」

「有一點，因為那些生日賀卡的緣故，帶有某種特定的作風。感覺像是某種政府機關的秘密部門，當你不在的時候替你照顧一切，確保你的房租準時繳。或是他們可能在坐牢。我要知道回信地址才行。」

柏克說：「你要去查個水落石出嗎？」

「不要。」李奇說。

在他們右手邊的天空出現了幾道曙光，車內灑滿了淡淡的金色光芒。阿莫斯找到前往雷恩鎮的岔路，略微左轉，穿越果園。太陽在他們的背後散發熱力，直到它低懸在後擋風玻璃的正中央。阿莫斯遮著眼睛，擋住鏡中反射的陽光，然後在柵欄旁停了車。

「五分鐘。」李奇說。

他下了車，跨過柵欄。它穿越果園，黎明的陽光從他的背後灑落，照出了長長的身影。他跨過下一道柵欄，雷恩鎮的邊界。樹葉更蓊鬱，氣味更潮濕，不見陽光的陰影。

他走到主街上，就像先前一樣，在稀疏的樹木之間，走在翹起的石板上，經過教堂，經過學校。在這之後，樹木更稀疏了，太陽爬得更高，斑駁的陽光閃爍地照進來，這是一個新天地。

他聽見前面有聲音。

兩個人在說話，輕聲又開心，交談著愉快的事。或許是陽光。如果是的話，李奇滿心贊同。這地方看起來太美了，像是昂貴相機的廣告。

他大喊：「嘿，兩位，警察上門，就要到了，把衣服穿好，站在床旁邊。」

他不想要害他們難堪，或是他自己。有很多地方可能會出錯，她可能沒穿衣服，他可能取下他的義肢。

他等了一分鐘，這些情況都沒發生。他走到四併住宅，發現卡特．克林頓和伊莉莎白．卡斯托肩並肩站在那條舊路，在前往河邊的半路上。他們看著他，兩人都穿著整齊，雖然是休閒的打扮。他穿著貼身襯衫和運動褲，她穿著剪短的牛仔褲，以及一件小露蠻腰的短版上衣。在他們的後方有兩台登山車靠在樹旁，粗厚的輪胎，後面有結實的置物架，可承載重物。腳踏車再過去，有一頂雙人帳篷搭在砂土上，就在以前工廠工頭的客廳所在位置。

克林頓說：「早安。」

「早啊。」

然後沒人開口。

「很高興又見到你。」克林頓說。

「我也是。」

「不過這次是純屬巧合嗎？」

「不算是。」李奇說。

「你在找我們。」

「出了一點事，結果沒什麼。現在都沒事了。但是我想我還是應該過來一趟，來道別，我要走了。」

「你是怎麼找到我們的？」

「就這一次，我聽從我的大腦前部。我猜我還記得那種感覺。我有過一、兩次的經歷，或許你們現在正置身其中。在你認為它就這樣擦身而過時，砰，你遇到了某人。你做出所有你認為自己永遠不會有機會去做的蠢事，你每隔幾小時就創造出新的紀念日。你會慶祝讓你們在一起的那件事。有些人會幹些奇奇怪怪的事。你的是追查史丹．李奇。你已經告訴我，你們在約會時會討論他。你最近一次露臉是在郡政廳。你在追查史丹的出生紀錄。你想好好地調查，一步一步來。嚴密又一絲不苟，像是一個人本來就該有的態度。你要把它變成你的，它具有情感價值。你查到最後的已知地址。伊莉莎白知道它在哪裡，因為她和我合作查到的，透過她的手機。所以你過來找出這地方，擬進行一趟古蹟之旅。因為人人都會這麼做。」

他們露出微笑，高舉雙手。

李奇說：「我很高興你們感到開心。」

伊莉莎白．卡斯托說：「謝謝你。」

「這不該造成實質上的差異。」

「為什麼不應該？」

「為了完全公開的緣故，我必須告訴你們，結果史丹．李奇根本不是我要找的人。」

「他是你父親。」

「他只是出借了出生證明。」

「我明白了。」

「希望這不會給你們的感情帶來厄運。」

「是誰借用出生證明？」

「一個來路不明的可疑堂弟，族譜裡的空白格。」

「你對這件事有什麼感覺？」

「感覺好極了，」李奇說。「知道得越少，我就越開心。」

「現在你要繼續往前走了。」

「很高興認識你們，希望你們倆事事順心。」

克林頓說：「那個堂弟叫什麼名字？」

「威廉。」

「你介不介意我們調查他呢？這可能很有趣，是我們會喜歡的那種事。」

「請便。」李奇說。

接著他說：「交換一個條件。」

「哪方面？」

「過來和我的一個朋友打聲招呼，只要走五分鐘的路。我確定你認識她。阿莫斯警探，來自拉科尼亞警局。」

「布蘭達？」克林頓說。「她怎麼會來這裡？」

「理論上來說，你面臨了一場威脅。她不相信那件事結束了，除非她親眼看到。我要你去告訴她，你還活得好好的，你只是休息一下，然後就會回去鎮上了。」

「哪種威脅？」

「你和黑社會想追殺的某個目標長得有點像。阿莫斯警探的極端縝密態度以及水平思考讓這件事引起了關注。」

「布蘭達在擔心我？」

「你是替他們出力的人，他們似乎很喜歡你。這是軟弱的徵兆，你在未來要更強悍才行。」

他們一起沿著主街走，經過學校，經過教堂，走到陽光普照的整齊果園裡。阿莫斯和柏克在遠處的那道柵欄等待著。他們隔著最上面的橫木握手。他們提出保證，也解釋過了。他們過來度假，沒有手機訊號，並且道歉了。沒問題，阿莫斯說。只是想查個清楚。

克林頓和卡斯托走回去。

李奇目送他們。他翻過柵欄，和其他人站在一起。他說：「我決定不等教授了。或許你可以打個電話給他。」

「沒問題。」柏克說。

「現在要回鎮上去嗎？」阿莫斯問。

李奇搖頭。

「我要去聖地牙哥。」

「從這裡？」

「似乎很恰當。我父親從這裡出發許多次，這是他住過的許多地方之一。他住了一整年，在他六歲的時候。」

「你真的要我們把你丟在前不巴村，後不著店的地方？」

「我會搭便車，我以前幹過這種事。大約四十分鐘，這是我現在的猜測，根據目前狀況，最糟的話是五十分鐘。你們走吧，很高興認識你們。我是說真的，很感激你們的好心。」

他們在那裡站了一會兒，什麼也沒做。然後大家握手，有點突然又尷尬。兩名軍警和一位牧師，全都不發一語。

柏克和阿莫斯上了車，李奇看著他們開走。低懸的早晨太陽在他們的周圍炙烈地照耀著，然後他們消失在眼前。他繼續朝相同的方向走，經過相同的淺彎道。太陽一路上直射他的眼睛，他來到了南北向的鄉間小路。他挑了一根柱子，站在溝渠裡，伸出了大拇指。

BLUE MOON

藍月（暫名）

過去神秘、未來不可預知的傑克・李奇為了幫助一對犯下「善意錯誤」的老夫婦，意外捲入一場跟金錢有關的風暴之中。這一次，他不僅引發了幫派間的地盤鬥爭，同時更將遭逢此生最危險的挑戰——黑暗的權力、貪婪的報酬、惡意的污衊，還有最強大的對手。然而李奇依然相信正義的存在，依舊不向惡勢力低頭。因為他知道，永遠不該懲罰善行者；因為他明白，這是一個失序的世界，當藍月來臨，一切都將正常運行！

2021年出版

國家圖書館出版品預行編目資料

過去式 / 李查德 Lee Child 著；簡秀如 譯. -- 初版. -- 臺北市：皇冠, 2020.12 [民109]. 面；公分. --(皇冠叢書; 第4897種) (李查德作品；23)
譯自：Past Tense
ISBN 978-957-33-3634-1 (平裝)

873.57　　109016637

皇冠叢書第4897種
李查德作品23

過去式

Past Tense

作　　者—李查德
譯　　者—簡秀如
發 行 人—平　雲
出版發行—皇冠文化出版有限公司
台北市敦化北路120巷50號
電話◎02-27168888
郵撥帳號◎15261516號
皇冠出版社(香港)有限公司
香港上環文咸東街50號寶恒商業中心
23樓2301-3室
電話◎2529-1778　傳真◎2527-0904
總 編 輯—許婷婷
責任編輯—蔡維鋼
著作完成日期—2018年
初版一刷日期—2020年12月

法律顧問—王惠光律師

讀者服務傳真專線◎02-27150507
電腦編號◎509023
ISBN◎978-957-33-3634-1
Printed in Taiwan
本書定價◎新台幣380元/港幣127元